大魚讀品
BIG FISH BOOKS

让日常阅读成为砍向我们内心冰封大海的斧头。

THE OXFORD SHAKESPEARE

THE MERCHANT OF VENICE

威尼斯商人

·牛津版莎士比亚·

[英] **威廉·莎士比亚** _ 著
[英] 斯坦利·韦尔斯 _ 主编 [美] 杰伊·哈利奥 _ 编
朱生豪 刘漪 _ 译

中国友谊出版公司

图书在版编目（CIP）数据

威尼斯商人 /（英）威廉·莎士比亚著；（英）斯坦利·韦尔斯主编；（美）杰伊·哈利奥编；朱生豪，刘漪译. -- 北京：中国友谊出版公司，2024.4
（牛津版莎士比亚）
ISBN 978-7-5057-5781-3

Ⅰ. ①威… Ⅱ. ①威… ②斯… ③杰… ④朱… ⑤刘… Ⅲ. ①喜剧－剧本－英国－中世纪 Ⅳ. ① I561.33

中国国家版本馆 CIP 数据核字 (2024) 第 000989 号

著作权合同登记号　图字：01-2024-0739

书名　威尼斯商人
作者　［英］威廉·莎士比亚
编者　［英］斯坦利·韦尔斯 主编　［美］杰伊·哈利奥 编
译者　朱生豪　刘　漪
出版　中国友谊出版公司
发行　中国友谊出版公司
经销　新华书店
印刷　河北鹏润印刷有限公司
规格　880 毫米 × 1230 毫米　32 开
　　　10.625 印张　224 千字
版次　2024 年 4 月第 1 版
印次　2024 年 4 月第 1 次印刷
书号　ISBN 978-7-5057-5781-3
定价　65.00 元
地址　北京市朝阳区西坝河南里 17 号楼
邮编　100028
电话　（010）64678009

如发现图书质量问题，可联系调换。质量投诉电话：010-82069336

《牛津版莎士比亚》英文版主编序

《牛津版莎士比亚》经典文库的缘起，可以追溯至 1977 年。一天，牛津大学出版社的资深编辑约翰 · 贝尔（John Bell）来到我埃文河畔斯特拉特福的家中。当时，我是伯明翰大学莎士比亚研究课程的高级讲师，工作地点在埃文河畔斯特拉特福的莎士比亚研究院（Shakespeare Institute）。当时的研究院院长是 T. J. B. 斯宾瑟（T. J. B. Spencer）教授，他是新企鹅（New Penguin）莎士比亚丛书的主编，我是副主编。丛书为平装本，涵盖全部戏剧、叙事诗和十四行诗，用的是现代拼写，附带长篇导读和注释。导读的目的是剧本赏析，并提供剧本有关的基本信息，还包括每部戏剧评论史和演出史方面的情况，语言准确直白，尽量避开专业术语。总体上，丛书旨在方便有学识的非专业人士阅读。斯宾瑟自己编辑了《罗密欧与朱丽叶》作为样本，供其他编者参照。我协助斯宾瑟为该丛书起草了编辑规范，我的职责还有检查交来的打字稿、核查付印后的校样。我自己也编了三部剧，分别是《仲夏夜之梦》《理查二世》《错误的喜剧》。所有这些，为我本人日后成为新一套丛书的主编积累了宝贵经验。

牛津大学出版社偶尔来向我咨询有关项目出版的事情，我也曾为他们编撰、编辑过两份参考书目，所以他们对我的能力有所了解。不过，听到约翰·贝尔来找我的目的，我还是感到惊讶，而且有点受宠若惊。贝尔说，他来找我，是想问我是否有兴趣策划一套新的《牛津版莎士比亚》全集，并全职做这一工作。

当时的图书市场有明显的断档。环球（Globe）版莎士比亚系列当时还在出，但最早是1868年开始的；当时在售的牛津（Oxford）版最先是1891年出的，显然也早已过时。牛津大学出版社此前曾几次想请学者以自由作者的身份编一套丛书，但都没有成功，此时意识到这一做法不太实际，因此希望找一位全职编辑到牛津工作，从头至尾负责该项目。对我而言，接受这一职位，就得放弃埃文河畔斯特拉特福莎士比亚研究院的工作，搬到牛津，全职做编辑。牛津的计划是出一部单卷本的全集，以替代牛津自己那部已经过时的全集，同时与英国和美国已有的全集相竞争。这是一个令人激动的项目，也是我很乐意合作的项目。

我接受了这一提议，举家搬迁到牛津生活。出版社在一幢靠近主社的楼里成立了专门的莎士比亚部门，并任命对莎士比亚也有学术兴趣的克莉丝汀·艾文-卡尔［Christine Avern-Carr，后改姓伯克利（Buckley）］为我的秘书。社里也支持我找一位合适的编辑助理。找编辑助理的过程，开始并不容易，最后终于找到了一位合适的人选，就是加里·泰勒（Gary Taylor）。他是一位非常出色的美国年轻学者，当时在剑桥即将读完博士。这些年过去，加里如今已成为校勘届的领军人物，最近还成了2016年出版的多卷本新《牛津版莎士比亚》的总编辑。

我来牛津上任后，给自己定的第一个任务是深入研究莎士比亚拼写现代化的原则。令人震惊的是，以前从来没有人做过这件事情。自17世纪以来，以往全集的编辑无一例外都只是在已有版本上写写画画，而且经常是很任意地做些标记。我的研究成果与加里·泰勒对《亨利五世》的校勘研究放在一起，以《莎士比亚拼写的现代化处理及〈亨利五世〉文本的三篇研究文章》(*Modernizing Shakespeare's Spelling, with three Studies in the Text of Henry V*)为题出版。我喜欢做得彻底一些，这与其他一些版本不同，比如美国的河滨版(Riverside)，选择保留了一些早期的拼法，这样的做法在我看来似乎是编辑实践的倒退。

我对当时通行的莎士比亚版本做了调查，意识到市场上还有另外一个大的断档。当时正在进行的严肃学术性多卷本只有一种，是梅休因出版公司(Methuen)七十多年的时间里陆续出版的阿登(Arden)系列。在那七十多年里，评论界对莎士比亚戏剧和诗歌的态度有了明显的变化，研究也有了许多显著的进步。阿登版当时的主编是哈罗德·詹金斯(Harold Jenkins)和哈罗德·布鲁克斯(Harold Brooks)。哈罗德·詹金斯是我当年在伦敦大学学院(University College，London)读本科时的导师。在牛津大学出版社来找我之前，两位哈罗德曾经邀请我编辑阿登版这套丛书，但我没有同意，因为当时我已经在为企鹅那套丛书工作，觉得有利益冲突。詹金斯和布鲁克斯两人都是很好的校勘学者，但他们自己编辑阿登版是出名地慢。所有这些都促使我向牛津大学出版社提出建议：除了出一部新的单卷本牛津版全集外，我们还应该开始做一个新的多卷本，由我任主编，按照新的编辑原则，重新编辑所有的莎士比亚戏剧和诗歌。社里同意了我的建议，我起草了一份详细的编辑指南，开始挑选编者。我希望组建一支国际化的队伍，由认同我对莎士比亚作品做现代化处理的理念并能够胜任这项工作的学者组成。我希望聘请的人精通莎士比亚研究，有较强的戏剧演出意识，乐意与广大读者分享自己的学识与热情，并能在合理的时间内完成任务。我发出了邀请，起草了第一批书目的合同，然后就坐下来等待结果。泰勒自己编了《亨利五世》，作为丛书的第一种于 1982 年出版。我与多位编者紧密合作，回复他们的询问，检查他们交来的稿子，看长条校样及分页校样。这中间也有一些意外，至少有两个我所请的人因觉得稿酬达不到预期水平而放弃，结果还得另外找人。此外，也并不是所有编者都能遵循预定的框架。有一部戏注释过长，某年圣诞节假期，那是在我离开牛津大学出版社回到莎士比亚研究院任院长和莎士比亚研究课程教授以后，我把大部分时间花在了删减这部戏的注释上。

同时，单卷本的工作也在继续。进展没有达到预期的速度，因此我们的编辑队伍中增加了约翰 · 兆伊特（John Jowett）教授，后来又增加了威廉 · 蒙哥马利（William Montgomery）博士。最终，单卷本于 1986 年与古代拼法版和一册详尽的文本导读一起出版。

我启动多卷本以后不久，就面临竞争。剑桥大学出版社也有同样的想法，并请了时任约克大学英语系主任的菲利普 · 布洛克班克

（Philip Brockbank）教授任新剑桥（New Cambridge）多卷本版主编。有一天，我接到了一个意想不到的电话，是布洛克班克教授打给我的。他提出，我们一起合作，协力出一套牛津剑桥版的多卷本。这个想法让人很感兴趣，甚至也许是一个很理想的主意，但我的牛津东家应该不会喜欢，我自己也觉得过于复杂，很难实际操作，因此婉言谢绝了。多卷本的工作，虽然速度比我希望的慢，但继续做着。1997年，我卸下大学教职退休，用了三年中的大部分时间编了《李尔王》。最后一卷是《理查二世》，于2011年出版。

今天，《牛津版莎士比亚》多卷本汉译本即将出版，以帮助中国读者欣赏研究这位世界最伟大的剧作家，我感到非常高兴。预祝这一项目取得方方面面的成功。

斯坦利 · 韦尔斯（Stanley Wells）

天鹅最美一支歌

——《牛津版莎士比亚》中文版总序

一

在西方受到赞美最多的，除了上帝，也许就是莎士比亚了。下面这段文字或许可以反映当今世界对莎士比亚的肯定和赞美：

> 毫无疑问，在英语读者和戏剧观众中，威廉·莎士比亚被认为是有史以来最伟大的剧作家、诗人，甚至是最伟大的作家。他是迄今为止产量最高的剧作家，不仅在他的祖国——英国，在美国更是如此。在美国，每年有一百多个戏剧节，大多数持续数周甚至数月，都以他的名字命名，持续不断地上演他的全部经典。更有甚者，整个图书馆都心无旁骛地倾力研究他的作品，华盛顿的福尔杰图书馆、费城的弗内斯图书馆、慕尼黑的莎士比亚研究图书馆尽皆如此。此外，莎士比亚是世界历史上唯一在喜剧和悲剧方面双双登峰造极的剧作家，更不用提他在历史剧、十四行诗

和叙事诗上的成就了。（Robert Cohen，*Shakespeare on Theatre*，2016）

在西方，如果一个人要成为大诗人，却写不了气度恢宏的壮观的长诗，为了立名、立言，就会写一部关于莎士比亚的著作。理论家、史学家、文化的讨论者，也总要把莎士比亚作为一种可望而不可即的标准和榜样。在这些名垂青史的人物中，我们耳熟能详的有卡莱尔、鲍桑奎、黑格尔、塔塔尔凯维奇等。甚至有莎士比亚行业（Shakespeare Industry）的说法。除开莎士比亚的同代人和同行本·琼森（Ben Jonson）说他“名垂千古”（for all time），德国大诗人歌德还用一句“说不完的莎士比亚”对其进行概括。人们为莎士比亚冠以“天鹅”的称呼，加之以“天鹅”的标志，这些都反映了其伟大程度和普遍价值。

二

威廉·莎士比亚于1564年4月出生在英国中部偏西北方向的斯特拉特福小镇。小镇依山傍水，风光旖旎，碧波荡漾的埃文河从前方穿流而过。

莎士比亚七岁的时候，开始在当地著名的小学“文法学校”学习语法、逻辑和修辞，阅读古典文学。在这里他大约学到了十三岁。莎士比亚在校时代的老师都拥有大学学位，他受到了良好的教育，阅读了《伊索寓言》、古罗马诗人维吉尔和奥维德的诗歌，古罗马戏剧家普劳图斯、泰伦斯和塞内加的戏剧。后来，莎士比亚家道中落，父亲在生意上失利，小威廉辍学回家，给家里当起了帮手。

1582 年，莎士比亚十八岁，他娶了一个比自己大八岁的姑娘，名叫安妮 · 哈瑟维。1583 年 5 月 26 日，他们生下了一个女儿，取名苏珊娜。不到两年，他们又生了一对龙凤胎，据好友名取名为朱迪斯与哈姆内特。后来，哈姆内特十一岁夭亡。莎士比亚最有名的悲剧《哈姆雷特》来自一部 12 世纪的古老故事《阿姆雷斯》（*Amleth*），为何将作品名改为与儿子姓名谐音，这颇有几分妙合。

从 1585 年莎士比亚的龙凤胎朱迪斯与哈姆内特出生，到 1592 年莎士比亚突然作为梨园戏子、脚本作家蜚声伦敦大街小巷，中间这一段时间他好像人间蒸发了一样。历史上把这一段时间称为“失踪年代”（The Lost Years）。这些年莎士比亚究竟来往何地、从事什么职业、以什么为生，没有任何记载，没有任何传说，也没有任何奇闻轶事，这给莎士比亚传记作家留下了不少的想象空间。

尼古拉斯 · 罗（Nicholas Rowe），莎士比亚的第一位传记作家，讲述了一个斯特拉特福镇的传说故事。莎士比亚逃离小镇，到了伦敦，目的是躲过一桩诉讼。他在当地的地主托马斯 · 露西的庄园里偷猎鹿，于是地主向法院起诉，要求处罚莎士比亚。为此，据传莎士比亚以牙还牙，写了一首粗俗的诗讽刺露西爵士。另一个 18 世纪的故事说，莎士比亚在伦敦开始了他的梨园生活，他投身戏剧产业，为剧院的赞助人看管马匹。另有约翰 · 奥布里（John Aubrey）“报道”说，莎士比亚到了乡下，做了小学教师。还有些20世纪的学者则认为，莎士比亚可能是被兰开夏郡的亚历山大·霍顿（Alexander Hoghton）聘为教师，这位天主教地主在他的遗嘱中提到了一个人，名字叫作“威廉·莎克斯夏福特”（William Shakeshafte）。这一点确有其事，可是“莎克斯夏福特”在兰开夏郡是一个很常见的名字，到底是不是我们所说的威廉·莎士比亚，无从稽考。还有人说莎士比亚到欧洲大陆游学或游荡，甚至开始了戎马生涯，等等。真相究竟如何，现已无法查明。但是，有一点是很明确的，那就是到1592年，他在伦敦已经家喻户晓，甚至引起了同行的嫉妒。

所有的史传，或推想，或猜测，都认为莎士比亚随巡回演出的戏班子到了当时的世界中心大都市——伦敦。据萨缪尔·舍恩鲍姆（Samuel Schoenbaum）的经典莎传《莎士比亚考传》（*William Shakespeare: a Documentary Life*，1975）考证，到1592年，莎士比亚已名满天下，甚至被对手“大学才子”罗伯特·格林（Robert Greene）在他的“警世通言”《万千悔恨换一智》（*Greene's Groatsworth of Wit*）中称为“暴发户乌鸦”（Upstart Crow）。

格林的《万千悔恨换一智》中有一段，虽然出言不逊，极不友好，但反证了莎士比亚在当时已经名声在外：

> 不要相信他们：因为有一只暴发户乌鸦，用我们的羽毛装点了他自己，在演员的皮囊之下包藏着虎狼之心，以为他能吟咏几句无韵诗，就目中无人，认为他是剧坛老大；以为国中无人，只有他

能威震舞台，其实他是个彻头彻尾的门门懂、样样瘟的家伙。

格林是在提醒包括克里斯托弗·马洛和托马斯·纳什（Christopher Marlowe，Thomas Nashe）以及他自己在内的“大学才子”。这一段文字话中有话，显然是在影射莎士比亚借用了他们的材料。一个不是科班出身的边缘人，居然声名鹊起，超过了他们。所谓“在演员的皮囊之下包藏着虎狼之心”，是借莎士比亚在《亨利六世·下篇》里所说的“女人的皮囊之下包藏着虎狼之心”（tiger’s heart wrapped in a woman’s hide）这句话，来讥讽莎士比亚的。

这样的攻击表明，莎士比亚已经声名大振，广受喜爱。一些传记作者也据此推断莎士比亚是在 16 世纪 80 年代中期开始写作戏剧的。

到 2016 年，学界比较肯定的看法是，莎士比亚一生独立创作戏剧三十七部，合著戏剧或有莎士比亚手笔的有四部，大类包括喜剧、历史剧、悲剧和传奇剧，其中喜剧十四部，历史剧十二部，悲剧十部，传奇剧五部。

一般认为，莎士比亚的戏剧写作按时间顺序排列可分为四个阶段。

第一个时期，即 1590—1594 年，这是他的试笔期。此时，他主要在改写旧的脚本，或者邯郸学步，模仿他人。喜剧当中，李利和格林的痕迹比较明显，而其早期的历史剧和悲剧在很大程度上则得益于克里斯托弗·马洛。

这个时期，莎士比亚所写剧本包括历史剧《亨利六世》上中下篇、《理查三世》；喜剧《错误的喜剧》《驯悍记》《维洛那二绅士》

《爱的徒劳》；复仇剧《泰特斯·安德洛尼克斯》；传奇悲剧《罗密欧与朱丽叶》。此外，他还创作了《维纳斯与阿都尼》和《鲁克丽丝受辱记》两首叙事诗。

在第二个时期，即1594—1600年，莎士比亚在历史剧和传奇剧方面，和他所有同时代的人相比，显得鹤立鸡群、技冠群芳。他立意机巧，情溢字句，诗美灼灼，人物形象多姿多彩，所有这一切使他的作品跻身名篇大著的行列。在这个阶段，他创作了六部喜剧，包括《仲夏夜之梦》《威尼斯商人》《温莎的风流娘儿们》《无事生非》《皆大欢喜》《第十二夜》；五部历史剧，包括《理查二世》、《亨利四世》上下篇、《亨利五世》、《约翰王》；一部罗马悲剧《裘力斯·凯撒》。在这个时期内，他还创作了《十四行诗集》。

第三个时期，即1601—1609年，可以说是他工于悲剧也长于悲剧的时期。莎士比亚不仅超越了同代人，也超越了他自己。在思想深度方面，在探析人类心理方面，在表达最深刻的感情方面，从《哈姆雷特》到《安东尼与克莉奥佩特拉》一系列伟大悲剧，都堪称人类思想的杰作。之所以说莎士比亚是“说不完”的，说他是不朽的，这些悲剧立下了汗马功劳。人们熟知的四大悲剧，也是在这个时期创作出来的。

《哈姆雷特》《奥赛罗》《李尔王》《麦克白》《雅典的泰门》五部悲剧，《特洛伊罗斯与克瑞西达》《终成眷属》《一报还一报》三部喜剧，以及《安东尼与克莉奥佩特拉》《科利奥兰纳斯》这两部罗马悲剧，都是这个时期莎士比亚产出的杰作。

在第四个时期，即1609—1613年，莎士比亚回到喜剧、悲喜剧。剧作多格调浪漫，结局总是圆满而皆大欢喜，敌对双方总是握手言和。在此，他还没有达到最佳状态，直到《暴风雨》，这出戏显示了他的想象力、一如既往的创造性和震撼力。在这个时期，他主要创作了四部传奇剧，包括《泰尔亲王配力克里斯》《辛白林》《冬天的故事》《暴风雨》，以及历史剧《亨利八世》。

如果熟悉英国文学史的脉络，就会发现，莎士比亚没有攀登史诗的高峰，而是专注在戏剧领域一试锋芒。神话传说、宗教主题都有现成的材料，如果从这种演绎来说，埃德蒙·斯宾塞（Edmund Spenser）和弥尔顿是依旧翻新的。相比之下，莎士比亚虽说借鉴多，但大话题和小细节是独创的，至少没有机械地重复，因此，他是妙手回春的；在手法上，正如德莱顿、琼森、约翰逊抱怨的那样，他是离经叛道的，但也正因为如此，他才可以不朽，可以与四百年后的我们有共同的心声。

在主题方面，莎士比亚的戏剧作品有两点很明显。第一，他的宗教主题不突出。这可能是因为宗教很复杂也很敏感。并且，他着重探索人心，重心自然也不在一众神祇仙真，更不在于他们对人的统治、管理、约束。第二，他没有泾渭分明地惩恶扬善，这一点表明，好人不一定是白玉无瑕的正人君子，坏人也并非绝对意义上十恶不赦的凶神恶煞。好人可以被冤枉，甚至命丧黄泉，不得善终；坏人可以得势而飞黄腾达，没有得到惩戒和鞭挞，如《奥赛罗》中伊阿古这种恶棍，《麦克白》中麦克白夫人这种心如蛇蝎的恶毒女人，他们也拥有种种享乐，在行恶的路上越走越远。人们可以崇尚哈姆雷特的凛然正义，也可以“哀其不幸，怒其不争”，怜惜他延宕和不决。一方面，人们讨厌福斯塔夫这个没落的军士大腹便便、撒谎吹牛、杀良冒功、贪污腐败；另一方面，面对他可怜的结局，也不得不显出人性的慈悲。莎士比亚所谓的“是非不明”，被世世代代的君子和良人抱怨，可是他很清楚，善恶好坏并非黑白分明，可以立判立分。他总是懂得洞察人的心思、人的本性，探寻其中种种细腻的节点，这些看似不合理，却又在情在理，处于它们交叉构成的逻辑体系与参照系坐标之中。

在人物刻画方面，读者和观众可以看见一组一组或者一类一类的人物，他们都有相似之处，总有似曾相识之感，却又各各不同。这种例子在莎士比亚的戏剧里比比皆是。人们可以看见考狄利娅的勇敢，带着几分固执，缺乏几分圆滑；人们也可以看见朱丽叶的敏捷、诗意、浪漫、坚毅，这些维度是她的勇敢所示，可是命运之神却不青睐于她，她虽然化作金像女神，却好端端地失去了最为美丽而可贵的生命；鲍西娅秀出名门，智慧是她勇敢的最大体现。她是所罗门式的人物角色，虽为女儿之身，却乔装改扮，以智慧、温情、巧智、博学这些有能量的本领，把悭吝、凶狠、唯财是命、缺乏同情心的夏洛克收拾得服服帖帖，也把深爱她的心上人征服。和考狄利娅、朱丽叶比，她是幸运的，她的勇敢得到了回报，她的智慧得到了命运的青睐。正是莎士比亚这些手法，使他超凡脱俗、名垂千古。

三

纵观四百年来层出不穷的莎士比亚传记，可以发现，莎士比亚传记研究已成为一门独立的学问，但理论尚未明晰。

第一，学院派相信莎士比亚是斯特拉特福镇人，未及中学毕业就辍学，后来出现在伦敦，成了剧作者、客串演员、导演、剧团合伙人与股东、戏业经营者、诗人。他一夜走红，引来嫉妒，才有了格林臭名昭著但也传世至今的“乌鸦之说”。

一方面，人们从基本的历史事实中寻找莎士比亚艺术传世的轨迹。比如，1957 年英国出版的 F. E. 哈利迪的《莎士比亚崇拜》(F. E. Halliday，*The Cult of Shakespeare*)，就对加里克拜莎的狂热行为进行了犹如古希腊神话仪式般的描述。

另一方面，人们根据拥有的文献资料“事实”进行梳理，搭建框架，塑造莎士比亚的传记形象。这当中作为典型代表的有萨缪尔 · 舍恩鲍姆的《莎士比亚考传》。该书做成了与神圣、豪华的“第一对开本”一样的规模和尺寸，如此显示它的神圣性、严肃性与权威性，同时便于插入一些原始资料的影印件。两年以后，可能是为了一般读者的方便和需要，做了一些调整，缩小了尺寸，变成了最方便的大三十二开，并去掉了那些一般读者可能认为不重要的资料影印件。即便如此，它的对开本尺寸的原本和节略简明本（ *William Shakespeare*，*A Compact Documentary Life*，1977 ），都称得上严肃研究者必备的传记。其他传记也有质量不错的，但也有不以传记形式示人的。这是第二类"以事实为依据"并可稽考的传记。

还有一部分人，则津津乐道关于莎士比亚的奇闻轶事。关于莎士比亚生平扑朔迷离的想象，和人们认识到的他本人的一切情况一样神奇。这种神奇表现在留下的关于他的资料清清楚楚、铁证如山，如他的签名、他受洗礼的记录、他结婚的记录、他的遗嘱，等等。不清楚的却云遮雾罩，不甚了了。关于莎士比亚的那些无法考证的"文献"，犹如神话与传说一样不胫而走。最有名的包括：偷猎露西庄园，败露后占诗讽刺；被戏迷约请，行鸾凤之事；桂冠诗人威廉·戴夫南特爵士（Sir William Davenant，1606—1668）几分酩酊则口呼"莎士比亚是我的爸爸"之类的故事；还有和本·琼森吵架——对方说莎士比亚是个笨家伙，写出戏来不合情理，刚才还在宫院墙内，一会儿就飞身海外；另外就是在美人鱼酒店瞎混，与南安普顿伯爵的龙阳私情，以及与一位至今考证无据的黑肤女郎的绯闻；等等。

第二，不少猎奇者不相信有莎士比亚这个人，或者认为这些莎士比亚作品的写作者只是一个替身，这个替身还可能是一个团体、一群人。总之，他不是斯特拉特福镇那位"略通拉丁语，不识希腊文"的威廉·莎士比亚。这种人被称为"倒莎派"（Anti-Stratfordians）。

不管怎么说，莎士比亚最终是衣锦还乡了，时间是1610年，他购置房产，买了镇上第二大的"新房子"（New Place）。他离世的时候，被葬在三一教堂，塑了雕像，为了他听起来并不神圣的遗骸不被挪动，不受侵扰，还刻了几行不太友好的诗。如今，伯明翰大学在莎士比亚的故乡建立了莎士比亚研究院，还另修建了一座博物馆，称其为“莎士比亚出生地托管委员会”。正如莎士比亚在《威尼斯商人》第二幕第七场里说的：“从地球的四角他们迢迢而来，来亲吻这座圣所，这位尘世的活生生的仙真。”他就是这个“仙真”。

四

莎士比亚剧本的校勘、编订，一直是莎士比亚行业中的主要事业。最详尽的要数集注本莎士比亚丛书（Variorum Editions），在世界莎士比亚大会或者其他莎士比亚会议上，集注本的编辑是一个不可忽视的讨论话题。出版家也常常为能出类似集注本的莎士比亚丛书感到自豪。著名的阿登丛书、牛津大学出版社的《世界经典名著系列·莎士比亚》、剑桥的《新剑桥莎士比亚》丛书、朗曼文化本丛书、企鹅莎士比亚丛书、矮脚鸡本（Bantam）、塘鹅本（Pelican）都是这一类丛书的代表。不论研究型还是普及本，都讲究版本的来源。

在 18 世纪，最被人高看的是英语大辞典的编纂家和莎士比亚文本编辑家萨缪尔·约翰逊（Samuel Johnson），后来的史蒂文森、埃德蒙·马隆（Edmond Malone）都是这方面的重要代表。在 18 世纪，莎士比亚戏剧的编辑和勘定，可以说是当时文学和出版界的主业。

在 20 世纪和 21 世纪，有克雷格（Craig）的牛津本、韦尔斯等人的牛津本和 2016 年出版的配研究资料的牛津本。韦尔斯被奉为权威，后来编辑全集的诺顿本则以此本的文字为蓝本，新历史主义肇始者和旗舰学者斯蒂芬·格林布拉特为主编。

在我国，有朱生豪所译世界书局版本，人民文学出版社、新星出版社的补齐本，梁实秋的全译本，方平主编的诗歌体译本，译林出版社的全集本，辜正坤教授主持的皇家本，以及其他林林总总的正本与劣本。到了21世纪，又有了绘本丛书多种。因为有这些版本，莎士比亚的研究、演出、教学，也变得繁盛和多姿多彩起来。

五

莎士比亚早期写的那些剧本究竟是写给哪些剧团的，现在已经查无实据、无可稽考了。从1594年版的《泰特斯·安德洛尼克斯》的扉页看，有三个剧团演过这出戏。1592—1593年的大瘟疫黑死病以后，莎士比亚自己的剧团在大剧院和泰晤士河北岸的帷幕剧院表演他写的戏。伦敦市民们蜂拥而至，来看《亨利四世·上篇》。剧团和地产人发生争端，他们就拆了大剧院，重新修建了环球剧院。这是泰晤士河南岸第一家由演员们自己修建的剧院。1599年秋，环球剧院开张，《裘力斯·凯撒》上演。1599年以后，莎士比亚大多数的伟大的剧作都是给环球剧院写的，其中包括《哈姆雷特》《奥赛罗》《李尔王》。

1603年“宫内大臣剧团”更名为“国王剧团”后，他们与新国王詹姆士建立了一种特殊的关系。虽然演出记录不完整，但在1604年

11 月 1 日至 1605 年 10 月 31 日，国王剧团在宫廷演出了七部莎士比亚的戏剧，其中包括两次《威尼斯商人》。1608 年以后，他们于冬季和夏季分别在黑衣修士剧院和环球剧院室内演出。室内设置结合詹姆士一世时期流行的奢华假面舞会，使莎士比亚得以引入更为精致的舞台设置。比如，在《辛白林》的演出中，朱庇特下凡时，“电闪雷鸣，他骑在一只鹰上，发出一道闪光，鬼魂们跪在地上”。

莎士比亚剧团的演员包括著名的理查德·伯比奇（Richard Burbage）、威尔·肯佩（Will Kemp）、亨利·康德尔和约翰·赫明斯。伯比奇在许多莎士比亚戏剧的第一场演出中扮演主角，其中包括《理查三世》《哈姆雷特》《奥赛罗》《李尔王》。流行的喜剧演员威尔·肯佩在《罗密欧与朱丽叶》中扮演了男仆彼得，在《无事生非》中扮演了警吏道格培里，后来在 1600 年左右，他被罗伯特·阿明（Robert Armin）代替，后者在《皆大欢喜》中饰演试金石，在《李尔王》中饰演弄人。

1613 年，亨利·伍顿爵士（Sir Henry Wotton）记录称，“在许多特殊的场合举行了盛大的仪式”，推出了《亨利八世》。然而，一门大炮点燃了环球剧场房顶上的茅草，把剧院夷为平地，这起事件罕见地确定了莎士比亚一部戏剧演出的日期。

莎士比亚时代戏院的结构很有意思。剧场的前面是一块空地，看戏的可以只花一块钱（一便士）就站着看。这种人叫作“站客”。其他有钱的人，可以坐在舞台对面的包厢里，他们往往是达官贵人。这样的结构可能让人想到，站着的人喜欢或只能欣赏粗俗的、插科打诨的段子，包厢里的人则需要一些雅致的台词。他们更有文化，可能饱读诗书、满腹经纶。莎士比亚的戏剧，从语言来说，在向口语方向进化，无韵诗这种半诗或准诗的形式也正利于雅俗共赏。人们认为，莎士比亚戏剧里的那些散文，在演员一方常常是给下层阶级的演员说的，在听众一方来说，实际上也是如此。读莎士比亚的戏剧台词，往往会发现，人物角色和他们的身份、语言是对应的。这样一来，统一认为莎士比亚的戏剧是诗歌体的说法就不周全了。莎士比亚的戏剧大体是无韵诗，这种文体马洛先投入使用，第一个吃螃蟹，莎士比亚发现了甜头，用得尽善尽美。莎士比亚的戏剧的妙处，在于他不可能千人一面，更不可能千剧一面。他的笔下没有两个一模一样的角色，即使大体相同的话题也在细节上各有千秋。戏剧的文体也是如此。《暴风雨》里充满了音乐；《罗密欧与朱丽叶》彻头彻尾像一首诗，开场白是诗，收场白也是诗。多少戏剧都是无韵诗主打，可也有两个剧本，基本上全是散文。莎士比亚最大的能力是，不仅可以描写世上风雨沉浮、天下人间百态，同时满足各色人等的审美趣味和价值判断。这一点，从莎士比亚时代的戏院结构也可以反映出来。

莎士比亚非常明白演出是怎么一回事，观众需要什么。当时盛行亚里士多德-贺拉斯传统的三一律，对此他多数时候是离经叛道的。后世的人极为不满，狗尾续貂，进行改写。到了萧伯纳，干脆彻底改写一番。萧伯纳还讽刺莎士比亚说，“什么万古长青，一个下午的一阵风就把他给吹跑了”（He was not for all time，but for an afternoon）。

莎士比亚大批评家萨缪尔·约翰逊的高徒和忘年交戴维·加里克

（David Garrick），以演理查三世和哈姆雷特而出名。他在戏剧改革方面成效卓著，就连他的老师约翰逊对他都表扬有加。1764 年为莎士比亚诞辰两百年庆祝之际，加里克殚精竭虑，延后五年的拜莎狂潮持续三天，京城伦敦都来人参加。莎士比亚戏剧人物大游行，詹姆斯·鲍斯威尔都出现的假面舞会，演出、赛马、烟花爆竹，热闹非凡。其场面之盛大，空前绝后。其间暴雨倾盆，只有室内活动进行下来。幸好加里克有备无患，准备了现在皇家剧院旁可以容纳一千人的场地欢乐大厅（Jubilee Rotunda），他自己还表演了他的配乐《埃文河畔斯特拉特福镇建莎士比亚塑像赞歌》（*An Ode upon Dedicating a Building*，*and Erecting a Statue*，*to Shakespeare*，*at Stratford-upon-Avon*），所配音乐为托马斯·阿恩（Thomas Arne）所作。狂欢节吸引了来自欧陆的千万人，提高了莎士比亚的国际声誉，奠定了斯特拉特福镇的神圣地位。

总之，演出和莎士比亚相辅相成，两者都达到了至高无上的地位。直到今天，莎士比亚戏剧演出也是一个万众参与的活动。一个莎士比亚的年会，必定是两面的，除开学术讨论，还有演出，成为莎士比亚年会的重头戏。不仅如此，还有从事演出培训的工作坊，也在大型莎士比亚活动或者学术年会举行演出。莎士比亚在《皆大欢喜》里说，世界是个大舞台，实际上，也可以反过来说，舞台是一个大世界。莎士比亚的舞台生动地呈现了人间万象——人世的酸甜苦辣与冷暖兴衰。莎士比亚艺术的生命是舞台的，也是书本的。

六

这样说来，莎士比亚的文本价值在哪里？换句话说，他的文学价值在哪里？

文学是一个富有争议的范畴，它与历史、文化、哲学、艺术的关系，一直是人们趋之若鹜却又不甚了了的概念。对一个定义的确立，关键在对其核心因素的界定。美国作家、初等教师威廉·J. 朗（William J. Long，1867—1952）在他的传世之作《英国文学简史教程》（*English Literature, its History and its Significance for the Life of the English-Speaking World, a Text-Book for Schools*，1919）中说，文学不仅告诉我们前人所做，还告诉我们前人所感和所想。也就是说，文学对于审美感受与思想内容是看重的，二者是它的核心。如今人们过多地把重心放在思想方面，对于审美的感受、文学的审美价值有很大的忽视。固然，莎士比亚笔下写出了他所在的那个时代，写出了人们所做、所感和所想。我们可以这样看，对于历史学家，所做是重心；对于哲学家和思想家，所想是关键；而对于作为艺术的文学来说，所感是最突出的特点和要求。为什么不把莎士比亚的戏剧看成文学，这与戏剧使用的质料、产生的手段有关。戏剧有别于诗歌、小说、散文，后三者均比较纯粹地以文字为它的质料和载体，而戏剧本身则牵涉到舞台演出等诸多非文字的要素。尽管古希腊罗马时代也非常重视艺术，但是不能忘记，在遥远的西方时代，人们更加重视叙事文字，带着美感、节奏和韵律之美的表达，这就是史诗。因此，从规模、承载能力等方面来看，史诗在西方的文化社会都优于其他文学样式，戏剧只强调其娱乐功能，史诗则可以强调包含娱乐功能的教化功能，符合亚里士多德与贺拉斯等人的寓教于乐或教乐并举的传统要求。戏剧因其综合性亦即非纯粹性而受到轻视，虽然戏剧的历史也非常悠久，但与抒情文学、叙事文学比，尤其在面临媒介变革的今天，戏剧的功能就更加湮没到其他因素中去了。从如今被普遍认可的四大文学样式发展轨迹来看，也可以看到这种端倪。

作为娱乐形式，戏剧的文学性和审美、艺术价值是一直令人诟病的。就以中国文化之镜《红楼梦》所反映的来看，当时的人们从上到下都轻看戏剧。西方也是如此。那么莎士比亚戏剧的文学性在哪里？按照威廉·J.朗的看法，莎士比亚笔下的戏剧所做、所感、所想，都已经超越了当时与后来的同行。可以分为历史、艺术美与思想意识三个方面，体现为：莎士比亚艺术超越舞台性的文本性；莎士比亚对叙事从非史诗角度的发展；莎士比亚笔下丰富多彩的文体与主题；莎士比亚的语言表现力和创造性；莎士比亚戏剧文本精彩纷呈、令人难忘的艺术形象与高山仰止的思想深度和智慧高度。这些体现了莎士比亚剧作的文学价值及艺术魅力。

莎士比亚的同行和对手琼森曾非常有先见之明地看出了戏剧文本的文学价值。从这样几个事实可以看出这一点：首先，他在莎士比亚仙逝的1616年，把自己的戏剧作品和诗歌以及其他作品结集，以当时最豪华的版本形式出版，并且把这个豪华合集的集名开先河地称为“作品”。我们应该知道，在17世纪初，出版、印刷都不是当今可以比拟、可以想象的。就历史而言，莎士比亚的戏剧只是“一骑红尘妃子笑”的小物，连他自己也没有想过出版的事，说不定他考虑过付之一炬，挥洒为历史的尘埃。那些四开本是为了演出需要的台词，是为剧团之间互相竞争而备，阅读根本不是其目的。当时，人们几乎是不识字的，就连签名都是少数人的事，就连莎士比亚自己也可以随意笔走龙蛇，不计较是否准确。他的签名，有据可考的就有六种。同时代仅次于他的剧作家琼森，按照自己的喜好决定姓名的拼写。本应是“Johnson”的，他却喜欢并坚持“Jonson”的拼法。

他那些脚本为什么留存下来，七年后又有旧时老友想起来，凑成一集，豪华付梓，也算是一桩奇事。正如莎士比亚自己的文字所说，世界是个大舞台。故而，那些风风雨雨、奇事、异趣也就见怪不怪了。正如《麦克白》那些台词所说：“它是一个愚人所讲的故事，充满着喧哗和骚动，却找不到一点意义。”

七

我们知道，莎士比亚的戏剧和诗歌是用英语写成的。他的英语被称作“早期现代英语”。如果我们拿他家喻户晓的十四行诗第十八首来看，文字上几乎不存在任何障碍。然而，在翻译成不同的语种的时候，还是存在着不可克服的困难。

新近出版的一部书，叫作《朱莎合璧》(苏福忠，2022)。朱莎究竟是怎样合璧的，固然值得去研究、琢磨，但它表明原作和译作之间存在一种高度的契合。目前摆在您面前的这套系列丛书，就是由朱生豪的译本和世界著名的莎士比亚丛书之一《牛津版莎士比亚》经典文库合璧而成的。

中餐很美，西餐也自有风采。西方文学进入，是自然现象。梁启超把“Shakespeare”译为“莎士比亚”，林纾等人移译引入，就有了朱生豪的译本。梁实秋以一人三十六载之功，皓首穷经完成的译本，有战火连天年代世界书局的，有人民文学出版社的，有译林出版社、上海译文出版社的，如此等等，不一而足。还有把莎士比亚做成了童书、音频和绘本的，也有原文加注的和原文加汉语注释的。总之，可见莎士比亚文字传播形式之泱泱。之前外语教学与研究出版社有浩瀚的诗歌体皇家本莎士比亚丛书，之后北京语言大学出版社又有十四种“剑桥学生版莎士比亚”的原文引进，为什么还有必要引入《牛津版莎士比亚》经典文库（二十六种）呢?

在英美，莎士比亚可以说是无处不在，这种态势在我们国家也正蓬勃兴旺。一来，英语的必要性是不必赘言的；二来，总体的英语水平在提高，这为阅读莎士比亚打下了基础；三来，莎士比亚文化与产业发达的程度，也是文化事业发展的体现。在伦敦奥运会上，莎士比亚的祖国以莎士比亚开始体育竞技活动的序幕。从中可以看出，莎士比亚已经成为世界文化发展的一部分。因此，牛津本汉译二十六种是适逢其时、势在必行的。

这套被誉为“牛津大学出版社镇馆之宝”的丛书，由磨铁独家引进。丛书选取经典文本，由世界著名莎学专家导读并参以翔实注释，既受到文学爱好者的喜爱，也对专业读者有一定参考价值。具体来说，《牛津版莎士比亚》经典文库有以下优势。

第一，蓝本经典。丛书根据文化口味选取了莎士比亚的大部分剧作，以喜剧、悲剧、传奇剧为主。这也是国际选本中的一种倾向。这可能是因为莎士比亚历史剧以外的剧本，可以更加生动地体现文学艺术的主题、风采、思想以及其他艺术特征。可以说，有这些版本，读者可以在极大程度上把握和品味到大部分或者几乎全部的莎士比亚。丛书好的另一个理由是，这些选本都出自汉语莎译的上上佳品——朱生豪译本。朱生豪译本力求在“最大可能之范围内，保持原作之神韵”，是汉语中最好的译本，已经成为一种共识。从这一点上来说，丛书选蓝本是非常有眼光的。

第二，注释专业。丛书导读旨在带领现代读者从创作过程、灵感来源、批评史、表演史等角度理解莎士比亚，注释旨在提供人名来源、用典出处、表演提示、台词的隐含意义等信息，从而加深读者对莎剧文本的理解。这些细节的补充说明都具有相当的专业性，且丛书注释经过国内专业学者全新审校，精减补充，更适合汉语读者阅读。和从前以文本和文字为主的版本相比，这套丛书无疑更进一步。

第三，导读精深。丛书请来业内行家里手，根据文本特点不同，或从神话来源，或从修辞语言，或从剧本演出等不同层面，解读剖析经典莎剧，汇聚了百余年莎学研究成果。把专心研读、格其物致其知的内行请来，读者一定可以看到专家画龙点睛之笔。当然，这代替不了读者自己的感受和看法。但一个好的向导，可以有效地引领读者进入美好之景。读者品读这些导读、序言作者的著述，必将收获真正深入的理解。

第四，装帧典雅。毫无疑问，一手捧读古人书本，自然希望书本本身也是一种美。莎士比亚剧作四百年来印行成各种文字和语种，其外观从宏大的对开本，到藏入衣袋的便携小本，其种类何其多也！磨铁的《牛津版莎士比亚》经典文库设计精美，一剧一本，镂空双封。收藏也好，阅读也罢，均为美的存在。

第五，队伍精壮。丛书组织了实力过硬的编辑、注疏、阐释队伍，来保证文字的准确、释义的精彩、解说的达意、寓意的点化。

对于莎士比亚来说，并不缺乏嫉妒者、否定者和挑战者，有说莎士比亚是“乌鸦”的罗伯特·格林，有说莎士比亚是“破铜烂铁”的博德利，有说莎士比亚是只值“一个下午”的萧伯纳，有说莎士比亚是连一个作家的资质都不够的列夫·托尔斯泰，但是，莎士比亚始终屹立在文学历史的丰碑上，等待人们去品读，去感受，去欣赏，甚至去挑他的瑕疵。正如他的收笔之作《暴风雨》中那个老公爵普洛斯佩罗，他把魔杖扔到了海底深渊，他要的是宁静、安详与和谐。

莎士比亚的世界到底是什么样的？亲爱的读者，亲爱的“仰之弥高，钻之弥坚”的研究者，但愿我们的船已经起航，迎着朝阳，我们可以驶入莎士比亚无尽的世界。说不定，我们可以在去往亚登森林的路上或去雅典郊外幽会的林子里碰上，那时，希望我们都已拥有了莎士比亚给我们的美好。

2023 年 5 月 25 日

文笔湖人士罗益民博士撰于

巴山缙麓桃花山梦坡斋

现实主义与浪漫主义的完美融合

——莎士比亚的《威尼斯商人》

《威尼斯商人》是莎士比亚的一部重要喜剧。它通过安东尼奥与夏洛克的冲突，反映了慷慨无私的友谊、真诚的爱情与贪婪、嫉妒、残酷的对立，歌颂了人文主义的思想；也涉及种族歧视问题，对利益被损害的犹太人寄予了一定的同情。《威尼斯商人》剧本结构繁复。安东尼奥与夏洛克的尖锐冲突是该剧的主要线索，平行的次要线索有巴萨尼奥与鲍西娅的爱情、杰西卡与罗兰佐的私奔等。莎士比亚在纷繁的线索中，做到了主次分明，主线突出。法庭一场戏把全剧推向了高潮，主要线索中的冲突也得以解决。该剧通过“一磅肉”借约、“三匣子”择婚，以及女儿私奔、仆人易主、法庭上顺境和逆境的转换、指环风波等情节，使人文主义思想得到深入的体现。

剧中的主要人物，如夏洛克、鲍西娅、安东尼奥等，都具有鲜明的个性，尤其是夏洛克已被公认为世界文学中性格复杂的艺术典型。鲍西娅是莎士比亚理想中的新女性。安东尼奥是经营海外贸易的商人，为了替好友巴萨尼奥解难，安东尼奥同意签订“一磅肉”借约。他是个“心肠最仁慈的人”，热心为善，多情尚义，保留着比任何意大利人更多的古罗马的侠义精神。巴萨尼奥是破落贵族子弟，他向鲍西娅求婚，珍视与安东尼奥之间的友谊，体现了文艺复兴时期青年人珍视爱情和友谊的精神。

莎士比亚的《威尼斯商人》自 1903 年、1904 年由上海达文社出版的《澥外奇谭》和林纾与魏易用文言文合译的《英国诗人吟边燕语》，以《燕敦里借债约割肉》和《肉券》介绍到中国以来，就成为被研究得最多的莎氏喜剧，也是在中国舞台上搬演得最早和最为频繁的一部莎剧。“据记载，中国人演莎士比亚的戏剧最早在清末光绪二十八年（1902 年），演出地点在上海圣约翰书院（今上海华东政法学院），演出剧目是《威尼斯商人》。”就《威尼斯商人》本身的经典价值，及其在莎士比亚戏剧中强烈的喜剧性和更深层次的悲剧性而言，“严谨的现实主义思想价值与强烈的浪漫主义艺术形式的完美结合”，以及蕴含的激烈矛盾冲突和鲜明的人物性格是该剧成为莎士比亚著名喜剧的原因之一。

1986 年首届莎士比亚戏剧节成功举办，1994 年上海国际莎士比亚戏剧节完美落幕，2016 年中国第三届莎士比亚戏剧节惊艳亮相。新时期以来，国内不断推出各种剧种改编的莎剧，而且国外剧团也常来华演出。

著名导演张奇虹的《威尼斯商人》（下称《威》）是中国改革开放以后最早呈现于舞台的莎士比亚戏剧之一。该剧以斯坦尼戏剧理论作为《威》剧改编的理论依据，建构了符合莎剧异域特征的舞台布景，强调在“景的设计上要有文艺复兴时期的时代感，要有威尼斯水城的特点”，甚至人物的化妆也要戴上金色的假发，画出深陷的眼眶和高高的鼻梁，以此与本土的中国戏剧相区别。同时，也有限度地借鉴戏曲的“写意性”，以中国戏曲中的搓步、云步等虚拟性的写意手法，表现人在流水中行船。显然，采用这种中国戏曲写意手法，较之“船下装小轮子，用布口袋制造翻滚的波浪”的写实，更具有审美意蕴。张奇虹《威》剧改编的成功之处正在于“保持原作精神实质的前提下，而非亦步亦趋地采用斯坦尼戏剧理论体系作指导，用自己的观点和处理手法，寻找自己的演出形式”，导演的舞台叙事通过对叙事形式本身的关注，力图使观众“受到‘美’的轻拂、‘善’的感应、‘真’的陶冶，让正义和善良来净化我们的心灵”。从而让舞台呈现既使观众沉浸于舞台叙事的创造，又使观众对“讲述故事”的文化产品给予特别关注。

粤剧《天之骄女》(下称《天》)在众多中国地方戏改编的莎剧中，是影响较大的。这部粤剧莎剧在力求反映原作精神实质的基础上，以浓郁的岭南文化的表现方式，运用粤剧舞台艺术表现手法，将原作的背景、人物中国化、地方化，在突出原作人文主义精神的前提下塑造人物形象，实现了原作诗化语言与粤语、话剧与粤剧的互文性抒情及叙事。该剧力图通过对社会问题的批判，消弭原作的宗教色彩，放大对青春与爱的讴歌，以突出叙事的情感指向。粤剧具有形式美的特点，田汉说，粤剧素来有“热情如火，缠绵悱恻”的特点。所以,《天》剧的改编者着力以粤剧的时尚和艳丽突出鲍西娅对爱人柔情似水，在法庭上击败凶残的放高利贷者，勇敢、机智和聪慧的“天使”形象。改编以“互文本”的“重写”来解读原作，利用粤剧歌舞叙事、抒情演绎原作中的故事。《天》剧的叙事与抒情在突出其形式美的同时，对白和独白完全是中国化、粤剧化的。这就证明，无论是在经典叙事学还是在后经典叙事学“衍化出来的新的结构”中,《天》剧的独白、念白等艺术表现手法，通过表述之间的差异，变异、超越了原作《威尼斯商人》。

粤剧《豪门千金》(下称《豪》) 为粤剧改编莎剧三部曲中，中西合璧、莎粤融合、古今穿越，且地方化特色明显又影响较大的粤剧莎剧。《豪》剧实现了东方与西方、言语与歌舞、写实与写意、莎剧与粤剧之间跨越时空、民族、文化和不同审美观的对话。就剧中营造的氛围来看，无论是清末民初广州、濠江（澳门）中西商贸往来的街景，还是立体路标、满眼广告，灯红酒绿的喧嚣与繁荣都和原作中的环境大异其趣，加上具有强烈地域风格，富有岭南特色的背景音乐，这一粤剧莎剧在借用原作内容、情节以及主要价值取向的基础上，在解构与建构中，实现了一种“视角越界”的互文性。

我国自 1949 年后改编莎士比亚戏剧从机械模仿、学习、借鉴到自主创新，实际上就是不断树立文化自信的过程。改编莎剧这一过程，其实也是不断确立自己的民族文化特色，不断探索采用各种带有鲜明地域特点的戏剧形式，不断创新，深入挖掘莎剧原作思想和美学表现形式，不断树立中华民族文化自信和展示对外开放形象的过程。

参考书目:

[1] 兰姆:《吟边燕语》,林纾,魏易译,商务印书馆,1981年版,第3—9页。

[2] 戈宝权:《莎士比亚作品在中国》,中国莎士比亚研究会《莎士比亚研究》(创刊号),浙江人民出版社,1983年版。

[3] 濑户宏:《莎士比亚在中国——中国人的莎士比亚接受史》,广东人民出版社,2017年版,第122—123页。

[4] 李伟民:《中国莎士比亚批评史》,中国戏剧出版社,2006年版,第11页。

[5] 李伟民:《莎士比亚戏剧在中国语境中的接受与流变》,中国社会科学出版社,2019年版,第121页。

[6] 杨周翰:《欧洲文学史》(上),人民文学出版社,1979年版,第171—172页。

[7] 李赋宁:《欧洲文学史》(1),商务印书馆,1999年版,第260页。

[8] 李伟民:《从〈威尼斯商人〉看莎士比亚的商业观》,《北京农业工程大学学报》,1994年,第1期。

[9] 孟宪强:《中国莎学简史》,东北师范大学出版社,1994年版。

中国外国文学学会莎士比亚研究会副会长

李伟民

执法的人倘能把慈悲调剂着公道，

人间的权力就和上帝的神力没有差别。

目　录

威尼斯商人

剧中人物

威尼斯公爵	
鲍西娅	贝尔蒙特的女主人
尼莉莎	鲍西娅的侍女
摩洛哥亲王 **阿拉贡亲王**	鲍西娅的求婚者
包尔萨泽 **斯蒂法诺**	鲍西娅的仆人
巴萨尼奥	
莱奥纳多	巴萨尼奥的仆人
安东尼奥	威尼斯商人、巴萨尼奥的朋友
葛莱西安诺	巴萨尼奥的朋友
罗伦佐	巴萨尼奥的朋友，与杰西卡相恋
萨拉里诺 **索拉尼奥** **萨莱里奥**	威尼斯绅士、安东尼奥的朋友
夏洛克	犹太放贷人

杰西卡	夏洛克的女儿，与罗伦佐相恋
朗斯洛·高波	夏洛克的仆人，后转投巴萨尼奥手下
老高波	朗斯洛的父亲
杜拔尔	另一位犹太放贷人
狱吏	
威尼斯众士绅、乐师、法庭官吏、法庭侍从	

第一幕

第一场[1]

| 安东尼奥、萨拉里诺及索拉尼奥上。

安东尼奥 真的，我不知道我为什么这样闷闷不乐[2]，它真叫我厌烦。你们说你们见我这样子，也觉得很厌烦；可是我怎样会让忧愁沾上了身，这种忧愁究竟是怎么一种东西，它是从什么地方产生的，我却全不知道。忧愁让我变得心不在焉，以至于我几乎不知道自己是谁。[3]

萨拉里诺 您的心是跟着您那些扯着满帆的大船，在海洋上颠簸着呢。它们就像水上的达官富绅，炫示着它们的

1 这部戏剧在威尼斯开场，全剧场景在威尼斯和贝尔蒙特两地来回切换。

2 针对安东尼奥闷闷不乐的原因，许多评论者都提出过不同的解释，但安东尼奥本人却只是无助地坦承他不知道这忧愁的缘由（“可是我怎样会让忧愁沾上了身，……我却会不知道。”），并逐一否定他人的解释（本场下文“您的心是跟着您那些扯着满帆的大船，……就说您因为不忧愁，所以快乐一样。”）。

3 忧愁让我变得心不在焉，以至于我几乎不知道自己是谁。此处“懂（不）得自己”（know myself）这个表达，可能是化用了那句古典律令“认识你自己”（nosce teipsum）的典故（参见 Danson，40-43）。

豪华[1]，那些小商船向它们点头敬礼[2]，它们却睬也不睬[3]地凌风直驶。

索拉尼奥 相信我，老兄，要是我也有这么一笔买卖[4]在外洋，我一定要用大部分的心思牵记它；我一定常常拔草观测风吹的方向[5]，在地图上查看港口码头的名字；凡是足以使我担心我货物的命运的一切事情，不用说都会引起我的忧愁。

萨拉里诺 当我想到海面上的一阵暴风，将会造成怎样一场灾祸的时候，吹凉我的粥的一口气，也会吹得我全身打起摆子来[6]。一看见沙漏的时计，我就会想起海边的沙滩，仿佛看见我那艘富丽的“安德鲁号”[7]倒插在沙里，船底向天，它的高高的桅樯吻着它的葬身之地。要是我到教堂里去，看见那用石块筑成的神圣的殿堂，我怎么会不立刻想起那些危险的礁石，它们只要略微碰一碰我那艘贵重的[8]船的船舷，

1 在伊丽莎白时代，乘装饰富丽的巨大船舶在水上招摇、炫耀财富的行为（被称作“pageants”）很常见，NCS 引用了 Alice Venezky，*Pageantry on the Elizabethan Stage*（New York，1951），102。

2 原文为“curtsy”，直译为“行屈膝礼”。可能指的是当大船经过身边时，小船会因水波的动荡而摇晃，看上去就像在行屈膝礼一般，但 NCS 引用了 A. F. Falconer，*Shakespeare and the Sea*（1965），22 的说法，认为这指的是小型货船与大船相遇时，会降下顶帆以示尊敬。

3 原文为“overpeer”，有“升到……之上”和“俯视”（引申为轻视）两个意思。

4 原文为“venture”，指风险很大的商业活动，夏洛克在后文第一幕第三场中注意到并评论了安东尼奥买卖的风险投资性质。

5 拔起草叶抛在风中，观察它被吹向哪里是人们用来判断风向的常见办法。

6 指疟疾，一种使人全身发冷打战的传染病。当时的人认为疟疾是空气中的瘟毒引起的。

7 “安德鲁号”为船名。1596 年英格兰人在加的斯港（Cadiz harbour）俘获了西班牙“圣安德肋号”大帆船，后将其重新命名为“圣安德鲁号”。

8 原文为“gentle”，有“身份高贵的”和“娇贵的、易损的”两个意思。

就会把满船的香料倾泻在水里，让汹涌的波涛披戴着我的绸缎绫罗[1]，方才还是价值连城的，一转瞬间尽归乌有？要是我想到了这种情形，我怎么会不担心这种情形也许果然会发生而忧愁起来呢？不用对我说，我知道安东尼奥是因为想到他的货物而忧愁。

安东尼奥　不，相信我。感谢我的命运，我的买卖的成败，并不完全寄托在一艘船上[2]，更不是倚赖着一处地方。我的全部财产也不会因为这一年的盈亏而受到影响，所以我的货物并不能使我忧愁。

索拉尼奥　啊，那么您是在恋爱了。

安东尼奥　呸！哪儿的话！

索拉尼奥　也不是在恋爱吗？那么让我们说您因为不快乐，所以忧愁；这就像瞧您笑笑跳跳[3]，就说您因为不忧愁，所以快乐一样。[4]我对着两个头的雅努斯[5]发誓，老天造出人来，真是无奇不有：有的人老是眯着眼睛笑，好像鹦鹉见了一个吹风笛的人一样[6]；

1　香料和丝绸是当时欧洲人最为追捧的东方奢侈品，也是远洋贸易的主要对象。布朗（Brown）还注意到《马耳他岛的犹太人》中巴拉巴的大商船载的也是同样的货物，参见该剧第一幕第一场。

2　安东尼奥在这里引用了那句谚语“不要把所有财物托付在一艘船上”（Venture not all in one bottom，Tilley A209）。可参照《亨利六世 · 上篇》第四幕第六场“若把全体的生命都载在一只小舟上去和风浪搏斗，那真是愚不可及”。

3　笑和跳都是当时人用来表达喜悦的俗套形容（Dent L92a. 1，citing Jonson，*Every Man Out of his Humour* 1.3.120-121：“我坐着拍手 / 又笑又跳 / 欣喜若狂，头都撞到了屋顶上。”）。

4　这组调笑的车轱辘话也属于俗谚，它和其后的一整段话，都是友人在徒劳地试图逗安东尼奥高兴。

5　其实罗马的门神雅努斯长着的是两张朝着不同方向的面孔，而非两个头。他的两张脸一悲一喜，因此也象征着相互对立的情感态度，如喜剧面具和悲剧面具。

6　当时传说鹦鹉是一种愚蠢的鸟 [《奥赛罗》第二幕第三场中凯西奥也提到了这种说法：“胡言乱道！”（Speak Parrot！）]，它即使听到风笛奏出的悲伤乐曲，也能笑出来。

有的人终日皱着眉头，即使涅斯托耳[1]都发誓说那笑话很可笑，他也不肯露一露他的牙齿，装出一个笑容来。

|巴萨尼奥、罗伦佐及葛莱西安诺上。

您的一位最尊贵的亲眷[2]巴萨尼奥，以及葛莱西安诺、罗伦佐都来了。再见，您现在有了更好的同伴，我们可以少陪啦。

萨拉里诺 倘不是因为您更可重视的朋友到来，止住了我[3]，我一定要叫您快乐了才走。

安东尼奥 你们的友谊我是十分看重的。照我看来，恐怕还是你们自己有事，所以借着这个机会想抽身出去吧？

萨拉里诺 早安，各位大爷。

巴萨尼奥 两位先生，咱们什么时候再聚在一起谈谈笑笑？你们近来跟我十分疏远，这是为了什么呢？

萨拉里诺 您什么时候有空，我们一定奉陪。（索拉尼奥、萨拉里诺下。）

罗伦佐 巴萨尼奥大爷，您现在已经找到安东尼奥，我们也要少陪啦[4]；可是请您千万别忘记吃饭的时候咱们

1 涅斯托耳为荷马的《伊利亚特》中希腊一方出征特洛伊的将领中年事最高，也是最庄重可敬的。

2 这里可能是比喻，因为全剧其他地方均未提及安东尼奥和巴萨尼奥是血亲关系。在《傻瓜》（*Il Pecorone*）一书中，贾内托是安萨尔多的养子。

3 这里两人离开的原因并不完全清楚，尽管接下来的对话仿佛暗示了他们在吃巴萨尼奥的醋，两方在争夺安东尼奥的感情方面是竞争关系，因此近来他们的态度冷淡了一些，并开始与安东尼奥保持距离。

4 但葛莱西安诺没有领会罗伦佐话里的提示，即他们应该识趣地走开，让巴萨尼奥跟安东尼奥独处（Brown，沿用 Pooler 的解释）。

在什么地方会面。

巴萨尼奥　我一定不失约。

葛莱西安诺　安东尼奥先生，您的脸色不大好。您把世间的事情看得太认真了；用过多的担忧思虑去购买人生，是反倒要丧失了它的。[1] 相信我，您近来真的大大地变了一个人啦。

安东尼奥　葛莱西安诺，我不过是把这世界看作世界罢了；每个人都必须在这舞台上扮演一个角色，而我扮演的是一个悲哀的角色。[2]

葛莱西安诺　让我来扮演小丑吧。[3] 让我在嘻嘻哈哈的欢笑声中不知不觉地老去；宁可用酒温暖我的肝[4]，不要用折磨自己的呻吟[5] 冰冷我的心。为什么一个身体里面流着热血的人，要跪伏在地上，就像他祖宗爷爷的石膏像一样呢？[6] 明明醒着的时候，为什么偏

1　当人过分地在意某物（在这里指“世间的事情”，即一切跟社会和物质有关的思虑）时，该物的真正价值反而将会失落。可参见《新约 · 马太福音》16:25“因为，凡要救自己生命的，必丧掉生命；凡为我丧掉生命的，必得着生命”。但 NCS 称这里所表达的是另外的意思，转而引用了 G. C. Rosser（ed.），*Merchant of Venice*（1964），认为这句的意思是“那些过于严肃地对待世界的人，会发现自己失去了享受这世界的能力”。沙欣（Shaheen）则将其与《新约 · 约翰一书》2:15 相比较。

2　将世界比作舞台是伊丽莎白时代的一个流行观念（Tilley W882）。参见《皆大欢喜》第二幕第七场中杰奎斯的演说“全世界是一个舞台”。

3　这句的着重点应该落在“我”上（Kittredge）。葛莱西安诺（Graziano）将自己选择扮演的角色与安东尼奥默默接受的角色相对照。像许多人都注意到过的那样，“葛莱西安诺”是意大利“艺术喜剧”（cammedia dell'arte）套路中那位可笑医生角色的名字。弗洛里奥（Florio）的意大利语“Graziano”词典中的定义是“戏剧或喜剧中头脑简单、易受蒙骗者，小丑或像小丑的家伙”[M. J. Levith，*What's in Shakespeare's Names*（1978），79；cited by NCS]。

4　肝被认为是人体内各种情感所在，而酒能够刺激它，让它活跃起来。

5　原文为“mortifying”，同时有“悔过的、自我折磨的”和“会杀人的、致命的”两个意思（NCS）。叹息和呻吟被认为会耗尽人心脏中的血液，致使人死亡。

6　在教堂里，先人的跪姿石像很常见。

要像睡去了一般？为什么动不动就翻脸生气，把自己气出了一场黄疸病来？[1]我告诉你吧，安东尼奥——因为我爱你，所以我才对你说这样的话：世界上有一种人，他们的脸上装出一副心如止水的神气[2]，故意表示他们的冷静，好让人家称赞他们一声智慧深沉，思想渊博；他们的神气之间好像说："我说的话都是纶音天语[3]，我要是一张开嘴唇来，不许有一头狗乱叫[4]！"啊，我的安东尼奥，我看透这一种人，他们只是因为不说话博得了智慧的名声[5]；可是我可以确定说一句，要是他们说起话来，听见的人肯定要因为骂他们的弟兄是傻瓜而下地狱的[6]。等有机会的时候我再告诉你关于这种人的笑话吧；可是请你千万别再用悲哀做钓饵，去钓这种无聊的名誉了[7]。来，好罗伦佐。回头见，

1 黄疸病（Jaundice）被认为是黄胆汁分泌过量造成的，可能是由情感失调导致的。参照《特洛伊罗斯与克瑞西达》第一幕第三场："各位王子，你们的脸上为什么都这样郁郁不乐?"（What grief hath set the jaundice on your cheek?）

2 原文为"do cream and mantle like a standing pond"，其中"cream and mantle"指的是脸色发白，像面具一般面无表情。这个意象来自牛奶最上面一层漂浮着的奶油；"standing pond"（一潭死水）指的是表面漂浮着水藻，与《麦克白》第五幕第三场"脸色惨白的狗头"（cream-faced loon）、"不中用的奴才"（whey-face），以及《李尔王》第十一场"一潭死水上面绿色的浮渣"（the green mantle of the standing pool）相比较。

3 原文为"I am Sir Oracle"，直译为"我是神谕大人"。这是一种夸张的滑稽表达，可参照《冬天的故事》第一幕第二场构词法与之类似的"Sir Smile"（笑脸大人）。

4 "不许有一头狗乱叫"（let no dog bark，Tilley D526）为当时的习语。参照《旧约 · 出埃及记》11:7"至于以色列中，无论是人还是牲畜，连狗也不敢向他们摇舌，好叫你们知道耶和华是将埃及人和以色列人分别出来"（NCS）。

5 参照《旧约 · 箴言》17:28"愚昧人若静默不言也可算为智慧；闭口不说也可算为聪明"，以及《旧约 · 约伯记》13:5（Noble）。

6 参照《新约 · 马太福音》5:22"凡骂弟兄是笨蛋的，难逃地狱的火"。

7 葛莱西安诺警告安东尼奥，不要试图用一副沉默忧郁的样子做"钓饵"，来博取智慧的名声，这种名声是很愚蠢、无聊的。"这种无聊的名誉"，原文为"fool gudgeon"，其中的gudgeon是一种出了名的愚蠢、好骗的小鱼。

等我吃完了饭再来向你结束我的劝勉[1]。

罗伦佐　好，咱们在吃饭的时候再见吧。我大概也就是他所说的那种以不说话为智慧的人，因为葛莱西安诺不让我有说话的机会。

葛莱西安诺　嘿，你只要再跟我做两年伴，就会连自己说话的声音也听不出来。

安东尼奥　再见，我会把自己慢慢儿训练得多说话一点的。

葛莱西安诺　那就再好没有；只有干牛舌[2]和没人要的老处女，才是应该沉默的。（葛莱西安诺、罗伦佐下。）

安东尼奥　他说的这一番话有些什么意思？

巴萨尼奥　葛莱西安诺比全威尼斯城里无论哪一个人都更会拉上一大堆废话。他的道理就像藏在两桶糠里的两粒麦子，你必须费去整天工夫才能够把它们找到，可是找到了它们以后，你会觉得费这许多气力找它们出来，是一点不值得的。

安东尼奥　好，您今天答应告诉我您立誓要去秘密朝拜[3]的那

1 这句话的幽默之处在于调侃的其实是当时的清教徒布道者，这些人的布道一般都很乏味而且冗长，经常在不得不讲到一半时先去吃饭，吃完饭回来才能讲到布道中“劝勉”（exhortation）的那一部分（Warburton，转引自 Malone）。

2 在当时经腌制风干的牛舌是一道美味，同时是一个性方面的粗俗双关语，暗指老年男性不举的生殖器。比较 Field，*A Woman is a Weathercock*（1612）第一幕第二场：“但是，真的是那根又老又干瘪的牛舌头，那条滑溜溜的老鳗鱼，生出他来的吗？”（Brown）

3 原文为“secret pilgrimage”，恋人们经常挪用宗教意象来形容爱情，可参见第二幕第七场。但巴萨尼奥计划前往贝尔蒙特一事并不是什么秘密，似乎每个人都知道他要去哪里。“秘密朝拜”这个说法可能是从《傻瓜》这个故事中沿袭下来的，在那个故事中，贾内托私下计划了求爱行程，并没有告诉任何人（NCS）；但另一方面，巴萨尼奥也只是在得到安东尼奥的经济支持之后，才把此事告诉他的朋友们。

位姑娘的名字，现在请您告诉我吧。

巴萨尼奥 安东尼奥，我怎样为了维持我的外强中干的体面，把一份微薄的资产消耗殆尽的情形，您是知道得很明白的。对于因为家道中落而感到的生活上的紧缩，现在我倒也不以为意。我的最大的烦恼，是怎样可以体面地解脱我背上这一重重由于浪费而积欠下来的债务。无论是在钱财方面还是爱的方面，安东尼奥，我欠您的债都是顶多的；因为你我情深谊厚，我才敢大胆把我心里所打算的怎样了清这一切债务的计划全部告诉您。

安东尼奥 好巴萨尼奥，请您告诉我吧。只要您的计划跟您向来的立身行事一样光明正大，那么我的钱囊可以让您任意取用，我也可以供您驱使。我愿意用我所有的力量，帮助您达到目的。

巴萨尼奥 我在学校里练习射箭的时候，每次把一支箭射得不知去向，便用另一支与它射得同样远的兄弟[1]向着同一方向射过去，眼睛看准了它掉在什么地方，这样往往可以把那失去的箭也找回来。[2]我提起这一件儿童时代的往事作为譬喻，因为我将要对您说的

1 两支箭如果重量相同，就会有相同的飞行能力，即射程（Onions）。

2 一支箭丢失了，便射出另一支去找它（Shooting a second qrrow to find a lost first one），这种做法是当时俗谚中的常见说法（Tilley A325）。参见 Robert Armin，*Quips upon Questions*（1600），D1：“他们直直将另一支箭朝 / 与第一支箭相同的方向射去 /……这样，那前一支就可能被找到”（Collier，引用自 Brown）。

话完全是一种很天真的思想。我欠了您很多的债，而且像一个任性的少年一样，把借来的钱一起挥霍完了；可是您要是愿意向着您射出第一支箭的方向，再把您的第二支箭射了过去，那么这一回我一定会把目标看准，即使不把两支箭一起找回来，至少也可以把您追加的投资[1]交还给您，让我仍旧对于您先前给我的援助做一个知恩图报的负债者。

安东尼奥　您是知道我的为人的，现在您用这种绕圈子的譬喻来试探我对您的爱，不过是浪费时间罢了；要是您怀疑我不肯尽力相助，那就要比把我所有的钱一起花掉还要对不起我。所以您只要说我应该怎么做，如果您知道那件事是我的力量所能办到的，我一定会给您办到。您说吧。

巴萨尼奥　在贝尔蒙特有一位富家的嗣女，继承了大笔财产。她生得非常美貌，尤其值得称道的是，她有卓越的德性；从她的眼睛里我曾接到她的脉脉含情的流盼。她的名字叫作鲍西娅，比起古代加图的女儿、布鲁特斯的贤妻鲍西娅[2]来，毫无逊色。这广大的世界也没有漠视了她的好处，四方的风从每一处海

1　原文为“your latter hazard”。“hazard”这个词有“危险”和“冒险投资的本钱”之意，是“剧中的关键词之一，将匣子的选择与安东尼奥所冒的风险联系起来”（NCS）。

2　不久之后，莎士比亚还将在《裘力斯·凯撒》中刻画布鲁特斯之妻鲍西娅的高贵德性。她的父亲是道德高尚的保民官小加图（Cato Uticensis）。参见《裘力斯·凯撒》第二幕第一场。

岸上带来了声名藉甚的求婚者。她的光亮的长发就像是传说中的金羊毛，引诱着无数的伊阿宋前来向她追求。[1]啊，我的安东尼奥！只要我有相当的财力，可以和他们中间无论哪一个人匹敌，那么我能够预感到，我毫无疑问会交上好运[2]，拔得头筹。[3]

安东尼奥 你知道我的全部财产都在海上。我现在既没有钱，也没有可以变换一笔现款的货物。所以我们还是去试一试我的信用，看它在威尼斯城里有些什么效力吧。我一定凭着我这一点面子，尽力供你到贝尔蒙特去见那位美貌的鲍西娅。去，我们现在就去分头打听，无论什么地方，只要借得到钱，我都将不说二话，立刻用我的信用做担保，或者用我的名义给你借下来。（同下。）

第二场[4]

| 鲍西娅及其侍女尼莉莎上。

鲍西娅 真的，尼莉莎，我这小小的身体已经厌倦了这个广

1 这里巴萨尼奥将鲍西娅的金发比作希腊传说中的宝物金羊毛，伊阿宋带领阿尔戈诸英雄经历了一系列冒险奇遇后，在黑海的科尔喀斯那里夺取了它。参见第三幕第二场。

2 布朗认为，巴萨尼奥这时并不知道“选匣子”考验的事情，因为他上次到访贝尔蒙特时，鲍西娅的父亲尚在人世（参见第一幕第二场）。如果巴萨尼奥知道其他众多求婚者的存在，那么他也有可能已经听说了这一考验，不过他相信自己会是那个受到偏爱的人。

3 原文为“I have a mind presages me such thrift/That I should questionless be fortunate”。其中“thrift”有“成功”和“获利、利润”[第一幕第三场中“辛辛苦苦赚下来的钱”（well-won thrift）的“thrift”一词也取这个义项]两层意思。

4 两人的对话似乎是发生在放匣子的那个房间。参见本场下文“……在这金银铅三匣之中选中了他预定的一只”。

大的世界了。[1]

尼莉莎　好小姐，您的愁烦要是跟您享有的福气一样大，那么无怪您会厌倦这个世界的；可是照我的愚见看来，吃得太饱的人，跟挨着饿不吃东西的人，一样是会害病的，所以适度的中道才是最大的幸福[2]：富贵催人生白发，布衣蔬食易长年。

鲍西娅　很好的格言，说得也很好。

尼莉莎　要是能够照着它做去，那就更好了。

鲍西娅　倘使做一件事情，就跟知道什么事情是应该做的一样容易，那么小礼拜堂都要变成大教堂，穷人的草屋都要变成王侯的宫殿了。一个好讲道的人才会遵从自己的训诲，我可以教训二十个人，吩咐他们应该做些什么事，可是要我做这二十个人中间的一个，履行自己的教训，我就要敬谢不敏了。理智可以制定法律来约束血气[3]，可是热情[4]激动起来，就会把冷酷的法令蔑弃不顾。年轻人是一头不受拘束的野

1 有些评论者，如麦钱特（Merchant）认为这里呼应了全剧开场时安东尼奥的忧郁。但鲍西娅的“厌倦”与安东尼奥的“忧愁”是不同的，它源自无聊，并且马上就被尼莉莎嘲弄了。

2 原文为“It is no mean happiness, therefore, to be seated in the mean”，这里尼莉莎用“mean”的两个义项玩了一个文字游戏：前者的意思是“贫乏可悲”；而后者的意思是“适度、中道”，并且使用了俗谚“行于中道”（via media，Tilley V80）。

3 原文为“blood”，时人认为血液是各种感情冲动（与理智相对）所在。

4 原文为“hot temper”，即“易冲动的性情”。当时人们认为“热情”是由四种体液间的失衡导致的，血液本质上是一种热的体液。在后面这个小小托寓中，年轻人被比作一只疯狂的三月野兔，会从篱笆上一跃而过；而竖起这丛篱笆的则是理智，在这里被比作跛脚的残疾人。比较“青年一定会自行其是”（Youth will have its course）（Tilley Y48）。

兔，它会跳过理智这个跛子所设立的藩篱。可是我这样大发议论是不会帮助我选择一个丈夫的。唉，说什么选择！我既不能选择我所中意的人，又不能拒绝我所憎厌的人；一个活着的女儿的意志，却要被一个死了的父亲的遗嘱所钳制。[1]尼莉莎，像我这样不能选择，也不能拒绝，不是太叫人难堪了吗？

尼莉莎 老太爷生前道高德重，大凡有道君子临终之时，必有神悟[2]；他既然定下这抽签取决的方法，叫谁能够在这金银铅三匣[3]之中选中了他预定的一只，便可以跟您匹配成亲，那么能够选中的人，一定是值得您倾心相爱的。可是在这些已经到来向您求婚的王孙公子中间，您对于哪一个最有好感呢？

鲍西娅 请你列举他们的名字[4]，当你提到什么人的时候，我就对他下几句评语；凭着我的评语，你就可以知道我对于他们各人的好恶。

尼莉莎 第一个是那不勒斯[5]的亲王。

1 “意志”和“遗嘱”的原文都是“will”。在鲍西娅这句话中，该词兼有“意愿、欲望”“遗嘱”“任性”的意思。

2 原文为“holy men at their death have good inspirations”，其中“inspirations”意为“灵感、来自神灵的启示”。布朗曾将这句与《理查二世》第二幕第一场两处中刚特（Gaunt）表达过的、相似的民间常见信念做比较。

3 尼莉莎这话可能是指着三个匣子时说的，它们看起来应该相当大而显眼，并且从这一幕开始时就在舞台上（NCS）。

4 下面这段对话让人想起《维洛那二绅士》第一幕第二场处的相似对话，不过在那里，逐一评价求婚者的不是小姐朱莉娅而是她的侍女。有可能是那场戏的成功，让莎士比亚决定再用一次这个桥段。

5 在莎士比亚的时代，那不勒斯人以马术娴熟著称（Steevens）。尼莉莎所列的这个名单里充满了各种刻板印象，而鲍西娅对求婚者们的逐一点评也强调了他们的异族身份。

鲍西娅　嗯，他真是一匹小马[1]。他不讲话则已，讲起话来，老是说他的马怎么怎么样。他以为能够自己替他的马装上蹄铁算是一件天大的本领。我很有点儿疑心他的母亲是跟铁匠有过勾搭的。

尼莉莎　还有那位王权[2]伯爵呢？

鲍西娅　他一天到晚皱着眉头，好像说："你要是不要我，随你的便。"他听见笑话也不露一丝笑容。我看他年纪轻轻就这么愁眉苦脸，到老来只怕要变成那位"哭泣哲人"[3]了。我宁愿嫁给一个口里衔着骨头的骷髅[4]，也不愿嫁给这两人中间的任何一个。上帝保佑我不要落在这两个人手里。

尼莉莎　那位法国贵族勒滂先生，您怎么说？

鲍西娅　既然上帝造下他来，就算他是个人吧。凭良心说，我知道讥笑人家是一桩罪过，可是他！吓！他的马比那不勒斯亲王那一匹还要好，他的皱眉头的坏习惯也胜过那位王权伯爵。他身上有所有人的影子，

1　原文为"colt"，也有"愚蠢、轻率、快活的年轻小伙子"的意思（Johnson）。

2　原文为"Palatine"，意思是"享有王权的贵族领地"。欧洲的许多地区，包括英格兰在内，都有这样的贵族领地，其领主的封号虽然低于国王，但在辖区内享有的权力却与国王相当。考虑到后文中讽刺地描述了另一位德意志人，所以这里指的应不是莱茵的普法尔茨（the palatinate of the Rhine），不过塞缪尔·约翰逊认为，此人的原型可能是一位波兰的王权伯爵Alberto a Lasco，他于1583年到访过伦敦，而且他阴沉的性格也符合中欧人的刻板印象。但也有可能在这里并没有特指某个具体的人。

3　指以弗所的赫拉克利特（Heraclitus of Ephesus），他曾因人们的恶劣行径而哭泣。在《讽刺诗第十》（*Satire X*）中，尤维纳利斯（Juvenal）将他与"欢笑哲人"德谟克利特（Democritus）做了对照（Merchant）。

4　可与常常刻在墓碑上的、下方有交叉的两根骨头的骷髅符号相比较。

但唯独没有一丁点是他自己；只要画眉鸟一唱歌，他马上就会手舞足蹈[1]；见了自己的影子也会跟它比剑。我倘然嫁给他，等于嫁给二十个丈夫。要是他瞧不起我，我会原谅他，因为即使他爱我爱到发狂，我也是永远不会以爱相报的。

尼莉莎 那么您说那个英格兰的年轻男爵，福根勃立琪[2]呢？

鲍西娅 你知道我没有对他说过一句话，因为我的话他听不懂，他的话我也听不懂；他不会说拉丁话、法国话、意大利话，至于我的英国话的程度之浅，你是可以替我出庭作证的。他的模样倒还长得不错，可是唉！谁高兴整天跟人演哑剧[3]呀？他的装束多么古怪！[4]我想他的紧身短上衣是在意大利买的，他的圆腿长袜[5]是在法国买的，他的软帽是在德意志买的，至于他的行为举止，那是他从四方八处学来的。

尼莉莎 您觉得他的邻居，那位苏格兰贵族[6]怎样？

鲍西娅 他很懂得礼尚往来的睦邻之道，因为那个英格兰人

1 也就是说，无论什么人只要奏起音乐，他就会随乐起舞（Brown）。

2 比较莎士比亚《约翰王》中的正面形象（一个朴实、鲁直坦率的英国人）。

3 原文为“dumb show”，也作“pantomime”，《哈姆雷特》第三幕第二场处要上演的就是这样的哑剧。

4 英格兰人在穿衣打扮上东拼西凑也是一个刻板印象。NS 引用了格林（Greene）的 *Farewell to Folly*（1591）中提及此事的段落，布朗也从纳什（Nashe）的 *The Unfortunate Traveller*（1594）中找到一例。

5 在当时，男子流行穿里面垫了布料的长筒袜，好让腿显得浑圆、漂亮。

6 “那位苏格兰贵族”在“第一对开本”（First Folio）中作“另一位贵族”（the other lord）。可能是一个为了避讳詹姆斯一世（苏格兰的詹姆斯六世）出身而做的改动。该剧于 1605 年曾在詹姆斯一世的宫廷中上演过两次。

会经常给他一记耳刮子，他就发誓说，一有机会立即奉还。我想那法国人是他的保人，他已经签署契约[1]，声明将来加倍报偿哩。[2]

尼莉莎　您看那位德意志的少爷，撒克逊公爵的侄子怎样?

鲍西娅　他在早上清醒的时候，就已经很坏了，一到下午喝醉了酒，尤其坏透。当他顶好的时候，叫他是个人还有点不够资格，当他顶坏的时候，他简直比畜生好不了多少。要是最不幸的祸事降临到我身上，我也希望永远不要跟他在一起。

尼莉莎　要是他要求选择，结果居然给他选中了预定的匣子，那时候您倘然拒绝嫁给他，那不是违背了老太爷的遗命了吗?

鲍西娅　为了以防万一，所以我要请你替我在错误的匣子上放好一杯满满的莱茵葡萄酒[3]；要是魔鬼在他的心里，诱惑在他的面前，我相信他一定会选那一只匣子的。什么事情我都愿意做，尼莉莎，只要不让我嫁给一个酒鬼。

尼莉莎　小姐，您放心吧，您不会嫁给这些贵人中间的任何

1　注意鲍西娅这里对契约、担保等法律术语的熟练使用。

2　在此前的几个世纪里，苏格兰人和英格兰人一直在断断续续地发生小规模冲突，而法国通常站在苏格兰一边与英格兰为敌。布朗注意到1596年时两国边境又有些不太平，使得伊丽莎白和詹姆斯都先后颁布了公告，呼吁维持和平。关于“睦邻之道”（原文为“neighbourly charity”），比较《新约 · 罗马书》13:10“爱是不加害于其邻人的”（“Charity worketh no ill to his neighbour”，由Noble和Shaheen引用自《主教圣经》）。

3　即德国的白葡萄酒。

一个的。他们已经把他们的决心告诉了我，说除了您父亲所规定的用选匣子的办法以外，要是他们不能用别的方法取得您的应允，那么他们决定动身回国，不再麻烦您了。

鲍西娅 要是没有人愿意照我父亲的遗命把我娶去，那么即使我活到西比拉的年岁[1]，也只好如狄安娜[2]一般终身守贞。我很高兴这一群求婚者都是这么懂事，因为他们中间没有一个人我不是唯望其速去的；求上帝赐给他们一路顺风吧！

尼莉莎 小姐，您还记不记得，当老太爷在世的时候，有一个跟着蒙脱佛拉侯爵[3]到这儿来的才兼文武[4]的威尼斯人？

鲍西娅 是的，是的，巴萨尼奥——我想他好像是叫这个名字[5]。

尼莉莎 正是，小姐。照我这双愚笨的眼睛看起来，他是一切男子中间最值得匹配一位佳人的。

鲍西娅 我很记得他，我记得他是值得你这番夸奖的。

1 西比拉（Sibylla）是库迈的女祭司。阿波罗恋慕她，给了她长久的生命，让她的年岁与她一只手能够抓起的沙粒数一样多。参见奥维德（Ovid）的《变形记》（*Metamorphoses*）第十四卷第129—153行。

2 狄安娜（Diana）是古罗马的贞洁女神。

3 指的似乎是蒙费拉托家族（the House of Monferrato）。尽管该家族在16世纪已经衰落，但它有悠久而煊赫的历史，可以追溯到10世纪，并在整个十字军时代一直都很有名望（Merchant）。

4 原文为“a scholar and a soldier”，比较《哈姆雷特》第三幕第一场，其中奥菲莉娅也提到了这个文艺复兴时代贵族男性的理想。

5 后面鲍西娅急忙找补上的这一句，显然是在试图掩饰自己的兴奋（Pooler，由Brown引用）。

| 一仆人上。

鲍西娅　啊！什么事？

仆人　小姐，那四位客人[1]要来向您告别；另外还有第五位客人，摩洛哥亲王差了一个人先来报信，说他的主人亲王殿下今天晚上就要到这儿来了。

鲍西娅　要是我能够真心实意地欢迎这第五位客人，就像我真心实意地欢送那四位客人一样，那就好了。假如他有圣人般的德性，偏偏生着一副魔鬼样的面貌[2]，那么与其让他做我的丈夫，还不如让他听我的忏悔。[3]来，尼莉莎。正是垂翅狂蜂方出户，寻芳浪蝶又登门。（同下。）

第三场[4]

| 巴萨尼奥及犹太人夏洛克[5]上。

夏洛克　三千达克特[6]，嗯？

1 实际上，前文中提到的求婚者一共有六位。这一前后矛盾之处可能是由于作者粗心大意，写快了就常会有这种事，并不一定是事后修改。

2 传统上人们认为魔鬼遍体黑色，或身着黑衣。比较《哈姆雷特》第四幕第五场："让最黑的魔鬼把一切誓言抓了去！"

3 在这里和后文第二幕第七场的"像他一样肤色的人"，鲍西娅都流露出种族偏见。

4 这一场又回到了威尼斯。

5 关于夏洛克的名字，参见导读部分。在两个四开本和对开本中，指代夏洛克的说话人前缀都在"夏洛克"的缩写（Shy）和"犹太人"之间来回变换，其中"犹太人"在"第一四开本"（First Quarto）和"第一对开本"中比在"第二四开本"（Second Quarto）中出现得更多。关于接下来的对话中未被明说的隐含意义，参见Brown，"Realization"，196-201。

6 意大利的达克特金币（gold ducat）首次发行于1284年，其前身是1140年普利亚发行的达克特银币（the silver Apulian ducat）。达克特金币正面铸着威尼斯总督向圣马可行跪拜礼；其中一部分的反面铸的是基督像与铭文"SIT TIBI XRE DAT Q TV REGIS ISTE DVCAT"（基督，我们将这个由您统治的公国敬献于您）。金币的名字沿用了之前的银币的名字，而非取自铭文的最后一个字，但上面的基督形象和铭文很可能解释了夏洛克为什么会称它们为"基督徒的银钱"（第二幕第八场）。（接下页）

巴萨尼奥 是的，大叔，三个月为期。

夏洛克 三个月为期，嗯？

巴萨尼奥 我已经对你说过了，这一笔钱可以由安东尼奥签立借据[1]。

夏洛克 安东尼奥签立借据，嗯？

巴萨尼奥 你愿意帮助我吗？你愿意应承我吗？可不可以让我知道你的答复？

夏洛克 三千块钱，借三个月，安东尼奥签立借据。[2]

巴萨尼奥 你的答复呢？

夏洛克 安东尼奥是个好人。

巴萨尼奥 难道你听见过谁说他不是个好人吗？

夏洛克 啊，不，不，不，不；我说他是个好人，我的意思是说他是个有身家的人。可是他的财产却着实不甚稳当呀[3]：他有一艘商船开到的黎波里，另外一艘开到印度群岛，还有呀，我在交易所[4]听人说起，

（接上页）两千达克特可以购买一颗钻石，也可充作一笔可算丰厚的嫁妆；而三千达克特大约相当于一位富足绅士的年收入。

1 原文为“Antonio shall be bound”，这里“bound”一词的表面意思是“签订契约，承担义务”，但这个词另外带有不祥的暗示，即“被束缚、被捆绑”之意。

2 夏洛克不紧不慢、翻来覆去地说同一句话，显示出他是在刻意拖缓对话的节奏。巴萨尼奥可能格外心急，想要了结这场交易，但夏洛克一点儿都不着急，他很享受这种由自己掌握主动权的状态。

3 原文为“Yet his means are in supposition”，即夏洛克接下来给出的原因，安东尼奥的资产并不是十分安全，随时都有可能化为乌有。安东尼奥的远洋生意的确很有风险，但其商船活动范围之广、贸易航程之远就足以证明他位列威尼斯的豪商巨贾。关于安东尼奥在文艺复兴时代意大利的对应人物，参见 Benjamin N. Nelson，“The Usurer and the Merchant Prince: Italian Businessmen and the Ecclesiastical Law of Restitution，1100-1550”，*Journal of Economic History*（Suppl. 1947），117。

4 原文为“Rialto”，这里夏洛克指的可能是威尼斯的里亚尔托桥，也可能是与其同名的交易所，威尼斯的士绅和商人们会在那里见面谈生意。[比较 Coryat，*Crudities*（1611），169，由 Furness 引用]

他有第三艘船在墨西哥，第四艘到英国去了，此外还有遍布在海外各国的买卖；可船不过是几块木板钉起来的东西，水手也不过是些血肉之躯，岸上有旱老鼠，水里也有水老鼠，有陆地的强盗，也有海上的强盗，还有各种危险——水的危险[1]、风的危险和礁石的危险。不过虽然这么说，他这个人是靠得住的。三千达克特，我想我可以接受他的契约。

巴萨尼奥　你尽管放心吧。

夏洛克　我一定要得到充分的保证[2]才敢把债放出去，所以还是让我再考虑考虑吧。[3]我可不可以跟安东尼奥谈谈？

巴萨尼奥　不知道你愿不愿意陪我们吃一顿饭？

夏洛克　（旁白）[4]是的，叫我去闻猪肉的味道，吃你们那拿细耳人先知[5]把魔鬼赶进去的脏东西的身体！[6]我

1　原文为“peril of waters”，比较《新约·哥林多后书》11:26“我又屡次行远路，遭江河的危险、盗贼的危险”，等等。（Shaheen）

2　这里的“保证”和前一句话中巴萨尼奥的“放心”原文都是“assured”。巴萨尼奥的意思是叫他不要再生疑了，但夏洛克理解的这个词的意思是需要金融上的担保或者抵押物。关于此处的文字游戏，以及其更阴暗不祥的意味，参见 Danson，151。

3　这时夏洛克可能已经在盘算着该要点儿什么别有用心的抵押品了。（NCS）

4　这段话很可能是夏洛克对台下说的，我在这里也袭用了 NS 和 Oxford 的先例，将其标为“旁白”。在这个时刻，让夏洛克公开向巴萨尼奥，以及后面向安东尼奥表露敌意可能是不合适的（NS）。但另一方面，尽管他后来的确去赴了基督徒们的宴（第二幕第五场），但鉴于他是个严守教规的犹太人，夏洛克可能仍然无法掩饰自己对不合犹太教规的食物，以及它所代表的一整套理念的反感。

5　原文为“Nazarite”，即“拿细耳人”。实际上耶稣是个拿撒勒人（Nazarene），但后者要到詹姆斯一世钦定版《圣经》（King James Bible，1611）问世后才开始被使用。在那之前，“拿细耳人”一词可以指任何来自拿撒勒的人，也可指任何叫这个名字的古希伯来人部落的成员，如参孙（Furness）。

6　夏洛克指的是《新约·马太福音》8:28-34 中的故事，基督将附在两个人身上的鬼驱赶到了一群猪身上。

可以跟你们做买卖，讲交易，谈天散步，以及诸如此类的事情，可是我不能陪你们吃东西喝酒做祷告。交易所里有些什么消息？那边来的是谁？

|安东尼奥上。

巴萨尼奥 这来的就正是安东尼奥先生。[1]（巴萨尼奥与安东尼奥交谈。）

夏洛克 （旁白）他的样子多么像一个摇尾乞怜的税吏[2]！我恨他因为他是个基督徒，可是尤其因为他是个傻子[3]，借钱给人不取利钱，把咱们在威尼斯城里放债的这一行的利息都压低了。要是我有一天抓住他的把柄，一定要痛痛快快地向他报复我的深仇宿怨。[4]他憎恶我们神圣的民族，甚至在商人会集的地方[5]当众辱骂我，辱骂我的交易，辱骂我辛辛苦苦赚下来的钱，说那些都是盘剥得来的腌臜钱。要是我饶过了他，让我们的民族[6]永远没有翻身的日子！

1 这句话并不是在正式介绍，而只是简单地说一句“哦，来的是他啊，好巧”（NCS）。安东尼奥是来找巴萨尼奥说话的，他直接无视了一旁的夏洛克，夏洛克在巴萨尼奥说完上面那半句话之后就一边往舞台边缘走，一边开始发表他的长旁白。

2 原文为“fawning publican”，可能是暗指《新约·路加福音》18:9-14中那个低头捶胸祈祷的自卑税吏，他与自以为义的法利赛人形成强烈对比，也兼指卑躬屈膝的小店主。安东尼奥出场的时候可能看起来忧愁颓丧（参见第一幕第一场“我不知道我为什么这样闷闷不乐”），于是夏洛克这样形容他（NS）。也可与《新约·马太福音》5:44-47中提及税吏的部分对读。（Lewalski）

3 表面上夏洛克是指安东尼奥“借贷不收利钱是愚蠢的”，但“傻子”（原文为“simplicity”）也暗含了他认为安东尼奥单纯、好骗的意思。

4 原文为“I will feed fat the ancient grudge I bear him”，直译为“我要把我对他的深仇宿怨喂得肥肥的”。为了塑造一个“令人同情”的夏洛克形象，这几行台词在许多制作版本中都会被删掉。

5 指的似乎仍然是前文提到的交易所。

6 原文为“tribe”。尽管这个词可以指“以色列民族的十二个支派之一，相传是雅各的十二个儿子各自的后代”（《牛津英语词典》释义），但夏洛克这里指的可能就是犹太民族整体，本场后文“我们民族身上常戴的徽记”中的这个词也是如此。

巴萨尼奥　夏洛克，你听见吗？[1]

夏洛克　我正在估计我手头的现款，照我大概记得起来的数目，要一时凑足三千达克特，恐怕办不到。可是那没有关系，我们族里有一个犹太富翁杜拔尔[2]，可以供给我必要的数目。且慢！您打算借几个月？（向安东尼奥）您好，好先生；尊驾[3]的名字刚刚还挂在我们嘴边上呢。[4]

安东尼奥　夏洛克，虽然我跟人家互通有无，从来不讲利息[5]，可是为了我的朋友的急需，这回我要破一次例。（向巴萨尼奥）让他知道你需要多少了吗？

夏洛克　嗯，嗯，三千达克特。

安东尼奥　三个月为期。[6]

夏洛克　我倒忘了，正是三个月，您对我说过的。好，您的抵押物呢？让我瞧一瞧。可是听着，好像您说您从来借钱不讲利息。

安东尼奥　我从来不讲利息。

夏洛克　当雅各替他的舅父拉班牧羊的时候，——这个雅各

1　巴萨尼奥结束了与安东尼奥的交谈，于是喊话打断了夏洛克的自言自语。

2　关于杜拔尔的名字，参见导读部分。通过将杜拔尔也拉进这笔交易，莎士比亚告诉我们威尼斯的犹太人遵守《旧约·申命记》32:20 的规矩，借钱给自己族人不取利息，只有借钱给外邦人时才取（NCS）。

3　原文为“your worship”，这是一个尊称，通常用于身份较低微者称呼社会地位更高的人（参见 Schmidt）。

4　即“我们刚才正在谈论您”。

5　原文为“excess”，可比较 Philip Caesar，*A General Discourse against the Damnable Sect of Usurers*（1578 年译本）：“放贷，或者用上帝用来称它的那个名字，取利（excess）……”（由 Brown 引用）。

6　这个短句可能暗示前面夏洛克话说到一半停住了，因为他不应显得过于急切（参见 Brown）。

是我们圣祖亚伯兰[1]的后裔，他的聪明的母亲设计使他做第三代的族长[2]，是的，他是第三代，——

安东尼奥 为什么说起他呢？他也是取利息的吗？

夏洛克 不，不是取利息，不是像你们所说的那样直接取利息。听好雅各用些什么手段：拉班跟他约定，生下来的小羊凡是有条纹斑点的，都归雅各所有，作为他的牧羊的酬劳；到晚秋的时候，那些母羊因为淫情发动，跟公羊交合，这个狡猾的牧人就乘着这些毛畜正在进行传种工作的当儿，削好了几根木棒插在淫浪的母羊的面前，它们这样怀下了孕，一到生产的时候，产下的小羊都是有斑纹的，所以都归雅各所有。[3]这是致富的妙法，上帝也祝福他；只要不是偷窃[4]，会打算盘总是好事[5]。

1 初代《旧约》族长、以撒之父。出于韵律的考虑，莎士比亚没有用更通行的写法“亚伯拉罕”（Abraham），而选择了音节更短，也是更古老的写法“亚伯兰”（Abram）。

2 即亚伯拉罕的第三代继承人。有些演员错误地认为夏洛克这里的反复确认是因为有些不确定而迟疑的表现，其实他是在自豪地强调自己的民族传承，他是雅各的后代（参见 Furness）。

3《旧约 · 创世记》叙述了利百加欺骗以撒，为她的次子雅各而非长子以扫谋得继承权的故事。以扫为此大发雷霆，雅各为躲避他兄弟的怒火，逃到舅父拉班那里，为他做了许多年工，以此先后换得他的两个女儿利亚和拉结为妻。到雅各离开的时候，拉班答应他可以带走他羊群中所有有斑纹的绵羊和山羊。在羊群交配时，雅各通过在它们面前插带有斑纹的树枝，增添了它们生下的带斑纹后代的数量。根据事前的约定，这些羊便都归雅各所有，他便由此发家。夏洛克用这个故事来为自己借钱取利的行为做辩护，参见本场下文“你提起这一件事，是不是要证明取利息是一件好事？”

4 夏洛克的这句辩护衍生自《旧约 · 创世记》30:33,《日内瓦圣经》对这一节的注解是“上帝将会奖赏我的劳作，以见证我的行为正直无欺”。在此后的第 37 节，当描述雅各所使用的手段时,《日内瓦圣经》的边注又说“雅各并非在使狡计欺骗，因为他这样做是出于上帝的意旨”，另参见 31:9-10 及其表达相似意思的边注。

5 在《旧约 · 创世记》31:5-9 中雅各进一步向利亚和拉结为自己的行为做辩护，声称她们的父亲拉班屡次欺哄他，改他的工价。但 Brown 再次引用 Philip Caesar，*A General Discourse against the Damnable Seot of Usurers*（1578 年译本），称放高利贷行为等同于偷窃。

安东尼奥　雅各虽然幸而获中，可是这也是他按约应得的酬劳[1]；上天的意旨成全了他，却不是出于他的力量。你提起这一件事，是不是要证明取利息是一件好事？还是说金子银子就是你的公羊母羊？[2]

夏洛克　这我倒不能说，我只是叫它像母羊生小羊一样地快快生[3]利息。可是先生您听我说。

安东尼奥　你听，巴萨尼奥，魔鬼也会引证《圣经》来替自己辩护哩。[4]一个指着神圣的名字作证的恶人，就像一个脸带笑容的奸徒[5]，又像一个外观美好而中心腐烂的苹果[6]。唉，奸伪的表面是多么动人！

夏洛克　三千达克特，这是一笔可观的整数。用一年除以三个月，让我看看利钱应该有多少。

安东尼奥　好，夏洛克，我们可不可以仰仗你这一次？

夏洛克　安东尼奥先生，好多次您在交易所里骂我，说我盘剥取利，我总是忍气吞声，耸耸肩膀[7]，没有跟您争

1　反对放高利贷行为的一个理由便是它不涉及付出任何劳动。

2　安东尼奥承认神的意旨在雅各的好运气中扮演着重要角色，但拒绝将这个故事与放贷取利相提并论。

3　夏洛克在比喻的意义上使用“breed”，即“生养、繁殖”一词，言语中带着一种嘲讽的幽默感，安东尼奥显然对此感到不悦。夏洛克的幽默感可以与伊阿古和理查三世的幽默感做比较，它们都源自道德剧中的“恶习”（Vice）形象，参见 Overton，31。

4　在《新约・马太福音》4:6 和《新约・路加福音》4:10 处，魔鬼在诱惑耶稣的时候援引过《圣经》里的话。“魔鬼也会引证《圣经》”（The devil can cite Scriptare for his purpose，Tilley D230）是当时的一句俗谚。

5　参见《哈姆雷特》第一幕第五场：“一个人可以尽管满面都是笑，骨子里却是杀人的奸贼。”

6　“外观美好而中心腐烂的苹果”（A goodly apple rotten in the heart，Dent，引用 Tilley A291.1）为俗谚。

7　参见马洛《马耳他岛的犹太人》第二幕第三场第 23—24 行：“我在佛罗伦萨时学到了，当人们骂我是狗，我却抛一个飞吻，耸一耸肩了事。”（Malone，由 Brown 引用）

辩，因为忍受迫害，本来是我们民族身上常戴的徽记[1]。您骂我异教徒、杀人的狗，把唾沫吐在我的犹太长袍[2]上，只因为我用自己的钱博取几个利息[3]。好，看来现在是您要来向我求助了。您跑来见我，您说，“夏洛克，我们要几个钱”，您这样对我说。您把唾沫吐在我的胡子上，用您的脚踢我，好像我是您门口的一条野狗一样；现在您却来问我要钱，我应该怎样对您说呢？我要不要这样说：“一条狗会有钱吗？一条恶狗能够借人三千达克特吗？”或者我应不应该弯下身子，像一个奴才似的低声下气恭恭敬敬地说：“好先生，您在上星期三用唾沫吐在我身上；有一天您用脚踢我；还有一天您骂我狗；为了报答您的这许多恩典，所以我应该借给您这么些钱吗？”

安东尼奥 我巴不得再这样骂你、唾你、踢你。要是你愿意把这钱借给我，不要把它当作借给你的朋友，——哪

1 原文为“badge”，即区别性的标志。夏洛克是否需要在身上佩戴一个实体的标记，如一顶黄色小帽或是尖顶高帽［1984年皇家莎士比亚剧团（RSC）的制作就是这么设计的］以标示他的犹太人身份，这是有争议的。文艺复兴时代威尼斯和其他地方的犹太人常常被迫佩戴这类标记，和希特勒时代的情况一样。参见Overton，13。他认为夏洛克没有穿上标志性的服饰。

2 原文为“gaberdine”，原指宽大的斗篷或袍服，在舞台传统上经常与犹太人相联系，不过《暴风雨》第二幕第二场处提到凯列班也穿着一件gaberdine。西班牙的犹太人被要求穿及踝的长袍，可能是这一舞台传统的源头，但英格兰并无这种要求（Kittredge）。其他标志性的“犹太人”舞台服饰，如红色或黄色的帽子都来自他处，与这部戏无关（Overton，13）。

3 原文为“And all for use of that which is mine own”，其中“use”一词兼有“使用”和“利息”两个意思（Brown，引证了《无事生非》第二幕第一场中的用法）。“mine own”参见《新约·马太福音》20:15：“我的东西难道不可随我的意思用吗？”（Is it not lawful for me to do as I will with mine own? 为俗谚：Tilley，Dent 099）。

有朋友之间通融几个臭钱也要斤斤计较地让它生利息的道理[1]——你就把它当作借给你的仇人吧；倘使我失了信用，你尽管拉下脸来照约处罚就是了。

夏洛克　哎哟，瞧您生这么大的气！我愿意跟您交个朋友，大家要要好好的[2]，您从前加在我身上的种种羞辱我愿意完全忘掉；您现在需要多少钱，我愿意如数供给您，而且不要您一个子儿的利息[3]；可是您却不愿意听我说下去。我这完全是一片好心哩。

巴萨尼奥　这倒果然是一片好心。

夏洛克　我要叫你们看看我到底是不是一片好心。跟我去找一个公证人，就在那儿签好了约。我们不妨开个玩笑，在约里载明要是您不能按照约中所规定的条件，在什么日子什么地点，还给我一笔什么数目的钱[4]，就得随我的意思，在您身上的任何部分[5]割

1　原文为“for when did friendship take/A breed for barren metal of his friend?”，安东尼奥将“生养”（breed）与“贫瘠不育的金属”（barren metal）对举，强调他对放贷取利行为的反感。反对放贷取利的论述可以上溯到亚里士多德的《政治学》1258b。Warburton引用Meres称“放高利贷以增广金银资财是不合法的，因为违背自然，自然将金银造成贫瘠不育，而放贷却让它们繁衍”（Malone）。Kittredge发现了一个双关语，“后代”和“钱所生的利息”在希腊文里是同一个词——tokos。

2　一提到违约的处罚，夏洛克就改变了讲话策略。布朗注意到了这一点，并引用T. Bell，*Speculation of Usury*（1596），B3：“于是那个愚蠢的可怜人一提到高利贷……（放债人）就收起自己不悦的神情，开始满脸堆笑……叫他为自己的邻人和朋友。”

3　不收利息，代表夏洛克把安东尼奥当作“弟兄”看待。参见《旧约 · 申命记》23:19-20。

4　劳伦斯 · 奥利维尔（Laurence Olivier）演出时在这里停顿了一下，像是夏洛克在为这个“游戏的契约”思索一种恰当的、足够滑稽逗趣的惩罚条款。

5　参见第四幕第一场的“从这商人的胸口割下一磅肉来”和“‘靠近心口的所在’，约上写得明明白白”，在那里契约具体指明了要最靠近安东尼奥心口的那块肉。

下一磅白肉[1]作为处罚。

安东尼奥 很好，就这么办吧。我愿意签下这样一张约，还要对人家说这个犹太人的心肠倒不坏呢。

巴萨尼奥 我宁愿安守贫困，不能让你为了我的缘故签这样的约。

安东尼奥 老兄，你怕什么，我决不会受罚的。就在这两个月之内，离开这约的满期还有一个月，我就可以有九倍这借款的数目进门。

夏洛克 亚伯兰老祖宗啊！瞧这些基督徒因为自己待人刻薄，所以疑心人家对他们不怀好意。[2]请您告诉我，要是他到期不还，我照着约上规定的条款向他执行处罚了，那对我又有什么好处？从人身上割下来的一磅肉，它的价值可以比得上一磅羊肉、牛肉或是山羊肉吗？我为了要博得他的好感[3]，所以才向他卖这样一个交情。要是他愿意接受我的条件，很好，否则也就算了。千万请你们不要误会了我这一番诚意。

安东尼奥 好，夏洛克，我愿意签约。

1 称安东尼奥的肉为“白肉”暗示夏洛克本人的肤色可能更深，是东方人的色调（Furness）。

2 夏洛克继续以轻描淡写的玩笑语气讲话，但试与第四幕第一场的“这些便是相信基督教的丈夫！”比较，后面这句旁白包含了更尖刻的、对基督徒作为丈夫的嘲讽。

3 夏洛克的态度显得极为坦诚。

夏洛克　那么就请您先到公证人的地方等我，告诉他这一张游戏的契约怎样写法。我就去马上把钱凑起来，还要回到家里去瞧瞧，让一个靠不住的奴才看守着门户，有点放心不下，然后我立刻就来瞧您。

安东尼奥　那么你去吧，善良的犹太人。（夏洛克下）这犹太人快要变作基督徒了[1]，他的心肠变好多啦。

巴萨尼奥　我不喜欢口蜜腹剑的人。

安东尼奥　好了好了，这又有什么要紧？再过两个月，我的船就要回来了。（同下。）

1　或为后文夏洛克被强制改宗（第四幕第一场“我愿意丧失一切”）埋下了伏笔：参见 Lewalski，第 334 页。

第二幕

第一场

| 木管号角吹花腔。[1]摩洛哥亲王，一个全身着白[2]的深肤色[3]摩尔人，率三四个形容装束与之类似的侍从上；鲍西娅、尼莉莎及婢仆等同上。

摩洛哥亲王 不要因为我的肤色而憎厌我。我是骄阳的邻人和近亲[4]，我这一身暗影的制服[5]，便是它的威焰的赐予。给我到终年不见福玻斯的烈火[6]的，冰山雪柱的极北，找一个最白皙姣好的人来，让我们刺血察验对您的爱情[7]，看看究竟是他的血红还是我的血红[8]。

1 原文为"A flourish of cornetts"，通常用来宣告身份显赫的人物出场（或离场）。木管号角（cornetts）是15—16世纪的常见木管乐器，不要与现代短号（cornet）这种铜管乐器混淆。

2 白色为伊斯兰教国家正式礼服的颜色，这里让摩洛哥亲王穿白色也是为了与鲍西娅及其侍女仆人们鲜艳绚丽的服色形成对照。

3 原文为"tawny"，指深色，但显然比黑种人黝黑的肤色要浅。

4 因为太阳在所有天体中为首，所以摩洛哥亲王要与它攀亲。

5 "暗影的制服"，即"骄阳的随从所穿的深色制服"，用来比喻自己的肤色（Riverside）。摩洛哥亲王的语言风格矫饰浮夸，大量使用各种修辞手法。

6 即阳光。福玻斯（Phoebus）是太阳神的名字。

7 "刺血察验"可能暗指恋人们刺伤自己，蘸着自己的血给对方写"深情款款的书信"这种行为，在琼森的《辛西娅的欢庆》（*Cynthia's Revels*）第四幕第一场第200—209行中有描述，并且《李尔王》第六场也暗指了此事（Brown）；也可能暗指因爱成疾刺伤自己（NS，比较《爱的徒劳》第四幕第三场）；或隐秘地呼应割肉为契一事（NCS）。

8 红色的鲜血象征活力和勇气，无论是当年还是今天都如此。

我告诉你，小姐，我这副容貌曾经吓破了勇士的肝胆；可是凭着我的爱情起誓，我们国土里最有声誉的少女也曾为它害过相思。我不愿变更我的肤色，除非为了取得您的欢心，我的温柔的女王！

鲍西娅 讲到选择这一件事，我倒并不单单凭一双善于挑剔的少女的眼睛[1]；而且我的命运由抽签决定，自己也没有任意定夺的权力。可是我的父亲倘不曾用他的远见把我束缚住了，使我只能委身于按照他所规定的方法赢得我的男子，那么您，声名卓著的王子，您的容貌在我的心目之中，并不比我所已经看到的那些求婚者有什么逊色[2]。

摩洛哥亲王 单是您这一番美意已经使我万分感激了；所以请您带我去瞧瞧那几个匣子，试一试我的命运吧。凭着这一柄曾经手刃波斯皇帝，并且使一个三次战败苏莱曼苏丹的波斯王子授首的宝刀起誓，我要瞪眼吓退世间最狰狞的猛汉[3]，跟全世界最勇武的壮士比

1 此处鲍西娅表示自己不甚看重视觉表象的吸引——或许是对摩洛哥亲王的一个提示，但他完全没有领会到这一点，台下的观众也没有。

2 原文为“... stood as fair/As any comer I have looked on yet”，其中“fair”一词既有“容貌美丽”之意，也有“皮肤白皙”和“享有公平机会”之意（Overton，18-19）。

3 摩洛哥亲王声称他的弯刀（scimitar）杀死过波斯的皇帝，还杀死过一个英勇的波斯王子，那位王子曾三次战胜过苏莱曼。Pooler 将这段吹嘘与基德的《索里曼与佩尔塞达》（*Soliman and Perseda*，1592）第一幕第三场第 51—54 行：“在三个战场上与波斯皇帝相抗 / 效力于伟大的苏莱曼麾下 / 我统率群雄，勇冠三军 / 将铁石心肠的波斯人斩于刀下”（由 Brown 引用）做比较。但 NCS 注意到，在与摩洛哥亲王的盟友——苏莱曼（1520—1566）率领的土耳其人的战斗中，历史上没有哪个波斯人曾经得胜三场。

赛胆量，从母熊的胸前夺下哺乳的小熊[1]；当一头饿狮咆哮攫食的时候，我要向它揶揄侮弄[2]，为了要博得心爱小姐[3]的垂青。[4]可是唉！即使像赫拉克勒斯那样的盖世英雄，要是跟他的奴仆里恰斯[5]赌起骰子来，也许他的运气还不如一个下贱之人，因此阿尔喀德斯才会被自己的狂怒击败；我现在听从盲目的命运的指挥，也许结果终于失望，眼看着一个不如我的人把我的意中人挟走，而自己在悲哀中死去[6]。

鲍西娅 您必须信任命运，或者死了心放弃选择的尝试，或

1 “从母熊的胸前夺下哺乳的小熊”（Pluck the yourg sucking cubs from the she-bear）是俗谚中形容勇武的惯用表达（Tilley，Dent S292）。参见《旧约 · 撒母耳记下》17:8，《旧约 · 箴言》17:12 等处。（Shaheen）

2 参见《旧约 · 诗篇》104:21。（Shaheen）

3 在这里摩洛哥亲王似乎不是直接在对鲍西娅说话，而是正如他时常会做的那样（如在第二幕第七场），向着一群想象中的公众发布宣言（M. Warren，“A Note on *The Merchant of Venice* II.i.31”，*SQ* 32，1981，104-105）。

4 在这段演说中，以及在其他一些地方，莎士比亚都同时模仿、致敬和揶揄了马洛文风中典型的“雄壮诗行”（mighty lines）。参见 James Shapiro；“‘Which is *The Merchant* here，and which *The Jew?*’ Shakespeare and the Economics of Influence”，*SStud*，20（1988），第 273 页。参见 Leggatt，129-130。

5 里恰斯（Lichas）其实是关于赫拉克勒斯的另一个故事，即“涅索斯的浸毒衬衫”（奥维德《变形记》第九卷第 98—238 行）中将有毒衬衫递到赫拉克勒斯手上的仆人的名字，而非与他玩骰子的手下。在这里摩洛哥亲王记混了。

6 在“Shakespeare's Plutarch”，*SQ* 10（1959），31-32 中，E. A. J. 霍尼希曼（E. A. J. Honigmann）引用了普鲁塔克的《罗慕路斯传》（*Life of Romulus*）开头部分的一个故事。赫拉克勒斯神庙的看守无事可做，便请他的主神来和他掷骰为戏，赌注是如果看守赢了，赫拉克勒斯就要赐下好运气给他；如果看守输了，他就要为赫拉克勒斯奉上丰盛的餐食，并为他找一个美貌的淑女同床共枕。在之前的段落中，普鲁塔克提到了那只哺育罗慕路斯和雷穆斯的母狼。根据霍尼希曼的解释，莎士比亚写下本段台词时，心里显然是在想着这段故事中的事件，随后他又从这些事件生发出了“击败赫拉克勒斯的两种方式”：通过运气（赌骰子）和通过情绪（狂怒）。阿尔喀德斯（赫拉克勒斯的希腊名）的“狂怒”与摩洛哥亲王本人的“悲哀”相对，正如掷骰子与“盲目的命运”相对。另外，“狂怒”也与“有风度的失败者”对“输不起的人”这个主题相关联，而这个主题又是对全剧开场处巴萨尼奥关于输赢的宣言（第一幕第一场“把那失去的箭也找回来”）的延伸。然而，在普鲁塔克的故事中，最后赫拉克勒斯获胜了，他的狂怒是在其他地方，即“涅索斯的浸毒衬衫”故事里展现出来的。与他此前讲的那个关于波斯皇帝和苏莱曼的故事一样，摩洛哥亲王总是倾向于混淆事实。

者当您开始选择以前，先立下一个誓言，要是选得不对，终身不再向任何女子求婚；所以还是请您考虑考虑吧。

摩洛哥亲王 我的主意已决，不必考虑了；来，带我去试我的运气吧。

鲍西娅 先到教堂里去宣誓；吃过了饭，您就可以冒险尝试[1]。

摩洛哥亲王 好，成功失败，在此一举！正是不挟美人归，壮士无颜色。（木管号角奏乐；众下。）

第二场

| 小丑[2]朗斯洛·高波[3]上。

朗斯洛 要是我从我的主人这个犹太人的家里逃走，我的良心是一定要责备我的。可是魔鬼拉着我的臂膀，引诱着我，对我说："高波，朗斯洛·高波，好朗斯洛，拔起你的腿来，开步走！"我的良心说："不，留心，老实的朗斯洛；留心，老实的高波。"或者就是这么说："老实的朗斯洛·高波别逃跑；用你

1 原文为"Your hazard shall be made."，这里（以及后文与阿拉贡的对话中）鲍西娅都选用了"hazard"一词，似乎是对他们该如何选择的提示（注意第二幕第七场开场处铅匣子上铭文的用词），但似乎只有巴萨尼奥敏锐地领会了她的暗示（Oz，88）。

2 原文为"clown"，这个词既有"小丑、弄人"之意，又有"乡野之人"之意。朗斯洛的幽默感完美地体现了演员威尔·肯佩擅长的戏路，这个角色无疑是莎士比亚为其量身打造的。

3 "高波"（Gobbo）这个姓在意大利语里是"驼背"的意思。不过莎士比亚未必打算把他们一家都设定成驼子（Merchant），虽然老高波的背的确是驼的。

的脚跟把逃跑的念头踢得远远的。”好，那个大胆的魔鬼却劝我卷起铺盖滚蛋；“去呀！[1]”魔鬼说，“去呀！看在老天的面上，提起勇气来，跑吧！”好，我的良心挽住我心里的脖子[2]，很聪明地对我说，“朗斯洛，我的老实朋友，你是一个老实人的儿子，”——或者不如说一个老实[3]妇人的儿子，因为我的父亲的确有点儿不大那个，有点儿很丢脸的坏脾气[4]——好，我的良心说：“朗斯洛，别动！”魔鬼说：“动！”我的良心说：“别动！”“良心，”我说，“你说得不错。”“魔鬼，”我说，“你说得有理。”要是听良心的话，我就应该留在我的主人那犹太人家里，上帝恕我这样说[5]，他也是一个魔鬼。要是从犹太人的地方逃走，那么我就要听从魔鬼的话，对不住[6]，他本身就是魔鬼。可是我说，那犹

1 原文为“Via”，即意大利语的“去呀”（后一个“去呀”则是英语“away”）。

2 原文为“hanging about the neck of my heart”，是一种喜剧性的荒谬逗乐表达，似乎在说良心又亲密又腻歪地缠着人不放。

3 两处“老实”的原文为“honest”，有“诚实”和“贞洁、不乱搞”两层意思（因而有其后说他父亲的那句话）。

4 原文为“for indeed my father did something smack—something grow to—he had a kind of taste”，“smack”可以被理解为“显得……”“散发出……的气味”之意（NS），但同时它和后面的“grow to”与“taste”构成了一组暗指性行为的粗俗隐语。这种不好意思说出令人尴尬的事实，因而藏头露尾的表达方式构成了朗斯洛台词的部分喜感。NCS 指出了这组粗俗的双关语的含义：“smack”意为“声音很大地亲吻”（《牛津英语词典》V. 2）；“grow to”有“朝某个方向去”（Onions）和“（阴茎）肿大”两个意思；“taste”则有“品位、爱好、倾向”（《牛津英语词典》7）和“沉湎于、享受（做某事）”（《牛津英语词典》7b）两个意思。与 B. Partridge *Shakespeare's Bawdy*（1947），189 相比较。注意从 smack 到 taste 这三个行为是逐步发展深入的。

5 原文为“God bless the mark”，当时常见的惊叹语，最初可能是某种不祥之兆出现时用来化解的吉祥话，后来演变成不小心讲了什么有冒犯性的、恶劣的或渎神的话之后的道歉，这句话也出现在《维洛那二绅士》第四幕第四场（《牛津英语词典》*mark sb.* 18）。

6 原文为“saving your reverence”，也是为刚说过的“不好”的话道歉的惯用语。

太人一定就是魔鬼的化身；凭良心说话，我的良心劝我留在犹太人的地方，这良心也未免太狠。还是魔鬼的话说得像个朋友。我要跑，魔鬼；我的脚跟听从你的指挥；我一定要逃跑。[1]

|老高波盲眼携篮上。

高波 年轻的少爷，请问一声，到犹太老爷的家里是怎么去的？

朗斯洛 （旁白）天啊！这是我的亲生的父亲[2]，他的眼睛有八九分瞎，不只是沙子那么瞎，简直是碎石子儿那么瞎[3]，已经认不出我来了。待我把他戏弄一下。

高波 年轻的少爷先生，请问一声，到犹太老爷的家里是怎么去的？

朗斯洛 你在转下一个弯的时候，往右手转过去；临了一次转弯的时候，往左手转过去；再下一次转弯的时候，什么手也不用转，曲曲弯弯地转下去，就转到那犹太人的家里了[4]。

1 这段想象中的良心与魔鬼争相对朗斯洛施加影响的对话，是在模仿当时的道德剧如《普通人》（*Everyman*）之中天使与魔鬼争夺凡人灵魂的常见桥段。

2 原文为“true-begotten father”，一般只有说“亲生儿子”的，没有说“亲生父亲”的，这是朗斯洛言语颠倒，乱用形容词，以制造喜剧效果的一例。

3 原文中这两个表达分别是“sand-blind”和“high-gravel-blind”，是朗斯洛发明的、用来搞笑的“盲眼等级”：“蒙了沙子那么瞎”指半盲；“进了碎石子儿那么瞎”指介于半盲和全盲之间（英语中形容“全盲”的惯用表达是“stone-blind”，直译为“石头盲”）。“high”是形容程度的，指老高波已经与“stone-blind”相差无几了。

4 自西奥博尔德（Theobald）之后，许多编者都会提到这个玩笑源自泰伦斯（Terence）的《阿德尔菲》（*Adelphi*）第四幕第二场。当然，此时其实二人正站在夏洛克家门口，因为朗斯洛刚从里面出来（NCS）。在舞台表演中，经常会安排老高波在台上来回转圈，或被朗斯洛推着转圈，直到最后看上去像是转晕了，作迷茫而无所适从状。

高波 哎哟，这条路可不容易走哩！您知道不知道有一个住在他家里的朗斯洛，现在还在不在他家里？

朗斯洛 你说的是朗斯洛少爷吗？[1]（旁白）瞧着我吧，现在我要诱他流起眼泪来了[2]。——你说的是朗斯洛少爷吗？

高波 不是什么少爷，先生，他是一个穷人的儿子；他的父亲不是我说一句，是个老老实实的穷光蛋，多谢上帝，他日子还过得不坏[3]。

朗斯洛 好，不要管他的父亲是个什么人，咱们讲的是朗斯洛少爷。

高波 他是您少爷的朋友，他就是叫朗斯洛。

朗斯洛 对不住，由此可得老人家，由此可得[4]我要问你，你说的是年轻的朗斯洛少爷吗？

高波 是朗斯洛，少爷。

朗斯洛 所以就是朗斯洛少爷。老人家[5]，你别提起朗斯洛少爷啦；因为这位年轻的少爷，根据天命气数鬼

1 为了进一步迷惑老高波，朗斯洛用一个习俗上只用于士绅阶层，而不用于仆人的称呼“少爷”（Master）称呼自己。

2 原文为“raise the waters”，有两层意思：“让人陷入更深的混乱”［比较《旧约 · 诗篇》69 的“deep waters”（我到了深水之中），《牛津英语词典》6c 也收录了这个义项和例句］和“让人开始流泪”。

3 原文为“well to live”，“生活宽裕富足”之意（《冬天的故事》第三幕第三场处也出现了这个表达“你可以享福了！”）。老高波讲话颠三倒四、前后矛盾，明明前一句还在说自己是穷光蛋。

4 这两个“由此可得”原文都是拉丁语的“ergo”。学究们出了名地总把这个拉丁语连词挂在嘴边（类似中国学究口中的“之乎者也”），于是小丑和弄人们也经常在玩笑中使用这个词，如《终成眷属》第一幕第三场（Brown）拉瓦契的一段搞笑的三段论推理。此处朗斯洛是在瞎用这个词。

5 原文为“father”，在当时这个词可以作为对老年男子的一般性呼语，未必是“父亲”的意思。参见《李尔王》第二十场“幸运的老人家”（happy father）。

神这一类阴阳怪气的说法——根据“死亡三姐妹”的预言[1]，还有类似的学问——是已经去世啦，或者说得明白一点，是已经归天啦。

高波　哎哟，天哪！这孩子是我老年的拐杖[2]，我的唯一的靠傍哩。

朗斯洛　（旁白）我难道像一根棒儿，或是一根柱子[3]吗？——爸爸，您不认识我吗？

高波　唉，我不认识您，年轻的少爷，可是请您告诉我，我的孩子——上帝安息他的灵魂！——究竟是活着还是死了？

朗斯洛　您不认识我吗，爸爸？

高波　唉，少爷，我是个瞎子；我不认识您。

朗斯洛　哦，真的，您就是眼睛明亮，也许会不认识我，只有聪明的父亲才会认得他自己的儿子[4]。好，老人家，让我告诉您关于您儿子的消息吧。请您给我祝福；真理总会显露出来，杀人的凶手总会给人捉住[5]；儿

1　原文为“the Sister Three”。在古典神话中，三位老女巫或“命运三女神”分别纺织、度量并截断人的命运之线。朗斯洛不仅喜欢使用谚语箴言（见下文“真理总会显露出来……”），还喜欢用来自古典文化的典故说同义反复的车轱辘话，这构成了他喜剧性的、半文不白故作风雅的语言风格。

2　参见《次经·托比特书》10:4“我儿……你是我风烛残年的手杖”（《主教圣经》；Shaheen）。

3　原文为“hovel-post”，Furness 引用 Colgrave, *A Dictionary of the French and English Tongues*（1611）中的词条：“*Escraigne*，一间小茅屋，由许多根柱子围成，它们的顶端聚合作为屋顶。”威尔·肯佩扮演的朗斯洛绝非“棒儿”或“柱子”般瘦骨嶙峋。

4　朗斯洛颠倒了当时的一句俗谚“明智的孩子认得爹”（It is a wise child that knows its own father, Tilley C309）。

5　托马斯·基德（Thomas kyd）在《西班牙悲剧》（*The Spanish Tragedy*）第二幕第六场第 58—60 行中曾将这两句俗谚（Truth will come to light; Murder cannot be hid long）并举（Brown）。

子虽然会暂时躲了过去，事实到临了总是瞒不过的。

高波 少爷，请您站起来。我相信您一定不会是朗斯洛，我的孩子。

朗斯洛 哎呀，我不想继续开玩笑愚弄您了，请您给我祝福[1]：我是朗斯洛，从前是您的孩子，现在是您的儿子，将来也还是您的小子[2]。

高波 我不能想象您是我的儿子。

朗斯洛 那我倒不知道应该怎样想法；可是我的确是在犹太人家里当仆人的朗斯洛，我也相信您的妻子玛葛蕾就是我的母亲。

高波 她的名字果真是玛葛蕾。你倘然真的就是朗斯洛，那么你是我的亲生血肉了。（手摸朗斯洛的后脑勺）[3] 上帝果然灵圣！你长了多长的一把胡子啦！你脸上的毛比我那拖车子的马儿道平尾巴上的毛还多哪！

朗斯洛 这样看起来，那么道平的尾巴一定是越长越短的；我还清楚记得，上一次我看见它的时候，它尾巴上的毛比我脸上的毛多得多哩。

1 在第一幕第三场“他的聪明的母亲设计使他做第三代的族长”处，夏洛克曾提到《旧约 · 创世记》27:19-24 中以撒受妻子和次子雅各的愚弄，将长子的祝福给了雅各的故事。此处为该《圣经》故事的一个喜剧变体。

2 原文为“your boy that was，your son that is，your child that shall be”，当提及时间的三分法（过去、现在、未来）时，朗斯洛搞乱了男人三个成长阶段的次序（孩子、儿子、小子），并以一种笨拙的方式改写了天主教《圣三光荣经》（*the Glory Be*）的祷词。原文为“起初如何，今日亦然，直到永远”（“As it was in the beginning，is now，and ever shall be”）（Shaheen）。

3 在舞台传统中，这时朗斯洛是跪在父亲面前，把头深深俯下，以造成滑稽的误会效果（老高波错把他后脑勺的头发当成了胡子），这也再次呼应了雅各愚弄以撒的故事（Kittredge）。

高波 上帝啊！你真是变了样子啦！你跟主人合得来吗？我给他带了点儿礼物来了。你们现在合得来吗？

朗斯洛 合得来，合得来；可是从自己这一方面讲，我既然已经决定逃跑，那么非到跑走了一程路之后，我是绝不会停止下来的。我的主人是个十足的犹太人，给他礼物！还是给他一根上吊的绳子吧。我替他做事情，把身体都饿瘦了，您可以用我的肋骨摸出我的每一条手指来[1]。爸爸，您来了我很高兴。把您的礼物送给一位巴萨尼奥大爷吧，他是会赏漂亮的新衣服给用人穿的。我要是不能服侍他，我宁愿跑到地球的尽头去啊。运气真好！正是他来了。到他跟前去，爸爸。我要是再继续服侍这个犹太人，连自己都是个犹太人[2]了。

|巴萨尼奥率莱奥纳多及其他从者上。

巴萨尼奥 你们就这样做吧，可是要赶快点儿，晚饭顶迟必须在五点钟预备好。这几封信替我分别送出；叫裁缝把制服做起来；回头再请葛莱西安诺立刻到我的寓所里来。（一仆下。）

朗斯洛 上去，爸爸。

1 朗斯洛再一次把话说反了（一般会说用手指摸出每一根肋骨）。“朗斯洛左手大张，手指根根分开地覆在肋骨所在的位置上，右手抓起他父亲的手，拉到胸前让他摸自己左手的手指”（NS 这样解释舞台传统上演到这句台词时演员的惯常动作）。

2 这个语境下的“犹太人”指夏洛克，但俗谚中“犹太人”也用来泛指“奸恶之人”（Dent 引用了很多例子来证明这一点）。

高波 上帝保佑大爷！

巴萨尼奥 谢谢你[1]，有什么事？

高波 大爷，这一个是我的儿子，一个苦命的孩子——

朗斯洛 不是苦命的孩子，大爷，我是犹太富翁的跟班[2]，不瞒大爷说，我想要——我的父亲可以给我证明——

高波 大爷，正像人家说的，他一心一意地想要伺候——

朗斯洛 总而言之一句话，我本来是伺候那个犹太人的，可是我很想要——我的父亲可以给我证明——

高波 不瞒大爷说，他的主人跟他有点儿意见不合[3]——

朗斯洛 干脆一句话，实实在在说，这犹太人欺侮了我，他叫我——我的父亲是个老头子，我希望他可以替我向您献上言[4]——

高波 我这儿有一盘烹好的鸽子送给大爷，我要请求大爷一件事——

朗斯洛 长话短说，这请求是触犯到我的事情[5]，这位老实的老人家可以告诉您。不是我说一句，我这父亲虽然是个老头子，却是个苦人儿。

1 原文为"Gramercy"，字面意思是"上帝赐慈悲予你"（God grant you mercy）的缩写，在日常对话中常用于表达"谢谢"。

2 原文为"poor boy"，也可以理解成"穷孩子"。朗斯洛喜欢讲这种包含强烈对立（"跟班"对"犹太富翁"）的话，也喜欢跟他父亲抬杠。

3 原文为"His master and he ... are scarce cater-cousins"，其中的"scarce"有"几乎不是"和"吝啬"两层意思。"cater-cousins"意为亲密的朋友。

4 原文为"an old man—shall frutify unto you"，"fruitify"是朗斯洛乱讲的词，他想说的其实是"certify"（证明）或"notify"（告知）。但"fruit"有"结果、成果、馈赠"的意思，因此"fruitify"这个本无意义的词提示了老高波将礼物拿出来送给巴萨尼奥。

5 这句的原文为"the suit is impertinent to myself"，朗斯洛错把"pertinent"（事关）说成了"impertinent"（无礼、触犯）。

巴萨尼奥　让一个人说话就行了。你们究竟要什么？

朗斯洛　伺候您，大爷。

高波　缺的正是这一件事[1]，大爷。

巴萨尼奥　我认识你，我可以答应你的要求，你的主人夏洛克今天曾经向我说起，要把你举荐给我[2]。可是你不去伺候一个有钱的犹太人，反要来做一个穷绅士的跟班，恐怕没有什么好处吧。

朗斯洛　大爷，一句老古话刚好说着我的主人夏洛克跟您：他有的是钱，您有的是上帝的恩典[3]。

巴萨尼奥　你说得很好。老人家，你带着你的儿子，先去向他的旧主人告别，然后再来打听我的住址。（向从者）给他做一身比别人格外鲜亮、出挑[4]一点的制服，不可有误。

朗斯洛　爸爸，进去吧。我不能得到一个好差使吗？我生了嘴不会说话吗？[5]好，（视手掌）在意大利要是有谁生得一手比我还要好的掌纹[6]，好用来按着哪本书

1　原文为"That is the very defect of the matter"，老高波本来想说这就是自己前来的"effect"（要达到的效果，即意图），但错说成了"defect"（缺陷）。

2　夏洛克在后文第二幕第五场"我家里可容不得懒惰的黄蜂"处给出了他这么做的原因。

3　那句"老古话"是"上帝的恩典就已经足够了"（The grace of God is gear enough，Tilley G393），衍生自《哥林多后书》12:9"我的恩典是够你用的"。

4　原文为"more guarded than his fellows"，这里"guarded"是"装饰华丽"之意，指制服上饰有穗子或镶边，但巴萨尼奥的意思未必是要给他做一套弄人的制服（Brown，沿用了Leslie Hotson在*Shakespeare's Motley*第57—62页的说法），尽管在某种意义上朗斯洛的确充当了巴萨尼奥家中弄人的角色。

5　朗斯洛这两个问句用的是嘲讽的反问语气，好像他父亲在说他没法为自己说话谋事似的。

6　原文为"table"，在手相学里"table"指的是手掌上的四条主要纹路及其中间的那一片。

发愿，我还没见过呢。我一定会交好运的。[1] 好，这儿是一条平淡无奇的寿命线[2]；这儿有不多几个老婆[3]；唉！十五个老婆算得什么，十一个寡妇再加上九个黄花闺女，对于一个男人也不算太多啊[4]。还要三次溺水不死，有一次几乎在一张天鹅绒的床边送了性命，好险呀好险[5]！好，要是命运之神是个女的，她倒是个很好的娘儿。爸爸，来，我要用一眨眼的工夫向那犹太人告别。（朗斯洛及老高波下。）

巴萨尼奥 好莱奥纳多，请你记好这些东西买到以后，把它们安排停当[6]，就赶紧回来，因为我今晚要宴请我的最有名望的相识，快去吧。

莱奥纳多 我一定给您尽力办去。

| 葛莱西安诺上。

葛莱西安诺 你家主人呢？

莱奥纳多 他就在那边走着，先生。（下。）

1 这里朗斯洛又说了一句颠三倒四的话，其大意可能如此，也可能是要说“那个比我掌纹更好的人一定会交好运的”。原文为“if any man in Italy have a fairer table which doth offer to swear upon a book，I shall have good fortune”。关于手按一本书（指的应该是《圣经》）发誓，参见《爱的徒劳》第四幕第三场“我要按着《圣经》发誓”（O，who can give an oath? Where is a book）。

2 原文为“simple”，朗斯洛在这里和在接下来的几行里都在用反讽语气讲话，不停地做关于“simple”的语言游戏。“生命线”指的是手掌最下方半围着大拇指的那条弧线，据说可以预测寿数。

3 从大拇指下端的肉球（被称作“维纳斯之丘”，mount of Venus）延伸到生命线之间的那些较深的纹路条数被认为代表男子娶妻的数量（Halliwell 引用 Saunder 在 *Chiromancie* 中的说法；由 Furness 转引）。

4 原文为“... is a simple coming-in for one man”，其中 coming-in 既可表示“收入”，也可作“性高潮”的隐语。或许朗斯洛是在企望这些妻子能带来丰厚的嫁妆。（Kittredge）

5 朗斯洛“读”自己掌纹的时候，脑子里显然一直在想跟性相关的各种香艳、冒险情节。

6 他在吩咐手下购置和安排他去贝尔蒙特的船上所需的物资。

葛莱西安诺　巴萨尼奥大爷！

巴萨尼奥　葛莱西安诺！

葛莱西安诺　我要向您提出一个要求。

巴萨尼奥　我答应你。[1]

葛莱西安诺　您可千万不能拒绝我，我一定要跟您到贝尔蒙特去。

巴萨尼奥　啊，那么我只好让你去了。可是听着，葛莱西安诺，你这个人太随便，太不拘礼节，太爱高声说话了。这几点本来对于你是再合适不过的，在我们的眼睛里也不以为嫌，可是在陌生人的地方，那就好像有点儿放肆啦。请你千万留心在你的活泼的天性里尽力放进几分冷静去，否则人家见了你这样狂放的行为，也许会对我发生误会，害我不能达到我的希望。

葛莱西安诺　巴萨尼奥大爷，听我说。我一定会装出一副安详的态度[2]，说起话来恭而敬之，难得赌一两句咒，口袋里放一本祈祷书[3]，脸孔上堆满了庄严；不但如此，在念食前祈祷的时候，我还要把帽子摘下来掩住我的眼睛[4]，叹一口气，说一句"阿门"；我一定

1 巴萨尼奥如此轻易就应承，让葛莱西安诺觉得对方可能没太把自己想提的要求当回事。

2 原文为"put on a sober habit"，"habit"既有"举止态度"之意，也有"衣着打扮"之意。

3 口袋里常放祈祷书是一种高调的（且常常是虚伪的）虔信姿态。

4 即"做出一副心无旁骛的虔诚样子"。人们在室内通常应该戴着帽子（参见《哈姆雷特》第五幕第二场"您的帽子是应该戴在头上的"），但这里葛莱西安诺要摘下帽子，盖住眼睛。

遵守一切礼仪，就像人家有意装得循规蹈矩，去讨他老祖母的欢喜一样。要是我不照这样的话做去，您以后不用相信我好了。

巴萨尼奥 好，我们倒要瞧瞧你装得像不像。

葛莱西安诺 今天晚上可不算，您不能按照我今天晚上的行动来判断我。

巴萨尼奥 不，那未免太煞风景了。我倒要请你今天晚上痛痛快快地欢畅一下[1]，因为我已经跟几个朋友约定，大家都要尽兴狂欢。不过现在我还有点儿事情，等会儿见。

葛莱西安诺 我也要去找罗伦佐和他们那些人。晚饭的时候我们一定来看您。（各下。）

第三场

| 杰西卡及小丑朗斯洛上。

杰西卡 你这样离开我的父亲，使我很不高兴。我们这个家是一座地狱，幸亏有你这淘气的小鬼，多少解除了几分闷气。可是再会吧，朗斯洛，这一个达克特你且拿了去，你在晚饭的时候可以看见一位叫作罗伦

1 原文为“put on/Your boldest suit of mirth”，直译为“穿上你最招摇的、嬉闹的衣装”。巴萨尼奥是顺着前面葛莱西安诺关于服饰的比喻往下说的。

佐的，是你新主人的客人，这封信你替我交给他，留心别让旁人看见。现在你快去吧，我不敢让我的父亲瞧见我跟你谈话。

朗斯洛　再见！眼泪哽住了[1]我的舌头。顶美丽的异教徒[2]，顶温柔的犹太人！倘不是一个基督徒跟你母亲私通，生了你下来，就算我有眼无珠。再会吧！这些傻气的泪点，快要把我的男子气概都淹沉啦。再见！

杰西卡　再见，好朗斯洛。（朗斯洛下）唉，我真是罪恶深重，竟会羞于做我父亲的孩子！可是虽然我在血统上是他的女儿，在行为上却不是他的女儿。罗伦佐啊！你要是能够守信不渝，我将要结束这个冲突[3]，皈依基督教，做你的亲爱的妻子。（下。）

第四场

| 葛莱西安诺、罗伦佐、萨拉里诺、索拉尼奥同上。

罗伦佐　不，咱们就在吃晚饭的时候溜出去，在我的寓所

1　原文是“exhibit”（展示），但实际上朗斯洛想说的是“inhibit”（阻止住）。但与本剧中其他这类用词错误是一样的，它也暗中传达了另一个意思，即“他的眼泪表达出了本应用语言表达的感情”。

2　原文为“pagan”，布朗提出它可能是个粗俗的性俚语，有“娼妓”之意，如该词语在《亨利四世 · 下篇》第二幕第二场处就被用来指桃儿 · 贴席（Doll Tearsheet）。

3　伊丽莎白时代人会在字面意义上理解结婚誓词中丈夫与妻子“结为一体”（英文为“man and wife are become one flesh”，即“成为同一个身体”）这个表述，因此如果杰西卡与罗伦佐结婚，她作为他的妻子就将在“血脉”上与他合二为一，而不再是夏洛克的血脉。

里化装好了，只消一点钟工夫就可以把事情办好回来。

葛莱西安诺 咱们还没有好好儿准备过呢。

萨拉里诺 咱们还没有约好拿火炬的人。

索拉尼奥 咱们一定要计划得停停当当，否则叫人瞧着笑话。依我看来，还是不用了吧。

罗伦佐 现在还不过四点钟，咱们还有两个钟头可以准备起来[1]。

|朗斯洛持函上。

罗伦佐 朗斯洛朋友，你带了什么消息来了?

朗斯洛 请您把这封信拆开来，想必它就会一五一十地向您细说端详[2]。

罗伦佐 我认识这笔迹。这几个字写得真好看，写这封信的那双手是比这信纸还要洁白的[3]。

葛莱西安诺 一定是情书。

朗斯洛 大爷，小的告辞了。

罗伦佐 你还要到哪儿去?

1 依照都铎时代其他化装游行中的习惯做法，罗伦佐向他的朋友提出他们偷偷从晚宴上溜走，装扮好了之后再回来。因为这种游行化装是件费时费力的事，人们通常穿戴外国达官贵人的全套装束，由一支举着火炬的前导队伍开路（故有下文“还没有约好拿火炬的人”），旁边还有乐队奏乐，以制造声势浩大的效果（参见《无事生非》第二幕第一场，《爱的徒劳》第五幕第二场，《罗密欧与朱丽叶》第一幕第四场）。葛莱西安诺和其他人担心当晚的私奔谋划因为准备不够充分而出岔子，不想继续了，但罗伦佐催促他们照原计划行事。

2 原文为“it shall seem to signify”，朗斯洛喜欢用矫揉造作的语言去表达。

3 “字写得好看”和“洁白的手”原文都是“fair hand”，用了“fair”一词的双关语义。时人流行皮肤白皙。

朗斯洛　呃，大爷，我要去请我的旧主人犹太人今天晚上陪我的新主人基督徒吃饭。

罗伦佐　慢着，这几个钱赏给你。你去回复温柔的杰西卡，我不会误她的约，留心说话的时候别给旁人听见。去吧。（朗斯洛下。）各位，你们愿意去准备今天晚上的假面游行吗？我已经有了一个拿火炬的人[1]。

萨拉里诺　是，我立刻就去准备起来。

索拉尼奥　我也就去。

罗伦佐　再过一点钟左右，咱们大家在葛莱西安诺的寓所里相会。

萨拉里诺　很好。（萨拉里诺、索拉尼奥同下。）

葛莱西安诺　那封信不是杰西卡写给你的吗？

罗伦佐　我必须把一切都告诉你。她已经教我怎样带着她逃出她父亲的家里，告诉我她随身带了多少金银珠宝，已经准备好怎样一身小童的服装。要是她的父亲那个犹太人有一天会上天堂，那一定因为上帝看在他善良的女儿面上特别开恩。厄运再也不敢侵犯她，除非因为她的父亲是一个无信[2]的犹太人。来，跟我一块儿去，你可以一边走一边读这封信，美丽的杰西卡将要替我拿着火炬。（同下。）

1　即扮成男装的杰西卡。
2　原文为“faithless”，既有“无（基督教）信仰”之意，又有“奸诈、言而无信”之意。

第五场

|犹太人夏洛克及其旧仆人、小丑朗斯洛上。

夏洛克 好，你就可以知道，你就可以亲眼瞧瞧夏洛克老头子跟巴萨尼奥有什么不同啦。——喂，杰西卡！[1]——我家里容得你狼吞虎咽[2]，别人家里是不许你这样放肆的；——喂，杰西卡！——还让你睡觉打鼾，把衣服胡乱撕破[3]；——喂，杰西卡！

朗斯洛 喂，杰西卡！

夏洛克 谁叫你喊的？我没有叫你喊呀。

朗斯洛 您老人家不是常常怪我一定要等人家吩咐了才会做事吗？

|杰西卡上。

杰西卡 您叫我吗？有什么吩咐？

夏洛克 杰西卡，人家请我去吃晚饭。这儿是我的钥匙，你好生收管着。可是我去干吗呢？人家又不是真心邀请我，他们不过拍拍我的马屁而已。可是我因为恨他们，倒要去这一趟，受用受用这个浪子基督徒的酒食[4][5]。杰西卡，我的孩子，留心照看门户。我实

1 夏洛克屡次中断自己正在说的话，并连声唤杰西卡出来见他。

2 参见第二幕第二场处朗斯洛所说的，在犹太人家里他吃不饱饭，身体都饿瘦了。

3 衣服撕坏了就不能穿了，还要再买新的。有可能夏洛克指的是他因为长胖，把衣服撑破了。

4 原文为“to feed upon/The prodigal Christian”，可直译成“以这个浪子基督徒为食”。有些精神分析取向的评论者抓住这句话，以及其他一些类似表述的字面意思，论证夏洛克有食人的倾向。例如，参见 Robert Fliess，*Erogeneity and Libido*（New York，1957；由 Holland 引用，234）；Leslie Fiedler，*The Stranger in Shakespeare*（New York，1972），109-111。并参见第三幕第一场“他的肉不中吃”。

5 此前夏洛克曾声称因为饮食方面的（接下页）

在有点儿不愿意去，昨天晚上我做梦看见钱袋恐怕不是个吉兆[1]。

朗斯洛 老爷请您一定去，我家少爷在等着您赏光呢。

夏洛克 我也在等着他赏我一记耳光哩。[2]

朗斯洛 他们什么都谋划好了。我并不说您可以看到一场假面跳舞，可是您要是果然看到了，那就怪不得我在上一个黑色星期一早上六点钟会流起鼻血来啦[3]，那一年正是在圣灰节星期三第四年的下午[4]。

夏洛克 怎么！还有假面游行[5]吗？听好，杰西卡，把家里的门锁上了。听见鼓声和歪脖子笛子[6]的怪叫声音，不许爬到窗槅子上张望，也不要伸出头去，瞧那些脸上涂得花花绿绿的傻基督徒打街道上走过[7]。把我家户的耳朵给我塞住——我是说，所有的窗都

（接上页）戒律，自己无法与基督徒一起吃东西喝酒（第一幕第三场“可是我不能陪你们吃东西喝酒做祷告”）。这个前后矛盾之处更可能是因为私奔情节需要他当晚离家，而非像乔治·斯蒂文斯（George Steevens）所说的那样，为了加倍突出夏洛克本性中的“恶毒”。

1 常言道，“梦是反的”，因此梦见钱财传统上是个不祥之兆（Furness，Kittredge）。

2 前一句中朗斯洛把少爷等着您“赏光”（应为“approach”）错说成了等着您“责备”（原文中他说的是“reproach”）。夏洛克就正好接着这个话头，回以“我也在等着他赏我一记耳光哩”。但他错过了朗斯洛下一句话中关于私奔计划的提示，即“什么都谋划好了”。但朗斯洛话一出口就发现自己说漏嘴了，为了掩饰，他马上又补了一大堆莫名其妙的怪话作为烟幕弹（Holland，239-240）。

3 流鼻血也是个不祥之兆，特别是在教会的瞻礼日。但“黑色星期一”（原文“Black Monday”）其实是复活节星期天的次日，得了这个名字是因为1360年这一天曾经天降黑雾和冰雹（Brown）。朗斯洛这里显然是在以戏仿的形式嘲弄夏洛克关于梦的迷信。

4 这句完全是在胡说八道，一个“黑色星期一”不可能是“圣灰节星期三”，这句关于具体日期的话嘲弄了这一类迷信预言。

5 假面游行和其他这一类的狂欢作乐与夏洛克悭吝严苛的生活方式完全背道而驰。

6 夏洛克形容的可能是吹笛乐手的头歪着，而非他的笛子是弯的。鼓和笛子都是化装游行中常用的伴奏乐器。

7 或许是个关于杰西卡的名字的笑话。“Jessica”这个名字是从希伯来文的“Iscah”衍生而来的（参见导读的“素材来源、相似物，以及创作时期”部分），伊丽莎白时代人对“Iscah”的词源学注解是“那个朝外看的女人”（she that looketh out，其本意是指看向上帝，Lewalski）。

给我关起来，别让那些无聊的胡闹的声音钻进我的清静的屋子里。凭着雅各的杖[1]发誓，我今晚真有点儿不想出去参加什么宴会。可是就去这一次吧。小子，你先回去，说我就来了。

朗斯洛 那么我先去了，老爷。小姐，留心看好窗外。“一个基督徒今晚要经过窗前，值得犹太女郎看一眼”[2]。（下。）

夏洛克 嘿，那个夏甲的傻瓜后裔[3]说些什么?

杰西卡 没有说什么，他只是说，“再会小姐”。

夏洛克 这蠢材人倒还好，就是食量太大；做起事来，慢吞吞像条蜗牛一般；白天睡觉的本领比野猫[4]还胜过几分；我家里可容不得懒惰的黄蜂，所以才打发他走了，让他去跟着那个靠借债过日子的败家精，正好帮他消费。好，杰西卡，进去吧；也许我一会儿就回来。记住我的话，把门随手关了。“缚得牢，跑不了”[5]，这是一句千古不磨的至理名言。（下。）

杰西卡 再会。要是我的命运不跟我作梗，那么我将要失去

1 雅各去哈兰的时候一无所有，只带了一根杖，但归家的时候却成了牛羊成群的富人：参见《旧约 · 创世记》32:10 与《新约 · 希伯来书》11:21，并参见前文第一幕第三场。

2 原文为“There will come a Christian by/Will be worth a Jewes eye”，其中“Jewes eye”在当时俗谚里也有“极宝贵之物”之意（Dent, 9, 146; Tilley J53）。

3 夏洛克以鄙视的语气提及以实马利，他是亚伯拉罕的埃及妾室夏甲的儿子。夏甲母子俩后被放逐。参见《旧约 · 创世记》21:9-21。

4 原文为“wildcat”，一种夜行动物，白天睡觉。

5 原文为“fast bind，fast find”，为当时俗谚，意思是把东西牢牢地绑好，需要找它们的时候就能很快找到（Tilley B352）。在某些版本的演出中，杰西卡会在夏洛克背后无声地做这句话的口型，表示这句话她已经听父亲翻来覆去说过太多次了，“又来了又来了”。

一个父亲，你也要失去一个女儿了。（下。）

第六场

| 葛莱西安诺及萨拉里诺[1]戴假面，与其他化装者同上。

葛莱西安诺 这儿屋檐下便是罗伦佐叫我们守望的地方。

萨拉里诺 他约定的时间快要过去了。

葛莱西安诺 他会迟到真是件怪事，因为恋人们总是赶在时钟的前面的。

萨拉里诺 啊！维纳斯的鸽子飞去缔结新欢的盟约，比之履行旧日的诺言，总是要快上十倍。[2]

葛莱西安诺 那是一定的道理。谁在席终人散以后，他的食欲还像初入座时候那么强烈？哪一匹马无论多少次表演单调的舞步，仍能像第一次扬蹄时那么兴致昂扬？世间的任何事物，追求时候的兴致总要比享用时候的兴致浓烈。一艘彩旗招展的新船扬帆出港的当儿，多么像一个娇养的少年[3]，给那轻狂的

1 大多数编者会把这场的“萨拉里诺”改成“索拉尼奥”或“萨莱里奥”，因为他们觉得如果萨拉里诺也在这里的话，他就不可能又目睹巴萨尼奥和安东尼奥告别的一幕，而他在第二幕第八场中叙述了他们的告别。然而，萨拉里诺和葛莱西安诺一样，并不一定是跟罗伦佐与杰西卡同时离开的。Oxford 在此处的舞台指示上加入了“与持火把者同上”，又让罗伦佐出场时手持一支火把。考虑到这是个夜间场景，这样安排有其道理，然而化装游行者明显不是自己拿火把，而是找专门的举火把者随同，因此安排杰西卡在本场第二次出场时举着火把显然更合理。

2 在传说中，维纳斯乘的车是由鸽子拉的，如《维纳斯与阿多尼斯》第 1190—1194 行。这个玩笑是在说恋人通常极迫切地想要圆房，而对缔结婚姻盟约缺乏兴趣。

3 原文为“younker”，即年轻的贵族男子。

风儿[1]爱抚搂抱！可是等到它回来的时候，船身已遭风日的侵蚀，船帆也变成了百结的破衲，它又多么像一个落魄的浪子，给那轻狂的风儿肆意欺凌[2]！

|罗伦佐上。

萨拉里诺 罗伦佐来啦，这些话以后再说吧。

罗伦佐 两位好朋友，累你们久等了，对不起得很，实在是因为我有点儿事情，急切里抽身不出。等你们将来也要偷妻子的时候，我一定也替你们守这么些时候。过来，这儿就是我的犹太岳父所住的地方。喂！里面有人吗？

|杰西卡男装自上方上。

杰西卡 你是哪一个？我虽然认识你的声音，可是为了免得错认了人，请你把名字告诉我。

罗伦佐 我是罗伦佐，你的爱人。

杰西卡 你果然是罗伦佐，也的确是我的爱人，谁会使我爱得像你一样呢？罗伦佐，除了你之外，谁还知道我究竟是不是属于你的？

罗伦佐 上天和你的思想，都可以证明你是属于我的。

杰西卡 来，把这匣子接住了，虽然接着会疼，但你拿了去

1 此处和下面一句中的"轻狂的风儿"原文均为"strumpet wind"。"strumpet"是"轻浮放荡、不可靠"的意思。因为此处的比喻是将船比作"回头浪子"（the prodigal），那么"strumpet wind"就也对应了《新约·路加福音》15:11-32 浪子故事中让他浪费资财的娼妓。

2 比较第一幕第一场中索拉尼奥和萨拉里诺所猜测的，安东尼奥对其商船命运的担忧。葛莱西安诺与萨拉里诺的对话以玩笑开头，但到这里调子开始变得严肃沉重了，暗示了杰西卡和罗伦佐这一对后来可能发生的事情。

大有好处的。幸亏在夜里，你瞧不见我，我改扮成这个怪样子，怪不好意思哩[1]。可是恋爱是盲目的[2]，恋人们瞧不见自己所干的傻事；要是他们瞧得见的话，那么丘比特瞧见我变成一个男孩子，也会脸红起来哩。

罗伦佐 下来吧，你必须替我拿着火把。

杰西卡 怎么！我必须拿着烛火，照亮[3]自己的羞耻吗？像我这样子，已经太轻狂了，应该遮掩遮掩才是，怎么反而要在别人面前露脸？

罗伦佐 亲爱的，你即使穿着这身低贱童仆的制服，也仍然妩媚动人。快来吧，夜色已经在不知不觉中深了起来，巴萨尼奥在等着我们去赴宴呢。

杰西卡 让我把门窗关好，再收拾些银钱带在身边[4]，然后立刻就来。（自上方下。）

葛莱西安诺 凭着我的头巾发誓，她真是个外邦人[5]，不是个犹太人。

1 原文为“For I am much ashamed of my exchange”，“exchange”可以理解成“换装”，指她为自己改扮成男孩子的形象而羞涩，但这个词也带有一点“行为、行径”的意味，可以认为这句话暗示她对自己盗窃钱财、与人私奔一事感到有些道德上的不安（NCS）。

2 “恋爱是盲目的”（Love is blind）为俗谚（Tilley L506）。

3 原文为“hold a candle to”，既是字面意义上的“举火照亮”，也是当时的一个俗谚说法，指“不参与、袖手旁观”（Tilley C40；参见《罗密欧与朱丽叶》第一幕第四场：“I'll be a candle-holder and look on”，朱生豪译为“还是做个壁上旁观的人吧”）。

4 原文为“and gild myself/With some more ducats”，直译就是“再用更多的达克特金币装点自己/为自己镀上金”。她想说的意思是“再带些钱在身上”，但选择这个表达也暗示着她觉得带上更多的钱会给自己增添光彩，让自己在恋人的眼里更具有价值和吸引力。

5 原文为“gentile”，可能是“gentle”（身份高贵的/娇贵易损的）的双关语。

罗伦佐 就算遭霉运我也要说[1]，我从心底里爱着她。要是我有判断的能力，那么她是聪明的；要是我的眼睛没有欺骗我，那么她是美貌的；她已经替自己证明她是忠诚的；像她这样又聪明，又美丽，又忠诚，怎么不叫我把她永远放在自己的灵魂里呢？

|杰西卡上。

罗伦佐 啊，你来了吗？朋友们，走吧！跟我们化装游乐的伙伴已经在那儿等着了。（罗伦佐、杰西卡同下。）[2]

|安东尼奥上。

安东尼奥 那边是谁？

葛莱西安诺 安东尼奥先生！

安东尼奥 咦，葛莱西安诺！还有那些人呢？现在已经九点钟啦，我们的朋友们大家在那儿等着你们。今天晚上的假面跳舞会取消了；风势已转，巴萨尼奥就要立刻上船。我已经差了二十个人来找你们了。[3]

葛莱西安诺 那好极了，我巴不得今天晚上就开船出发。（同下。）

1 原文为“beshrew me”，是句温和的诅咒发誓的话，直译为“灾祸降到我头上”。现代人更常用的说法是“damn me”。

2 兴奋的罗伦佐拉过杰西卡，并招呼所有人跟他们一起走。但安东尼奥的到来拦下了葛莱西安诺，并且据推断，萨拉里诺应该也留在了场上，因为后文中他称自己目睹了巴萨尼奥与安东尼奥告别一幕（第二幕第八场）。四开本此处舞台指示作“罗伦佐、杰西卡、众人同下”，NCS也支持这一版本，但显然这是错的。

3 安东尼奥的出场造成了私奔情侣计划改变，但我们并不清楚他事前对他们的私奔密谋究竟知道多少。

第七场

｜木管号角奏花腔；鲍西娅及摩洛哥亲王各率侍从上。

鲍西娅　去，把帐幕揭开，让这位尊贵的亲王瞧瞧那几个匣子。现在请殿下自己选择吧。（帐幕被拉起，现出后面的三个匣子来。）

摩洛哥亲王　第一只匣子是金的，上面刻着这几个字："谁选择了我，将要得到众人所希求的东西。"第二只匣子是银的，上面刻着这样的约许："谁选择了我，将要得到他所应得的东西。"第三只匣子是用黯淡的铅打成的，上面刻着像铅一样粗鲁[1]的警告："谁选择了我，必须准备把他所有的一切作为牺牲。"我怎么可以知道我选得错不错呢？

鲍西娅　这三只匣子中间，有一只里面藏着我的小像，您要是选中了那一只，我就是属于您的了。

摩洛哥亲王　求神明指示我！让我看，我且先把匣子上面刻着的字句再推敲一遍。这一个铅匣子上面说些什么？"谁选择了我，必须准备把他所有的一切作为牺牲。"必须准备牺牲，为什么？为了铅吗？为了铅而牺牲一切吗？这匣子说的话儿倒有些吓人。人们为了希望得到重大的利益，才会不惜牺牲一切；一

1 "黯淡"和"粗鲁"原文是"dull"和"blunt"，两个词语都有双关义（Brown）。"dull"既有"黯淡、沉闷"之意，也有"钝、不锐利"之意，后一个义项与"blunt"为同义词，但"blunt"也可以用来形容人"讲话直来直去"和"粗鲁、不文雅"，如《鲁克丽丝受辱记》第1300行使用的就是这个词的这个意思。

颗贵重的心绝不会屈躬俯就鄙贱的外表；我不愿为了铅的缘故而做任何的牺牲。那个色泽皎洁[1]的银匣子上面说些什么?“谁选择了我，将要得到他所应得的东西。”得到他所应得的东西！且慢，摩洛哥，把自己的价值做一下公正的估计吧。从你的赫赫名声来看，你理当配得起很高的奖赏，可是也许凭着你这几分长处，还不配娶到这样一位小姐；然而我要是疑心我自己不够资格，那未免太小看自己了。得到我所应得的东西！当然那就是指这位小姐而说的，讲到家世、财产、人品、教养，我在哪一点上配不上她?可是超乎这一切之上，凭着我这一片深情，也就应该配得上她了。那么我不必迟疑，就选了这一个匣子吧。让我再瞧瞧那金匣子上说些什么话:“谁选择了我，将要得到众人所希求的东西。”啊，那正是这位小姐了，整个儿的世界都希求着她，从地球的四角他们迢迢而来，来亲吻这座圣所，这位尘世的活生生的仙真[2]：赫卡尼亚的大漠和广大的阿拉伯的辽阔的荒野，现在已经成为各国王子前来瞻仰美貌的鲍西娅的通衢大道；把唾沫

1 原文为“with her virgin hue”，直译为“有处子色调的”。“银色是月光的颜色，而处女之神狄安娜也是月神”（Kittredge）。

2 摩洛哥亲王娇饰造作的语言风格再次将不同的概念杂糅到了一起，“圣所”是人们瞻仰死去圣徒所留下的圣物之地，里面不会有“尘世的活生生的仙真”。

吐在天庭面上的傲慢不逊的海洋，也不能阻止外邦的神灵[1]，他们越过汹涌的波涛，就像跨过一条小河一样，为了要看一看鲍西娅的绝世姿容。在这三只匣子中间，有一只里面藏着她的天仙似的小像。难道那铅匣子里会藏着她吗？起这样一个卑劣[2]的念头，就是一种亵渎。铅这种贱物，便是在幽暗的坟墓中装她的裹尸布，都嫌太粗蠢了。[3]那么她是会藏在那价值只及纯金十分之一的银匣子[4]里面吗？啊，罪恶的思想！这样一颗珍贵的珠宝，绝不会装在比金子低贱的匣子里。在英格兰，他们的钱币上有金子做的天使的像[5]，但那是浮雕上去的。但这位睡在金床上的天使，却是躺在匣子里的。把钥匙交给我；我已经选定了，但愿我的希望能够成就！[6]

鲍西娅　亲王，请您拿着这钥匙，要是这里边有我的小像，我就是您的了。（摩洛哥亲王开金匣。）

摩洛哥亲王　哎哟，该死！这是什么？一个死人的骷髅，那空空

1　原文为“foreign spirits”。根据迷信的说法，超自然的鬼神是很难穿过水域的（NS）。

2　原文为“base”，既有道德上“卑劣”之意，也有地位上“低贱”之意，这里也双关铅是一种价贱的金属。

3　人下葬时尸体通常用铅包裹。布朗将其与马洛笔下的帖木儿大帝（Tamburlaine）做了比较，后者曾下令其亡妻泽诺克拉特（Zenocrate）下葬时以金子裹尸（《跛子帖木儿大帝·下篇》第二幕第四场第131行）。另参见M.C.Bradbrook，“Shakespeare's Recollections of Marlowe”，收录于Philip Edwards et al.（ed.），*Shakespeare's Styles*（Cambridge，1980），191。

4　当时金价十倍于银。

5　英格兰钱币上雕有天使长米迦勒像，很多剧作中都出现过关于此事的玩笑话，如《无事生非》第二幕第三场。

6　关于摩洛哥亲王这段长篇大论所显示出的傲慢与“自我迷恋”，参见Danson，98-104。

的眼眶里藏着一张有字的纸卷。让我读一读上面写着什么。

发闪光的不全是黄金[1]，
古人的说话没有骗人；
多少世人出卖了一生，
不过看到了我的外形，
蛆虫占据着镀金的坟。
你要是又大胆又聪明，
手脚年轻壮健，见识却老成，
就不会得到这样回音：
再见，劝你冷却这片心[2]。

冷却这片心；真的是枉费辛劳！
永别了，热情！欢迎凛冽的寒风[3]！
再见，鲍西娅；悲伤塞满了心胸，
莫怪我这败军之将去得匆匆。（率侍从下；木管号角奏花腔。）

鲍西娅 他去得倒还知趣。把帐幕拉下。但愿像他一样肤色的人[4]，都像他一样选不中。（同下。）

1 为当时俗谚（All that glisters is not gold，Tilley A146）。

2 原文是“your suit is cold”，为俗谚，意为“你的请求完蛋了”（Dent，Tilley S960.1）。

3 这里摩洛哥亲王将一个俗谚中的表达反过来说了（Tilley F769）。因为如果他未能选中，便终身不得娶妻（第二幕第一场），所以他这里是在向爱情告别（Kittredge）。

4 原文为“all of his complexion”，“complexion”同时有“性情、脾气”（《牛津英语词典》第3个义项）和“肤色”（《牛津英语词典》第4个义项）两个意思。

第八场

| 萨拉里诺及索拉尼奥上。

萨拉里诺 啊，朋友，我看见巴萨尼奥开船，葛莱西安诺也跟他同船去。我相信罗伦佐一定不在他们船里。

索拉尼奥 那个恶犹太人大呼小叫地吵到公爵那儿去，公爵已经跟着他去搜巴萨尼奥的船了。

萨拉里诺 他去迟了一步，船已经出了港。可是有人告诉公爵，说他们曾经看见罗伦佐跟他的多情的杰西卡在一只贡多拉船里[1]，而且安东尼奥也向公爵证明他们并不在巴萨尼奥的船上。

索拉尼奥 那犹太狗在街上一路乱叫乱喊："我的女儿！啊，我的银钱！[2]啊，我的女儿跟一个基督徒逃走啦！啊，我的基督徒的银钱！[3]公道啊！法律啊！我的银钱，我的女儿！一袋封好的，两袋封好的银钱，给我的女儿偷去了！还有珠宝！两颗宝石，两颗珍贵的宝石，都给我的女儿偷去了！公道啊！把那女孩子找出来！她身边带着宝石，还有银钱。"

萨拉里诺 威尼斯城里所有的小孩子都跟在他背后，喊着他的

1 显然这是一个用来欺瞒夏洛克的假消息。当时杰西卡是男装，而且贡多拉船的船篷是一定会遮住船上乘客的，从外面无法看见（Brown）。

2 将这段与《马耳他岛的犹太人》第二幕第一场第47—57行中巴拉巴将自己的女儿和金子引以为豪，狂喜呼叫的桥段相对比。（Danson，182）

3 指"从基督徒手里赚得的钱"，或是"现在落入了基督徒手里的钱"。

宝石[1]，他的女儿，他的银钱。

索拉尼奥 安东尼奥应该留心那笔债款不要误了期，否则要在他身上报复的。

萨拉里诺 对了，你想起得不错。昨天我跟一个法国人谈天，他对我说起，在英法两国之间的狭窄的海面上[2]，有一艘从咱们国里开出去的满载着货物的船只出了事了。我一听见这句话，就想起安东尼奥，但愿那艘船不是他的才好。[3]

索拉尼奥 你最好把你听见的消息告诉安东尼奥。可是你要轻描淡写地说，免得害他着急。

萨拉里诺 世上没有一个比他更仁厚的君子。我看见巴萨尼奥跟安东尼奥分别，巴萨尼奥对他说他一定尽早回来，他就回答说："不必，巴萨尼奥，不要为了我的缘故而匆忙行事，要耐心等到时机完全成熟。至于我在那犹太人那里签下的约，你不必放在心上，你只管高高兴兴、一心一意地展开你的追求，施展你的全副精神，去博得美人的欢心吧。"说到这里，他的眼睛里已经噙着一包眼泪，他就回转身去，把

1 原文为"his stones"，而"stones"在俚语里有"睾丸"之意，说夏洛克丢了他的"stones"就是指他被阉割了。比较第三幕第一场处索拉尼奥的下流双关语（"这把年纪了血肉还叛变吗?"）。

2 即英吉利海峡。

3 在此处两人似乎充分意识到存在夏洛克报复安东尼奥的风险，但后来他们在与夏洛克的对话中，却愚蠢地主动提及了安东尼奥船只的折损（第三幕第一场）。

他的手伸到背后，深情款款地紧握住巴萨尼奥的手。他们就这样分别了。

索拉尼奥 我看他只是为了他的缘故才爱这世界的[1]。咱们现在就去找他，想些开心的事儿，解解他怀里满抱着的愁闷[2]，你看好不好？

萨拉里诺 很好很好。（同下。）

第九场

| 尼莉莎及一仆人上。

尼莉莎 赶快，赶快，扯开那帐幕。阿拉贡亲王已经宣过誓，就要来选匣子啦。

| 仆人拉开帐幕，现出三只匣子。木管号角奏花腔；阿拉贡亲王及鲍西娅各率侍从上。

鲍西娅 瞧，尊贵的王子，那三个匣子就在这儿。您要是选中了有我的小像藏在里头的那一只，我们就可以立刻举行婚礼；可是您要是失败了的话，那么殿下您必须立刻离开这儿。

阿拉贡亲王 我已经宣誓遵守三项条件：第一，不得告诉任何人我所选的是哪一只匣子；第二，要是我选错了匣子，终身不得再向任何女子求婚；第三，要是我选

1 换言之，巴萨尼奥就是他的整个世界。
2 原文为“embraced heaviness”，安东尼奥拥抱自己的忧愁，就像有的人抓着自己的悲伤不撒手一样。比较第三幕第二场“满怀的绝望”（rash-embraced despair）。

不中，必须立刻离开此地。

鲍西娅 为了我这微贱的身子来此冒险的人，没有一个不会立誓遵守这几个条件。

阿拉贡亲王 我也是这样宣誓过了。但愿命运满足我的心愿！一只是金的，一只是银的，还有一只是下贱的铅的。“谁选择了我，必须准备把他所有的一切作为牺牲。”你要我为你牺牲，应该再好看一点儿才是。那个金匣子上面说的什么？“谁选择了我，将要得到众人所希求的东西。”众人所希求的东西！那“众人”也许是指那无知的群众，他们选择的时候只顾外表，信赖着一双愚妄的眼睛，而不问内在如何，就像暴风雨中的燕子[1]把巢筑在屋外的墙壁上，自以为可保万全，没想到灾祸就会接踵而至。我不愿选择众人所希求的东西，因为我不愿随波逐流，与庸俗的群众为伍。那么还是让我瞧瞧你吧，你这白银的宝库，待我再看一遍刻在你上面的字句：“谁选择了我，将要得到他所应得的东西。”说得好，一个人要是自己没有几分长处，怎么可以妄图非分？尊荣显贵，原来不是无德之人所可以忝窃的。唉！要是世间的爵禄官职都能够因功授赏，不

1 原文为“martlet”，指的可能是欧洲毛脚燕（house-martin）或雨燕（swift），两者都会在建筑物的外墙上筑巢（参见《麦克白》第一幕第六场“巡礼庙宇的燕子”）。

借钻营，那么多少脱帽侍立的人将会高冠盛服[1]，多少发号施令的人将会唯唯听命，多少卑劣鄙贱的渣滓可以从高贵的种子[2]中间筛分出来，多少隐而不彰的贤才异能，可以从世俗的糠秕和瓦砾[3]中间剔选出来，磨洗得大放光彩[4]！闲话少说，还是让我考虑考虑怎样选择吧。“谁选择了我，将要得到他所应得的东西。”那么我就要取我所应得的东西了。把这匣子上的钥匙给我，让我立刻打开藏在这里面的我的命运。[5]（开银匣。）

鲍西娅　您在这里面瞧见些什么？怎么呆住了一声也不响？

阿拉贡亲王　这是什么？一个眯着眼睛的傻瓜的画像，还有一张字条！让我读一下看。唉！你跟鲍西娅相去得多么远！你跟我的希望又相去得多么远！难道我只配得到你这样一个东西吗？“谁选择了我，将要得到他所应得的东西。”难道我只应该得到一副傻瓜的嘴脸吗？那便是我的奖品吗？我不该得到更好的东西吗？

1 依习俗，下级在其上级面前须脱帽。
2 “种子”也有“后代”的意思。
3 原文为“ruin”，除了“垃圾、残骸”的意思之外，这个词还暗示出“那些被时代和境遇毁掉的人”（those who have been ruined，or made destitute，by the times）的意思。
4 在之前这几句感慨中，阿拉贡自以为正义地站在了“真正的才能”一边。
5 如他这段长篇大论的演说所示，阿拉贡是“迂腐世故之人的典型，自欺欺人，无法接纳属灵性的真理”（Danson，103）。关于这个人物形象如何继承自马洛的《巴黎的屠杀》（*The Massacre at Pari*），参见 Nicholas Brooke，“Marlowe as Provocative Agent in Shakespeare’s Early Plays”，《莎士比亚研究》14 期（1961），第 42 页。

鲍西娅 毁谤和评判[1]，是两件作用不同、性质相反的事。

阿拉贡亲王 这儿写着什么？

这银子在火里烧过七遍；

那永远不会错误的判断，

也必须经过七次的试炼[2]。

有的人只求和幻影接吻[3]，

只好在幻影里寻求满足。

有些傻瓜，用银镀亮，

这箱子也是一样，

空有一个镀银的外表[4]；

随你娶一个怎样的妻房[5]，

摆脱不了这傻瓜的皮囊；

去吧，先生，莫再耽搁时光！[6]

我愈逗留在这儿，愈显得是个十足的蠢材；

顶一颗傻脑袋来此求婚，

带两个蠢头颅回转家门。

1 “没有人应该做自己案子的法官”（No man ought to be judge in his own cause，Tilley M341）。在已经做出选择后，现在阿拉贡亲王却妄图评判其结果的公正性。但鲍西娅也可能是在解释她为什么拒绝回答阿拉贡亲王的质疑。

2 参见《旧约·诗篇》12:6“耶和华的言语是纯净的言语，如同银子在地上的熔炉中被熬炼、精炼过七次”（Noble）。

3 原文为“Some there be that shadows kiss”，可直译为“有些人会去亲吻影子”。“shadows”这个词指“幻影”，但也可能意指“画像”，因为画像为人之“影”。当时许多人有亲吻画像的行为（Pooler，由 Brown 引用）。

4 原文为“silvered over”，指的是宫廷官员佩戴银质饰物（NCS），或是王公贵族制服上装点的胸章，而非指年老弄人灰白的头发。

5 “或许诗人写到这里，忘记了选错匣子者永远不能另娶他人的事”（Johnson）。

6 原文为“So be gone：you are sped”，“sped”有“完蛋了”（Pooler）和“被催促赶快上路”两个意思。

别了，美人，我愿遵守誓言，
默忍着心头愤怒的熬煎。（木管号角奏花腔；阿拉贡亲王率侍从下。）

鲍西娅　正像飞蛾在烛火里伤身[1]，
这些傻瓜自恃着聪明，
免不了被聪明误了前程。

尼莉莎　古话说得好，上吊娶媳妇，
都是一个人注定的天数[2]。

鲍西娅　来，尼莉莎把帐幕拉下。

| 尼莉莎拉下帐幕。一信使上。

信使　小姐呢？

鲍西娅　在这儿。尊驾[3]有什么见教？

信使　小姐，门口有一个年轻的威尼斯人，说是来通知一声，他的主人就要来啦。他说他的主人叫他先来向小姐致意，除了一大堆恭维的客套以外，还带来了几件很贵重的礼物。小的从来没有见过这么一位体面的爱神的使者，预报繁茂的夏季快要来临的四月的天气，也不及这个为主人先驱的俊仆的温雅。

1 “飞蛾扑火”为俗谚（Thus hath the candle signed the mouth，Tilley F394）。

2 为俗谚（Hanging and wiving goes by desting，Tilley W232）；比较《第十二夜》第一幕第五场：“好好地吊死常常可以防止坏的婚姻。”（Dent，245）

3 原文是“my lord”，因前句信使称她为“my lady”，鲍西娅便开玩笑地顺口用对等的尊称唤对方。

鲍西娅 请你别说下去了吧。你把他称赞得这样天花乱坠，我怕你就要说他是你的亲戚了。来，来，尼莉莎，我倒很想瞧瞧这一位爱神差来的体面的使者。

尼莉莎 爱神啊，但愿来的是巴萨尼奥！（下。）

第三幕

第一场

|索拉尼奥及萨拉里诺上。

索拉尼奥 交易所里有什么消息?

萨拉里诺 他们都在那里说安东尼奥有一艘满装着货物的船在狭窄的海上倾覆了。那地方的名字好像是古特温[1]，是一处很危险的沙滩，听说有许多气派大船的残骸埋葬在那里，要是那些传闻之辞是确实可靠的话[2]。

索拉尼奥 我但愿那些谣言就像那些吃饱了饭没事做，嚼嚼姜饼，或者一把鼻涕一把眼泪地假装为了她第三个丈夫死去而痛哭[3]的那些婆子所说的鬼话一样靠不住。可是那的确是事实——不说啰里啰唆的废话，

1 肯特郡沿海的沙滩，对船只来说颇为凶险。1592—1593年，连续几条载着贵重货物的大船在该沙滩附近沉没。参见 Richard Lam，*Goodwin Sands Shipwrecks*（Newton Abbot，1977）；由 NCS 引用。

2 原文为“if my gossip Report be an honest woman of her word”，“gossip”可能是“传闲话、嚼舌根的人”之意，《牛津英语词典》中这个词有“一个热衷于讲八卦的人，多为妇女”的义项。但 Pooler 和另外一些人将其解释为某种“头衔”。

3 死了三个丈夫，首先意味着这位寡妇继承了三人的全部遗产（可能还意味着其他一些事），因此她的悲伤被认为是虚伪作态的。

也不说枝枝节节的闲话——这位善良的安东尼奥，诚实的安东尼奥——啊，我希望我有一个可以充分形容他的好处的字眼！

萨拉里诺 好了好了，赶紧闭嘴吧[1]。

索拉尼奥 吓！你说什么！总结一句话，他损失了一艘船。

萨拉里诺 但愿这是他最末一次的损失。

索拉尼奥 让我赶快喊“阿门”，免得给魔鬼打断了我的祷告，因为他已经扮成一个犹太人的样子来啦。

|夏洛克上。[2]

索拉尼奥 啊，夏洛克！商人中间有什么消息？

夏洛克 我的女儿逃走啦，这件事情是你比谁都格外知道得详细的。

萨拉里诺 那当然啦，就是我也知道她飞走的那对翅膀[3]是哪一个裁缝替她做的。

索拉尼奥 夏洛克也何尝不知道，她羽毛已长，当然要离开娘家啦。

夏洛克 她干出这种不要脸的事来，死了一定要下地狱。

萨拉里诺 倘然魔鬼[4]做她的判官，那是当然的事情。

1 索拉尼奥没有说谎，但他的话太啰唆了。
2 在很多版本的舞台制作中，此次夏洛克出场时不仅神情和姿态大变，充满着悲伤和愤怒，身上穿的衣服也换了。例如，在英国国家剧院1970年的版本中，他只穿一件贴身衬衫登场，而非第一次出场时穿贵重、讲究的华服。
3 指她扮成小童时穿的衣服，“翅膀”也是对夏洛克话中“逃走”（原文为“flight”，这个词也有“飞走”的意思）一词的调侃。
4 指夏洛克。

夏洛克　我的血肉[1]向我造反！

索拉尼奥　住嘴，老家伙！这把年纪了血肉还叛变吗？

夏洛克　我说我的女儿是我的血肉。

萨拉里诺　你的肉跟她的肉比起来，比黑炭和象牙还差得远；你的血跟她的血比起来，比红葡萄酒和莱茵白葡萄酒[2]还差得远。可是告诉我们，你听没听见人家说起安东尼奥在海上遭到了损失？[3]

夏洛克　说起他，又是我的一桩倒霉事情。这个破落户，这个败家精[4]，他不敢在交易所里露一露脸。他平常到市场上来，穿着得多么齐整，现在可变成一个叫花子啦。让他留心他的借约吧[5]；他老是骂我盘剥取利；让他留心他的借约吧；他是本着基督徒的精神，放债从来不取利息的；让他留心他的借约吧。

萨拉里诺　我相信要是他不能按约偿还借款，你一定不会要他的肉的。那有什么用处呢？

1 “血肉”在这里指的是“亲生的子女”，但索拉尼奥故意将其扯到一个低俗的性指涉上去（肉体和肉欲）。

2 莱茵地区的白葡萄酒被认为比普通红葡萄酒更优越。比较《李尔王》第一场提到的“沼泽之邦的勃艮第酒”（wat’rish Burgundy，Merchant）。

3 全剧的一个重要转折点。我们不清楚萨拉里诺为什么竟会主动向夏洛克提及安东尼奥的船只失事，除非他是想再给夏洛克补一刀，即告诉他放出去的贷款很可能再也收不回来了。如果是这样的话，他可谓适得其反了。

4 原文为“a prodigal”，关于这个词有很多解释。夏洛克的意思可能是骂安东尼奥愚蠢，因为他借给人钱不取利息，参见 Thomas Edwards，*Canons of Criticism*（1765）[由 Furness 引用]，或是说他将所有资本都投入高风险的进出口远洋贸易中的做法很愚蠢（NCS），或者是说他拿自己的命为朋友担保借款的行为很愚蠢（Johnson）。

5 全剧中第一次出现明确信号，表示夏洛克想要照约割取安东尼奥一磅肉正是在这里。索拉尼奥和萨拉里诺用言语折磨他，戳他的伤疤之后，他又两次重复了这句威胁。

夏洛克 拿来钓鱼也好，即使他的肉不中吃，至少也可以出出我这一口气。他曾经羞辱过我，夺去我几十万块钱的生意，讥笑我的亏蚀，挖苦我的盈余，侮蔑我的民族，破坏我的买卖，离间我的朋友，煽动我的仇敌。他的理由是什么？只因为我是一个犹太人。难道犹太人没有眼睛吗？难道犹太人没有五官四肢，没有知觉，没有钟爱，没有热情[1]吗？他不是吃着同样的食物，同样的武器可以伤害他，同样的医药可以疗治他，冬天同样会冷，夏天同样会热，就像一个基督徒一样吗？你们要是用刀剑刺我们，我们不是也会出血的吗？你们要是搔我们的痒，我们不是也会笑起来吗？你们要是用毒药谋害我们，我们不是也会死的吗[2]？[3]那么要是你们欺侮了我们，我们难道不会复仇吗？[4]要是在别的地方我们都跟你们一样，那么在这一点上也是彼此相同的。

1 “钟爱”和“热情”的原文分别是“affections”和“passions”。伊丽莎白时代的心理学有时会把两者做出明确区分：认为 affections 源自感官知觉，而 passions 则来自情感。

2 夏洛克对观众的情感吸引力，在这一句达到了高潮，随后他便引出了自己这番话的真正目的——复仇。

3 从“难道犹太人没有眼睛吗？”到“你们要是用毒药谋害我们，我们不是也会死的吗？”这段控诉经常被脱离语境，作为一篇为犹太人的权利辩护的慷慨陈词单独引用，尽管在语境里看，它是被用来合理化血腥的复仇意图的，其吸引力大打折扣。此外，夏洛克“是在严格理性和还原主义的层面上将基督徒与犹太人相比较的。他只强调那些纯粹生理的属性，而不涉及任何属精神和道德的价值”（Oz，92）。

4 考登-克拉克（Cowden-Clarke）回忆埃德蒙·基恩（Edmund Kean）做这篇演说时的舞台表现，称“那双绝妙的眼睛里闪着泪光……身子痛苦地扭动……双手高高举向天空，像是要让上天为他这番复仇的誓言做见证一般。他的神态和声音都在说出这句话时到达了顶点，接下来便陡然一降，无论是身体语言还是讲话的声调，咬牙切齿地从牙缝中挤出了满含着深沉且浓烈恶意的末句”（由 Furness 引用）。

要是一个犹太人欺侮了一个基督徒，那基督徒该怎么展示他的谦卑[1]呢？报仇呀。要是一个基督徒欺侮了一个犹太人，那么照着基督徒的榜样，那犹太人应该怎样？报仇呀。你们已经把残虐的手段教给我，我一定会照着你们的教训实行，而且还要加倍奉敬哩。

| 安东尼奥的一仆人上。

仆人　两位先生，我家主人安东尼奥在家里，要请两位过去谈谈。

萨拉里诺　我们正在到处找他呢。

| 杜拔尔上。

索拉尼奥　又是一个他的族中人来啦，世上再也找不到第三个像他们这样的人。除非魔鬼自己也变成了犹太人。（索拉尼奥、萨拉里诺及仆人下。）

夏洛克　啊，杜拔尔！热那亚有什么消息？你有没有找到我的女儿？

杜拔尔　我所到的地方往往听见人家说起她，可是总找不到她。

夏洛克　哎呀，糟糕！糟糕！糟糕！我在法兰克福[2]出两千达克特买来的那颗金刚钻也丢啦！诅咒到现在才降

1 “谦卑”是基督徒自诩拥有的美德之一，这里显然是嘲讽的反话。

2 法兰克福（Frankfurt）为著名的珠宝集市所在地。

落到咱们民族头上[1]；我到现在才觉得它的厉害[2]。那一颗金刚钻就是两千达克特，还有别的贵重的、贵重的珠宝。我希望我的女儿死在我的脚下，那些珠宝都挂在她的耳朵上；我希望她就在我的脚下入土安葬，那些银钱都放在她的棺材里！不知道他们的下落吗？哼，我不知道为了寻访他们又花去了多少钱。你这你这——损失上再加损失！贼子偷了这么多走了，还要花这么多去访寻贼子，结果仍旧是一无所得，出不了这一口怨气。只有我一个人倒霉，只有我一个人叹气，只有我一个人流眼泪！

杜拔尔 倒霉的不单是你一个人。我在热那亚听人家说安东尼奥——

夏洛克 什么？什么？什么？他也倒了霉吗？他也倒了霉吗？

杜拔尔 ——有一艘从的黎波里来的大船，在途中触礁。

夏洛克 谢谢上帝！谢谢上帝！是真的吗？是真的吗？

杜拔尔 我曾经跟几个从那船上逃出的水手谈过话。

夏洛克 谢谢你，好杜拔尔。好消息，好消息！哈哈！什么地方？在热那亚吗？

1 参见《新约 · 马太福音》27:25 耶稣被带到彼拉多和以色列人民面前（Noble）。《日内瓦圣经》此处有一个边注："如果他的死是不合律法的，就让惩罚降到我们和我们子孙的头上，因为他们许了这个愿，所以他们的民族就受了诅咒，直至今日。"比较《新约 · 路加福音》13:34-35 关于要将耶路撒冷变为荒场的内容，及其边注："基督预先警告了他们（犹太人）圣殿将被毁灭，以及他们的全部命运。"沙欣比较了《新约 · 马太福音》23:37-38，与马洛的《马耳他岛的犹太人》第一幕第二场第 107—110 行。

2 这句话念白时的着重点应放在"我"上，例如，戴维 · 叙谢（David Suchet）在 1981 年皇家莎士比亚剧团的演出版本中正是这样做的。

杜拔尔　听说你的女儿在热那亚一个晚上花去八十达克特。[1]

夏洛克　你把一把刀戳进我心里！我也再瞧不见我的金子啦！一下子就是八十达克特！八十达克特！

杜拔尔　有几个安东尼奥的债主跟我同路到威尼斯来，他们肯定地说他这次一定要破产。

夏洛克　我很高兴。我要摆布摆布他。我要叫他知道些厉害。我很高兴。

杜拔尔　有一个人给我看一个指环，说是你女儿给他，向他买一头猴子的。

夏洛克　该死该死！杜拔尔，你提起这件事，真叫我心里难过。那是我的绿松石[2]指环，是我的妻子利亚[3]在我没有结婚的时候送给我的，即使人家把整个野地里所有的猴子来向我交换，我也不愿把它给人。

杜拔尔　可是安东尼奥这次一定完了。

夏洛克　对了，这是真的，一点儿不错。去，杜拔尔，现在离借约满期还有半个月，你先给我到衙门里走动走动，花费几个钱[4]。要是他愆了约，我要挖出他的

1　直到这一场结束，杜拔尔始终将好消息和坏消息交替地告知夏洛克。他是否故意为了折磨夏洛克而这样做，取决于演员是否选择将他演得恶意十足，以耍弄对方为乐。

2　绿松石是一种天然宝石，常用于订婚戒指，因为据传它有“令夫妇琴瑟和谐”的作用，并且其光彩会随佩戴者的健康情况而变化（Merchant）。

3　在“The Treatment of Shylock and Thematic Integrity in *The Merchant of Venice*”，《莎士比亚研究》第6期（1970），第78页中，阿尔伯特·沃特海姆（Albert Wertheim）注意到，雅各对拉班使那个操控羊群繁殖的伎俩，其部分动机也是报复，因为雅各的岳父蒙骗他先娶了自己的长女利亚，而非他爱慕的拉结（《旧约·创世记》29:21-30）。剧中唯一提到夏洛克妻子的名字叫利亚的地方，也正是夏洛克开始考虑复仇计划的地方。

4　意思是事先聘请好一位执法官的助手或警员去逮捕安东尼奥。

心来。即使他不在威尼斯，我也不怕他逃出我的掌心。去，去，杜拔尔，咱们在会堂[1]里见面。好杜拔尔，去吧。会堂里再见，杜拔尔。（各下。）

第二场

| 巴萨尼奥、鲍西娅、葛莱西安诺、尼莉莎及侍从等上。仆人拉开帐幕，露出三个匣子来。

鲍西娅 请您不要太急，停一两天再选吧。因为要是您选得不对，咱们就不能再在一块儿，所以请您暂时缓一下吧。我心里仿佛有一种什么感觉——可是那不是爱情[2]——告诉我我不愿失去您。您一定也知道，嫌憎是不会向人说这种话的。一个女孩儿家本来不该信口说话[3]，可是唯恐您不能懂得我的意思，我真想留您在这儿住上一两个月，然后再让您为我而冒险一试。我可以教您怎样选才不会有错；可是这样我就要违犯了誓言，那是断断不可的。然而那样您也许会选错，要是您选错了，您一定会使我起了一个有罪的愿望，懊悔我不该为了不敢背誓而忍

1 原文为“synagogue”，他后来在第四幕第一场提到自己已经“发过誓”了，应该就是在这里。

2 欲盖弥彰，不是爱情又能是什么呢？接下来的几行已经暗示了这一点。

3 原文为“a maiden hath no tongue but thought”，直译为“一个少女没有口舌，只有思想”，意思是一个少女只应把自己的感受埋在心里，不应宣之于口；参见俗谚“像处子一样安静”（as still as any maid，Tilley M14.1）和“少女们应该被看见，但不应出声被听见”（Maidens should be see but not heard，Tilley M45）。

心让您失望。顶可恼的是您这一双眼睛，它们已经瞧透了[1]我的心，把我分成两半：半个我是您的，还有那半个我也是您的，——不，我的意思是说那半个我是我的，可是既然是我的，也就是您的，所以整个儿的我都是您的[2]。唉！都是这些无聊的世俗的礼法，使人们不能享受他们合法的权利[3]；所以我虽然是您的，却又不是您的。[4]我说得太啰唆了，可是我的目的是要尽量拖延时间，不放您马上就去选择。

巴萨尼奥　让我选吧。我现在提心吊胆，才像给人大刑拷问[5]一样受罪呢。

鲍西娅　给人拷问，巴萨尼奥！那么你给我招认出来，在你的爱情之中，隐藏着什么奸谋？[6]

巴萨尼奥　没有什么，除非是犯了一点儿丑陋的疑心罪，但恐我不能安享我的爱人。雪与火[7]之间若有融洽的时候，奸谋与我的爱情也就可以共存了。

1　原文为“o'erlook'd me”，即“迷住了我”，就好像用“邪恶之眼”看了我那样。参见《温莎的风流娘儿们》第五幕第五场：“坏东西！你是个天生的孽种。”（Vile worm，thou wast o'erlooked even in thy birth，Malone）

2　到这里，鲍西娅终于放弃了掩饰，直接表白了她的真正感情。

3　鲍西娅抱怨礼法习俗让人不能直抒胸臆，明明怀有感情却无法宣告它。

4　鲍西娅显然早已对巴萨尼奥芳心暗许，她说话时越来越紧张，到后面几近语无伦次了，她先是讲了些前后矛盾的蠢话，又把开始的请求等“一两天”改成了等“一两个月”再选，坦白了自己的混乱无绪，又连忙尴尬地纠正自己。

5　原文为“I live upon the rack”，“rack”是旧时的一种刑具，多用于审问有谋叛嫌疑的人即把人绑在上面，向各个不同方向猛拉其肢体，直到招认。

6　她是调笑着说这话的，因为通常关于爱情的理论认为，爱情永远不能忠实，也不能坦荡无私（Kittredge）。

7　原文为“‘Confess’ and‘love’”，比较俗谚“强行要用冰雪点起火来”（Confess and be hanged，Tilley C587；Dent，78）。

鲍西娅 嗯，可是我怕你是因为受不住拷问的痛苦，才说这样的话。

巴萨尼奥 您要是答应赦我一死，我愿意招认真情。

鲍西娅 好，赦你一死，你招认吧。

巴萨尼奥 “爱”便是我所能招认的一切。多谢我的刑官，您教给我怎样免罪的答话了！可是让我去瞧瞧那几个匣子，试试我的运气吧。

鲍西娅 那么去吧！在那三个匣子中间有一个里面锁着我的小像。您要是真的爱我，您会把我找出来的。尼莉莎，你跟其余的人都站开些。在他选择的时候，把音乐奏起来[1]，要是他失败了，好让他像天鹅一样在歌声中死去[2]。把这譬喻说得更确当一些，我的眼睛就是他葬身的清流。也许他会胜利的。那么那音乐又像什么呢？那时候音乐就像忠心的臣子俯伏迎新加冕的君王时所吹奏的号角，又像是黎明时分送进正在做着好梦的新郎的耳中[3]，催他起来举行婚礼的甜柔的琴韵。现在他去了，他的沉毅的姿态，就像少年阿尔喀德斯[4]奋身前去，在特洛伊人

1 此前两次选匣子的场景，第二幕第七场和第二幕第九场中均无奏乐环节，奏起音乐是个不合常规的行为。鲍西娅为此给出的借口轻巧地掩饰了她的真正原因。

2 传说天鹅在死前会唱歌。比较《约翰王》第五幕第七场：“我是这一只惨白无力的天鹅的雏鸟，目送着他为自己唱着悲哀的挽歌而死去。”

3 “指当时的一种婚礼习俗，新婚的日子当天一早，人们就会到新郎家的窗下奏乐”（Halliwell，由 Furness 引用）。

4 即赫拉克勒斯。在《变形记》第十一卷第 194—220 行，奥维德叙述了阿尔喀德斯如（接下页）

的呼叫声中，把他们祭献给海怪的处女拯救出来一样，可是他心里却藏着更多的爱情[1]。我站在这儿做牺牲，她们站在旁边，就像泪眼模糊的达达尼尔妇女们，出来看这场争斗的结果。去吧，赫拉克勒斯！我的生命悬在你手里，但愿你安然生还。我这观战的人心中，比你上场作战的人还要惊恐万倍！

| 巴萨尼奥自言自语地评价这几个匣子，同时乐队奏乐唱歌。歌者为鲍西娅的一个随从。[2]

歌

告诉我恋慕[3]生长在何方？

是在脑海，还是在心房？

它怎样发生？它怎样成长？

回答我，回答我。

恋慕的火在眼睛里点亮，

凝视是它生活的滋养，

它的摇篮[4]便是它的坟堂。

（接上页）何战胜海怪，救下赫西俄涅的故事。海怪是众神为了惩罚她的父亲、特洛伊国王拉俄墨冬的背信弃义而派去的，只有牺牲美丽的处女赫西俄涅公主，海怪才能停止用洪水和破坏侵扰特洛伊城。赫拉克勒斯为拉俄墨冬除掉了这个祸害，但他要求的奖赏不是公主，而是国王闻名遐迩的骏马。

1　阿尔喀德斯去迎战海怪，并不是为了他对赫西俄涅的爱情，而是为了赢得她父亲的马匹（参见上一条注释）。

2　在各个版本中，这位唱歌者都没有自己的名字，他只是“一个无名侍从，没有任何戏剧上的重要性”[F. W. Sternfeld，*Music in Shakespearen Tragedy*（1963），105]。Richard Noble [*Shakespeare's Use of Song*（1923），由 NS 引用] 称这首歌为独唱而非二重唱 [例如，在乔纳森·米勒（Jonathan Miller）给国家剧院的制作在电视上播出的版本中那样]。

3　原文为“fancy”，指的是爱慕某人的倾向，源自浅薄的外表吸引（与“真爱”相对立）。莎士比亚经常在此意义上使用“fancy”一词，尤其是在《仲夏夜之梦》中，那部戏里好几条情节线都建立在由眼睛看到的浅薄表象而滋生的恋慕之上。另参见《第十二夜》第二幕第四场。

4　“摇篮”指恋慕诞生的地方，即眼目（Capell），也指其发展阶段，即初萌之时（Eccles，被 Furness 引用）。

让我们把爱的丧钟鸣响，

叮当！叮当！

（众和）叮当！叮当！[1]

巴萨尼奥 （向金匣）外观往往和事物的本身完全不符，世人却容易为表面的装饰所欺骗。在法律上，哪一件卑鄙邪恶的陈诉，不可以用娓娓动听的言辞掩饰它的罪状？在宗教上，哪一桩罪大恶极的过失不可以引经据典，文过饰非[2]，证明它的确上合天心？任何彰明昭著的罪恶，都可以在外表上装出一副道貌岸然的样子。多少肝像牛奶一样惨白的懦夫[3]，他们的颊上却长着赫拉克勒斯和马尔斯天神一样威武的须髯，人家只看着他们的外表，也就居然把他们当作

1 评论者一直为这首歌在戏剧中的作用争执不休。注意原文中每句歌词的句尾“bred”“head”“norished”都与“铅”（lead）押韵（中文里无法传达），因此许多人将这首歌视为鲍西娅在巧妙地暗示巴萨尼奥应该选铅匣子才对（A. H. Fox-Strangeways，*TLS*，1923年7月12日，第472页）。其他人则指出歌词传达的信息，即警惕人们不要被表面的吸引所诱惑［John Weiss，*Wit and Humour* in *Shakespeare*（Boston，Mass.，1876），312］。多佛·威尔逊（Dover Wilson，NS）注意到“敲响丧钟”和“爱的坟堂”这些意象也提示了铅，因为传统上铅被用来包裹尸体（参见第二幕第七场“便是在幽暗的坟墓中装她的裹尸布，都嫌太粗蠢了”）。但其他一些人，如格兰维尔-巴克（Granville-Barker），反对鲍西娅使用了这些“廉价的伎俩”这一观点。布朗论证说，这首歌在戏剧结构方面起到了进一步作用：它让观众不需要再把那三个匣子上的铭文听上第三遍，并让戏剧的语境变得更庄重、更富有期待，也让观众为随后巴萨尼奥的大段陈词做好了准备（如果他相信歌曲已经把正确选项向他和盘托出的话，那后面长达34行的踌躇辨析就显得太奇怪了）。另参见导读，以及Peter J. Seng，*The Vocal Songs in the Plays of Shakespeare: A Critical History*（Cambridge，Mass.，1967），36-43。参见前文注释，“叮当！叮当！”［原文“Ding，dong，bell”为伊丽莎白时代歌曲中常见的缀句，《暴风雨》中爱丽儿的《整整五英寻之下》（“Full Fathom Five”）也有这句］。

2 参见《新约·马太福音》24:24“因为假基督、假先知将要起来，显大神迹、大奇事，倘若能行，连选民也就迷惑了”（Noble）。然而这句话与剧中想表达的意思并不完全对应，安东尼奥在第一幕第三场处关于魔鬼也会引用《圣经》的警告，更为贴切。

3 伊丽莎白时代人相信肝是司勇气的器官，当肝缺少足够的血液时便会变得苍白，这是懦夫的标志。比较《李尔王》第十六场处高纳里尔指责奥本尼懦弱的表达“不中用的懦夫！”（Milk-livered man）。

英雄一样看待！再看那些世间所谓美貌吧，那是完全靠着脂粉装点出来的，愈是轻浮的女人所涂的脂粉也愈重；至于那些随风飘扬，像蛇一样的金丝鬈发[1]，看上去果然漂亮，不知道却是从坟墓中死人的骷髅上借下来的[2]。所以装饰不过是一道把船只诱进凶涛险浪的怒海中去的陷人的海岸，又像是遮掩着一个印度美人儿[3]的一道美丽的面幕；总而言之，它是狡诈的世人用来欺诱智士的似是而非的真理。所以，你炫目的黄金，弥达斯王[4]的坚硬的食物，我不要你；（向银匣）你惨白的银子，在人们手里来来去去的下贱的奴才[5]，我也不要你；可是你寒碜的铅，你的形状只能使人退走，一点儿没有吸引人的力量，然而你的质朴却比巧妙的言辞更能打动我的心，我就选了你吧，但愿结果美满！

鲍西娅　（旁白）一切纷杂的思绪，多心的疑虑，满怀的绝望，战栗的恐惧，那绿眼睛的魔鬼——猜忌，多么快地烟消云散了！爱情啊！把你的狂喜节制一

1　在当时长长的金色鬈发被认为极美，如波提切利（Botticelli）的《春》（*Primavera*）和他为西蒙尼塔（Simonetta）所作的画像。

2　参见《十四行诗》第68首，也是关于虚假的、涂脂抹粉扮出来的美貌，特别是其中第5行至第7行。

3　原文为“Indian beauty”，巴萨尼奥是在反讽，伊丽莎白时代人认为印度人黝黑的皮肤很丑陋。比较《仲夏夜之梦》第五幕第一场处“埃及的黑脸”，以及《十四行诗》第127首与第130首。

4　传说弗里吉亚国王弥达斯曾向神许下愿望，想让他碰触过的所有东西变成金子。他的愿望实现了，食物和水一到他嘴边就也变成了金子（奥维德，《变形记》第十一卷第100—145行）。

5　因为银是流通最多的货币。

下，不要让你的欢乐溢出界限，让你的情绪越过分寸；你使我感觉到太多的幸福，请你把它减轻几分吧，我怕我快要给快乐窒息而死了！

巴萨尼奥 这里面是什么？（开铅匣）美人儿鲍西娅的副本！这是哪位仙灵的妙笔，竟能巧夺造化之神功[1]？这双眼睛是在转动吗？还是因为我的眼球在转动，所以仿佛它们也在随着转动？一缕香气吹开了这片樱唇，如此香甜，却拆开了一对甜蜜的密友；画师在描画她的头发的时候，一定曾经化身为蜘蛛，织下了这么一个金丝的发网[2]来诱捉男子们的心；哪一个男子见了它，不会比飞蛾投入蛛网还快地陷下网罗呢？可是她的眼睛！他怎么能够睁了眼睛把它们画出来呢？他在画了一只眼睛以后，我想它的逼人的光芒，一定会使他目眩神夺[3]，再也描画不成其余的一只。可是瞧，我用尽一切赞美的字句，还不能充分形容出这一个幻影[4]的美妙；然而这幻影跟它的实体比较起来，又是多么望尘莫及！这儿是一

1 原文为“What demi-god/Hath come so near creation?”可直译成“什么样的半神，竟能如此接近造化本身?”即这幅肖像的画家画得如此逼真，富有神韵，他应该至少是位半神（Kittredge）。接下来巴萨尼奥开始逐一分析肖像的具体细节。

2 原文为“golden mesh”，是彼特拉克（Petrach）及其后继模仿者诗中常用的奇喻（conceit）。

3 另一个常见的奇喻：女子的眼睛经常被描述成太阳或灯盏，从中发出的光可以令男子目眩神迷。

4 原文为“shadow”，指画像，与前文第二幕第九场“眯着眼睛的傻瓜的画像”一样。这里巴萨尼奥是在暗指新柏拉图主义中的“实体—影子”这组对立（substance-shadow antithesis）。

纸手卷，宣判着我的命运。

你选择不凭着外表，

果然给你直中鹄心！

胜利既已入你怀抱，

你莫再往别处追寻。

这结果倘使你满意，

就请接受你的幸运，

赶快回转你的身体，

给你的爱深深一吻。

真是温柔的词句呀！美人，请恕我大胆，

我奉命[1]来把彼此的深情交换。

像一个夺标的健儿驰骋身手，

耳旁只听见沸扬的人声如吼，

虽然明知道胜利已在他手掌，

却不敢相信人们在向他赞赏。

绝世的美人，我现在神眩目晕，

仿佛闯进了一场离奇的梦境；

不知道眼前的情景是真是假，

1 原文为“come by note”，即“奉了匣中手卷的指示”。但在这里巴萨尼奥没有去领取手卷所许诺的吻，因为他的权利还需等待鲍西娅“签字确认、正式批准”（本段话末句，原文为“confirmed，signed，ratified”）方能生效，尽管之前的一个编者尼古拉斯·罗（Nicholas Rowe）曾在上文“请恕我大胆”后面加上过“吻鲍西娅”这条舞台指示。这一吻发生在下文鲍西娅说完“现在都变成您的所有了”之后（NS），也可能在鲍西娅赠给他指环之后，或尼莉莎开口说话之前，或者在这几个地方都亲吻了。

除非你亲自确认，签字批准。

鲍西娅 巴萨尼奥公子，您看我就在此地站着呢，我也不过就是这样的一个人；为了自己，我并没有野心做更好的一个人，但是为了您的缘故，我愿我能够再好六十倍，再加上一千倍的美丽，一万倍的富有；我但愿我有无比的贤德、美貌、财产和亲友，好让我在您心上的账簿中占据一个靠前的位置[1]。可是我这一身却是一无所有，我只是一个不学无术、经验不足的女子；幸喜的是，她的年纪还不是顶大，还来得及学习；更幸运的是，她的天资也不是顶笨，可以加以教导之功；尤其大幸的是，她有一颗柔顺的心灵，愿意把它奉献给您，听从您的指导，把您当作她的主人、她的统治者和她的君王。[2] 我以及我所有的一切，现在都变成您的所有了。刚才我还拥有着这一座华丽的大厦，我的仆人都听从我的指挥，我是支配自己的女王，可是就在现在，这屋子、这些仆人和这样一个我，都是属于您的了，我的夫君。凭着这一个指环，我把这一切完全呈献给

1 在接下来的台词中，鲍西娅也时常使用与商业相关的名词和表达，这种将商业活动作为隐喻的字眼贯穿《威尼斯商人》全剧。

2 参见《驯悍记》结尾第五幕第二场凯瑟琳娜所表达的类似感情，以及《新约·以弗所书》5:22"你们做妻子的，当顺服自己的丈夫，如同顺服主"（NCS）。教会的布道词《关于良好秩序，以及对统治者和官长的顺从》（*Concerning Good Order, and Obedience to Rulers and Magistrates*）与《抨击不服从和肆意反叛》（*Against Disobedience and Wilful Rebellion*）都强调了这个主题（Shaheen）。

您；要是您让这指环离开您的身边，或者把它丢了，或者把它送给别人，那就预示着您的爱情的毁灭，我可以因此责怪您的。

巴萨尼奥　小姐，您使我说不出一句话来，只有我的热血[1]在我的血管里跳动着向您陈诉。我的精神是在一种恍惚的状态中，正像喜悦的群众在听到他们所爱戴的君王的一篇美妙的演辞以后那种心灵眩惑的神情，除了口头的赞叹和内心的欢乐以外，一切的一切都混合起来，化成白茫茫的一片模糊。可是这指环要是有一天离开这手指，那么我的生命也一定已经终结，那时候您可以放胆地说，巴萨尼奥已经死了。

尼莉莎　姑爷，小姐，我们站在旁边，眼看我们的愿望成为事实，现在该让我们来道喜了。恭喜姑爷！恭喜小姐！

葛莱西安诺　巴萨尼奥大爷和这位温柔的小姐，我愿你们能享有你们所能愿望的一切快乐，因为我敢说，你们的幸福夺走不了我的幸福。我还有一个请求，要是你们决定在什么时候举行嘉礼，我也想跟你们一起结婚。

1 “热血”既代表“激情”，又代表“维生之关键液体”。

巴萨尼奥 我衷心希望如此，只要你能够找到一个妻子。

葛莱西安诺 谢谢大爷，您已经替我找到一个了。不瞒大爷说，我这一双眼睛瞧起人来并不比您大爷慢；您瞧见了小姐，我也瞧见了侍女[1]；您爱上了，我也爱上了。您的命运靠那几个匣子决定，我也是一样；因为我在这儿千求万告，身上的汗出了一身又是一身，指天誓日地说到唇干舌燥，才算得到这位好姑娘的一句回音，答应我要是您能够得到她的小姐，我也可以得到她的爱情。

鲍西娅 这是真的吗，尼莉莎?

尼莉莎 是真的，小姐，要是您赞成的话。

巴萨尼奥 葛莱西安诺，你也是出于真心吗?

葛莱西安诺 是的，大爷。[2]

巴萨尼奥 我们的喜筵有你们的婚礼添兴，那真是喜上加喜了。

葛莱西安诺 我们要跟他们打赌一千达克特，看谁先养儿子。

尼莉莎 什么？打赌要这么快吗?

葛莱西安诺 那可不行，咱打的这个赌呀，最忌讳的就是太快。[3]

1 随侍贵族小姐，陪伴她的女伴。和《第十二夜》中的玛丽娅一样，尼莉莎也不是那种伺候人的粗使丫头或女仆，而是阶级较高的淑女，因此她可以与一位士绅阶层的男子相配。

2 原文为“Yes，faith，my lord”，其中“faith”与前一句巴萨尼奥问话中的“真心”是同一个词，这个词兼有“真心”和“没错”（为 i’faith 的缩写）两个意思。

3 以上两句的原文为“What，and stake down?”（尼莉莎）“No，we shall ne’er win at that sport and stake down.”（葛莱西安诺）此处“stake down”是个带有性指涉的双关语，字面意思是“打赌时把筹码放下”，但也有指“阴茎软而下垂、不举”的意思。译文选择换成了“快”的双关。

可是谁来啦？罗伦佐和他的异教徒[1]吗？什么！还有我那威尼斯老朋友萨莱里奥？

| 罗伦佐、杰西卡、萨莱里奥及一来自威尼斯的信使上。

巴萨尼奥 罗伦佐、萨莱里奥，虽然我也是初履此地，让我姑且第一次使用这里主人的身份，欢迎你们的到来。亲爱的鲍西娅，请您允许我接待我这几个同乡朋友。

鲍西娅 我也是竭诚欢迎他们。

罗伦佐 谢谢。巴萨尼奥大爷，我本来并没有想到要到这儿来看您，因为在路上碰见索拉尼奥，给他不由分说地硬拉着一块儿来啦。

萨莱里奥 是我拉他来，大爷，我是有理由的。安东尼奥先生叫我替他向您致意。（给巴萨尼奥一信。）

巴萨尼奥 在我没有拆开这信以前，请你告诉我，我的好朋友近来好吗？

萨莱里奥 他没有病，除了有点儿心病。您看了他的信就可以知道他的近况。

葛莱西安诺 尼莉莎，招待招待那位陌生人[2]。把你的手给我，索拉尼奥，威尼斯有些什么消息？那位阔气的大商

1　原文为“stranger”，有“异族、外人”的意思。下文中，葛莱西安诺又称杰西卡为“陌生人”（stranger），显然她这时还没有皈依基督教，也没有被基督教社群完全接纳为其中的一分子。但她并没有像一些评论者所说的那样被忽视了（参见 Furness），而是与其他人一起受到了欢迎和招待。葛莱西安诺还特意让尼莉莎招呼她。

2　“陌生人”（stranger），既指“一个之前没有见过的人”（《牛津英语词典》4），也指“外人”（alien），即“不属于本社会成员的人”（《牛津英语词典》5；3.3.27）。

人安东尼奥怎样？我知道他听见了我们的成功，一定会十分高兴。我们是两个伊阿宋，把金羊毛赢回来啦。

萨莱里奥 我希望你们能够把他失去的金羊毛[1]赢了回来，那就好了。

鲍西娅 那信里一定有些什么坏消息，巴萨尼奥的脸色都变白了，多半是一个什么好朋友死了，否则不会有别的事情会把一个堂堂男子激动到这个样子的。怎么，还有更坏的事情吗？恕我冒渎，巴萨尼奥，我是您自身的一半[2]，这封信所带给您的任何不幸的消息，也必须让我分一半去。

巴萨尼奥 啊，亲爱的鲍西娅！这信里所写的是自有纸墨以来最悲惨的字句。好小姐，当我初次向您倾吐我的爱慕之忱的时候，我坦白地告诉您，我的高贵的家世是我仅有的财产，那时我并没有向您说谎；可是，亲爱的小姐，单单把我说成一个两袖清风的寒士，还未免夸张过分，因为我不但一无所有，而且还负着一身的债务；不但欠了我的一个好朋友许多钱，还累他为了我的缘故，欠了他仇家的钱。这一

1 "羊毛"英文为"fleece"，与"船队"（fleets）谐音，意思上也一致，都指贵重的东西。

2 尽管教会一直强调婚姻圣礼的重要意义，但在有见证者在场时正式订婚，无论是在伊丽莎白时代还是在《圣经》的时代，都几乎可等同于缔结了婚姻。丈夫和妻子"结为一体"，因此鲍西娅便是巴萨尼奥的一半了。

封信，小姐，那信纸就像是我朋友的身体，上面的每一个字，都是一处血淋淋的创伤。可是，萨莱里奥，那是真的吗？难道他的船舶都一起遭难了？竟没有一艘平安到港吗？从的黎波里、墨西哥[1]、英国、里斯本、巴巴里和印度来的船只，没有一艘能够逃过那些毁害商船的礁石的可怕的撞击吗？

萨莱里奥 一艘也没有逃过。而且即使他现在有钱还那犹太人，那犹太人也不肯收他。我从来没有见过这样一个样子像人[2]，一心一意却只想残害他同类的家伙；他不分昼夜地向公爵絮叨，说是他们倘不给他主持公道，那么威尼斯根本不成其为一个自由邦。二十个商人、公爵，还有那些最有名望的士绅都曾劝过他，可是谁也不能叫他回心转意，放弃他的狠毒的控诉；他一口咬定，要求按照约文的规定，处罚安东尼奥的违约。

杰西卡 我在家里的时候，曾经听见他向杜拔尔和邱斯[3]，他的两个同族的人谈起，说他宁可取安东尼奥身上的肉，也不愿收受比他的欠款多二十倍的钱。要是法律和威权不能阻止他，那么可怜的安东尼奥恐怕

1 实际上，到了莎士比亚生活的时代，威尼斯远洋贸易的范围已经缩减了，当时它与墨西哥并没有直接的贸易往来（参见 Furness；McPherson，52）。

2 意为尽管夏洛克有着人类的外表，但他在心狠手辣一心想要害人这方面，更像一只凶残的野兽。

3 关于这个名字，参见导读的“素材来源、相似物，以及创作时期”部分。

难逃一死了。

鲍西娅 遭到这样危难的人，是不是您的好朋友？

巴萨尼奥 我的最亲密的朋友，一个心肠最仁慈的人，热心为善，多情尚义，在他身上存留着比任何意大利人更多的古代罗马的高贵和荣誉[1]。

鲍西娅 他欠那犹太人多少钱？

巴萨尼奥 他为了我的缘故，向他借了三千达克特。

鲍西娅 什么，只有这一点数目吗？还他六千达克特，把那借约毁了；两倍六千，或者照这数目再倍三倍都可以，可是万万不能因为巴萨尼奥的过失，害这样一位好朋友损伤一根毛发。先陪我到教堂里去结为夫妇，然后你就到威尼斯去看你的朋友；鲍西娅绝不让你抱着一颗不安宁的良心睡在她的身旁。你可以带偿还这笔小小借款的二十倍那么多的钱去；债务清了以后，就带你的忠心的朋友到这儿来。我的侍女尼莉莎陪着我在家里，仍旧像未嫁的时候一样守候着你们的归来。来，今天就是你结婚的日子，大家快快乐乐，好好招待你的朋友们。你既然是用这么大的代价买来的，我一定格外珍爱你[2]。可是让

1 原文为“ancient Roman honour”，此后，莎士比亚还创作过基于古罗马题材的戏剧，剧中体现了一些品质高贵的古罗马人，例如，布鲁图斯，其行为总是出自最高尚的动机。参见《裘力斯·凯撒》第五幕第五场。

2 即“既然安东尼奥为了你冒了这么大的风险，那我的爱情也一定要能与他的相配”。有些评论者认为鲍西娅这句话是在很不含蓄（接下页）

我听听你朋友的信。

巴萨尼奥　“巴萨尼奥挚友如握：弟船只悉数遇难，债主煎迫，家业荡然。犹太人之约，业已愆期；履行罚则，殆无生望。足下前此欠弟债项，一切勾销，唯盼及弟未死之前，来相临视。或足下燕婉情浓，不忍遽别，则亦不复相强，此信置之可也。”

鲍西娅　啊，亲爱的，快把一切事情办好，立刻就去吧！

巴萨尼奥　既然蒙您允许，我就赶快收拾动身；可是——

此去经宵应少睡[1]，长留魂魄系相思。（同下。）

第三场

| 犹太人夏洛克[2]、索拉尼奥、安东尼奥及狱吏上。

夏洛克　狱官，留心看住他，不要对我讲什么慈悲。这就是那个放债不取利息的傻瓜。狱官，留心看住他。

安东尼奥　再听我说句话，好夏洛克。

夏洛克　我一定要照约实行，你倘然想推翻这一张契约，那

（接上页）地提出巴萨尼奥即将花费掉她一大笔钱［亚历山大 · 蒲柏（Alexander Pope）更是把这句话直接删去放在了脚注里，称“莎士比亚要是写下这样的句子，就太失身份了”］。这种阐释固然是有可能的，但考虑到商业活动术语作为隐喻贯穿全剧始终，那么将其做比喻意义上的理解似乎也更为合理。

1　原文为“No bed shall e'er be guilty of my stay”，巴萨尼奥这里是在发一个在旧时罗曼司传奇故事里常见的誓，即“在实现既定的目标之前，绝不睡觉”（Kittredge）。

2　在舞台指示和本场剧本的说话人前缀处，许多版本里夏洛克的名字都被写成了“犹太人夏洛克”（Shylock the Jew）或只是“犹太人”（Jew）。这是个意味深长的转变，暗示着此时夏洛克就仅作为他“犹太放债人”的身份出现，而不再是个父亲了（NCS）。

还是请你免开尊口的好。我已经发过誓，非得照约实行不可。[1]你曾经无缘无故骂我是狗，既然我是狗，那么你可留心着我的狗牙齿吧。公爵一定会给我公道的。[2]你这恶狱官，我真不懂你为什么会这么蠢，答应他的请求，陪着他到外边来。

安东尼奥 我恳请你，听我说句话吧。

夏洛克 我一定要照约实行，不要听你讲什么鬼话；我一定要照约实行，所以请你闭嘴吧。我不像那些软心肠流眼泪的傻瓜一样，听了基督徒的几句劝告，就会摇头叹气，懊悔屈服。别跟着我，我不要听你说话，我要照约实行。（下。）

索拉尼奥 这是人世间一头最顽固的恶狗。

安东尼奥 别理他，我也不愿再费无益的唇舌向他哀求了。他要的是我的命，我也知道他的动机。常常有许多人因为不堪他的剥削向我诉苦，是我帮助他们脱离他的压迫，所以他才恨我。

索拉尼奥 我相信公爵一定不会允许他执行这一种处罚。

1 在这一场中，夏洛克的态度明显变得更加刚硬、偏执，不断强调他已经发过誓，非要照约执行不可。原文中他不停重复同一句话“I will have my bond”（我一定要照约惩罚），这个由单音节词构成的短句，产生了一种咬牙切齿的、咒语般的效果，朱生豪的译文对句式做了一些变化，语气也有所缓和，为了尊重原译文风格和美感的统一性，这里不做修改，但希望读者意识到原文的阅读体验、人物形象与译文有差异。——译者注

2 夏洛克对此的信心是基于“威尼斯神话”的另一个方面，即它的法律出了名的公正无私（McPherson，36-38），后文中安东尼奥也确认了这一点。

安东尼奥　公爵不能变更法律的规定，因为威尼斯的繁荣完全倚赖各国人民的来往通商，要是剥夺了异邦人应享的权利[1]，一定会使人对威尼斯的法治精神产生重大的怀疑[2]。去吧，这些不如意的事情已经把我搅得心力交瘁，我怕到明天身上也许剩不下一磅肉来偿还我这位嗜血的债主了。狱官，走吧。求上帝，让巴萨尼奥来亲眼看见我替他还债，我就死而无怨了！（同下。）

第四场

| 鲍西娅、尼莉莎、罗伦佐、杰西卡及鲍西娅的男仆包尔萨泽上。

罗伦佐　夫人，不是我当面恭维您，您实在能了解这高贵真诚、神仙一般的爱情[3]，尤其像这次敦促尊夫就道，宁愿割舍儿女的私情，这一种精神毅力，格外表示您的了解之深刻。可是您倘使知道受到您这种好意的是个什么人，您所救援的是怎样一个正直的君子，他对于尊夫的爱情又是怎样深挚，我相信您一

1　原文为“commodity”，偏重商业权利和私有财产权。

2　安东尼奥知道威尼斯严重依赖跨国贸易带来的收入，而跨国贸易又依赖该城邦共和国法制严明、不偏不倚的名声。

3　原文为“god-like amity”，即友谊的最高形态——柏拉图式的爱情，类似存在于安东尼奥和巴萨尼奥之间的那种。此前罗伦佐和鲍西娅显然在谈论这两个人的关系（NS）。本段中的“爱情”（原文 love 或 lover）均为此意；参见 NCS 22-24。

定会格外因为做了这一件好事而自傲，不仅仅认为这是在人道上一件不得不尽的义务而已。

鲍西娅 我做了好事从来不后悔，现在也当然不会。因为凡是常在一块儿谈心游戏的朋友，彼此之间都有一重相互的友爱，他们在容貌上、风度上、习性上，也必定相去不远，所以在我想来，这位安东尼奥既然与我的丈夫是衷心相爱的挚友，他的为人一定很像我的丈夫。要是我的猜想果然不错，那么我把一个跟我的灵魂相仿[1]的人从残暴的迫害下救赎出来，花了这点点儿代价，算得什么！可是这样的话，太近于自吹自擂了，所以别说了吧，还是谈些其他的事情。罗伦佐，在我的丈夫没有回来以前，我要劳驾您替我照管家里。我已经向天许下秘誓，要在祈祷和默念中过生活，只让尼莉莎一个人陪着我，直到我们两人的丈夫回来。在两里路之外有一所修道院，我们就预备住在那儿。我向您提出这一个请求，不只是为了个人的私情，还有其他事实上的必要，请您不要拒绝我。

罗伦佐 夫人，您有什么吩咐，我无不乐于遵命。

鲍西娅 我的仆人们都已知道我的意思，他们会把您和杰西

1 即鲍西娅认为，通过巴萨尼奥这一重中介，她的灵魂一定与安东尼奥的灵魂互为镜像（因为两个人都与巴萨尼奥灵魂相契）。

卡当作巴萨尼奥和我一样看待。后会有期，再见了。

罗伦佐 但愿美妙的思想和安乐的时光追随在您的身旁！

杰西卡 愿夫人称心适意！

鲍西娅 谢谢你们的好意，我也愿意用同样的愿望祝福你们。再见，杰西卡。（杰西卡、罗伦佐下）包尔萨泽，我一向知道你诚实可靠，希望你永远做一个诚实可靠的人。这一封信你给我火速送到帕度亚[1]，交给我的表兄裴拉里奥博士亲手收拆；要是他有什么回信和衣服交给你，你就赶快带着它们到码头上，乘公共渡船到威尼斯去。不要多说话，去吧，我会在威尼斯等你。

包尔萨泽 小姐，我尽快去就是了。（下。）

鲍西娅 来，尼莉莎，我现在还要干一些你不知道的事情，我们要在我们的丈夫还没有想到我们之前去跟他们相会。

尼莉莎 我们要让他们看见我们吗？

鲍西娅 他们将会看见我们，尼莉莎，可是我们要打扮得叫他们认不出我们的本来面目[2]。我可以跟你打赌，

1　在两个早期版本中这里的“帕度亚”均作“曼图亚”，但在后文中莎士比亚又提到裴拉里奥家住帕度亚（第四幕第一场；第五幕第一场），而且帕度亚是意大利民法研究的重镇（Theobald）。

2　原文为“... That they shall think we are accomplished/With that we lack”，可直译为“我们要打扮得让他们以为我们获得了我们本来缺少的那话儿呢”，为一句指涉阳具的三俗调笑。鲍西娅这段话中有数个类似的双关语，但朱生豪常常删改或含蓄化处理笔下年轻女子大胆的涉性表达，在这个意义上，他似乎也想要把这些年轻女孩子打扮得“叫中文读者认不出她们的本来面目”。——译者注

无论什么东西，要是我们都扮成了少年男子，我一定比你漂亮点儿，带起刀子来也比你格外神气点儿；我会沙着喉咙讲话，就像一个正在发育的男孩子一样；我会把两个姗姗细步并成一个男人家的阔步；我会装成那些爱吹牛的哥儿们的样子，谈论一些击剑比武的玩意儿[1]，再随口编造些巧妙的诳话[2]，什么谁家的千金小姐爱上了我啦，我不接受她的好意，她害起病来死啦，不声不响地，我也不能做什么[3]，我怎么心中不忍，后悔不该害了人家的性命啦，以及二十个诸如此类的无关重要的诳话，人家听见了一定以为我出学校的门还不满一年。这些爱吹牛的娃娃的鬼花样儿，我有一千种在脑袋里都可以搬出来用。

尼莉莎 怎么，我们要扮成男人吗[4]？

鲍西娅 呸，你问的这是什么话？要是有人听见误会，可不得了！来，马车[5]在路口等着我们。我们上了车，我可以把我的整个计划一路告诉你。快去吧，今天

1 原文只有一个词“frays”，本来意思是“械斗、打架”，但它的低俗俚语意思是“（给少女）破处”（《牛津英语词典》V.[2] 3）（Rubinstein）。

2 原文为“quaint lies”，其中“quaint”的本义是“巧妙的”（Onions），但同时很可能有一个低俗的暗示义，即对女性阴部的隐语（Rubinstein）。比较上一条注释的“frays”。

3 原文为“I could not do withal”，直译为“我也没办法改变”（Gifford，由 Furness 引用），但可能也有个低俗的性暗示，即“do”等于“copulate”，“我没法与她交媾”。

4 原文为“Why，shall we turn to men?”，可直译为“我们要变成男人吗?”但“turn to”也可以理解成“（在性方面）对……敞开，投入……怀抱”的意思。下一句鲍西娅假意作此解并笑骂了尼莉莎。

5 当时只有富裕人家才能置得起马车。

我们要赶二十里路呢。（同下。）

第五场

| 小丑朗斯洛及杰西卡上。

朗斯洛 真的，不骗您，父亲的罪恶是要子女承当的[1]，所以我倒真的在替您捏着一把汗呢。我一向喜欢对您说老实话，所以现在我也老老实实地把我心里所担忧的事情[2]告诉您。您放心吧，我想您总免不了下地狱。只有一个希望也许可以帮帮您的忙，可是那也是个不大高妙的希望[3]。

杰西卡 请问你是什么希望呢？

朗斯洛 嗯，您可以存着一半儿的希望，希望您不是您的父亲所生，不是这个犹太人的女儿。

杰西卡 这个希望可真的太不高妙啦，这样说来我的母亲的罪恶又要降到我的身上来了。

朗斯洛 那倒也是真的，您不是为您的父亲下地狱，就是为您的母亲下地狱。逃过了凶恶的礁石，逃不过[4]危

1 参见《旧约 · 出埃及记》20:5，34:7;《旧约 · 申命记》5:9。在《公祷书》和《教义问答》中"罪"用的都是"sin"这个词，和此处一样，但《圣经》里用的是"iniquity"（Noble）。

2 原文为"agitation"（忐忑不安），但朗斯洛想说的应该是"cogitation"（想法）（Eccles，由Furness 引用）。他的错乱用词却在另一个反讽的意义上很恰当。

3 原文为"bastard hope"，"bastard"兼有"劣质的、次等的"和"私生子的"两个意思，故有下文。

4 原文为"fall into"，为"落入"之意，但也有"和……性交"的意思（NCS）。

险的旋涡[1]。好，您下地狱是下定了。

杰西卡 我可以靠着我的丈夫得救[2]，他已经使我变成一个基督徒。

朗斯洛 这就是他大大的不该。咱们本来已经有很多的基督徒，简直都快要挤不下啦。要是再这样把基督徒一批一批制造出来，猪肉的价钱一定会飞涨，大家都吃起猪肉来，将来恐怕每人连一片薄薄的咸肉都买不起啦[3]。

|罗伦佐上。

杰西卡 朗斯洛，你这样胡说八道，我一定要告诉我的丈夫。他来啦。

罗伦佐 朗斯洛，你要是再拉着我的妻子在角落里说话，我真的要吃起醋来了。

杰西卡 不，罗伦佐，你放心好了，我已经跟朗斯洛翻脸啦。他老实不客气地告诉我，上天不会对我发慈悲，因为我是一个犹太人的女儿。他又说你不是国家的好公民，因为你把犹太人变成了基督徒，提高

1 原文为“Thus when I shun Scylla，your father，I fall into Charybdis，your mother”，是当时俗谚，指“陷入了进退两难的境地”（Tilley，S169；Dent，206）。在一次遇险经历中，奥德修斯不得不在穿越海怪斯库拉（Scylla）的巢穴和海怪卡律布迪斯（Charybdis）的旋涡之间做出抉择（*Odyssey* 12.235-263）。如果夏洛克的名字Shylock中的“y”在当时被读成短音“i”的话，那么Scylla-Shylock可能存在一个双关（参见导读“素材来源、相似物，以及创作时期”部分）。

2 参见《新约 · 哥林多前书》7:14“不信的妻子就因着丈夫成了圣洁”（Noble）及其边注：“意思是，夫妻中信教的那一方使婚姻变得圣洁的力量，要大于不信的那一方玷污它的力量。”

3 朗斯洛指的是犹太人禁止吃猪肉的习俗（参见上文第一幕第三场“叫我去闻猪肉的味道”和本段话中的“把基督徒一批一批制造出来，猪肉的价格一定会飞涨”）。朗斯洛这个人物的喜剧功能是“不停地将属灵的真理歪曲成属肉体的”（Danson，97）。

了猪肉的价钱。

罗伦佐　（对朗斯洛）要是政府向我质问起来，我自有话说。可是朗斯洛，你把那黑人的女儿弄大了肚子，这该是什么罪名呢？那个摩尔人[1]怀了你的种，朗斯洛！

朗斯洛　要是一个摩尔人都有头有脑的，那就不可理喻了，但如果她是个清白女人，那可要大大地出乎我的意料了[2]。

罗伦佐　可真真是每个傻子都尖牙利齿的！我想过不了多久，才思敏捷者就要变得一言不发了，只有学舌的鹦鹉叽叽喳喳叫个不停。去，小子，叫他们好准备吃饭了。

朗斯洛　先生，他们早已准备好了，他们都是有肚子[3]的呢。

罗伦佐　我的老天爷哪，你可真会歪缠！叫他们准备晚餐的食物，好不好？

朗斯洛　那也准备好了，只是需要跟他们说“铺上桌子”[4]。

罗伦佐　那您可以叫他们铺上桌子了吗，这位先生？

朗斯洛　这可不行，先生，我知道我的本分。

1　在整个17世纪，“黑人”（Negro）和“摩尔人”（Moor）几乎是可以互换的同义词。参见《牛津英语词典》中“Moor”词条，并比较Blackamoor。

2　原文为“she is indeed more than I took her for”，朗斯洛玩了一个Moor-more的谐音梗，上两行中还有“much”和“less”，同样是与“more”相关的玩笑话。参见《泰特斯·安德洛尼克斯》第四幕第二场：“乳媪：……你们看见那摩尔人艾伦吗？艾伦：呃，远在天边，近在眼前”（原文为“NURSE ...did you see Aaron the Moor? AARON Well，more or less，or ne'er a whit at all”）（Staunton，由Furness引用）。

3　“肚子”（stomachs）也有“食欲”的意思。

4　原文为“cover”，指在桌子上铺好桌布（等待上菜），但下面朗斯洛把它歪解成了“戴帽子盖住头”的意思，所以说不能在比自己地位高的人面前戴帽子。

罗伦佐 还没完没了了！你先把所有的俏皮话一口气说完好不好？我求求你，我是个简单的人，只会讲些简简单单的话，去对你那些同僚说，桌子可以铺起来，饭菜可以端上来，我们要进来吃饭啦。

朗斯洛 是，先生，我就去叫他们把饭菜铺起来，桌子端上来。至于您进不进来吃饭，那可悉随尊便。（下。）

罗伦佐 啊，他分辨词义的本事着实了得，一张嘴总有话来堵你！这个傻子在脑袋里可装了一大堆的好词儿，我的确遇见过其他许多弄人，站在比他体面多了的位置上[1]，也是这一套装束[2]，为了一个俏皮的双关[3]字眼，尽讲些没有道理的蠢话。你感觉怎么样，杰西卡？亲爱的好人儿，现在告诉我你对于巴萨尼奥的夫人有什么意见？

杰西卡 好到没有话说。巴萨尼奥大爷娶到这样一位好夫人，简直是在地上享到了天堂的幸福，理该一辈子规规矩矩的。如果做人做到这样都不规矩，那就一辈子进不了天堂了。要是有两个天神打赌，各自拿一个人间的女子做赌注，如其中一个是鲍西娅，那

1 即在地位更显赫的人家中当差。

2 原文为“garnished”，在指服装时，意为“以……装束、打扮”，参见第二幕第六场“穿着这身低贱童仆的制服（in the slowly garnish of a boy）”；在指语言时，为“可以使用……的字眼”，参见《爱的徒劳》第二幕第一场：“每一个人都用这种侈张的夸饰赞赏自己中意的人”。（原文为“every one her own hath garnished/With such bedecking ornaments of praise”）

3 原文为“tricksy”，即“含混、双关”之意（NCS）。罗伦佐这些评论和朗斯洛关于把人“变成基督徒”的玩笑话一样，似乎都预示了下文第四幕第一场中的事件。

么还有一个必须另外加上些什么，才可以彼此相抵，因为这一个寒碜的世界还不能产生一个跟她同样好的人来。

罗伦佐 他娶到了她这么一个好妻子，你也嫁着了我这么一个好丈夫。

杰西卡 那可要先问问我的意见。

罗伦佐 可以可以，可是先让我们吃了饭再说。

杰西卡 不，让我趁着胃口没有倒之前先把你恭维两句。

罗伦佐 不，你有话还是留到吃饭的时候说吧；那么不论你说得好、说得坏，我都可以连着饭菜一起吞下去[1]。

杰西卡 好，你且等着听我怎么夸你吧[2]。（同下。）

1 原文为“digest”，这个词同时有好几个意思，可以指“忍受、吞下”（Onions），或“消化（食物）”，或“理解”，如在《科利奥兰纳斯》第一幕第一场；或“使其消失无迹”，如在《终成眷属》第五幕第三场。

2 原文为“I'll set you forth”，既有“夸奖、赞扬”之意，又有“把你收拾停当、准备好”之意，比方说让他准备好吃饭（Clarendon *subs.*，由Brown引用）。

第四幕

第一场

|公爵[1]，众绅士[2]，安东尼奥，巴萨尼奥，萨莱里奥，葛莱西安诺，以及法庭官员、书记、随从等同上。[3]

公爵 安东尼奥有没有来?

安东尼奥 有[4]，殿下。

公爵 我很为你不快乐，你是来跟一个心如铁石的对手[5]当庭对质，一个不懂得怜悯，没有一丝慈悲心的不近人情的恶汉。

安东尼奥 听说殿下曾经用尽力量，劝他不要过为已甚，可是

1 不知莎士比亚在剧中让威尼斯的公爵（Duke）或曰总督（doge）主持法庭是否是个有意为之的选择，但在此之前至少两个世纪里，威尼斯总督都未曾担任这个职能。但就像在《仲夏夜之梦》和《一报还一报》中那样，安排唯一的统治者主理全城事务，在戏剧安排上更有效，也更经济。另外，这个背景设置与罗德里戈·洛佩兹（Roderigo Lopez）在埃塞克斯伯爵（Essex）和伦敦众士绅（城中“长老”）面前受审的场面很像（NS）。

2 即威尼斯城中的权贵。在威尼斯，民事或刑事法庭的审判要在四十名法官面前进行，这四十人是从贵族中间选举出来的［参见T. Elze，*Shakespeare Jahrbuch*，14（1879），178，由Furness和Brown引用］。此处登场的士绅应该远远不到四十个，只是用几名演员表现某种列队的排场，或至多就安排一个审判团。

3 他们应该不是所有人一起鱼贯进场的，很可能是公爵和众绅士从舞台的一个门进来，安东尼奥和其他人从另一个门进来。

4 原文为“ready”，既表示“我在这里”，也表示“我准备好了（面对无可避免的命运）”。

5 这法庭一开庭，公爵便公开表示了他的偏向性（Merchant）。

他一味坚执，不肯略做让步。既然没有合法的手段可以使我脱离他的怨毒的掌握，我只有用默忍迎受他的愤怒[1]，安心等待着他的残暴的处置。

公爵 来人，传那犹太人到庭。

萨莱里奥 他就在门口等着。他来了，殿下。

| 夏洛克上。[2]

公爵 大家让开些，让他站在我的面前。夏洛克，人家都以为你不过故意装出这一副凶恶的姿态，到了最后关头就会显出你的仁慈恻隐来，比你现在这种表面上的、怪异的残酷无情更加出人意料[3]。现在你虽然坚持着照约处罚，一定要从这个不幸的商人身上割下一磅肉来，到了那时候，你不但愿意放弃这一种处罚，而且因为受到良心上的感动，说不定还会豁免他一部分的欠款。[4]人家都是这样说，我也是这样猜想着。你看他最近接连遭逢的巨大损失，足

1 原文为“I do oppose/My patience to his fury”，文艺复兴时代的人总是会敦促身处逆境者拥有“忍耐”（patience）这一美德，参见《李尔王》第四场、第七场。

2 除非法庭的桌子上已经准备好了，不然的话，夏洛克就是手里拿着自己带来的天平和尖刀入场的。没有其他犹太人陪他一起进来，如杜拔尔和邱斯。他的孤立处境具有很强的戏剧效果（Granville-Barker，100 n.1），而且可能意味着更多——他没有得到其他犹太人同胞的支持——尽管在有些版本的舞台制作中并非如此。夏洛克最迟进来，使得悲哀的预期有时间充分形成并发酵，当夏洛克最终走进来，站在公爵面前时，此时已经安静下来的观众席便可以响起一阵嘘声。如下面一行所示，他是从一大群安东尼奥的支持者中间艰难地挤进来的。埃德温·布斯（Edwin Booth）的提词本显示，他是缓步进场的，向公爵鞠了一躬，并在整场戏中都向他作极恭敬顺服状，但对其他人一概置之不理——除了后来进场的鲍西娅，当她表面上是在支持他的诉求时（Furness）。

3 “怪异的”和“出人意料”原文都是“strange”，即“奇特、异常”，但这个词也带有关于夏洛克是“异族”的暗示（NCS）。

4 显然公爵对夏洛克的心理状态一无所知，竟然期待他不仅会放弃处罚，还会给出额外宽待，免除部分债务。

以使无论怎样富有的商人倾家荡产，即使铁石一样的心肠，从来不通人性的土耳其人[1]和鞑靼人[2]，也不能不对他的境遇发生怜悯。犹太人，我们都在等候你一句温和[3]的回答。

夏洛克 我的意思已经向殿下告禀过了，我也已经指着我们的圣安息日起誓[4]，一定要照约执行处罚。要是殿下不准许我的请求，那就是蔑视宪章，我要到京城里上告去，要求撤销贵邦的特权[5]。您要是问我为什么不愿接受三千达克特，宁愿拿一块腐烂的臭肉，那我可没有什么理由可以回答您[6]，我只能说我欢喜这样[7]，这是不是一个回答？要是我的屋子里有了耗子，我高兴出一万个达克特叫人把它们赶掉，谁管得了我？这不是回答了您吗？有的人不爱看咧着嘴的烤猪[8]，有的人瞧见一头猫就要发脾气，

1 在“耶稣受难日募集”（Good Friday Collect）规则中，土耳其人与犹太人、不信教者和异教徒被归为同一类。

2 13 世纪从中亚来到欧洲的入侵民族，残暴好战，首领是成吉思汗。

3 原文为“gentle”，可能是对“Gentile”（外邦人）的一个双关。

4 “莎士比亚笔下所有暴君的例子都可以证明，发誓便意味着一个人将自己的意志强加于世界，而非听取世界想对他说的话，只有爱和仁善可以让人在世界面前谦卑”（Oz，100）。

5 “如果威尼斯拒绝给予外国人其法律明确赋予他们的权利，它就不能再被称作一个自由的城市”（Kittredge）。但实际上威尼斯是个独立的城邦共和国，而非像英国的自由城市那样，其自由来自一位中世纪君主所签署的宪章（Brown）。

6 其实公爵并没有问，但这个问题一定盘桓在他和在场每一个人的脑海里。夏洛克所给出的答案（在他拒绝陈述自己的真实动机之后）是精心设计好了的，如约翰逊所观察到的，为了“再往询问者的伤口上撒把盐”。

7 原文为“It is my humour”，“humour”是“体液”的意思。时人认为人心灵状态的平衡或失衡，由四种主要的体液（血、黏液、黑胆汁和黄胆汁）决定。参见 David H. Bishop，“Shylock's Humour”，*SAB* 23（1948），174-180。

8 烤猪的嘴是张开着的。这可能是在暗指托马斯 · 纳什（Thomas Nashe）1592 年的剧作《身无分文的皮尔斯及他向魔鬼的求告》（*Pierce Pennilesse, his Supplication to the Devil*）中的一句：“有些人，看见烤猪端上桌子，就要像个疯子一样大发雷霆。”（Malone）

还有人听见人家吹风笛的声音，就忍不住要小便[1]；因为一个人的感情完全受着喜恶的支配，谁也做不了自己的主。现在我就这样回答您：为什么有人受不住一头咧着嘴的烤猪，有人受不住一头无害的生性如此[2]的猫，还有人受不住咿咿唔唔的羊毛[3]风笛的声音，这些都是毫无充分的理由的，只是因为天生的癖性，使他们一受到感触就会情不自禁地现出丑相来；所以我不能举什么理由，也不愿举什么理由，除了因为我对于安东尼奥抱着久积的仇恨和深刻的反感，所以才会向他进行这一场对于我自己并没有好处的诉讼[4]。现在您不是已经得到我的回答了吗？

巴萨尼奥　你这冷酷无情的家伙，这样的回答可不能作为你的残忍的辩解。

夏洛克　我的回答本来不是为要讨你的欢喜。[5]

巴萨尼奥　难道人们对于他们所不喜欢的东西都一定要置之死地吗？

1　这种反应很不寻常，但也能在当时的一些故事和琼森1616年的剧作《人各有癖》（*Everyman in his Humour*）第四幕第二场第19—22页中得到佐证。“这个人，别人读歌谣的时候他就憋不住尿吗？——哦，没错，只要对着他说出押韵的句子，他就比全是窟窿的奶酪漏得还欢，比风笛的动静都大。”

2　原文为“necessary”，指“无可避免的，由天性预先决定的”（《牛津英语词典》，由Bishop引用）；比较《亨利四世·下篇》第三幕第一场“这些必然的事实”（the necessary form of this）

3　风笛（bagpipe）的“袋子部分”经常用呢料或法兰绒包裹（NS）。

4　如果他如愿，他就还是亏掉了最初那三千达克特的借款。

5　夏洛克上面的回答是对公爵，而非对巴萨尼奥，这时巴萨尼奥忍不住插了话。

夏洛克 哪一个人会恨他所不愿意杀死的东西?

巴萨尼奥 初次的冒犯,不应该就引为仇恨。

夏洛克 什么!你愿意给毒蛇咬两次吗?

安东尼奥 请你想一想,你现在跟这个犹太人讲理,就像站在海滩上,叫那大海的怒涛减低它的奔腾的威力,责问豺狼为什么害母羊为了失去它的羔羊而哀啼,或是叫那山上的松柏在受到天风吹拂的时候,不要摇头摆脑,发出谡谡的声音。要是你能够叫这个犹太人的心变软——世上还有什么东西比它更硬呢?——那么还有什么难事不可以做到?所以我请你不用再跟他商量什么条件,也不用替我想什么办法,让我爽爽快快受到判决,满足这犹太人的心愿吧。

巴萨尼奥 借了你三千达克特,现在拿六千还你好不好?

夏洛克 即使这六千达克特中间的每一个都可以分作六份,每一份都可以变成一个达克特,我也不要它们;我只要照约处罚。

公爵 你这样一点儿没有慈悲之心,将来怎么能够希望人家对你慈悲呢?[1]

夏洛克 我又不干错事,怕什么人的审判?[2]你们买了许多

1 参见《新约·雅各书》2:13“因为那不怜悯人的,也要受无怜悯的审判。怜悯原是向审判夸胜”,以及《新约·马太福音》5:7“怜恤人的人有福了,因为他们必蒙怜恤”(Shaheen)。

2 尽管夏洛克在道德上冥顽不灵,但他全然真诚地相信法律站在自己一边。然而,他下面的论述正中基督徒之伪善的要害,许多评论者(如约翰逊)都看到了这一点。

奴隶[1]，把他们当作驴狗骡马一样看待，叫他们做种种卑贱的工作，因为他们是你们出钱买来的。我可不可以对你们说，让他们自由，叫他们跟你们的子女结婚吧；为什么他们要在重担之下流着血汗呢？让他们的床铺得跟你们的床同样柔软，让他们的舌头尝尝你们所吃的东西吧。你们会回答说："这些奴隶是我们所有的。"所以我也可以回答你们：我向他要求的这一磅肉是我出了很大的代价买来的，它是我的所有，我一定要把它拿到手里。您要是拒绝了我，那么你们的法律根本就是骗人的东西！我现在等候着判决[2]，请快些回答我，我可不可以拿到这一磅肉？

公爵　我已经差人去请裴拉里奥，一位有学问的博士来替我们审判这件案子了。要是他今天不来，我可以有权宣布延期判决。

萨莱里奥　殿下，外面有一个使者刚从帕度亚来，带着这位博士的书信，等候着殿下的召唤。

公爵　把信拿来给我，叫那使者进来。（萨莱里奥下）

1　当时不仅在威尼斯，在包括英格兰的欧洲所有地方，蓄奴行为都普遍存在。在皇家莎士比亚剧团 1987 年制作的版本中，在说这番话时，夏洛克抓住法庭上一个黑人仆从，把他拖上前来展示给所有人看。

2　原文为"I stand for judgement"，"stand for"既有"为……而说话，站……之立场"的意思（Onions），也有"代表"的意思，在本场下文"我在这儿要求法律的裁判。"（I stand here for law.）和第三幕第二场"我站在这儿做牺牲"（I stand for sacrifice）两处也是此意，另外还有字面意思"站立等待"。

巴萨尼奥 振作点，安东尼奥！喂，老兄，不要灰心！这犹太人可以把我的肉、我的血、我的骨头、我的一切都拿去，可是我决不让你为了我的缘故流一滴血。

安东尼奥 我是羊群里一头不中用的病羊[1]，死是我的应分；最软弱的果子最先落到地上，让我也就这样结束了我的一生吧。你应当继续活下去，巴萨尼奥；我的墓志铭除了你以外，是没有人写得好的。[2]

| 萨莱里奥与扮成律师书记的尼莉莎上。

公爵 你是从帕度亚裴拉里奥那里来的吗？

尼莉莎 是，殿下。（呈上一信）裴拉里奥叫我向殿下致意。

| 夏洛克用靴底磨刀。

巴萨尼奥 你这样使劲儿磨着刀干吗？

夏洛克 从那破产的家伙身上割下那磅肉来。

葛莱西安诺 狠心的犹太人，你的刀不应该放在你的靴底磨，应该放在你的灵魂里磨[3]，才可以磨得锐利；就是刽子手的钢刀，也及不上你的刻毒的心肠锋利。难道什么恳求都不能打动你吗？

夏洛克 不能，无论你说得多么婉转动听，都没有用。

1 原文为“tainted wether of the flock”，“tainted”有“患病”的意思，但这个词的本义是“玷污、染污”，暗示某种道德上的堕落或败坏，暗指被献祭的“替罪羊”。“wether”指阉割了的公羊。亚伯拉罕用一只公羊代替自己的儿子以撒献祭（《旧约·创世记》22:13）。

2 比较哈姆雷特临死前向霍拉旭发的遗愿，参见《哈姆雷特》第五幕第二场。

3 原文为“Not on thy sole，but on thy soul”，“sole”和“soul”是老生常谈的同音字词，这里已经很难再激起什么新的笑声来了（Kittredge）。《罗密欧与朱丽叶》第一幕第四场也用了这个谐音梗。

葛莱西安诺 万恶不赦的狗，看你死后不下地狱！让你这种东西活在世上，真是公道不生眼睛。你简直使我的信仰发生摇动，相信起毕达哥拉斯所说畜生的灵魂可以转生人体的议论[1]来了；你的前生一定是一头豺狼[2]，因为吃了人给人捉住吊死，它那凶恶的灵魂就从绞架上逃了出来，钻进了你那老娘的腌臢的胎里，因为你的性情正像豺狼一样残暴、贪婪。

夏洛克 除非你能够把我这一张契约上的印章骂掉，否则像你这样拉开了喉咙直嚷，不过白白伤了你的肺，何苦来呢？好兄弟，我劝你还是休养休养你的聪明吧，免得它将来一起毁坏得不可收拾。我在这儿要求法律的裁判。

公爵 裴拉里奥在这封信上介绍一位年轻有学问的博士出席我们的法庭。他在什么地方？

尼莉莎 他就在这儿附近等着您的答复，不知道殿下准不准许他进来？

公爵 非常欢迎。来，你们去三四个人恭恭敬敬领他到这儿来。现在让我们把裴拉里奥的来信当庭宣读。

1 葛莱西安诺这里指的是毕达哥拉斯派的“灵魂转生”信条，该信条对基督徒来说是异端邪说。《第十二夜》第四幕第二场处假扮成副牧师“托巴斯师父”（Sir Topas）的费斯特（Feste）也以喜剧的方式，就这个信条盘问了马伏里奥（Malvolio）。

2 “放高利贷者经常被叫作豺狼，在16世纪文学中，豺狼是嫉恨的象征物；并且直到17世纪下半叶，欧洲各地都经常会审判并处死一些掠食性动物。”（NCS）

书记 "尊翰到时，鄙人抱疾方剧；适有一青年博士鲍尔萨泽君自罗马来此，致其慰问[1]，因与详讨犹太人与安东尼奥一案，遍稽群籍，折中是非，遂恳其为鄙人庖代，以应殿下之召。凡鄙人对此案所具意见，此君已深悉无遗；其学问才识虽穷极赞辞，亦不足道其万一，务希勿以其年少而忽之，盖如此少年老成之士，实鄙人生平所仅见也。倘蒙延纳，必能不辱使命。敬祈钧裁。"

|扮成法学博士的鲍西娅与三四人同上。

公爵 你们已经听到了博学的裴拉里奥的来信。这儿来的大概就是那位博士了。

公爵 把您的手给我。足下是从裴拉里奥老前辈那儿来的吗?

鲍西娅 正是，殿下。

公爵 欢迎欢迎，请上坐[2]。您有没有明了今天我们在这儿审理的这件案子的两方面的争点?

鲍西娅 我对于这件案子的详细情形已经完全知道了。这儿哪一个是那商人，哪一个是犹太人?[3]

1 公爵和鲍西娅两人同时求助于学识渊博、据传为本地区首席法律学者的裴拉里奥，绝非偶然。然而信中所说有假，鲍西娅和裴拉里奥并未见面，因为鲍西娅嘱咐她的仆人去帕度亚的裴拉里奥那边，带回信件和衣服（NS）。去见了裴拉里奥的"鲍尔萨泽"原是仆人包尔萨泽（第三幕第四场）。

2 原文为"take your place"，公爵邀请鲍西娅坐在哪里？他的身边？与众士绅坐在一起？无论莎士比亚的本意是如何安排她的位置，大多数现代女演员都会在舞台上自由移动，在夏洛克和其他人旁边走来走去。

3 这是个天真的问题，因为犹太人的装束与基督徒的迥异。但故作天真可能是鲍西娅一开始就想好的策略的一部分。

公爵　安东尼奥，夏洛克，你们两人都上来。

鲍西娅　你的名字就叫夏洛克吗?

夏洛克　夏洛克是我的名字。

鲍西娅　你这场官司打得倒也奇怪，可是按照威尼斯的法律你的控诉是可以成立的。（向安东尼奥）你的生死现在操在他的手里，是不是?

安东尼奥　他是这样说的。

鲍西娅　你承认这借约吗?

安东尼奥　我承认。

鲍西娅　那么犹太人必须慈悲一点儿。

夏洛克　凭什么我必须慈悲一点儿? [1] 把您的理由告诉我。

鲍西娅　慈悲不是出于勉强，它是像甘霖一样从天上降下尘世 [2]；它不但给幸福于受施的人，也同样给幸福于施与的人；它有超乎一切的无上威力，比王冠更足以显出一个帝王的高贵：御杖不过象征着俗世的威权，使人民对于君上的尊严凛然生畏；慈悲的力量却高出于权力之上，它深藏在帝王的内心，是一种

1　鲍西娅的“必须”暗指一种道德上或人道上的律令（既然契约已经法律认可，并且被告人也承认其效力，现在能救安东尼奥的性命的，就只有犹太人的慈悲了）；而夏洛克的“必须”指的则是“被强迫这样做”，因此自然引出了下文中鲍西娅关于“慈悲不是出于勉强”的演讲。

2　参见《次经 · 西拉奇书》35:19“在悲伤和苦难的时代里，慈悲是多么可贵，就像久旱之后的甘霖”，以及《旧约 · 申命记》32:2“我的教训要淋漓如雨；我的言语要滴落如露，如细雨降在嫩草上，如甘霖降在菜蔬中”（Noble）。

属于上帝的德性[1]，执法的人倘能把慈悲调剂着公道，人间的权力就和上帝的神力没有差别[2]。所以，犹太人，虽然你所要求的是公道，可是请你想一想，要是真的按照公道执行起赏罚来，谁也没有死后得救的希望[3]；我们既然祈祷着上帝的慈悲[4]，就应该自己做一些慈悲的事。我说了这一番话，为的是希望你能够从你的法律的立场上做几分让步；可是如果你坚持着原来的要求，那么威尼斯的法庭是执法无私的，只好把那商人宣判定罪了。[5]

夏洛克 我一人做事一人承当！[6]我只要求法律允许我照约执行处罚。

1 上帝的慈悲是教会的圣餐仪式、祷文、晨间礼拜仪式等敬拜活动中最重要的主题（Shaheen），该主题也贯穿希伯来祈祷书始终，其中包含例如念诵《旧约 · 诗篇》第136首及其叠句："因他的慈爱永远长存。"

2 "国王可以凭着自己的行为接近上帝" 是一句在当时堪称老生常谈的论述（earthly power doth then show likest God's when mercy seasons justice，Tilley M898），如在《泰特斯 · 安德洛尼克斯》第一幕第一场和《爱德华三世》中也出现的"国王们唯在此时最近于上帝，当他们将生命和安全赋予其子民"（Malone），比较《旧约 · 诗篇》103:10-11 "他没有按我们的罪过待我们，也没有照我们的罪孽报应我们。天离地何等地高，他的慈爱向敬畏他的人也是何等地大"（Noble）。

3 参见《旧约 · 诗篇》143:2，引用于晨间祷告中（Noble）。《日内瓦圣经》对其的边注是"在上帝眼中，所有人都是罪人"。

4 鲍西娅指的是《主祷文》中祈祷上帝慈悲的段落。或许对一个犹太人说这样的话很不恰当，但对莎士比亚的基督徒观众来说绝不陌生。但在另一方面，犹太人和外邦人都可能熟悉《次经 · 西拉奇书》28:2 "祈祷时，宽恕你邻人对你的伤害，你的罪恶便可同样被宽恕"（Noble）。当然，夏洛克痛斥基督徒虚伪的时候，鲍西娅绝无可能在场听到。

5 鲍西娅关于慈悲的这段演说是莎剧中最被传诵的名篇之一，它唤起的是文艺复兴时期及更早时代关于慈悲和正义之间关系的辩论，如塞涅卡的《论慈悲》（*De clementi*）1.19（由NS引用）和亚历山大 · 希尔维（Alexandre Silvayn）的《演说家》（*the Orator*）（由Merchant引用，参见导读的"素材来源、相似物，以及创作时期"部分）。关于莎士比亚对该辩论的持续兴趣，参见《皆大欢喜》第四幕第三场，《一报还一报》第二幕第二场中依莎贝拉（Isabella）的恳求，以及《暴风雨》第五幕第一场。鲍西娅用"贝尔蒙特的语言"对着一个"完全无法理解的人"讲话，后者"彻头彻尾地属于这个俗世"（Leggatt，137）。

6 或许这里隐约呼应了《新约 · 马太福音》27:25（Henley，由Marlone引用）。《日内瓦圣经》的边注是"如果（耶稣）的死是不合律法的，就让惩罚降到我们（犹太人）和我们子孙的头上"。另外夏洛克呼应的更近的一处，是鲍西娅前一段演讲中说的"慈悲的事"（NS）。

鲍西娅　他是不是不能清还你的债款？

巴萨尼奥　不，我愿意替他当庭还清；照原数加倍也可以[1]；要是这样他还不满足，那么我愿意签署契约，还他十倍的数目，倘然不能如约，他可以割我的手，砍我的头，挖我的心；要是这样还不能使他满足，那就是存心害人、不顾天理了[2]。请堂上运用权力，把法律稍为变通一下，犯一次小小的错误，干一件大大的功德[3]，别让这个残忍的恶魔逞他杀人的兽欲。

鲍西娅　那可不行，在威尼斯谁也没有权力变更既成的法律[4]。要是开了这一个恶例，以后谁都可以借口有例可援[5]，什么坏事情都可以干了。这是不行的。

夏洛克　一个但尼尔[6]来做法官了！真的是但尼尔再世！聪

1 夏洛克在咬定一个程序上的细节不放，即安东尼奥错过了他的还款日期。事实上，到了莎士比亚的时代，出于公平考虑，对契约上的某个“无法忍受的严苛条件”提出的反对意见经常会被通过，该条件会被撤销并以另一种公道的“惩罚”（在这个例子里，替代性惩罚方案就是判安东尼奥还给夏洛克借款的本金再外加一笔罚息，原本的契约作废，Merchant）代之。无论莎士比亚对这种行为所知有多少，这里他的目的是要以此提出道德议题，并造成一种戏剧上的强烈效果。

2 原文为“malice bears down truth”，其中“truth”一词本义为“真理、真相”，各注释者曾经提出过多种解读，如“理性、合乎理性的解决提议”（Theobald），“公正的法则”［Heath，*Revisal of Shakespeare's Text*（1765），由 Furness 引用］，“诚实”（Johnson），“正直”（Riverside）。

3 参见“目的可证明手段的正当性”（The end justifies the means,Tilley，E112；Dent，100）。

4 “威尼斯的法律，如同传说中米底斯和波斯的法律那样，是万世不易、不可动摇的”（Merchant）。

5 英格兰的法律本质上是判例法，即司法裁决的原则由先前的判例所树立，而非由法律条文规定的制定法。在这里莎士比亚似乎把两个法系混到了一起。

6 夏洛克这里指的是《次经》中苏珊娜与长老的故事。但尼尔与鲍西娅一样是个少年，但具有长者的智慧（参见下文“想不到你瞧上去这样年轻，见识却这么老练。”）。与那些血口喷人的长老不同，但尼尔能够秉公裁断；因此葛莱西安诺在后文也兴高采烈地大喊“但尼尔”的名字，这不仅是因为事态急转之后他想嘲讽夏洛克（参见“你不得杀死那些纯洁刚正的人”，《次经・苏珊娜》53），也因为故事中的长老们“是由他们口中说出的话而被定罪的”（61），正如布朗注意到的那样。“但尼尔”这个名字在希伯来文中的意思是“主的法官”，《日内瓦圣经》中的注释是“上帝的审判”，另外，在《旧约・但以理书》中，先知但以理（与“但尼尔”是同一个名字“Daniel”，但他们是两个不同的人物，故在译法上区分）的另一个名字就是“鲍尔萨泽”（Lewalski，340）。

明的青年法官啊，我真佩服你！

鲍西娅 请你让我瞧一瞧那借约。

夏洛克 在这儿，可尊敬的博士，请看吧。[1]

鲍西娅 夏洛克，他们愿意出三倍的钱还你呢。[2]

夏洛克 不行，不行，我已经对天发过誓啦，难道我可以让我的灵魂背上毁誓的罪名吗？不，把整个儿的威尼斯给我，我都不能答应。

鲍西娅 好，那么就应该照约处罚。根据法律，这犹太人有权要求从这商人的胸口割下一磅肉来。（向夏洛克）还是慈悲一点儿，把三倍原数的钱拿去，让我撕了这张约吧。

夏洛克 等他按照约中所载条款受罚以后，再撕不迟。您瞧上去像是一个很好的法官；您懂得法律，您讲的话也很有道理，不愧是法律界的中流砥柱，所以现在我就用法律的名义，请您立刻进行宣判，凭着我的灵魂起誓，谁也不能用他的口舌改变我的决心。我现在但等着执行原约。

安东尼奥 我也诚心请求堂上从速宣判。

鲍西娅 好，那么就是这样：你必须准备让他的刀子刺进你

1 夏洛克急忙将契约递到鲍西娅手上。

2 前文巴萨尼奥提出的是"照原数加倍"的钱。这里可能是莎士比亚写岔了，或是誊写稿子的人没有抄对，也可能是鲍西娅自己做主提高了价格（毕竟钱原本就是她的）（NCS）。

的胸膛。

夏洛克　啊，尊严的法官！好一位优秀的青年！

鲍西娅　因为这约上所订定的惩罚，对于法律条文的含义并无抵触。

夏洛克　很对很对！啊，聪明正直的法官！想不到你瞧上去这样年轻，见识却这么老练。

鲍西娅　（对安东尼奥）所以你应该把你的胸膛袒露出来。

夏洛克　对了，“他的胸部”，约上是这么说的；——不是吗，尊严的法官？——“靠近心口的所在”，约上写得明明白白的。

鲍西娅　不错，称肉的天平[1]有没有预备好？

夏洛克　我已经带来了。

鲍西娅　夏洛克，你应该自己拿出钱来请一位外科医生替他堵住伤口，免得他流血而死。

夏洛克　约上有这样的规定吗？[2]

鲍西娅　约上并没有这样的规定，可是那又有什么相干呢？为了人道起见，你应该这样做的。

夏洛克　我找不到，约上没有这一条。

鲍西娅　商人，你还有什么话说吗？

安东尼奥　我没有多少话要说。我已经准备好了。把你的手给

1　拿在夏洛克手中的天平，是对传统上正义之象征的一种嘲讽和戏仿。

2　说这话时，夏洛克又伸手接过了鲍西娅递还给他的契约。

我，巴萨尼奥，再会吧！不要因为我为了你的缘故遭到这种结局而悲伤，因为命运对我已经特别照顾了：她往往让一个不幸的人在家产荡尽以后继续活下去，用他凹陷的眼睛和满是皱纹的额角去挨受贫困的暮年；这一种拖延时日的刑罚，她已经把我豁免了。替我向尊夫人致意，告诉她安东尼奥的生命是如何被结果了的[1]；对她说我怎样爱你，替我在死后说几句好话；等到你把这一段故事讲完以后，再请她判断一句，巴萨尼奥是不是曾经有过一个衷心爱他的朋友。不要因为你将要失去一个朋友而懊恨，替你还债的人是死而无怨的；只要那犹太人的刀刺得深一点，我就可以在一刹那的时间，用我的整颗心[2]把那笔债完全还清。

巴萨尼奥 安东尼奥，我爱我的妻子，就像自己的生命一样；可是我的生命、我的妻子，以及整个的世界，在我的眼中都不比你的生命更为贵重；我愿意丧失一切，把它们献给这恶魔做牺牲，来救出你的生命。

鲍西娅 （*旁白*）尊夫人要是就在这儿听见您说这样话，恐怕

1 原文为“Tell her the process of Antonio’s end”，“process”既有“方式”的意思，也有“法律程序”的意思（Merchant）。

2 原文为“with all my heart”，既有“满心情愿地”的意思，也有“用整个的心脏”这个字面意思（因为夏洛克想刺进的正是他的心脏）。比较《罗密欧与朱丽叶》第三幕第二场茂丘西奥临死前的遗言，两者都是文艺复兴时代绅士在死亡之时，“机智优雅地表演云淡风轻”，或说“刻意潇洒”（sprezzatura）的典型（Merchant，NSC）。

不见得会感谢您吧。[1]

葛莱西安诺　我有一个妻子，我可以发誓我是爱她的，可是我希望她马上归天，好去求告上帝改变这恶狗一样的犹太人的心。

尼莉莎　（旁白）幸亏尊驾在她的背后说这样的话，否则府上一定要吵得鸡犬不宁了。

夏洛克　（旁白）这些便是相信基督教的丈夫！我有一个女儿，我宁愿她嫁给那巴拉巴[2]的子孙，不愿她嫁给一个基督徒！[3]别再浪费光阴了；请快些儿宣判吧。

鲍西娅　那商人身上的一磅肉是你的；法庭判给你，法律许可你。

夏洛克　公平正直的法官。

鲍西娅　你必须从他的胸前割下这磅肉来；法律许可你，法庭判给你。

夏洛克　博学多才的法官！判得好！来，预备！

鲍西娅　且慢，还有别的话哩。这约上并没有允许你取他的一滴血[4]，只是写明着"一磅肉"；所以你可以照

1　鲍西娅这句评论与下面尼莉莎的一样，作为旁白会更恰当，因为话中的轻松幽默感对舞台上的其他角色显得很不合时宜，尽管对于戏台下的观众来说是很好笑的，也让我们准备好了后文中二人戏要其丈夫的游戏及其结果。

2　《新约 · 路加福音》23:18-19 中与耶稣同时受审的强盗，众人选择了释放他而非耶稣，因此他的名字被用来代表极危险可憎的人；同时这也是马洛笔下犹太人的名字。

3　与之形成对照，夏洛克这句话中的幽默感是阴沉而咬牙切齿的，可能更多的是在自言自语，而非对法庭上的其他人说。

4　这里莎士比亚再次无视了一个被广泛接受的法律原则，即"若做某事的权利被准许，则为做成某事碰巧所必须做的任何其他行为的权利自然也应被准许"（Merchant）。取那（接下页）

约拿一磅肉去，可是在割肉的时候要是流下一滴基督徒的血，你的土地财产按照威尼斯的法律就要全部充公。

葛莱西安诺 啊，公平正直的法官！听着，犹太人；啊，博学多才的法官！

夏洛克 法律上是这样说吗？

鲍西娅 你可以去查查明白。既然你要求公道，我就给你公道，而且比你所希望的还要更公道。[1]

葛莱西安诺 啊，博学多才的法官！听着，犹太人；好一个博学多才的法官！

夏洛克 那么我愿意接受还款照约上的数目三倍还我，放了那基督徒吧。

巴萨尼奥 钱在这儿。

鲍西娅 别忙！这犹太人必须得到绝对的公道。别忙！他除了照约处罚以外，不能接受其他的赔偿。

葛莱西安诺 啊，犹太人！一个公平正直的法官，一个博学多才的法官！

鲍西娅 所以你准备着动手割肉吧。不准流一滴血，也不准

（接上页）一磅肉的权利自然也就包含了在取肉过程中所必然要流的血，除非契约中另有一条专门约定说不能有血洒出［Haynes，*Outline of Equity*（1858），19-20，由 Furness 引用］。但这里所涉及的并不仅仅是字句上细枝末节的争辩：夏洛克不停声称自己坚持法律条款的字面意思，而在这里鲍西娅恰恰就是使用了法律的字面意思来击败他。

1 参见《新约 · 雅各书》2:13“因为那不怜悯人的，也要受无怜悯的审判”（Shaheen）。

割得超过或是不足一磅的重量；要是你割下来的肉，比一磅略微轻一点或是重一点，即使相差只有一丝一毫，或者仅仅一根汗毛之微，就要把你抵命，你的财产全部充公。

葛莱西安诺　一个再世的但尼尔，一个但尼尔，犹太人！现在你可掉在我的手里了，你这异教徒！

鲍西娅　那犹太人为什么还不动手？

夏洛克　把我的本钱还我，放我去吧。

巴萨尼奥　钱我已经预备好在这儿，你拿去吧。

鲍西娅　他已经当庭拒绝过了。我们现在只能给他分毫不爽的公道[1]，让他履行原约。

葛莱西安诺　好一个但尼尔，一个再世的但尼尔！谢谢你，犹太人，你教会我说这句话。

夏洛克　难道我不能单单拿回我的本钱吗？

鲍西娅　犹太人，除了冒着你生命的危险，割下那一磅肉以外，你不能拿一个钱。

夏洛克　好，算是魔鬼便宜了他！我不要在此地多费口舌了[2]。

鲍西娅　等一等，犹太人，法律上还有一点牵涉你。威尼斯的法律规定凡是一个异邦人[3]企图用直接或间接手

1　原文为“He shall have merely justice”，“merely”既有“只”之意，又有“绝对的”之意。

2　原文为“I'll stay no longer question”，即“我将不继续留在这里争取这场官司了”。这时夏洛克转身要走，因为被别人智胜了而感到气急败坏，而且或许他也有些害怕将要发生的事情。

3　参见导读“莎士比亚与犹太主义”部分。

段谋害任何公民，查明确有实据者，他的财产的半数应当归被企图谋害的一方所有，其余的尽数没入公库[1]；犯罪者的生命悉听公爵处置，他人不得过问。你现在刚巧陷入这一条法网，因为根据事实的发展，已经足以证明你确有运用直接间接手段，危害被告生命的企图，所以你已经遭逢我刚才所说起的那种危险了。快快跪下来，请公爵开恩吧。

葛莱西安诺 求公爵开恩，让你去寻死。可是你的财产现在充了公，一根绳子也买不起啦，所以还是要让公家破费把你吊死。

公爵 让你瞧瞧我们基督徒的精神，你虽然没有向我开口，我自动饶恕了你的死罪。你的财产一半划归安东尼奥，还有一半没入公库；要是你能够诚心悔过，也许还可以减处你一笔较轻的罚款。

鲍西娅 这是说没入公库的一部分，不是说划归安东尼奥的一部分。

夏洛克 不，把我的生命连着财产一起拿了去吧，我不要你们的宽恕。你们拆毁了我房屋的栋梁，就是拆毁了我的房子；你们夺去了我养家活命的根本，就是夺

1 在英格兰，罚款都会进入国王的口袋。

去了我的家，活活要了我的命。[1]

鲍西娅　安东尼奥，你能不能够给他一点儿慈悲？[2]

葛莱西安诺　白送给他一根上吊的绳子吧。看在上帝的面上，不要给他别的东西！

安东尼奥　要是殿下和堂上愿意从宽发落，免予没收他财产的一半，我就十分满足了；只要他能够让我接管他另外一半的财产，等他死了以后，把它交给最近和他的女儿私奔的那位绅士[3]；可是还要有两个附带的条件：第一，他接受了这样的恩典，必须立刻改信基督教[4]；第二，他必须当庭写下一张文契，声明他死了以后他的全部财产将传给他的女婿罗伦佐和他的女儿[5]。

公爵　他必须办到这两个条件，否则我就撤销刚才所宣布的赦令。

鲍西娅　犹太人，你满意吗？你有什么话说？

夏洛克　我满意[6]。

1 夏洛克的回应不仅显示出此时他已经精神颓丧，还表明了他对金钱的依赖是多么彻底，如果没有财产，他绝无任何可能活下去。布朗比较了《马耳他岛的犹太人》第一幕第二场；沙欣则比较了《次经·西拉奇书》34:23："那夺去了他邻人的生计的，就等于杀死了邻人"，边注交叉引用了《旧约·申命记》24:14"困苦穷乏的雇工，无论是你的弟兄或是在你城里寄居的，你不可欺负他"。

2 公爵未经询问，就主动施与了夏洛克一部分慈悲。现在鲍西娅在请求安东尼奥也展示出基督徒的高风亮节。

3 这会是因为安东尼奥听闻罗伦佐和杰西卡在外面将他们偷来的钱都挥霍光了吗？

4 关于这个条款，以及它让现代观众感到的强烈不安，参见导读部分。

5 安东尼奥的意图是，待夏洛克死后，他的全部遗产，包括预先交予安东尼奥保管的那一份，最终都归罗伦佐和杰西卡继承。

6 夏洛克迅速同意安东尼奥的条件，这一反应有时被视为他看重金钱高于一切的证据，如在帕特里克·斯图尔特（Petrick Stewart）版本的舞台表演中（参见导读"《威尼斯商人》的演出史"部分）。

鲍西娅 书记，写下一张授赠产业的文契。

夏洛克 请你们允许我退庭，我身子不大舒服。[1]文契写好了送到我家里，我在上面签名就是了。

公爵 去吧，可是临时变卦是不成的。

葛莱西安诺 你在受洗礼的时候，可以有两个教父。要是我做了法官，我一定给你请十二个教父[2]，不是领你去受洗，是送你上绞架。（夏洛克下。）

公爵 先生，我想请您到舍间去用餐。

鲍西娅 请殿下多多原谅，我今天晚上要回帕度亚去，必须现在就动身，恕不奉陪了。

公爵 您这样贵忙，不能容我略尽寸心，真是抱歉得很。安东尼奥，快好好酬谢这位先生，你这回全亏了他[3]。（公爵及侍从等下。）

巴萨尼奥 （对鲍西娅）最可尊敬的先生，我跟我这位敝友今天多赖您的智慧，免去了一场无妄之灾。为了表示我们的敬意，这三千达克特本来是预备还那犹太人的，现在就奉送给先生，聊以报答您的辛苦。

1 夏洛克有充足的动机在此时离开法庭。他刚刚遭受了巨大的打击，如果让他继续留在舞台上，可能会使得观众的同情迅速聚集到他那一方（NCS）。奥利维尔扮演的这个角色下场后，从幕后发出一声撕心裂肺的尖叫，显示出身体和精神两方面的痛苦。

2 即组成一个十二人陪审团，审判他意图谋杀安东尼奥的罪行。斯蒂文斯和埃德蒙·马隆引用过一个老笑话，里面一个陪审团被称作“教父们”。但葛莱西安诺指的也有可能是一队手持长矛的卫兵，或一队将犯人押到绞刑架的兵士之类（Kittredge）。

3 原文为“you are much bound to him”，这个“bound”既与前文可怕的“契约”为同一词，本身又有“绑缚”之意，但这里指的是“欠他的情”。公爵故意用了一个双关语，以洗刷笼罩在这个词和这一幕上的紧张感。

安东尼奥 您的大恩大德，我们是永远不忘记的。

鲍西娅 一个人做了心安理得的事，就是得到了最大的酬报。我这次帮了两位的忙，总算没有失败，已经引为十分满足，用不到再谈什么酬谢了。但愿咱们下次见面的时候，两位仍旧认识我[1]。现在我就此告辞了。

巴萨尼奥 好先生，我不能不再向您提出一个请求，请您随便从我们身上拿些什么东西去，不算是酬谢，只好算是留个纪念。请您答应接受我两件礼物，赏我这一个面子，原谅我的礼轻义重。

鲍西娅 你们这样殷勤，我只好却之不恭了。（向安东尼奥）把您的手套送给我，让我戴在手上留个纪念吧；（向巴萨尼奥）为了纪念您的盛情[2]，让我拿了这戒指去。不要缩回您的手，我不再向您要什么了。您既然是一片诚意，想来总也不会拒绝我吧。

巴萨尼奥 这指环吗，好先生？唉！它是个不值钱的玩意儿，我不好意思把这东西送给您。

鲍西娅 我什么都不要，就是要这指环。现在我想我非得把它要了来不可。

1 原文为“know me”，有三重意思：（1）字面意思“认得出我”。（2）就将这次当成初次介绍，今后我们便算结识了。（3）（对巴萨尼奥来说）与我发生性关系。这个义项有赖于观众心里都清楚这位博士是鲍西娅假扮的。

2 原文为“for your love”，本义其实就是“至于您”之意，但“love”这个词应该会引得观众会心一笑。

巴萨尼奥 这指环的本身并没有什么价值，可是因为有其他的关系，我不能把它送人。我愿意搜访威尼斯最贵重的一枚指环来送给您，可是这一枚却只好请您原谅了。

鲍西娅 先生，您原来是个口头上慷慨的人。您先教我怎样伸手求讨，然后再教我怎样回答一个叫花子[1]。

巴萨尼奥 好先生，这指环是我的妻子给我的。她把它套上我的手指的时候，曾经叫我发誓永远不把它出卖、送人，或是遗失。

鲍西娅 人们在吝惜他们的礼物的时候，都可以用这样的话做推托的。要是尊夫人不是一个疯婆子，她知道了我对于这指环是多么受之无愧，一定不会因为您把它送掉了而跟您长久反目的。好，愿你们平安！

（鲍西娅、尼莉莎同下。）

安东尼奥 我的巴萨尼奥少爷，让他把那指环拿去吧。看在他的功劳和我的爱情分上，违反一次尊夫人的命令，想来不会有什么要紧。

巴萨尼奥 葛莱西安诺，你快追上他们，把这指环送给他。要是可能的话，领他到安东尼奥的家里去。去，赶快！（葛莱西安诺下）来，我就陪着你到你府上。明

1 比较俗谚“一个不知羞耻的乞丐，活该得到一个毫不羞耻的拒绝”（A shameless beggar should have a shameless denial，Tilley A345；Dent，51）。

天一早咱们两人就飞到贝尔蒙特去。来，安东尼奥。（同下。）

第二场

| 仍着男人装束的鲍西娅及尼莉莎上。

鲍西娅　打听打听这犹太人住在什么地方，把这文契[1]交给他，让他签了字。我们要比我们的丈夫先一天到家，所以一定得在今天晚上动身。罗伦佐拿到了这一张文契，一定高兴得不得了。

| 葛莱西安诺上。

葛莱西安诺　好先生，我好容易追上了您。我家大爷巴萨尼奥再三考虑之下，决定叫我把这指环拿来送给您，还要请您赏光陪他吃一顿饭。

鲍西娅　那可没法应命。他的指环我收下了，请你替我谢谢他。我还要请你给我这小兄弟带路到夏洛克老头儿的家里。

葛莱西安诺　可以可以。

尼莉莎　先生，我要向您说句话儿。（向鲍西娅旁白）我要试一试我能不能把我丈夫的指环拿下来。我曾经叫他发誓永远不离手。

1　此处和下一处的“文契”原文都是“deed”，这个词也有“行动、行为”的意思。

鲍西娅 （向尼莉莎旁白）你一定能够。我们回家以后，一定可以听听他们指天誓日，说他们把指环送给了男人；可是我们要压倒他们，比他们发更厉害的誓[1]。你快去吧，你知道我会在什么地方等你。

尼莉莎 来，我的好先生，请您给我带路。（各下。）

1 关于索要指环情节的意义，参见导读部分。

第五幕

第一场

| 罗伦佐及杰西卡上。

罗伦佐 好皎洁的月色！微风轻轻地吻着树枝，不发出一点儿声响；我想正是在这样一个夜里，特洛伊罗斯登上了特洛伊的城墙，遥望着克瑞西达所寄身的希腊人的营幕，发出他的内心中的悲叹[1]。

杰西卡 正是在这样一个夜里，提斯柏心惊胆战地踩着霜露，去赴她情人的约会，因为看见了狮子的影子[2]，吓得远远逃走。

罗伦佐 正是在这样一个夜里，狄多手里执着柳枝[3]，站在

1 在乔叟（Chaucer）的《特洛伊罗斯与克瑞西达》（*Troylus and Creseyda*）中，他描绘了特洛伊罗斯望向月亮，在特洛伊的城墙上踱步，看向对面希腊人的营帐，因为他相信他的恋人克瑞西达在那里为他叹息。

2 在乔叟和奥维德的版本中，这里的狮子是一头母狮，尽管有时也使用阳性形式（Brown）。在《仲夏夜之梦》中，一头狮子将提斯柏吓走了。狮子的“影子”可能是月亮投下的，也可能指的是狮子在附近泉水中的倒影，而泉水是两个恋人约会的地方（Malone）。

3 柳枝象征被抛弃的恋人（参见苔斯狄蒙娜的《杨柳歌》，《奥赛罗》第四幕第三场）。阿里阿德涅手里拿的不是柳枝，而是一根杆子，上面绑着自己的手帕 [《贤女传说》（*The Legend of Good Women*）2202]。

辽阔的海滨，招她的爱人回到迦太基来[1]。

杰西卡 正是在这样一个夜里，美狄亚采集了灵芝仙草[2]，使衰迈的伊孙返老还童[3]。

罗伦佐 正是在这样一个夜里，杰西卡从犹太富翁的家里逃走[4]出来，跟着一个不中用的情郎从威尼斯一直走到贝尔蒙特。

杰西卡 正是在这样一个夜里，年轻的罗伦佐发誓说他爱她，用许多忠诚的盟言偷去了她的灵魂，可是没有一句话是真的。

罗伦佐 正是在这样一个夜里，可爱的杰西卡像一个小泼妇似的，信口毁谤她的情人，可是他饶恕了她。

1 狄多为迦太基女王，埃涅阿斯与她相爱，后来抛弃了她（参见维吉尔的《埃涅阿斯记》和奥维德的《女杰书简》，乔叟将这个故事改写并收入《贤女传说》924—1367），不过这里的故事细节其实来自《贤女传说》中阿里阿德涅的故事（2185—2205）。

2 美狄亚帮助伊阿宋赢得了金羊毛，然后煮了一锅魔药，让他的父亲伊孙重返青春。后来伊阿宋抛弃了她和两个孩子。尽管在《贤女传说》中，美狄亚的传说紧跟在狄多的传说后面，这个故事及其使用的语言都来自戈尔丁翻译的奥维德《变形记》第七卷第162—293行，而非乔叟的《贤女传说》。

3 关于提斯柏、狄多和美狄亚等人的这些来自古典传说的典故，其源头是奥维德和维吉尔的作品，但特洛伊罗斯的故事来自中世纪。可能莎士比亚是从乔叟那里得到的灵感，因为提斯柏、狄多和美狄亚三个人的故事在《贤女传说》中离得很近，而在老版本的乔叟诗集中，《贤女传说》是紧跟在《特洛伊罗斯与克瑞西达》之后的。“月光下”作为故事背景只在乔叟的版本里出现，尽管美狄亚的故事来自戈尔丁翻译的奥维德，而狄多的故事是照搬乔叟的阿里阿德涅（Hunter，由Furness引用；另参见Malone）。这里提到的所有故事都涉及在爱情的引诱下，对某种契约或关系的背叛——无论是与父亲的、与家庭的还是与城邦的关系［（John S. Coolidge，“Law and Love in *The Merchant of Venice*”，*SQ* 27（1976），261］。鉴于其中提到的所有恋人，除了提斯柏，都遭到了爱情的背叛，这些故事从一对新婚夫妇的口中说出来似乎格外违和，尽管他们其实是在调情，或许有些不自然地讲着关于爱情之转瞬即逝的笑话（试比较《仲夏夜之梦》第一幕第一场中一个与之相关的情境）。关于这里，以及莎士比亚著作的其他地方的“黑暗潜流”，参见 Merchant and J. L. Halio，“Nightingales that Roar”，in D. G. Allen and R. A. White（eds.），*Traditions and Innovations*（Newark，Del.，1990），137-149。另参见 Wright，139-140，关于罗伦佐和杰西卡共享的台词。

4 原文为“steal”，也有“偷窃”之意。杰西卡下一句中也用了这个词。

杰西卡　倘不是有人来了，我可以搬弄出比你所知道得更多的夜的典故来。可是听！这不是一个人的脚步声吗？

| 信使斯蒂法诺上[1]。

罗伦佐　谁在这静悄悄的深夜里跑得这么快？

斯蒂法诺　一个朋友。

罗伦佐　一个朋友！什么朋友？请问朋友尊姓大名？

斯蒂法诺　我的名字是斯蒂法诺，我来向你们报个信，我家女主人在天明以前，就要到贝尔蒙特来了；她一路上看见圣十字架[2]便停步下来，长跪祷告，祈求着婚姻的美满。

罗伦佐　谁陪她一起来？

斯蒂法诺　没有什么人，就是一个修道的隐士[3]和她的侍女。请问我家主人有没有回来？

罗伦佐　他没有回来，我们也没有听到他的消息。可是，杰西卡，我们进去吧，让我们按照着礼节准备一些欢迎这屋子的女主人的仪式。

| 小丑朗斯洛上。

朗斯洛　索拉索拉！哦哈呵[4]！索拉！索拉！[5]

1　因为这名信使在对话中给出了自己的名字，后来的编辑者，自西奥博尔德起就都在舞台指示和说话人前缀中加上了这个名字。很可能他与前面进来送信时跟鲍西娅调笑了两句的那位信使（第二幕第九场）是同一人（NCS）。

2　即道边的神龛或圣所。

3　当然，这位隐士从未出过场，可能只是鲍西娅杜撰出来的人物。

4　原文为"Wo ha，ho"，是驯隼者的唤声（《牛津英语词典》）。

5　原文为"sola...sola"，朗斯洛在模仿信使的邮车号角（post-horn）的声音；试比较《爱的徒劳》第四幕第一场（Brown），他是在装腔作势地表演。

罗伦佐 谁在那儿嚷?

朗斯洛 索拉！你看见罗伦佐大爷吗？罗伦佐大爷！索拉！索拉!

罗伦佐 别嚷啦，朋友，他就在这儿。

朗斯洛 索拉！哪儿？哪儿?

罗伦佐 这儿。

朗斯洛 对他说我家主人派信使带了能装满整整一只角的好消息来了[1]；他在天明以前就要回家来啦。（下。）

罗伦佐 亲爱的，我们进去等着他们回来吧。不，还是不用进去。我的朋友斯蒂法诺，请你进去通知家里的人，你们的女主人[2]就要来啦，叫他们准备好乐器到门外来迎接。（斯蒂法诺下）月光多么恬静地睡在山坡上！我们就在这儿坐下来，让音乐的声音悄悄送进我们的耳边；柔和的静寂和夜色是最足以衬托出乐声的甜美谐和的。坐下来，杰西卡。瞧，天宇[3]中嵌满了多少灿烂的金钹[4]，你所看见的每一颗微小的天体在转动的时候都会发出天使般的歌声，永

1 原文为“with his horn full of good news”。朗斯洛将他模仿的“号角”比作一只丰饶之角（cornucopia）（Kittredge）。

2 鉴于罗伦佐此处完全没有提到这家的男主人，此前这段朗斯洛宣布巴萨尼奥回来了的消息“着实像是不见于原稿，后插进来的”（NCS）。不过，也可能是因为巴萨尼奥还没机会确立自己作为贝尔蒙特男主人的地位。

3 原文为“floor of heaven”，即天空。伊丽莎白时代剧场上方笼罩的遮篷上会绘制星图和其他天体符号（Merchant）。

4 原文为“patens”，通常为金质的小盘子，用来在圣餐礼上盛装圣餐（Malone）。这个词暗示着某种瓦片状物，因为是圆形的，便也可以是和谐的形象（Danson，19）。

远应和着嫩眼的天婴的妙唱[1]。在永生的灵魂里也有这一种音乐，可是当它套上这一具泥土制成的俗恶易朽的皮囊以后，我们便再也听不见了。[2]

| 众乐师上。

罗伦佐　来啊！奏起一支圣歌来唤醒狄安娜[3]女神；用最温柔的节奏倾注到你们女主人的耳中，让她被乐声吸引着回来。（音乐。）

杰西卡　我听见了柔和的音乐，总觉得有些不快活。[4]

罗伦佐　这是因为你的性灵[5]善感[6]。你只要看一群野性未

1 “天婴”原文为“cherubins”，常被画成婴儿形态的一个天使位阶，通译为“基路伯”。比较《公祷书》中常在晨祷时歌唱或念诵的“感恩赞美歌”（Te Deum Laudamus）一篇：“所有天使向您齐声歌唱；天界和其中所有的天使。基路伯和撒拉弗高呼。”（Noble）“嫩眼”原文为“young-eyed”，指基路伯的眼睛永远年轻。中世纪传统认为基路伯有强大的视力（Verity，由NS引用）。参见《哈姆雷特》第四幕第三场“我看见一个明白你的用意的天使”（I see a cherub that sees them）和《旧约·以西结书》10，其中也提到了基路伯的眼睛。

2 天体的歌唱，或曰沿固定轨道运行的行星的音乐，是一个当时人常常提到的观念。最早源于古典时代的思想，如柏拉图的《理想国》和普鲁塔克的《论音乐》（*De re musica*）。人的灵魂被困于身体之中——“这一具朽腐的皮囊”——因此无法像天使那样聆听或回应天体的音乐。比较蒙田《论风俗》（第1卷第22章）“那哲学家们称之为天体的音乐的，是沿着平滑的轨道运行的星体在它们滚动的过程中彼此碰触、摩擦时，必然会生发出的奇妙的谐和……但天底下这些属于这个低贱尘世的生灵，当这种音乐持续演奏时他们的听觉会模糊，渐渐困倦睡去，无论乐声在多么宏大地轰响着，都不可能令他们对其有分毫察觉或区分”。在“Realization”第208页，布朗说“莎士比亚提醒了他的观众，在属于尘世的和谐之后，还有另一种更完满的和谐，在第五幕的尘埃落定之后，还有另一种更高的和平，一种可以解决和涵容所有表面的冲突不和的和平”。因此，在演出这一场时，背景音乐的调子需要是“庄重、崇敬的和谐”，而不能有任何“活泼或甜腻”的感觉，这是很重要的。

3 月神和贞洁女神。

4 这是本剧中杰西卡的最后一句台词。有些评论者和现代的戏剧导演会将这句话视作阐释她这个角色的钥匙，认为她对外界事件的反应常是消极的，情感纷乱不宁，特别在这一场戏里。但杰西卡的意思是音乐会让她进入一种静默或沉思的状态，罗伦佐的回应解释的也是这一点。比较Danson，187-188，他引用了波爱修斯《音乐的原理》中“人的音乐”部分的描述。

5 原文为“spirits”，意为感知和思考的官能，如在《奥赛罗》第三幕第四场中（《牛津英语词典》第18个义项），但这个表达也暗示一个倾向于抑郁和欣悦等情感波动的性情（《牛津英语词典》第17个义项）。

6 快乐的时候，心智官能就活跃；沉思静观时，心智官能就平静。

驯的小马逞着它们奔放的血气，乱跳狂奔，高声嘶叫，倘然偶尔听到一声喇叭，或是任何乐调，就会一齐立定，它们狂野的眼光，因为中了音乐的魅力，变成温和的注视。[1] 所以诗人[2] 会造出奥菲斯用音乐感动木石、平息风波的故事[3]，因为无论怎样坚硬、顽固、狂暴的事物，音乐都可以立刻改变它们的性质。灵魂里没有音乐或是听了甜蜜和谐的乐声而不会感动的人，都是擅于为非作恶、使奸弄诈的[4]；他们的灵魂像黑夜一样昏沉[5]，他们的感情像鬼域[6] 一样幽暗；这种人是不可信任的。听这音乐！

| 鲍西娅及尼莉莎换回原来的女装打扮，自远处上。

鲍西娅 那灯光是从我家里发出来的。一支小小的蜡烛，它的光照耀得多么远！一件善事也正像这支蜡烛一样，在这罪恶的世界上发出广大的光辉[7]。

尼莉莎 月光明亮的时候，我们就瞧不见灯光。

1 小马被音乐所感，停住了狂跳乱奔，这个意象证明了罗伦佐的观点：就连禽兽也会受音乐影响，变得安静和若有所思。参见《暴风雨》第四幕第一场："一听见了这声音，他们便像狂野的小马一样，耸起了他们的耳朵，睁大了他们的眼睛，掀起了他们的鼻孔，似乎音乐是可以嗅到的样子。"（Malone）

2 指奥维德。

3 奥菲斯的音乐可以打动木石这个故事出自《变形记》第十卷第 88—111 页。

4 比较第二幕第五场处的夏洛克，以及《裘力斯·凯撒》第一幕第二场中的凯歇斯都对音乐无感。这个观念来自新柏拉图主义。

5 这句台词可能伴随着天色昏暗下来，月亮被遮蔽。

6 原文为"Erebus"，是希腊传说中人界和冥府之间的黑暗区域。

7 参见《马太福音》5:16"你们的光也当这样照在人前，叫他们看见你们的好行为"（Halliwell，由 Furness 引用）。

鲍西娅　小小的荣耀也正是这样给更大的光荣所掩盖[1]。国王出巡的时候，摄政的威权未尝不就像一个君主，可是一等国王回来，他的威权就归于无有，正像溪涧中的细流注入大海一样[2]。音乐！听！

尼莉莎　小姐，这是我们家里的音乐。

鲍西娅　没有比较就显不出长处[3]，我觉得它比在白天好听得多哪。

尼莉莎　小姐，那是因为晚上比白天静寂。

鲍西娅　没有听赏的人，乌鸦的歌声也就和云雀一样。要是夜莺在白天杂在群鹅的聒噪里歌唱，人家决不以为它比鹪鹩唱得更美。多少事情因为逢到有利的环境，才能够达到尽善的境界[4]，博得一声恰当的赞赏！喂，静下来！月亮正在拥着她的恩底弥翁[5]酣睡，不肯就醒来呢。（音乐停止。）

罗伦佐　要是我没有听错，这分明是鲍西娅的声音。

1　参见 Tilley S826.2“如月亮与太阳争辉”（To be like stars to the moon，Dent，218）。这个说法或许来自贺拉斯（Horace）的《颂歌》（*Odes*）第 1、第 12、第 47 三首，将奥古斯都称作“如众星捧出的月亮”（the moon among lesser lights）。与本场上文一样，这首颂歌也提到了奥菲斯用音乐感染树木和溪流之事（NCS）。月亮此时显然已经被云掩住了。

2　比喻的意象从光转为水流，替身的“威权”或曰尊严会像溪流入海般消失。参见“百川归海”（All rivers run into the sea，Tilley R140；Dent，202）。

3　参见《哈姆雷特》第二幕第二场“因为世上的事情本来没有善恶，都是各人的思想把它们分别出来的”。是现时的情境让鲍西娅听得这音乐悦耳。接下来她和尼莉莎又继续讨论了事物的相对性，或欣赏行为的主观性这个主题。

4　因为逢到有利环境才产生的“尽善”是个悖论，凭借人天然的理性是不能理解的——人可以在人类意义上的谐和中找到真正的完善，尽管是有条件的（Oz，105）。

5　恩底弥翁是月神塞利涅（狄安娜）所爱的美少年牧人，她让他永远地睡在一个洞穴里，这样当她想去看他的时候，就随时可以欣赏得到。卡佩的舞台指示显示鲍西娅是看到杰西卡和罗伦佐正相拥而眠，才说了这句话。鲍西娅的话和罗伦佐的回答也指向月亮已经被遮蔽了。

鲍西娅 我的声音太难听，所以一下子就给他听出来了，正像瞎子能够辨认杜鹃一样。

罗伦佐 好夫人，欢迎您回家来！

鲍西娅 我们在外边为我们的丈夫祈祷平安，希望他们能够因我们的祈祷而多福。他们已经回来了吗？

罗伦佐 夫人，他们还没有来，可是刚才有人来送过信，说他们就要来了。

鲍西娅 进去，尼莉莎，吩咐我的仆人们，叫他们就当我们两人没有出去过一样[1]。罗伦佐，您也给我保守秘密。杰西卡，您也不要多说。（喇叭声。[2]）

罗伦佐 您的丈夫来啦，我听见他的喇叭的声音[3]。我们不是搬嘴弄舌的人，夫人，您放心好了。

鲍西娅 这样的夜色就像一个昏沉的白昼，不过略微惨淡点儿；没有太阳的白天，瞧上去也不过如此[4]。

|巴萨尼奥、安东尼奥、葛莱西安诺及从者等上。葛莱西安诺与尼莉莎拥抱，随后到一旁私语。

巴萨尼奥 要是您在没有太阳的地方走路，我们就可以和地球那一面的人共同享有着白昼[5]。

1 这里尼莉莎没有退场，因为随即响起的喇叭声打断了她。无论如何，她家里的许多仆人对她们俩的计策都是多少知情的（第三幕第四场），但还没等到巴萨尼奥遇见她家里的任何一位仆人，真相就被揭开了。也有可能尼莉莎在鲍西娅说“进去，尼莉沙”时就进去了，然后在本场下文葛莱西安诺说“我凭着那边的月亮起誓”时又走出来，开始就指环的事情争吵。

2 原文为“tucket”，用喇叭吹奏花腔。来自意大利语“toccata”（Steevens）。

3 每个人用喇叭吹奏花腔的声音是不一样的，比较《李尔王》第六场“听！公爵的喇叭”。但巴萨尼奥是莎士比亚笔下所有平民中唯一拥有专属喇叭声的角色。

4 鲍西娅的闲谈告诉我们，月亮又出来了。

5 巴萨尼奥用一句宫廷爱情式的殷勤夸饰开启了与妻子的交谈。马隆将这句话改写为“如果您能永远在夜间行走，那么对我们来说，夜间也变成了白昼，和现在地球另一边的状况一样”。

鲍西娅　让我发出光辉，可是不要让我像光一样轻浮。因为一个轻浮的妻子，是会使丈夫的心头沉重的[1]，我绝不愿意巴萨尼奥为了我而心头沉重。可是一切都是上帝作主！欢迎您回家来，夫君！

巴萨尼奥　谢谢您，夫人。请您欢迎我这位朋友，这就是安东尼奥，我曾经受过他无穷的恩惠。

鲍西娅　他的确使您受惠无穷，因为我听说您曾经使他受累无穷呢。

安东尼奥　没有什么，现在一切都已经圆满解决了。

鲍西娅　先生，我们非常欢迎您的光临。可是口头的空言不能表示诚意，所以一切客套的话我都不说了。

葛莱西安诺　（向尼莉莎）我凭着那边的月亮起誓[2]，你冤枉了我。我真的把它送给了那法官的书记。好人，你既然把这件事情看得这么重，那么我但愿拿了去的人是个割掉了鸡巴的。

鲍西娅　啊！已经在吵架了吗？为了什么事？

葛莱西安诺　为了一个金圈圈儿，她给我的一个不值钱的指环，上面刻着的诗句，就跟那些刀匠刻在刀子上的差不

1　原文为"Let me give light，but let me not be light；For a light wife doth make a heavy husband"，作者用"light"的一词多义玩了个语言游戏，这个词有"光""轻""轻佻放荡"三个意思，而"heavy"则有"重"和"不快乐"两个意思。比较"有贤妻则有贤夫"（A good wife makes a good husband，Tilley W351，Dent，249）。

2　指月亮发誓很不合适，因为月亮是多变的象征，就像《罗密欧与朱丽叶》第二幕第一场处朱丽叶所说的那样。

多，什么“爱我毋相弃”。

尼莉莎 你管它什么诗句，什么值钱不值钱？我当初给你的时候，你曾经向我发誓，说你要戴着它直到死去，死了就跟你一起葬在坟墓里。即使不为我，为了你所发的重誓，你也应该把它看重，好好儿地保存着，送给一个法官的书记！呸！上帝可以替我判断，拿了这指环去的那个书记，一定是个脸上永远不会出毛的。

葛莱西安诺 他年纪长大起来，自然会出胡子的。

尼莉莎 一个女人也会长成男子吗？

葛莱西安诺 我举手起誓，我的确把它送给一个少年人，一个年纪小小、发育不全的孩子。他的个儿并不比你高，这个法官的书记。他是个多话的孩子，一定要我把这指环给他做酬劳，我实在不好意思不给他。

鲍西娅 恕我说句不客气的话，这是你的不对。你怎么可以把你妻子的第一件礼物随随便便给了人？你已经发过誓把它套在你的手指上，它就是你身体上不可分的一部分。我也曾经送给我的爱人一个指环，使他发誓永不把它抛弃。他现在就在这儿，我敢代他发誓，即使把世间所有的财富向他交换，他也不肯丢掉它或是把它从他的手指上取下来。真的，葛莱西安诺，你太对不起你的妻子了。倘然是我的话，我早就发起脾气来啦。

巴萨尼奥 （旁白）哎哟，我应该把我的左手砍掉了，就可以发誓说，因为强盗要我的指环，我不肯给他，所以连手都给砍下来了。

葛莱西安诺 巴萨尼奥大爷也把他的指环给了那法官了，因为那法官一定要向他讨那指环。其实他就是拿了那指环去，也一点儿不算过分。那个孩子，那法官的书记因为写了几个字，也就讨了我的指环去做酬劳。他们主仆两人什么都不要，就是要这两个指环。

鲍西娅 （对巴萨尼奥）我的夫君，您把什么指环送了人哪？我想不会是我给您的那一个吧？

巴萨尼奥 要是我不怕拿谎话来加重我的罪过，那我一定会抵赖的。可是您瞧我的手指上没有指环，它已经没有了。

鲍西娅 正像你的虚伪的心里没有一丝真情。我对天发誓，除非等我见了这指环，我再也不跟你同床共枕。

尼莉莎 （对葛莱西安诺）要是我看不见我的指环，我也绝不跟你同床共枕。

巴萨尼奥 亲爱的鲍西娅，要是您知道我把这指环送给什么人，要是您知道我为了谁的缘故把这指环送人，要是您能够想到为了什么理由我把这指环送人，我又是多么舍不下这个指环，可是人家偏偏什么也不要，一定要这个指环[1]，那时候您就不会生这么大的气了。

鲍西娅 要是你知道这指环的价值，或是把这指环给你的那人的一半好处，或是你保存着这指环的荣誉，你就不会把这指环抛弃。只要你用诚恳的话向他解释，世上哪有这样不讲理的人，会好意思硬要人家留作纪念的东西？尼莉莎讲的话一点儿不错，我可以用我的生命赌咒，一定是什么女人把这指环拿了去了。

巴萨尼奥 不，夫人，我用我的名誉，我的灵魂起誓，并不是什么女人拿去，的确是送给那位法学博士的。他不接受我送给他的三千块钱，一定要讨这指环，我不答应，他就老大不高兴地去了。就是他救了我的好朋友的性命，我应该怎么说呢，好夫人？我没有法子，只好叫人追上去送给他，人情和礼貌迫使我这样做[2]，我不能让我的名誉沾上忘恩负义的污点。原谅我，好夫人，凭着天上的明烛[3]起誓，要是那时候您也在那儿，我想您一定会恳求我把这指环送

1 原文中巴萨尼奥这里用了句首词和句末词均重复的修辞手法（每句话都用同样的词开始，也以同样的词收束，中译文做不到这么严格，只能大致通过相同句式的排比传达类似的效果），而鲍西娅马上以同样的修辞法回应，并赢得了辩论。同样的修辞方式也见于《理查三世》第四幕第四场，尽管制造的效果迥然相异。在这里它被用来强调场景的喜剧效果。

2 “这体现了巴萨尼奥作为绅士和军人的品质，他绝不会供出来其实是安东尼奥迫使他交出指环的”（Allen，由 Furness 引用）。

3 指星星。《罗密欧与朱丽叶》第三幕第五场处也以烛喻星。

给这位贤能的博士的。

鲍西娅　让那博士再也不要走进我的屋子。他既然拿去了我所珍爱的宝物，又是你所发誓永远为我保存的东西，那么我也会像你一样慷慨[1]。我会把我所有的一切都给他，即使他要我的身体或是我的丈夫的眠床，我都不会拒绝他。我总有一天会认识他[2]的。你还是一夜也不要离开家里，像个百眼怪人那样看守着我吧，否则我可以凭着我的尚未失去的贞操起誓，要是你让我一个人在家里，我一定要跟这个博士睡在一床的。

尼莉莎　我也要跟他的书记睡在一床，所以你还是留心不要走开我的身边。

葛莱西安诺　好，随你的便，只要不让我碰到他。要是他给我捉住了，我就折断这个少年书记的那支笔。

安东尼奥　都是我的不是，引出你们这一场吵闹。

鲍西娅　先生，这跟您没有关系，您来我们是很欢迎的。

巴萨尼奥　鲍西娅，饶恕我这一次出于不得已的错误。当着这许多朋友们的面前，我向你发誓，凭着你的这一双美丽的眼睛，在它们里面我可以看见自己[3]——

1　原文为“liberal”，有“（财物上）慷慨”和“（性方面）随便”两个意思。

2　鲍西娅再次使用了“know”作为“认识、认出”和“与某人发生肉体关系”的两重意思。回忆第四幕第一场“两位仍旧认识我”（know me）。

3　情急之下巴萨尼奥又回到了他一开始所使用的那种宫廷爱情式殷勤腔调，但这次鲍西娅以更轻松、揶揄的态度回应了他。

鲍西娅 你们听他的话！我的左眼里也有一个他，我的右眼里也有一个他；你用你的两重人格发誓[1]，我还能够相信你吗？

巴萨尼奥 不，听我说。原谅我这一次错误，凭着我的灵魂起誓，我以后再不违犯对你所做的誓言。

安东尼奥 我已经为了他的幸福[2]，把自己的身体向人抵押，倘不是幸亏那个把您丈夫的指环拿去的人，几乎送了性命。现在我敢再立一张契约，把我的灵魂作为担保[3]，保证您的丈夫绝不会再有故意背信的行为。

鲍西娅 那么就请您做他的保证人，把这个给他，叫他比上回那一个保存得牢一些[4]。

安东尼奥 拿着，巴萨尼奥，请您发誓永远保存这一个指环。

巴萨尼奥 天哪！这就是我给那博士的那一个！

鲍西娅 我就是从他手里拿来的。原谅我，巴萨尼奥，因为凭着这个指环，那博士已经跟我睡过觉了。

尼莉莎 原谅我，我的好葛莱西安诺。就是那个发育不全的孩子，那个博士的书记，因为我问他讨这个指环，昨天晚上已经跟我睡在一起了。

葛莱西安诺 哎哟，这就像是在夏天把铺得好好的道路重新翻

1 一种嘲讽的说法。

2 原文为“wealth”。这个词有“幸福、福利”的意思，这里翻译成“幸福”也更顺，但它的本义是“财富”。——译者注

3 他已经为巴萨尼奥押上过一次自己的身体，现在安东尼奥又提出押上自己的灵魂——比身体还要宝贵得多。

4 Sigurd Burckhardt，*Shakespearean Meanings*（Princeton，NJ，1968），234-236，论证了指环便是那严苛嗜血的契约所转变成的“温和的契约”。

造[1]。嘿！我们就这样冤冤枉枉地做起忘八来了吗？

鲍西娅 不要说得那么难听。你们大家都有点儿不明就里。这儿有一封信，拿去慢慢地念吧，它是裴拉里奥从帕度亚寄来的，你们从这封信里就可以知道那位博士就是鲍西娅，她的书记便是这位尼莉莎。罗伦佐可以向你们证明，当你们出发以后，我就立刻动身，我回家来还没有多少时候，连大门也没有进去过呢。安东尼奥，我们非常欢迎您到这儿来，我还带着一个您所意料不到的好消息给您，请您拆开这封信，您就可以知道您有三艘商船已经满载而归，快要到港了。您再也想不出这封信怎么会那么巧地到了我的手里[2]。

安东尼奥 （读信）我什么话都说不出来了！[3]

巴萨尼奥 你就是那个博士，我却不认识你吗？

葛莱西安诺 你就是要叫我当忘八的那个书记吗？

尼莉莎 是的，可是除非那书记会长成一个男子，他再也不能叫你当忘八。

巴萨尼奥 好博士，你今晚就陪着我睡觉吧，当我不在的时

1　即一项毫无意义的重复性工作。葛莱西安诺暗示，要在忠贞方面教训他们是毫无必要的，因为他们还没有得到任何不忠的机会。

2　这是个莎士比亚在戏剧情节安排方面大胆放肆的绝佳例子，一直以来受到了许多学者的严重批评（如 Eccles，由 Furness 引用）。一个更下功夫的剧作家可能会安排这封信被一个吹着号角的信使送上台来……但这就会彻底毁掉这出美妙的终场戏中的静谧和亲近感（NS），类似地，莎士比亚也没有解释鲍西娅为什么没拆信就知道信里写了什么。

3　指信中的陈述让安东尼奥目瞪口呆。

候，你可以睡在我妻子的床上。

安东尼奥 好夫人，您救了我的命，又给了我一条活路[1]。我从这封信里得到了确实的消息，我的船只已经平安到港了。

鲍西娅 喂，罗伦佐！我的书记也有一件好东西要给您哩。

尼莉莎 是的，我可以免费送给他。这儿是那犹太富翁亲笔签署的一张授赠产业的文契，声明他死了以后，全部遗产都传给您和杰西卡，请你们收下了。

罗伦佐 两位好夫人，你们像是散布玛哪[2]的天使，救济着饥饿的人们[3]。

鲍西娅 天已经差不多亮了，可是我知道你们还想把这些事情知道得详细一点。我们大家进去吧，你们还有什么疑惑的地方，尽管再强制讯问我们[4]，我们一定老老实实地回答一切问题。

葛莱西安诺 很好，我要我的尼莉莎宣誓答复的第一个问题，现在离白昼只有两小时了，我们还是就去睡觉呢，还是等明天晚上再睡？正是——

不惧黄昏近，但愁白日长；

1 鲍西娅之前救了他的命，现在又将他财产完好无损的消息带给了他，因而拯救了他的生计；夏洛克那一半财产只是由他为罗伦佐和杰西卡保管，并非属于他的（第四幕第一场）。

2 玛哪为以色列人出埃及时，上天用神迹赐给他们的食物。参见《旧约·出埃及记》16:15，其边注显示这些食物是一种“礼物”。

3 罗伦佐和杰西卡这对挥霍无度的恋人看上去已经将他们之前从夏洛克家中偷出来的钱花光了——即使还没花光，也差不多了。

4 原文为“charge us there upon intergatories”，鲍西娅又回到了法律术语。证人被以宣誓手段强制（charged）回答许多问题（讯问），当时和现在都是一样的。

翩翩书记俊，今夕喜同床。
金环[1]束指间，灿烂自生光，
为恐娇妻骂，莫将弃道旁。（众下。）

（全剧完）

1 原文中最后一个词是指环（ring），它既指首饰，又是女性阴户的隐语。这部爱情喜剧恰如其分地在一个粗俗的性字眼上结束了，它暗指那个汉斯·卡斯托普的指环的老故事。参见 Leslie Fiedler，*The Stranger in Shakespeare*（New York，1972），136；Harry Levin，“A Garden in Belmont”，in W. R. Elton and William B. Long（eds.），*Shakespeare and Dramatic Tradition* [（Newark，Del.，1989），30]。格兰维尔-巴克找到了一个合乎实际的，让葛莱西安诺说出全剧最后一段台词的理由（这是违背传统的）：“其他人必须以他们那种威尼斯人的气派风度缓步走下舞台，将葛莱西安诺无害的黄腔扔给观众，作为某种结语。接下来他和尼莉莎两个现在没有什么尊严可以失去的人，在后面赶着追上其他人。”（Granville-Barker，107）但在舞台表演中，最后的收场部分通常不是这么安排的（参见 Leggatt，149 和导读的“《威尼斯商人》的演出史”部分）。

《威尼斯商人》导读

谨以此书献给我已故的父母

安娜·哈利奥（1905—1940）

塞缪尔·哈利奥（1904—1991）

前 言

我要向许多在这一版编辑工作中协助过我的人表示由衷的感谢：尤其是托马斯·克莱顿（Thomas Clayton），他阅读了导读全文；向总编辑斯坦利·韦尔斯（Stanley Wells）致谢，他提出了许多宝贵的修正建议；向埃德温·F. 普雷查德（Edwin F. Pritchard）致谢，为他勤勉、谨慎的文字编辑工作。如果不是上述诸位以我的名义所做的这些繁重工作，还会出现更多我没有注意到的错误，当然，如果本书还遗留下任何未尽之处，则全是我个人的责任。乔治·沃尔顿·威廉姆斯（George Walton Williams）和理查德·F. 肯尼迪（Richard F. Kennedy）不仅惠赐了他们尚未发表的研究文章初稿，为我阐明了戏剧文本的许多方面，还拨冗阅读了导读中文本分析部分的早期版本。詹姆斯·夏皮罗（James Shapiro）对"莎士比亚与犹太主义"部分提出了几条很有价值的评论。特拉华州大学英语系的研究生助教梅根·克罗宁（Meghan Cronin）和克莉斯汀·博隆特（Christine Volonte）协助了我的研究，并帮助检查了书稿清样。玛西娅·哈利奥（Marcia Halio）也阅读了导读的初稿，弗朗西斯·惠斯勒（Frances Whistler）也在校对方面给予了很大的帮助。最后，我还要特别感谢特拉华州大学莫里斯图书馆、福尔杰莎士比亚图书馆和埃文河畔斯特拉特福的莎士比亚中心图书馆在人力和资源上为我提供的慷慨协助，没有他们的帮助，这一版的编辑工作不可能顺利完成。

注：在这个版本即将付梓之时，约翰·格罗斯（John Gross）极富价值的研究著作《夏洛克：传奇四百年》（*Shylock: Four Hundred Years in the Life of a Legend*）出版了。很不巧，无论是在导读还是在正文注释中，我都没能利用到这本书中许多令人信服的论述和信息。在有关《威尼斯商人》的演出史方面，格罗斯的工作格外有价值，因为他考察了本剧更多不同的制作版本，而受到篇幅的限制，我在本书导读中远远无法收录这么多。他在追踪《威尼斯商人》，尤其是人物夏洛克在西方世界的反犹主义史上扮演的角色方面，做出了极具意义的探索，这也是他在书中的关注焦点之一，正如其副标题所显示的那样。在他分析本剧的社会背景时，或者在分析莎士比亚时代之前与当时英格兰的犹太主义时，他和我在本篇导读第一部分所梳理的内容多有重复之处，但他并没有提出什么新的或不同的资料和见解。在这方面，我怀疑我们必须等待詹姆斯·夏皮罗及其他研究者关于中世纪和文艺复兴时期，英格兰和欧洲大陆针对犹太人的态度、行动这一话题的进一步探究。但在此之前，我们不仅能读到格罗斯对本剧演出史的考察，还能读到在过去几个世纪里他对本剧批评史的探讨，其中包括一个富有启迪的章节，其中叙述了犹太裔作家们［如海因里希·海涅

（Heinrich Heine）、伊塔洛·斯韦沃（Italo Svevo）、马塞尔·普鲁斯特（Marcel Proust）和路德维格·刘易森（Ludwig Lewisohn）] 对这部戏的回应与观感。

导 读

任何一种旨在理解莎士比亚《威尼斯商人》的尝试，都不可避免地要讨论一个棘手问题——该剧作所谓的“反犹主义”。因此，本篇导读开篇便直接针对该问题展开分析，聚焦于理解该剧所需的必要历史背景，并将该剧作与另一部因刻画另一名犹太人而闻名遐迩，或曰臭名昭著的同时代作品，即马洛的《马耳他岛的犹太人》（*The Jew of Malta*）做比较。接着这一话题，我将继续讨论《威尼斯商人》借鉴的一些更为切近和直接的素材，以及对其创作年代的判定。随后，我将详细分析该剧作本身，着重探讨其中的含混多义、前后不一致和内部矛盾之处。这一讨论将自然地引出下一部分，即对该剧作演出史的考察，我将特别关注其中主要人物夏洛克的舞台形象变迁，以及导演和演员们主要是以哪些方式来呈现他的。

莎士比亚与犹太主义

莎士比亚对犹太人的态度，尤其是他在《威尼斯商人》中对犹太人持何种态度，一直是个聚讼纷纭的话题。正是因为认识到这个问题，在1987年埃文河畔斯特拉特福的演出季中，皇家莎士比亚剧团选择了让《威尼斯商人》与马洛的《马耳他岛的犹太人》前后脚上演。[1]马洛的剧作被排演成了一部极其大胆的英雄喜剧，其目的显然是与莎士比亚这部作品形成对照，使其免遭评论界攻击，不致重蹈该剧团此前在1983年上演的那次较不出色的《威尼斯商人》的覆辙。为了配合这个策略，他们挑选了南非犹太人安东尼·谢尔（Anthony Sher）扮演这个版本的夏洛克（Shylock）。[2]他们的策略几乎奏效了，但并没有完全成功。总体来讲，谢尔刻画了一个令人同情的夏洛克，该制作中插入的纳粹十字符号，以及其他反犹太主义的诋毁，也都强调了这位放贷人作为受害者的一面。然而，在法庭这一场中，夏洛克表现得格外凶残、嗜血。另外，皇家莎士比亚剧团和谢尔在这一幕中引入了某些不属于莎士比亚的舞台元素，他们借鉴了逾越节《哈加达》的部分内容，并暗示割下安东尼奥（Antonio）的一磅肉这个行为对应宗教仪式中的“人祭”。当然，实际上没有什么比这更与犹太教的宗教实践或原则背道而驰的了——《旧约·创世记》22中上帝阻止亚伯拉罕献祭以撒的故事，便是犹太教反对活人献祭的最典型体现。[3]结果，安东尼·谢尔的夏洛克也没比阿伦·阿姆斯特朗（Alun Armstrong）的

1 《威尼斯商人》在主舞台上演，《马耳他岛的犹太人》则被安排在了天鹅剧院。

2 谢尔并不是近些年里英国戏剧界第一位扮演夏洛克的犹太人演员，1981年皇家莎士比亚剧团就曾安排过戴维·叙谢饰演该角色。

3 参见 Hermann Sinsheimer，*Shylock*：*The History of a Character*（1947；repr. New York，1964），133-134。

巴拉巴（Barabas）好到哪里去。

仔细阅读马洛和莎士比亚的这两部剧作，我们就能弄清楚它们各自体现了对犹太人的何种态度，但两者诞生时的共同时代背景也很重要。自1290年爱德华一世颁布驱逐令起，在官方意义上犹太人便被永久地逐出了英格兰，然而事实上，该驱逐令并未像人们希望的那样得到了严格贯彻。从爱德华颁布驱逐令，到后来17世纪奥利弗·克伦威尔邀请犹太人回到英国这几百年里，仍有一些犹太人（其中既包括皈依了基督教的，也包括了没皈依的）留在了英格兰。已有充分的证据证明，当时英国的确有少量犹太人居住，但莎士比亚或马洛本人究竟是否真的认识任何一个犹太人则可能无关宏旨。[1] 在创作其戏剧时，他们并不是从个人经验出发，而是遵循了一个在英格兰和欧洲大陆都得以发展的传统习惯：将犹太人刻画为非我族类者、放高利贷者、一个受天谴的族群。[2] 在马洛的作品中，犹太人作为不择手段的马基雅维利主义者这一传统形象，甚至要比他作为放贷者的身份更加突出。

在当下这个“后大屠杀”时代，我们可能很难设想犹太人在中世纪的欧洲（包括英格兰）是怎样的名声和待遇。他们的权利极少，并且在任何国家都无法获得不可剥夺的公民身份。一种典型状况是：

1 参见Danson，60。埃塞克斯伯爵突袭加的斯时，俘获了一位来自威尼斯的犹太商人阿隆索·努涅斯·德·埃雷拉（Alonso Nuñez de Herrera），又名亚伯拉罕·科恩·德·埃雷拉（Abraham Cohen de Herrera）。1596年，此人作为40名俘虏之一被埃塞克斯带回伦敦，并待到了1600年。然而，他不大可能与莎士比亚的夏洛克或马洛的巴拉巴有任何相似之处（尽管他与后者一样都在佛罗伦萨出生）。参见Richard H. Popkin“A Jewish Merchant of Venice”，SQ 40（1989）329-331。

2 参见Leo Kirschbaum，“Shylock and the City of God”，*Character and Characterization in Shakespeare*（Detroit，1962），7-8。

他们需要仰赖所在国家的统治者来保护他们，并准予他们某些权利。例如，在13世纪的英格兰，亨利三世和爱德华一世治下，他们的身份相当于国王的奴隶。国王可以（事实上他们也的确这么做了）完全按照自己的意愿处置他们的人身和财产。犹太人，无论是作为个人还是作为整体，都被课以各种名目的重税，以满足国王的财政需求。一旦他们交不出钱来，往往就要面临监禁或罚没财产的下场。与此同时，教会激烈地反对让犹太人在这个国家里生活，但鉴于他们在国王的保护之下，教会唯一能做的就是在民众中间煽动对他们的仇恨。

与我们通常认为的相反，并非所有犹太人都以放债为业，尽管放高利贷的确是他们得以积累财富的少数可行手段之一。许多犹太人都很贫穷，从事低贱甚至是仆役的行当。[1]但作为不信基督者，他们是一个被鄙弃的族群，无论他们在金融业或是在其他方面（例如，行医）多么有价值，也改变不了这一地位。13世纪末，爱德华一世几乎将他国内犹太人的全部财产都压榨殆尽，直至最后他们无论如何都满足不了他越来越大的胃口。于是国王决定使出最后一招——驱逐。这一举措不仅满足了教会的心愿，而且让国王得以从犹太人这个曾经使他获利颇丰的财源中榨取最后一点收入。鉴于犹太人的一切财产都归国王所有，包括他们作为放债人和当铺老板所应收的账款，于是国王在没收了他们所有的有价财产之外，还成了这些债务的权利人。虽然爱德

1 参见 Cecil Roth，“A Day in the Life of a Medieval English Jew” *Essays and Portraits in Anglo-Jewish History*（Philadelphia，1962），36。

华免去了债务人的利息，还做了其他一些小的让步，最终他仍然可以收获数额相当大的一笔钱款。不过，后来他可能会后悔做出这种杀鸡取卵、自断财路的事。[1]

毫无疑问，有些在英格兰的犹太人宁愿皈依基督教也不愿遭到驱逐，后来在西班牙的宗教审判中，也有犹太人这么做了。归信者之家（Domus conversorum）为他们提供了庇护。该机构的历史可以追溯到13世纪初，最早在国王的协助下由多明我会（Dominicans）建立，旨在使犹太人改信基督教。归信者之家的旧址位于今天的大法官法庭街上，直到18世纪它才被关闭。尽管很多时候，住在里面的犹太人出身的皈依者寥寥无几，甚至有时一个都没有，但在1290年之后的几个世纪里，它至少庇护了多名在被逐之前生活在埃克塞特、牛津、伍德斯托克、北安普顿、贝里圣埃德蒙兹、诺里奇、布里斯托尔，以及伦敦和其他地方的犹太人。[2]驱逐令颁布之后，也有一些犹太人出于种种原因进入英格兰，有些是旅者和商人，有些是被西班牙和葡萄牙驱逐的难民，也有些是作为专业人员被邀请而来，例如，那些被请来给亨利四世看病的医生，还有工程师约阿希姆·甘斯（Joachim Gaunse）。在16世纪，他协助建立了威尔士的采矿业。[3]有迹象表明，在亨利八世和伊丽莎白一世时代的伦敦及布里斯托尔，曾有一些小规模的马拉

1 参见 H. G. Richardson，“The Expulsion”，*The English Jewry under Angevin Kings*（1960），213-233。

2 参见 A. M. Hyamson，*A History of the Jews in England*（1908），125-133。

3 参见 Cecil Roth，*A History of the Jews in England*，3rd edn.（Oxford，1964），132-148；E. N. Calisch，*The Jew in English Literature*（1909；repr. Port Washington，NY，1969），41-42；Hyamson，*History of the Jews in England*，135-136。

诺犹太人定居区。[1]

然而，虽然犹太人数量稀少，且仅存的那些也被禁止公开进行宗教活动，但他们无论是在历史上还是在传说中，都绝没有被遗忘，更不用说在大众的通俗想象中，有流行歌谣和其他文学作品为证。[2]随着神秘剧（mystery play）这一体裁的发展壮大，《旧约》和《新约》中的故事逐渐被搬演上舞台，而犹太人在这些故事中都扮演着重要角色。近期有位学者提出，《旧约》中圣经时代的犹太人和《新约》中的犹太人形成了强烈对照，尤其是在将基督钉十字架及其前因的故事中。其结果是犹太人获得了某种“双重形象”：“一方面，他激发恐怖、惧怕和仇恨；但另一方面，他也会唤起惊异、敬畏和爱。”[3]圣经史剧（Corpus Christi plays）中的犹大和法利赛人等必定支持了人们关于犹太人是魔鬼化身的普遍看法[4]。然而在另一方面，《旧约》族长、摩西、但以理、众先知及其他许多的犹太人，都是作为英雄出现的，他们象征或预示了忍耐、坚贞等一系列基督教美德。[5]另外，以圣保罗的书信为代表的基督教神学，例如，《新约·罗马书》11，认为应该

1 参见 Lucien Wolf，“Jews in Tudor England”，in C. Roth（ed.），*Essays in Jewish History*（1934），73-90；“Jews in Elizabethan England”，*Transactions of the Jewish Historical Society*，11（1924-1927），1-33；C. J. Sisson，“A Colony of Jews in Shakespeare's London”，*Essays and Studies*，23（1937），38-51。西森（Sisson）论证道，莎士比亚时代伦敦的马拉诺犹太人绝非受压迫者，他们因妥协和遵从法律而得到奖赏，可以继续开展贸易或作为专业人士执业，只要他们不高调炫示自己的异类身份即可。

2 参见 Calisch，*The Jew in English Literature*，51-54；Warren D. Smith，“Shakespeare's Shylock”，*SQ* 15（1964），193-194。

3 参见 Harold Fisch，*The Dual Image*：*The Figure of the Jew in English and American Literature*（New York，1971），13. Cf. Calisch，*The Jew in English Literature*，54-56。

4 参见《威尼斯商人》第二幕第二场，其中朗斯洛·高波说，“那犹太人一定就是魔鬼的化身”。

5 参见 Fisch，*Dual Image*，16-18。

通过使其改宗的方式来救赎以色列。因此，生活在《圣经》历史之后的犹太人，不只需要“为基督教拯救之承诺的最终圆满实现做见证”，还需亲自参与其中。[1]如果说犹太人被当作受鄙弃的贱民而遭排斥的话，同时他们也必须被保留，以实现基督教的最终圆满；由此产生了他们的“双重形象”，以及基督教徒对他们的看法和感情的辩证两面性。

这种双重态度，以及英格兰和其他地方历史上针对犹太人所采取的举措的意涵，在《威尼斯商人》中体现得都很明显。更早些时候，它也曾出现在《克罗克顿圣物剧》（*The Croxton Play of the Sacrament*）这一类作品中。这部《克罗克顿圣物剧》写于15世纪下半叶，主角名叫阿里斯托利乌斯，是位西西里商人，在当时所知的世界各地，从安条克到荷兰，从布拉班特到土耳其，都有他的生意伙伴。一个富有的犹太人尤那萨斯找到他，想要试验圣物的效力几何。尤那萨斯完全不相信圣物，对他来说，只有积累到手的财富——黄金和宝石——才有价值。他出100英镑贿赂阿里斯托利乌斯，让他从教堂中把代表圣体的圣饼偷出来给他。当他们动手的时候，奇迹发生了。他和他的四名同胞用匕首刺向圣体时（重演了十字架之刑），圣体开始流血。尤那萨斯拿起它，试图把它扔进一个煮沸的油锅，但它粘在了他的手上，怎么都拿不下来。在之后一系列喜剧性的混乱中，尤那萨斯失去了那只手，圣体和他的手一落进油锅，锅中的水就全变成了血。最后他们终于把圣体取了出来，扔进一个烧热的炉子里时，炉子炸开了，从裂

1 参见Fisch，*Dual Image*，第14页，比较劳伦斯·丹森（Lawrence Danson）对Fisch，*Dual Image*，165-169的引用。

缝里渗出血来，一个十字架上的基督异象出现在他们面前。接下来，那异象与尤那萨斯等人以英语和拉丁语展开了对话，耶稣悲伤地问道，为什么到现在他们还要折磨他，为什么到现在还不信他的教诲：

> 你们为何诋毁我名？为何行此事？
> 为何令我再受酷刑？
> 而我在十字架上是为你们而死！[1]

众犹太人羞惭地悔悟，皈依了基督教。于是尤那萨斯的手顿时恢复如初，决意痛改前非的阿里斯托利乌斯也被赦免了罪行。

埃德加·罗森堡（Edgar Rosenberg）提出，这部15世纪的奇迹剧（miracle play）对犹太人的刻画，结合了身体毁损（血祭）和商业上的不法行为两个要素。[2]但该剧在其表面荒诞不经的喜剧性之下，也流露出其佚名剧作家想通过鼓励犹太人改宗从而使他们获得新生的强烈动机。后来，罗伯特·威尔逊（Robert Wilson）在其剧作《伦敦三贵妇》（*The Three Ladies of London*，1584年）中，让犹太人格隆图斯（Gerontus）成了正面主角，而喜剧反派则由意大利商人莫卡多雷（Mercadore）充当，他讲一口错漏百出的英语，为赖掉自己欠格隆图

1 参见 *The Play of the Sacrament*，in *Chief Pre-Shakespearean Dramas*，ed. Joseph Quincy Adams（Cambridge，Mass，1924），257，ll. 651-653。

2 参见“The Jew in Western Drama：An Essay and A Checklist”，*Bulletin of the New York Public Library*，72（1968），442-491；repr. in Edward Coleman，*The Jew in English Drama*：*An Annotated Bibliography*（New York，1970），1-50。笔者在此引用的是重印版第7页的内容。

斯的债务，宁可改信伊斯兰教。在剧中，格隆图斯为了使莫卡多雷不沦为叛教者，情愿免除他的还债义务，但即使如此，莫卡多雷仍不知悔悟，最终两人被带到一位正直的法官面前，莫卡多雷获得了他应得的惩罚。

不过，慷慨大度的格隆图斯绝非伊丽莎白时代戏剧中犹太人的典型形象。托马斯·纳什的《不幸的旅人》(*The Unfortunate Traveller*，1594 年) 中那两个流氓扎多斯 (Zadoch) 和扎卡里 (Zachary)，或是《塞利穆斯的悲剧统治》(*The Tragical Reign of Selimus*，1594 年) 中那位毒害了巴亚泽斯 (Bajazeth) 和阿加 (Aga) 的犹太药剂师，才更符合我们对当时犹太人角色的一般期待。这些角色及其他犹太人喜剧反派形象的灵感，可能都来自 1594 年的一起臭名昭著的案件，其中曾做过伊丽莎白女王的医生，来自葡萄牙的改宗犹太人罗德里戈·洛佩兹，被公开审判并处死。[1]他们也很可能受了马洛笔下的巴拉巴，即《马耳他岛的犹太人》(约 1589 年) 之主人公的影响，该角色是中世纪道德剧 (morality play) 中“罪恶”的形象[2]，是神秘剧和奇迹剧中那些犹太人反派的直系后裔。马洛天才地将这些元素与通俗文化想象中的意大利马基雅维利主义者形象相结合，构思出了巴拉巴这样一个兼具喜剧色彩与英雄豪气的恶棍形象，在戏剧史上增添了一个鲜明而极有特点的人物典型。

1 Hyamson，*History of the Jews in England*，136-140 叙述了这段故事，可与 Sinsheimer，*Shylock*，62-68 相比较，后者描述了洛佩兹被处决时围观群众是如何讥笑他的。

2 参见 David Bevington，*From “Mankind” to Marlowe*（Cambridge，Mass.，1962），218-233。

尽管对巴拉巴这个人物来说全部的三个面向都很重要，但他作为喜剧马基雅维利主义者的一面才是他的主导特征。全剧在一开始就暗示了这一点：剧本以马基雅维尔的致辞作为序幕，紧接着就过渡到了巴拉巴开场的个人独白。常与犹太人相关联的放高利贷行为，在剧中的戏份远远不如巴拉巴从他层出不穷的阴谋筹划中获得的愉悦来得重要。他不忠于任何人——到最后，甚至连他的女儿阿比盖尔（Abigail）都被他谋杀了——他屡遭挫折，却始终致力于攻击他的敌人，直至他最终喜剧性地因不自量力而作茧自缚，或者说，直至最终他的敌人们——马耳他（Malta）总督富南兹（Ferneze）及其麾下的骑士们挫败了他的阴谋。无论是基督徒、犹太人还是兵临马耳他城下的土耳其人，因为没有任何一方能充任本剧的道德核心，所以戏剧的主导性力量便只有机巧才智，以及将"欺诈与谋略"付诸实施的能力。罗森堡认为："与莎士比亚不同，马洛归根结底对那些探讨深刻、涉及正义本质的问题不感兴趣，更无意于掰扯法律细节；他所热衷的是展现这些道德败坏、情感激烈的贵族老爷试图割断彼此喉咙的精彩场面。"（第20—21页）

但是，巴拉巴的犹太人身份到底有何意义，究竟又在剧中扮演了怎样的角色？作为"非我族类"的局外人，犹太人这个身份可能本身就带有马基雅维利主义的色彩，唯独除了一点：作为《旧约》世界的代表，犹太人自有一套属于他们的、严苛的伦理准则。通过提及《旧约》族长和《圣经》故事，巴拉巴确证了他的犹太人传承，但在此过程中，他也喜剧性地歪曲了其含义。举例来说，他将自己赢得的财富与

《圣经》中应许给犹太人的祝福等同（第一幕第一场第 110—104 行）[1]。当土耳其人前来向马耳他索要一笔异教徒应纳的朝贡时——这让我们想到爱德华一世针对犹太人的租税——巴拉巴并未选择通过皈依基督教来脱身，正是他犹豫不决导致了他的全部财产被罚没。幸亏他狡猾地将大部分财产都藏匿起来，才免于落得一贫如洗的下场。后来，他报仇的方式是设计让总督的儿子死于同他女儿的另一位追求者马提阿斯（Mathias）的决斗，由此开启了一系列的谋杀和暴行，而这一切都是由这位英雄-恶棍操弄他的拿手好戏，即欺诈和背叛而实现。

也正是欺诈和背叛将巴拉巴的犹太人身份和他的马基雅维利主义联系在了一起，至少在马洛所迎合的大众想象里是这样。巴拉巴在其思忖富南兹如何不正当地没收了他财产的那段个人独白中，便隐含了这种关联：

> 我不是利未人，
> 我不是会轻易忘却伤害的人，
> 我们犹太人，若是乐意，会像狗儿一样摇尾乞怜，
> 当我们微笑的时候我们会咬人；而我们的模样
> 难道不像羔羊般纯良和无害吗？
> 我在佛罗伦萨时学到，当人们骂我是狗，
> 我却抛一个飞吻，耸一耸肩了事，

1 本文中对马洛文本的引用均来自 *The Complete Plays of Christopher Marlowe*，ed. I. Ribner（New York，1963）。神对犹太人先祖亚伯拉罕的应许参见《旧约 · 创世记》12:1-3，7；15:5；17:4-8，16。

像赤足的托钵修士一样做出卑微的姿态，

而心中却在诅咒，愿他们饿死在街头……

（第二幕第三场第 18—26 行）

佛罗伦萨便是马基雅维利的城邦。与威尼斯不同的是，佛罗伦萨并不以容纳大量犹太人口而闻名。发表这段独白不久之后，巴拉巴便买下了奴隶伊萨摩尔（Ithamore），这个土耳其人在卑劣诡计尤其是陷害基督徒方面，也不遑多让（第二幕第三场第 171—212 行）。马洛在剧中同样刻画了基督徒的阴险狡诈，特别是在接近全剧末尾处，很显然他乐于攻击三个主要宗教中道貌岸然的伪君子，并非只跟那位犹太马基雅维利主义者过不去。

正如现代评家经常论及的，莎士比亚同样攻击了基督徒的虚伪，这在夏洛克针对基督徒蓄奴行为的那段发言（第四幕第一场第 89—99 行）里体现得尤为明显[1]。夏洛克这个人物的构思与马洛的巴拉巴迥然不同，尽管两位剧作家来自同一个历史背景，并且汲取同样的文学资源。马洛致力于淋漓尽致地展现一个绝妙的喜剧恶棍形象，从第三幕起，他就开始完全无视其笔下人物的严肃或深层动机是否站得住脚；而莎士比亚则关注夏洛克的复杂性格，以及居于该剧作核心的、正义与慈悲之间的复杂关系。就算我们认为夏洛克是“邪恶的犹太放贷人”这一人物类型的另一种演绎，并且与巴拉巴同为喜剧反派，他的

1　一个例子是 John R. Cooper，“Shylock’s Humanity”，*SQ* 21（1970），122。

全部意涵也远不止于此——他是英国戏剧舞台上第一个多维立体的犹太人，因而被认为是富有人性的犹太人形象。

包括我本人在内的许多研究者，都曾检索过莎士比亚在其他剧作中提及犹太人时的说法，试图借以了解他本人的态度。其中许多例子，比如，在《维洛那二绅士》《亨利四世·上篇》《麦克白》中对犹太人的提及很难算得上是什么好话，不过它们多为“随口一说”的性质，且与戏剧人物的设定相符。另一方面，在《爱的徒劳》《仲夏夜之梦》《无事生非》中提及犹太人的地方，无疑都是戏谑性的，一定程度上是在通过语言游戏制造喜剧效果。[1]他在单篇诗作和十四行诗中则完全没有提到过犹太人。因此，反犹太主义的诋毁，无论是在莎士比亚的语汇库里还是在他的头脑中，似乎都未占据重要位置，除了在《威尼斯商人》这个特例中。有些评论者认为，本剧是莎士比亚对犹太民族发起的一场恶毒攻击——他针对的不只是放债人和高利贷者，而是全体犹太人。[2]他们的证据之一是，在剧中，夏洛克鲜少被呼以本名，人们提及或称呼他时，往往只用“犹太人”一词，无论是当时还是现在（在某些地方），这种叫法都带有相当大的轻蔑色彩。[3]

1 M. J. Landa, *The Jew in Drama*（1926；repr. Port Washington，NY，1968），70-71. N. Nathan，“Three Notes on The Merchant of Venice”，*Shakespeare Association Bulletin*，23（1948），158，161-162 n. 9. 补充了七处对“犹太人”的提及，不过诺曼·内森（Norman Nathan）认为其中没有一处是贬损性的。但任何一个关于莎士比亚戏剧中犹太人形象的完整列表，都必须同时提及犹大出卖耶稣的地方，如《皆大欢喜》第三幕第四场与《理查二世》第四幕第一场。

2 一个例子参见 D. M. Cohen，“The Jew and Shylock”，*SQ* 31（1980），53-63，esp. 54-5；也可参见 Nathan，“Three Notes”，157-160；以及 Hyam Maccoby，“The Figure of Shylock”，*Midstream*，16（Feb. 1970），56-69。

3 另参见 Christopher Spencer，*The Genesis of Shakespeare's "The Merchant of Venice"*（Lewiston，NY，1988），88-92。

尽管如此，夏洛克人物形象的另外一些面向却让莎士比亚对这个人物的态度，以及我们对该形象的理解变得复杂起来。这些人物面向也让一些演员［其中最著名的是亨利·欧文（Henry Irving）和劳伦斯·奥利维尔］将夏洛克塑造得引人同情，“所受的冤屈多过所犯的罪孽”，总而言之是个悲剧性的人物。他们之所以能令这种解读成立，关键是因为对某些戏剧文本做了改动，例如，去掉夏洛克的那段长旁白，“他的样子多么像一个摇尾乞怜的税吏！我恨他因为他是个基督徒……”（第一幕第三场）。实际上，即使不删减此类不利发言，亦可合理地强调其悲剧性的一面，因为剧作家已经赋予了这位喜剧反派以足够的性格深度。然而需要指明的是，尽管夏洛克具有如此的性格深度和人性特质[1]，在根本上，莎士比亚对他的原初设定仍是一个喜剧反派形象，他极有可能是要戴红色假发和酒糟鼻道具的，但不会有中欧口音。[2]

之所以认定夏洛克是个喜剧反派，部分是依据这个角色背后的、

1 关于那段著名的，以“难道犹太人没有眼睛吗?”（第三幕第一场）开头的演说，参见下文“戏剧内容”部分的讨论。

2 因为中世纪神秘剧和奇迹剧中，犹太人以戴着红胡子、红色假发和大鼻子的形象出现，后世舞台上的犹太人也依此打扮。参见 Landa，*The Jew in Drama*，11；Calisch，*The Jew in English Literature*，73，以及 Edgar Rosenberg，*From Shylock to Svengali：Jewish Stereotypes in English Fiction*（Stanford，Calif.，1960），22。一位老演员托马斯·乔丹（Thomas Jordan）于1664年发表的一首歌谣指出，莎士比亚的夏洛克也延续了这个传统，参见 E. E. Stoll，“Shylock”，in *Shakespeare Studies*（New York，1927），255，271；Toby Lelyveld，*Shylock on the Stage*（Cleveland，1960），11。大鼻子也是意大利“艺术喜剧”（commedia dell'rte）中老丑角（pantaloon）妆扮的一部分，而这是夏洛克形象的第二个来源：参见下文“素材来源、相似物，以及创作时期”一节，以及 John R. Moore，“Pantaloon as Shylock”，*Boston Public Library Quarterly*，1（1949），33-42（cited by Spencer，*Genesis*，97）。如果莎士比亚的本意是想让夏洛克用一种可识别的异族口音讲话的话，他完全可以在剧本中体现出来，就像他在《温莎的风流娘儿们》中让卡厄斯大夫（Doctor Caius）带上浓重的法国口音那样。不过，许多演员坚持使用一种喜剧性的讲话方式，通常是中欧口音来诠释这个角色，尽管在莎士比亚的时代，欧洲犹太人的通用语言是塞法迪犹太人的母语——西班牙语。

莎士比亚所遵循的文学和戏剧传统，部分是出于某些体裁以及其他方面的考虑。[1]莎士比亚所发展的浪漫爱情喜剧这一体裁，其中并非没有黑暗元素：《无事生非》中希罗（Hero）的蒙冤和（被人以为的）死亡就明白地体现了这一点；另一部在创作时间上与《威尼斯商人》更近的剧作《仲夏夜之梦》的一些方面也颇为令人不安。[2]夏洛克意欲谋害安东尼奥的性命，也属于浪漫爱情喜剧的阴暗一面，然而本剧的喜剧成分同样包含了安东尼奥在最后关头惊心动魄地脱险。无论是关于该契约有效性在法律细节上的争论，还是鲍西娅反对该契约的论点，都不是最重要的：夏洛克的落败只是文学传统里一长串此类情节的延续，该情节模式——“请君入瓮”或“恶人自作自受”——的缘起远早于巴拉巴落入自己准备的那口大锅，伊丽莎白时代观众对这类笑料的热衷程度，几乎与他们对“绿帽子”梗的迷恋程度不相上下。至于夏洛克皈依基督教一事，我们只需要注意到，它是作为一种替代性选项被接受的，该选项使得夏洛克免于他眼里更糟的命运。伊丽莎白时代的观众（与此后的观众不同）可能会将其视作安东尼奥以基督徒的宽恕之道对待夏洛克的证据——某种慈悲之举，再加上他也请求不要没收夏洛克的全部财产，这都完全与鲍西娅早些时候在法庭一场中针对夏洛克的宣讲相呼应。这样一来，夏洛克睚眦必报的犹太性便与安东尼奥的宽宏大量，以及此前他自然迸发的善意形

1 参见 Marion D. Perret，“Shakespeare's Jew：Preconception and Performance”，*SStud* 20（1988），261-268。
2 参见 Jan Kott，*Shakespeare Our Contemporary*，trans. Boleslaw Taborski（Garden City，NY，1964），212-219；Jay L. Halio，“Nightingales That Roar：The Language of A Midsummer Night's Dream”，in D. G. Allen and R. A. White（eds.），*Traditions and Innovations*（Newark，Del. 1990），137-149。

成了强烈对比。[1]

不过，夏洛克值得挽救吗？除了出于“每个灵魂都是珍贵的”这类考虑，夏洛克这个人有资格得到我们真正的同情，从而使我们会为他所实际获得的救赎感到高兴吗？当安东尼奥和其他人（尤其是葛莱西安诺）一起唾弃夏洛克的时候，他们既唾弃他的营生，也唾弃他的宗教，因为在他们心目中——在大多数伊丽莎白时代的人的心目中——放高利贷行为和犹太人身份是密不可分的。[2]由此，他们在夏洛克心中激起了怨恨，埋下了报复的种子。而后来杰西卡盗取他大量的金钱与珠宝和罗伦佐私奔，则是在侮辱之上又叠加了伤害，让夏洛克的愤恨越发加深。正在他为杰西卡的背叛伤心欲绝时，传来了安东尼奥的商船触礁的消息，这让夏洛克迫不及待地想向基督徒们发起他恶毒的反击。正是在萨莱里奥和萨拉里诺大大挖苦嘲讽了他一番之后，他才坚定了要让安东尼奥按契约割肉的动机（第三幕第一场）。诚然，后来杰西卡称夏洛克一直都想伺机陷害安东尼奥（第三幕第二场），但在戏剧情节推进的结构中，复仇的冲动就是在这里，在夏洛克获得了最充分的报复动机时才出现的。[3]然而也正是经由这一动机，以及紧随其后的事态发展，夏洛克本质上的人性一面才得

1 参见 Bernard Grebanier，*The Truth about Shylock*（New York，1962），291；Cooper，“Shylock's Humanity”，121；Alan C. Dessen，“The Elizabethan Stage Jew and Christian Example”，*Modern Lan-guage Quarterly*，35（1974），242-243。

2 出现在舞台上的高利贷者并不都是犹太人，但舞台上的犹太人无一例外都与放贷行为相关。参见 Rosenberg，*From Shylock to Svengali*，27. Kirschbaum，“Shylock and the City of God”，25；Warren D. Smith，“Shakespeare's Shylock”，*SQ* 15（1964），193-199。二者都试图（我认为他们这一尝试并不成功）区别安东尼奥对待夏洛克的态度中出于“族裔”的成分和出于“伦理”的成分。

3 露丝·内沃（Ruth Nevo）论述了这个观点，参见 *Comic Transformations in Shakespeare*（London，1980），130-131。

以浮现出来，正如在哈姆雷特撞见克劳狄斯祈祷的那场戏中——想让其下地狱的渴望——并未让哈姆雷特显得更高尚，却让他更有人性色彩了。[1]

于是，我们对夏洛克的态度也必须在这个背景下有针对性地衡量。包括诺曼·拉布金（Norman Rabkin）在内的少数几位评论者提醒我们，夏洛克与萨莱里奥和索拉尼奥的那场戏将观众引入了一张复杂而充满矛盾的情感之网，以至于我们无法对夏洛克的表现做出任何一种单纯而确定的反应。在这一幕中，夏洛克先后得知了女儿的私奔和盗窃、安东尼奥的不幸遭遇、杰西卡挥霍他珍爱的财物，他的反应既令人捧腹又引人怜悯，同时还十足可恨，恰与《亨利四世·上篇》中野猪头酒馆一场中福斯塔夫所做的自我申辩（第二幕第五场）激起的复杂情感相比拟。[2] 如果我们诚实地面对自己对剧中人物和事件的体验的话，就会发现没有任何一种简单化的描述可以对其进行准确概括。在接下来的几幕戏中，我们对夏洛克这个人物的反应也将受到或者说应该受到对其现实处境、心理状态及其经历引发的复杂情感的认识的影响。于是，夏洛克走火入魔，心心念念欲置仇家安东尼奥于死地，就不应让我们感到惊讶了。总体上说，夏洛克的心态和行为都显示出，他已经为所感知到的——无论是真实存在还是出于臆想的——针对他，以及推而广之，针对他所代表的犹太民族的巨大不公所压

1 参见 Jay L. Hallo，“Hamlet's Alternatives”，*Texas Studies in Literature and Language*，8（1966），169-188。

2 参见 Norman Rabkin，“Meaning and The Merchant of Venice”，in *Shakespeare and the Problem of Meaning*（Chicago，1981），7；另参见 22-23。在第 135 至 136 页上，丹森提出了一个相似的论点，但没有引用福斯塔夫的段落。

垮，并陷入了深深的疯狂。[1]因此夏洛克在法庭一场中表现得那么铁石心肠，任鲍西娅如何对其宣讲慈悲之理都不为所动，难道不是情理之中的吗？

通过这种以及其他方式（下文中将会进一步阐述），莎士比亚逐步揭示了他对夏洛克的态度。他的态度是矛盾的，比马洛对巴拉巴的态度要复杂得多。但无论是哪一位作者，我们都无法自信地断定其怀有任何明确的反犹太主义偏见，除了抽象的、因循传统的那种。对马洛来说，巴拉巴身上的马基雅维利主义者属性要比他的犹太人属性重要得多，后者常与前者混为一谈。与之相对的是，通过将夏洛克的形象塑造得更丰满，赋予他活灵活现的态度和情感，莎士比亚成功地塑造了一个有血有肉的人物，他在受众中唤起的感情比巴拉巴所能唤起的感情要深刻得多。无论巴拉巴被塑造得多么精彩而有急智，归根结底，他只是个喜剧程式性套路中的恶棍，而夏洛克则通过诉诸我们共同的人性，超越了一切舞台套路，打破了惯常的刻板形象，撼动了我们的偏见，扰乱了我们的感情，让我们从此再也无法笃定地持有旧信念。

素材来源、相似物，以及创作时期

尽管《威尼斯商人》的创作很可能是受了此前一部名叫《犹太

1　参见夏洛克对杜拔尔的抱怨：“诅咒到现在才降落到咱们民族头上；我到现在才觉得它的厉害”（第三幕第一场）。

人》(*The Jew*，约 1578 年)的戏剧的影响，但是关于后者，我们所知的只有史蒂芬·戈森(Stephen Gosson)在《恶习的学校》(*The Schoole of Abuse*，1579 年)中对它的评论。戈森在这篇檄文中称，《犹太人》与另一部戏剧《托勒密》(*Ptolome*)"在公牛戏院上演，其中一部描绘的是世俗选择者的贪婪，以及高利贷者的凶残嗜血；另一部则极生动地描摹了煽动反叛的贵族们……被推翻的故事，两部戏中都没有卿卿我我的丑态来污人眼目，也没有淫词浪语来伤害贞洁的耳朵"[1]。无论莎士比亚是否知道这部旧戏(很可能它在莎士比亚的时代就已经佚失了，从未留存下来)，他创作的直接素材很可能是乔瓦尼·菲奥伦蒂诺(Giovanni Fiorentino)的短篇故事集《傻瓜》(*Il pecorone*)中的一个故事。这部故事集写于 14 世纪末，形式上模仿了薄伽丘《十日谈》的结构，1558 年于米兰出版成书，但在莎士比亚生活的时代尚未被译成英文。莎士比亚可能读过它的原文，也可能读过另外一个素材，即马苏奇奥·萨莱尼塔诺(Masuccio Salernitano)的《故事集》(*Il novellino*)，里面包含了一个与杰西卡-罗伦佐情节相类的故事。也有可能，他是在聊天或讨论时从他人口中听说了这些故事。还有另一个可能的素材来源是 1595 年由理查德·罗宾逊(Richard Robinson)译成英文的《罗马人故事集》(*Gesta romanorum*)，其中也有一个"从三只匣子里择其一"的

1 引自阿伯(Arber)在 Bullough，i. 445-446 中的版本。通过使用一系列不同策略，包括二手文献和对《威尼斯商人》的分析，S. A. 斯莫尔(S. A. Small)尝试重构了《犹太人》一剧的大致情节框架和根本内核，参见"The Jew"，*Modern Language Review*，26(1931)，281-287，但其结果仍有一定猜测性。比较 M. A. Levy，"Did Shakespeare Join the Casket and Bond Plots in *The Merchant of Venice*?"，*SQ* 11(1960)，388-391。

故事，莎士比亚显然读过并从中借来了“insculpt”这个词（第二幕第七场，“浮雕”）。[1]

《威尼斯商人》的大部分主要情节元素和主题，都出现在菲奥伦蒂诺的《傻瓜》第四天讲的第一个故事中，但莎士比亚对它们做了加工，添加了从其他来源借鉴的成分（不仅仅来自他的丰富想象力），使得最后的成品无论是在戏剧效果上还是在智性上都变得更加吸引人。例如，在菲奥伦蒂诺的故事中，主人公贾内托是威尼斯富商安萨尔多的养子，而安萨尔多则是不久前去世的贾内托父亲的好友——而非他年长的朋友，像安东尼奥之于巴萨尼奥那样。安萨尔多钟爱他的养子，送给他许多贵重的礼物，当这个年轻人想和两个好友一起前往亚历山大里亚经商时，安萨尔多为他提供了一艘和他朋友的船差不多的船只，并准备了充足的财物和给养供他在旅程中使用。中途他们路过了贝尔蒙特岛（Belmonte），贾内托听闻岛上的统治者是位神秘的女子，她曾许下诺言，要把自己和她所拥有的一切都献给那个能成功与她共度春宵的男人。在好奇心的驱使下，贾内托抛下朋友，一个人驾船溜上了岛，并受到女岛主殷勤的招待。到了晚上，在享用盛宴之后，女主人带他回到自己的闺房，并邀请他喝上一杯后再上床。但酒里被下了迷药，年轻人的头一沾到枕头就昏睡过去，直到日上三竿方醒。贾内托不得不交出他的船和船上所有的资财，作为挑战失败的惩罚。

贾内托又懊恼又羞惭地悄悄溜回了威尼斯，感到无颜面对养父，

1 这是莎士比亚唯一一次使用这个词，不过《雅典的泰门》第五幕第五场出现了“insculpture”。参见 Brown，xxxii，173。

但最后还是在别人的劝说下回去见安萨尔多。安萨尔多相信了他编造的关于船只失事的谎言，原谅了他。可贾内托无法自拔地迷恋上了贝尔蒙特的女主人，决定再去碰一次运气，结果又一次以完全相同的方式铩羽而归。此时安萨尔多的大部分资财都已耗尽，但他仍然愿意向一位犹太放债人借贷，来供贾内托第三次出海去亚历山大里亚（Alexandria）赚大钱——这是贾内托的一贯说辞。这次，岛上有一位侍女怜惜这位英俊、温雅的年轻人，告诉他不要喝酒，于是他成功地跟女岛主过了一夜，所有人都很满意这个结局。然而，沉浸在新婚喜悦中的贾内托忘记了安萨尔多的还款期限，没有按时回去，于是他的赞助人就要听任犹太人摆布，对方要按照契约上的惩罚条款，割掉他的一磅肉。贾内托带着钱赶回时为时已晚，犹太人拒绝收他的钱，坚持要按约惩罚。与此同时，贝尔蒙特的女岛主也赶到了，她乔装成律师，在法庭上挫败了犹太人的诉求，也从贾内托手上成功骗取了他的新娘赠予他的戒指，并在最后卸下伪装，显露了自己的手段。安萨尔多与夫妇俩一起回到贝尔蒙特，并和那位悄悄向贾内托泄露天机的侍女结了婚。

尽管我们一眼就能看出这个故事与《威尼斯商人》中的贝尔蒙特情节有相似之处，但两者之间还存在一些明显的差异，而这些差异很可能比它们的相似之处更富有意义。在故事里，贝尔蒙特岛主诱骗其追求者的动机暗示出一种强烈的贪欲，与她在其他地方表现出的高贵品质不符，于是莎士比亚为他笔下的鲍西娅加上了一个更道德、从《罗马人故事集》里借来的动机（参见下文）。犹太人的行为同样缺乏充分的动机，故事没有说到两人是否素有旧怨，也没有叙述这个“游戏的契约”（merry bond）是如何签订的。宗教方面的敌对，也只在犹太人解释自己为什么坚持索要一磅肉的时候才被提及，而他这样做只因他可以出去夸耀说，最伟大的基督徒商人命丧自己之手。[1] 尽管其他商人都劝犹太人网开一面，贾内托也提出可以还给他比原先借款多好几倍的钱，但故事中没有鲍西娅在庭审上宣讲慈悲的雄辩演说，也没有莎剧中那种箭在弦上的紧迫感，而是凸显了这一场景的喜剧性。在故事中，矛盾也以扮成律师的女子提出，犹太人必须割下毫厘不差的一磅肉，并且不能流一点血来解决问题，然而在这个场景的最后，被击败的犹太人没有被强制改宗，而是怒不可遏地当场将契约撕了个粉碎。

杰西卡-罗伦佐情节、葛莱西安诺与尼莉莎的恋爱，以及结尾的双重讨要戒指事件，在这个意大利故事中均没有出现。故事中也没有出现对应摩洛哥亲王和阿拉贡亲王的其他求婚者。在改编菲奥伦蒂诺的故事时，莎士比亚并不仅仅将他的情节变复杂了，同时还深化了其含义，拓宽了其所探讨的主题。比方说，引入改编自马洛的《马耳他岛的犹太人》和马苏奇奥的《故事集》的杰西卡情节，不仅如缪尔所说的那样，加强了夏洛克的复仇动机[2]，且在结局处让三对情侣终成眷属也增进了喜剧意味。但是，在这里莎士比亚再次对素材做了改动，

1 *Il pecorone di Ser Giovanni Fiorentino*（Venice，1565），40；J. Payne Collier，*Shakespeare's Library*（London，n.d.），11. ii. 86，收录的形式略微不同。

2 参见 Kenneth Muir，*The Sources of Shakespeare's Plays*（New Haven，Conn.，1977），90。

因为后来故事里的安萨尔多也缔结了姻缘，而安东尼奥却和全剧开场时一样，最终仍是个孤独的“电灯泡”。尽管他一度传言失事的几艘商船都奇迹般地归来（第五幕第一场），但他愁眉不展的理由并未比开场时减损丝毫：他刚刚差点被杀死，而且现在他最亲爱的朋友也结婚了，留下他孑然一身面对孤独的未来。莎士比亚的早期戏剧中时有出现明显的、对必死性的指涉（最显著的体现在《爱的徒劳》中），尽管它们很少被强调。死亡的阴影隐约笼罩在本剧的结局之上，而这个特质不见于莎士比亚所借鉴的任何一条素材中，也不见于他同时代其他作家的作品中。

选匣子的故事

莎士比亚将割肉为契的故事与选择匣子的故事结合在了一起。前者的源头最早可以追溯到古代史诗《摩诃婆罗多》中尤西拿王（King Usinara）为救一只鸽子，割自己的肉饲鹰的故事；《塔木德》也包含了一个类似并与摩西相关的牺牲的故事；另外，按古罗马的《十二铜表法》，如果通过其他一切途径均无法收回债务，债权人便可以申索违约债务人的肉体并平分之。[1]虽然选匣子故事最早的英语版本见于13世纪的长诗《世界的运行者》（*Cursor mundi*）[2]，但莎士比亚的直接素材很可能来自理查德·罗宾逊所译《罗马人故事集》中的第32个故事，

1 参见 Bullough，446-447。
2 这个故事里的借贷人是个信基督教的金匠，而借给他钱的是个犹太放债人。由 L. 图尔明·史密斯（L. Toulmin Smith）转述并总结的版本可以在 Furness，313-314 找到。

然而这个故事同样有其神话和寓言的源头，并具备丰富的心理学和象征意涵。在罗宾逊的《罗马人故事集》译本中，罗马皇帝安凯尔慕斯同意让自己的独生儿子与安普罗伊国王的女儿结婚。在经历了一场海难等诸多周折之后，公主来到了皇帝的宫廷，但她必须再通过一项考验才能与皇帝的儿子成婚，皇帝在她面前放了三个分别由金、银、铅制成的匣子。第一个匣子上镶嵌了许多宝石，但里面装的却是死人的尸骨，上面刻着"谁选择了我，将会得到他应得的东西"。第二个匣子用上等的银子精心雕刻而成，里面装的却是泥土和蛆虫，上面刻的字是"谁选择了我，将会得到他本性所渴求的东西"。而铅匣子上的铭文是"谁选择了我，将会得到神为他定下的东西"，里面装满了宝石。虔诚的公主选择了最后一个匣子，得到了所有人的赞许，并顺利地与皇子结婚了。[1] 莎士比亚借用了这个故事，但显然他所做的不仅仅是改掉了匣子上的铭文。他戏剧性地呈现了每个匣子被选择的过程，与此同时也将这个故事与割肉为契的故事结合在一起，将选匣子的人由女性改成了男性。西格蒙德 · 弗洛伊德（Sigmund Freud）在文章《三个匣子的主题》中专门探讨了这个故事的意涵，因为莎士比亚不仅在《威尼斯商人》中改编了这个故事，还在《李尔王》中一再改编。[2] 弗洛伊德的兴趣更多地在于后者，但关于《威尼斯商人》，他也做出了一些重要观察。在文章开头，他指出了这个故事与爱德华 · 斯

1 相关段落参见 Brown，Appendix V，172-173。

2 参见 *The Standard Edition of the Complete Psychological Works of Sigmund Freud*，trans. James Strachey（London，1958），xii. 291-301。

图肯（Eduard Stucken）发现的一则星宿神话故事之间的关联，后者认为摩洛哥亲王对应该神话中的太阳，阿拉贡亲王对应月亮，而巴萨尼奥则对应年轻的星星（《希伯来、巴比伦和埃及文明中的星宿神话》，莱比锡，1907 年）。在此基础上，弗洛伊德又前进了一步。归根结底，星宿神话是对某种人类境况的一种投射，其中的人性内涵才是真正重要的。

《威尼斯商人》将匣子的选择者从女性变成了男性，明显是对该主题的一个翻转。从象征角度上讲，三个匣子——换成银柜、盒子或是篮子也一样的——对应着三个女人，就像在“帕里斯的裁决”这个希腊传说中那样。其中的第三个女人，也就是帕里斯选择的那个，是美丽的爱神阿弗洛狄忒（Aphrodite）。然而铅匣子的象征含义很难与此联系起来，它指向的是死亡。如果第三位女神是死亡之神的话，那么她们三位就是命运三女神（the Fates）——摩伊赖，其中第三位是阿特罗波斯[1]。然而没人会有意识地选择死亡，人们只是无一例外地最终会被死亡俘获。

弗洛伊德提出，这个表面上的矛盾可以通过他的“反应-形成”（reaction-formation）的理论来解释。该理论认为，人类会将现实中的恐怖替换成一种更可接受的虚构版本，这个虚构的版本能够满足他们的愿望，而现实本身往往不能（“愿望满足”，wish-fulfillment）。因

1 摩伊赖（Moirae）是希腊神话中命运三女神的总称。希腊语名字“摩伊赖”意为部分、配额，延伸为生活和命运对人的配给，因此本意为分配者。第一位女神为克洛托（Clotho，命运的纺线者），负责将生命线从她的卷线杆缠到纺锤上。第二位女神是拉刻西斯（Lachesis，命运的决策者），负责用她的杆子丈量丝线。第三位女神为阿特罗波斯（Atropos，命运的终结者），负责剪断生命线。——译者注

此，人类的本性本能地反抗命运三女神的神话，在想象中构建了一个从中衍生出的反向神话，“在新神话中，爱神，而且是爱神化作人形的对应物，代替了死神。第三个女人不再是死神，而是最好、最美丽、最令人渴望、最可爱的女人了”（第 299 页）。通过另一个与之类似的、合于心愿的翻转，“选择”也进入了命运三姐妹的神话之中，替代了原本的必然性，或曰宿命：

> 虽然人在理智上承认死亡，但由此人战胜了死亡。这场胜利是他所能设想的最大的愿望满足了。现实要求人绝对服从，而在故事中，人却有了选择。他所选择的，不是恐怖的象征，而是最美丽、最令人心驰神往的女人。（第 299 页）

于是，巴萨尼奥的“选择”便成了他的命运，他和鲍西娅对应着阿弗洛狄忒的形象，注定要陷入爱河，幸福地生活在一起。但在此之前，代表了真正的死亡精神的、煞风景的夏洛克必须被击败。就像原始故事中的那位公主那样，或者不如说是像“割肉为契”故事中那位聪敏的贵妇那样，鲍西娅成功完成了这个使命。就这样，两个原型故事便被结合到了一起。[1]

1 诺曼 · 霍兰（Norman Holland）更进一步，将弗洛伊德的观点与整部戏联系到了一起，通过“风险这个主题，它将本剧中的恋爱剧情与商业世界剧情连在了一起。这第三个女人，即死亡（在基督教的观点里，死亡是可爱动人、富有而仁慈的），代表的是投资者在生活本身这场巨大的商业冒险中取得的回报”。引自他的“Freud on Shakespeare”，PMLA，75（1960），171。

杰西卡-罗伦佐情节

马苏奇奥《故事集》中的第 14 个故事是杰西卡-罗伦佐情节最可能的直接素材，尽管一开始很可能是马洛的《马耳他岛的犹太人》中巴拉巴的女儿阿比盖尔这个人物让莎士比亚有了给夏洛克设定一个女儿的主意。在马苏奇奥的故事中，一位年老而悭吝的墨西拿商人有个可爱的女儿，就像《暴风雨》中的米兰达一样，她几乎没见过男人。她爱上了骑士朱弗雷迪 · 萨卡诺，某天他路过她窗前时看到了她，也同样对她一见倾心。那位骑士与一个女奴合谋欺骗老商人，并试图让嘉尔墨西娜与他私奔。他成功实现了心愿，嘉尔墨西娜还带走了她父亲金库中的一大笔财富，让老吝啬鬼落得人财两空。[1]

安东尼 · 芒迪（Anthony Munday）的散文故事《泽劳托，或名望之泉》（*Zelauto or the Fountain of Fame*，1580 年）与《威尼斯商人》有许多相似之处。例如，里面也有割肉为契的情节。在这个故事里，斯特拉比诺和鲁道夫是一对好友，他们分别追求两个女子科妮莉亚和布莉萨纳。科妮莉亚的另一个追求者特鲁卡兰托是个老吝啬鬼，也是布莉萨纳的父亲。为了给自己的追求增加筹码，两个青年从特鲁卡兰托那里借了一笔钱，并承诺在某日之前一定归还，否则就废掉自己的右眼。斯特拉比诺和鲁道夫成功赢得了两个姑娘的芳心，这让特鲁卡兰托大为光火，于是他抓住两人没有及时还钱的把柄，非要他们交出眼睛不

1 这个故事是重印自 W. G. 华特斯（W. G. Waters）的译文，参见 Bullough，497-505。另参见 Joseph Satin，*Shakespeare and his Sources*（Boston，1966），142-149。

可。因此，他报复的直接动机与夏洛克颇为相似。另外，在地方法官主持的审判中，科妮莉亚和布莉萨纳假扮成律师，并成功为她们的未婚夫打赢了官司。她们的胜利部分是因为特鲁卡兰托（再一次与夏洛克一样）没能证明他应得的罚没物除两人的右眼之外，还包括哪怕一滴血。于是特鲁卡兰托的诉求被驳回了，但他最终接纳了鲁道夫做自己的女婿，并让他做了自己的继承人。[1]然而，马苏奇奥和芒迪的故事中都没有出现“犹太少女爱上基督徒并因此改宗”的元素，这部分莎士比亚一定是从马洛剧中的阿比盖尔与其恋人的关系里借鉴并加以改编的。

其他的可能素材和相似情节包括《格努图司的歌谣》（*The Ballad of Gernutus*）[2]、高尔（Gower）的《情人的忏悔》（*Confessio Amantis*）第五卷[3]和亚历山大 · 西尔万（Alexandre Sylvain）的《演说家》（*The Orator*）[由“L. P. ”（Lazarus Piot，这是芒迪的一个假名）从法语翻译成英语，于 1596 年出版[4]]。其中最后一个最为重要，因为里面的第 95 篇演说辞“想割下基督徒的一磅肉来抵偿债务的犹太人的演说”，包含了夏洛克及其他人在审判一场中所提论点的基本形态。例如，西尔万文中的犹太人拒绝说出他为什么坚持要那一磅肉而非所欠

1 与 Bullough，452-454 和 Brown，p. xxxi 相比较，他们分别重印了《泽劳托，或名望之泉》第 486—490 和第 156—168 页上的内容。

2 重印于 Brown，153-156。日期不明，但与《威尼斯商人》大致来自同一时代，有可能这首歌谣是从《威尼斯商人》衍生而来，而非相反。Bullough，449-450 认为这首歌谣先于莎士比亚的剧作，可能来自《犹太人》。

3 节选于 Bullough，506-511。

4 重印于 Bullough，482-486；Brown，168-172；Satin，*Shakespeare and his Sources*，138-141；Furnes，310-313。可与 Muir，Sources，87 相比较。在“‘Lazarus Pyott’ and Other Inventions of Anthony Munday”，*Philological Quarterly*，42（1963），第 532—541 页中，塞莱斯特 · 特纳 · 怀特（Celeste Turner Wright）确认了 L. P. 实际上就是安东尼 · 芒迪。

钱款时，提出了几个不同的可能理由，尽管它们均不同于夏洛克在第四幕第一场给出的更尖刻的回应。事实上，就像在其他剧作中的情况一样，在这里我们将莎士比亚的剧作与其素材对比，就会发现他的想象力更活跃和丰富，不仅能够对其原始素材做出剪裁和改写，还能用生动而极富表现力的语言重新编排既有的材料，使其脱胎换骨，宛如全新创作出来的一样。

来自《圣经》和古典传统的典故

在《威尼斯商人》中，来自古希腊、古罗马和《圣经》的典故俯拾即是，但很难判断究竟多少是莎士比亚刻意为之，多少是他无意识地编织进对话中的。相似地，莎士比亚可以在多大程度上期待他的观众辨认出这些典故，也是难以明辨的。当然，其中有些很明显，绝不可能被错认或忽略，如夏洛克详述雅各、拉班和斑纹绵羊的故事（第一幕第三场），或是对伊阿宋和金羊毛意象的几次提及（第一幕第一场，第三幕第二场，等等）。但也有一些更隐晦的用法，服务于讽刺或其他目的。所有这些典故都拓展了这部剧的广度，使其主题更富有普遍意味，并将该剧置于更广阔的人类经验的语境之下。

一个更有争议的话题是，莎士比亚在多大程度上是有意识地将寓言元素纳入他的世俗戏剧中的。在他生活在沃里克郡（Warwickshire）的少年时代，他一定看过许多道德剧和奇迹剧，这些戏剧体裁会更直白地使用寓言元素，而且 16 世纪 90 年代的许多英国戏剧，如马洛的

《浮士德博士》仍然受到它们的重要影响。朗斯洛·高波关于自己该不该离开他的犹太雇主的辩论（第二幕第二场）这个搞笑桥段，是道德剧的一个常见套路，即"善良天使"和"邪恶天使"唇枪舌剑，都试图说服一个"普通人"（Everyman）角色照自己的话行事的喜剧性改编。以上这些都很清楚。但在第四幕中，莎士比亚究竟是否意图影射某种《旧约》律法和《新约》律法的对照，就不是那么容易确定了。尽管我们能辨认出一些寓言元素——夏洛克"代表"律法，而鲍西娅宣扬慈悲——但这些戏剧人物远非像在寓言式戏剧的典型模式中那样，纯然是抽象观念的化身（参见下文）。该情节可能借鉴了"彼列的诉讼"（Processus Belial）寓言，在这个中世纪故事中，魔鬼基于绝对严苛的正义原则向天堂法庭提出申诉，要求得到人类的灵魂。而此时童贞圣女马利亚站出来代为说情，声言除了正义，上帝还有慈悲的属性，最终她获得了胜利。在辩论中，魔鬼甚至制造了一个天平来称量他应得的人类之份额。夏洛克的法庭表现，以及人们经常将他与魔鬼等同的说法，都让人想到这个寓言，特别是考虑到对慈悲的呼吁和其他一些细节并不见于任何其他已被辨认出的素材。然而，莎士比亚本人在创作中是多么明确地受到了这一寓言的影响，怕是永远都无法确定了。[1]

另一方面上，莎士比亚显然读到过《圣经》（日内瓦译本，即 the Geneva translation），并将从中了解到的一些希伯来传统特别用在塑造

1 参见 J. D. Rea，"Shylock and the Processus Belia !"，*Philological Quarterly*，8，311-313。"称量灵魂"的意象也出现在中世纪绘画和道德剧中，如《坚固的城堡》（*The Castle of Perseverance*）也在其评论中出现了类似的争论。

夏洛克这个人物身上，因为显然他无法获取关于犹太人或是犹太人传统的第一手信息。[1]除了夏洛克关于雅各和拉班的大段叙述，剧中还提到了利百加[2]为其次子骗取以扫的继承权、夏甲和她的后裔、夏洛克在犹太会堂里起誓、犹太人饮食上的禁忌等事宜。夏洛克这个名字本身也有可能是从《圣经》而来，尽管其词源不像其他犹太人角色的名字那样确定。

莎士比亚是从《旧约 · 创世记》10-11 的家族世系表中得到他所需要的希伯来名字的。杜拔尔这个名字出现在《创世记》10:2，而含的头生子、宁录之父古实的名字在《主教圣经》以及除《日内瓦圣经》外的其他《圣经》版本中均被拼作"Chus"（剧中的邱斯）。后面的《创世记》11:29 出现了亦迦（Iscah），她是亚伯兰的兄弟哈兰之女，"杰西卡"这个名字很可能是从这里来的。[3]他们所有人都是挪亚的儿子们（闪、含或雅弗）的后代。还有闪的孙子沙拉（Shelah），他的名字在这两章中出现了两次（《创世记》10:24 与 11:12-15）。沙拉生了希伯，由此成了希伯来人的始祖。[4]夏洛克的名字很有可能是从

1 参见前文"莎士比亚与犹太主义"一节。这个观点由 M. M. 马胡德（M. M. Mahood）在她对莎士比亚的《威尼斯商人》中对《圣经》使用的附录中提出（NCS 184-188）。她同时注意到，莎士比亚就像他的许多同时代人一样，会同时熟悉《主教版圣经》（1584 年）和《日内瓦圣经》（1596 年），尽管其作品中前者的痕迹多于后者，但有几处对《日内瓦圣经》边注的提及显示，莎士比亚在创作这部剧时，手边打开的很可能是《日内瓦圣经》。

2 原文作"Rachel"（拉结），系导读作者记忆有误，实际上设计为次子雅各骗取族长继承权的母亲是利百加（Rebecca）。拉结是雅各的妻子。——译者注

3 J. L. 卡多佐（J. L. Cardozo）在 *The Contemporary Jew in the Elizabethan Drama* 第 226 页提到，根据伟大希伯来学者拉希（Rashi）的说法，"Iiskah"是族长亚伯拉罕的妻子、以撒之母撒莱（Sarai），或撒拉（Sarah）的名字的早期写法。《日内瓦圣经》的边注也持此论。试与 Sinsheimer，*Shylock*，87 相比较，后者也讨论了这组犹太人名字的源流。

4 如日内瓦圣经《旧约 · 创世记》10:24 的边注所述。

沙拉演变而来，这个名字在希伯来语里是“Shelech”，莎士比亚的人物名字发音与其更为接近，其第一个音节的元音部分在当时很可能读作短促的 i 音，与今天通行的念法不同。[1] 夏洛克妻子的名字利亚则出现在此后的《创世记》29 和 30，雅各与拉班交易的故事亦然。

其他影响

没有任何文学作品是凭空创造出来的，各个文本中，想法、意象和术语的谱系源流可能有的直接，有的隐晦。一切证据都表明莎士比亚是个好的读者，除此之外，他一定也是个好的聆听者，几乎每天都在与朋友和同僚的交谈中获取关于书籍、人和事件的新信息。因为提斯柏（Thisbe）、狄多（Dido）和美狄亚（Medea）三个人的故事在《贤女传说》（*The Legend of Good Women*）中离得很近，而在老版本的乔叟诗集中，《贤女传说》是紧跟在《特洛伊罗斯与克瑞西达》（*Troylus and Creseyda*）之后的，所以一些学者认为，当莎士比亚开

1 卡多佐在 *The Contemporary Jew in the Elizabethan Drama* 第 223 页提到，y 和 i 两个字母是可互换的，因此怀疑朗斯洛的台词［第三幕第五场“逃过了凶险的礁石”（Thus when I shun Soylla）］中有个 Scylla-Shylock 的双关。另外也请注意，“第一四开本”中巴萨尼奥对夏洛克说话的时候，称他为“Shyloch”（第一幕第三场第 49 行）。不过，并非每个人都认同这个词源学解释，如莫里斯 · 布罗茨基（Maurice Brodsky）便推测夏洛克的名字是衍生自短语“shelee shelee v'sheloch sheloch”，意思是一个坚持法律文本的字面意思的人。伊斯雷尔 · 戈兰茨（Israel Gollancz）则注意到其与“shallach”的关系，这个词是希伯来语“鸬鹚”的意思，而这种鸟类在伊丽莎白时代的英语中可以代指高利贷者。诺曼 · 内森引用了前面两种说法，并提出了另一种解释，认为它与“shullock”同源，这是个表示“鄙夷”之意的英文旧词，《牛津英语词典》记载该词早在 1603 年就已出现（“Three Notes”，152-154）。但鉴于剧中其他犹太人的名字都来自《圣经》，且与闪的子孙密切相关，认为它来自“Shelech”，或“Shelach”的说法似乎更有说服力。参见 Brown，3；Merchant，I 71；Spencer，Genesis，96-97。

始写第五幕的时候，他面前应该是摊开着一本乔叟的书。第五幕中还有另一个不那么直接的可能性影响，罗伦佐讲给杰西卡听的“天体音乐”论似乎来自波爱修斯的《音乐的原理》(*De institutione musica*)。[1]

莎士比亚对法律也很熟悉——和他许多同时代人一样，他很热衷于打官司——但当我们试图理解第四幕的审判一场中发生的事情时，基于料想中作者对科克（Coke）或威廉·兰巴德（William Lambarde）的《古代法释义》(*Archaionomia*）的熟稔来讨论公平和正义，恐怕就是偏离了它戏剧意义上的重点。[2] 相似地，我们能看出莎士比亚熟悉古罗马喜剧；他的早期作品之一《错误的喜剧》(*The Comedy of Errors*）便改编自普劳图斯（Plautus）的喜剧。但在夏洛克和杰西卡这两个人物的塑造上，很可能他同样受到了意大利艺术喜剧中老丑角及其女儿这组常规角色的影响，归根结底，其直接源头仍是马苏奇奥的故事。在伊丽莎白统治时期，许多人都撰文谈论过放高利贷行为及其弊端，莎士比亚无疑熟悉当时这些争论。但他真的读过加尔文（Calvin）和贝萨（Beza）支持高利贷的论证，以及迈尔斯·莫斯（Miles Mosse）的《对高利贷的审讯和定罪》(*The Arraignment and Conviction of Usury*，1595年）反对高利贷的论证[3]，以充分了解该讨论的争议点吗？说到底，放高利贷这种行为的具体细节，究竟又与《威

1 参见Danson，第187页对John Hollander，*The Untuning of the Sky*（Princeton，NJ，1961），25的引用。
2 参见E. F. J. Tucker，“The Letter of the Law in *The Merchant of Venice*”，*SSur* 29（1976），93-101。
3 比较Brown，p. xliii. In “‘When Jacob Graz’d his Uncle Laban’s Sheep’: A New Source for *The Merchant of Venice*”，*SQ* 36（1985），64-65，琼·奥扎尔·霍尔默（Joan Ozark Holmer）称莫斯的书是莎士比亚的素材之一，具体来说，剧中关于雅各-拉班的故事源自此处。

尼斯商人》有多大关系呢？尽管夏洛克和安东尼奥在第一幕第三场中辩论了借钱取利息一事的道德优劣，但夏洛克特意强调说，他为了和安东尼奥“交个朋友”，这次将会免除他的利息。[1]从那一刻起，事情的重点就不是借款的利息，而是还款的保证，或者说是未能还款的处罚措施了。

威尼斯的“迷思”

所谓威尼斯的“迷思”必然影响了这部戏剧的创作。[2]对于莎士比亚及其同时代人来说，意大利在任何一个意义上都堪称“浪漫”，这无疑也是当时的许多戏剧（无论是喜剧还是悲剧）都将故事的背景设置在意大利的原因所在。威尼斯更有其独特的魅力。它是个历史悠久的城邦共和国，素以政治上的精明机变、巨大的财富和发达的法制而闻名。另外，威尼斯还是个爱好享乐的城邦，不断有大群的游客蜂拥而至，其中许多人来自英格兰。[3]莎士比亚可能从包括口头传说和书面记录的诸多途径，得知了这个“迷思”的方方面面——尽管没有证据显示他本人曾造访过那里。

对《威尼斯商人》而言，最重要的一个元素就是该城邦因其远

1 参见第一幕第三场及下文对本剧的批判性阐释。

2 在这一段及下一段的论述中，我得益于 McPherson，特别是第二章。

3 这些游览过威尼斯的英格兰人中，较为著名的一位是托马斯·科里亚特（Thomas Coryat），他于 1608 年造访威尼斯。他对这次旅程的记载（包括他在那里遇到犹太人的经历），参见 *Coryat's Crudities Hastily gabled vp in flue Moneths trauells in France*，*Sauoy*，*Italy*（1611）。

洋贸易而著称。尽管莎士比亚可能夸大了其商业活动的范围：此时威尼斯的海外贸易已经开始衰落了，但当时它在海上的强大实力是声名远播的。同样广为人知的，还有在与外国人打交道时公道无欺，这也是成就它海上强大实力的一部分原因。这种为人称颂的公道建立在严明的法制基础之上，曾在1593—1594年旅居威尼斯的菲纳·莫里森（Fynes Moryson），目睹了两个元老院成员的年轻儿子因为唱渎神的歌曲和其他的一些罪行先被处以肉刑，后又被处决。[1]当谈到威尼斯人时，刘易斯·勒乌肯诺（Lewis Lewkenor）称赞了“他们的帝国之宏伟、君主之庄重、元老院之威严、法律之不容侵犯、对宗教的热忱，最后还有他们的节制和公平”[2]——莎士比亚剧作中的人物和事件也展示了这些特征。勒乌肯诺还回忆了“他们娱乐的高雅精妙，他们妇女的美貌、排场和优雅，他们所有的欢愉和赏心乐事都是无穷无尽地丰富”。他将威尼斯誉为欧洲的享乐之都，这个特征在《威尼斯商人》中也得到了体现，后来的《奥赛罗》也利用了这一点。

尽管在许多方面犹太人仍遭受歧视，但威尼斯容留他们居住，并允许他们公开从事宗教活动，这在伦敦或是英格兰的任何地方都是不可能的。他们被强制穿着特征明显的标志性服装[3]，只能居住在一个特

1 参见 McPherson，37。

2 参见 *The Commonwealth and Government of Venice*（1599）；转引自 McPherson，39。

3 夏洛克称自己穿着“犹太长袍”（Jewish gaberdine，第一幕第三场）可能是莎士比亚提及这一事实的方式，尽管在舞台演出中，例如，在皇家莎士比亚剧团1984年的制作中，演员一般穿的是特点更突出也更具羞辱性的服装，包含一个徽章（黄色圆圈形状）和黄色或红色的尖帽子或缠头巾。

定的、被称作“隔都”（ghetto，最初是一个位于该处的铸造厂的意大利语名字）的区域，并须缴纳奇高的重税，但他们仍然可以为自己谋得一份生计。事实上，部分是因为向他们开放的其他职业太少，他们逐渐变成了城邦里的首要放债人和二手贩子，或曰当铺老板。基督徒和犹太人的关系绝对称不上和睦，但他们对彼此的敌意是基于宗教而非种族原因。莎士比亚知道，或是理解其中的一些具体细节，尽管他肯定无法了解到全部。例如，夏洛克看上去像是住在威尼斯城里而非隔都，剧中一次都没有提到过“隔都”这个词。但安东尼奥明确提到了威尼斯法治公正无私的名声，以及该名声对跨国贸易的重要性，念及于此，他便不寄希望于公爵会对他法外开恩了（第三幕第三场）。

创作时间判定

尽管《威尼斯商人》到了1600年才首次印刷出版，但早在1598年7月22日，这部戏的名字就被登记进了书商注册簿（*the Stationers'Register*）。六个星期后的9月7日，弗朗西斯·梅雷斯（Francis Meres）的《智慧宝库》（*Palladis Tamia*）也被登记到了注册簿上。在这本书中，梅雷斯专门提到了《威尼斯商人》是莎士比亚的喜剧作品之一，这让我们可以断定该剧的创作一定不晚于这个日期。

但它可能的最早创作日期，判断起来就没这么容易了。剧中萨拉里诺曾提到“我那艘富丽的‘安德鲁号’倒插在沙里”（第一幕第一场），这里明显借用的是“圣安德肋号”（San Andres）的名字，它与“圣马提亚号”（San Matias）一样是满载货物的西班牙大帆船，这两艘船于1596年6月搁浅在加的斯港外，被埃塞克斯伯爵（Earl of Essex）率领的英格兰舰队俘获。[1] 这艘船被重新命名为“圣安德鲁号”（Saint Andrew），在接下来一年里它又遭遇了各种新的不幸，因此，在1596—1597年这段时间里，它的名字频繁出现在新闻中。例如，当它随埃塞克斯-罗利远征返航的途中，被风暴摧残得格外严重，于是埃塞克斯决定不让它冒险经过古特温沙滩附近，《威尼斯商人》提到这片沙滩是许多船只的葬身之处（第三幕第一场）。

另外两处外部证据也指向1596—1597年是该剧创作的大致时间。当时莎士比亚所属剧团的竞争对手海军大臣剧团（the Lord Admiral's Men）仍在上演马洛的《马耳他岛的犹太人》，1596年它上演了8次（Brown，第24页），而《威尼斯商人》毫无疑问是为了利用它的知名度而作的。因为宫内大臣剧团已经失去了在剧场（the Theatre）的租约，而环球剧院（the Globe）尚未建起，所以他们这段时间是在泰晤士河南岸的天鹅剧院（the Swan）演出的，离后来环球剧院所在的位置不远。为了获得在天鹅剧院演出的权利，莎士比亚所在剧团的一些成员被迫与剧院的所有者弗朗西斯·兰利（Francis Langley）签订了“条件苛刻到难以容忍的契约”。他们约定这些演员只能在“天鹅”演戏，如有违背，就要缴纳高达一百英镑的违约金。契约在当时

1 参见Sir William Slingsby，“A Relation of the Voyage to Cadiz”，*The Naval Miscellany I*，ed. J. K. Laughton（1902），25-92（NS 1）。比较Brown，p. xxvi，布朗在这里提到是欧内斯特·库尔（Ernest Kuhl）于发表在TLS，27 Dec.，1928，1025的文章中首先关注到这个关联的。

的戏剧界是一种新的合同形式；此后不久，菲利普·亨斯洛（Philip Henslowe）也开始使用，后来天鹅剧院没能申请到执照而无法开业时，莎士比亚的剧团转而和他商定了契约。尽管我们并不知道其中的具体条款，但当莎士比亚构思《威尼斯商人》时，围绕契约的这些谈判很可能对他的想法有所影响。[1]

基于文本风格分析的内部证据，同样指向本剧的创作时间是1596—1597年。《牛津莎士比亚全集》的编辑称，根据奥拉斯停顿测试（Oras's pause test），它与两部《亨利四世》关联最强，但对意象和诗歌韵律的处理较之更不成熟一些，因此它在年代表里应该排在“抒情诗”作品组（lyric group）（《仲夏夜之梦》《罗密欧与朱丽叶》《理查二世》）之后，《约翰王》和《亨利四世·上篇》之间。[2]这个排序是很能说得通的。《威尼斯商人》中的韵文，特别是第五幕中的部分，与“抒情诗”组那几部极为相似，然而其中的散文部分，如夏洛克著名的那段“难道犹太人没有眼睛吗”（第三幕第一场）则预先呼应了福斯塔夫的长段念白。[3]鲍西娅是莎士比亚喜剧中的第一位大女主人公，她与其后的贝特丽丝（Beatrice）、罗瑟琳（Rosalind）和薇奥拉（Viola）有许多共同特征。相似地，巴萨尼奥也开创了“风流潇洒，但软弱被动缺乏担当”的恋爱故事男主角形象，之后《无事生非》中

1 参见 James Shapiro，“Which is *The Merchant* here，and which *The Jew*”，*SStud* 20（1988）；275-276，他在文中引用的材料包括威廉·英格拉姆（William Ingram）的 *A London Life in the Brazen Age*：*Francis Langley*，*1548-1602*（Cambridge，Mass.，1978）和 C. W. Wallace，“The Swan Theatre and the Earl of Pembroke's Players”，*Englische Studien*，43，340-395。

2 参见 *TC* 119-120。

3 参见如《亨利四世·上篇》第二幕第四场，第五幕第一场。

的克劳狄奥（Claudio）和《皆大欢喜》中的奥兰多（Orlando）均属此类。但在处理喜剧恶棍形象方面，莎士比亚一定从塑造夏洛克这个人物中学到了要有所节制。很显然，他在唐·约翰（Don John）身上做了很多演练，而在创作马伏里奥（Malvolio）的时候，就能恰到好处地收放自如了。

戏剧内容

《威尼斯商人》强调不同类型的束缚（bondage）和人际联结（bonding），使它可以容许一种全面的综合性批评阐释。这种阐释能够容纳矛盾和不一致之处，而不会强行将行动、人物和事件塞进过度简化的统一模式之中。[1]在一开场的几句台词里，安东尼奥就坦白了他深陷忧愁，无法自拔，此后没过多久，我们就得知了那些将他与他的朋友和熟人们联系在一起的或弱或强的纽带。他与巴萨尼奥的友谊联结既牵涉忠诚义务，也涉及接连不断的金钱债务。当巴萨尼奥以安东尼奥的名义去找夏洛克借相当大的一笔钱款时，缔结债务契约各方的态度有的鄙夷，有的惧怕，有的不以为意。但在莎士比亚向我们呈现这场对峙之前，他先安排了贝尔蒙特的鲍西娅和尼莉莎出场，她们两个争论的是另外的义务——父母与子女、父亲与女儿之间的束缚关系。

1 参见上文“莎士比亚与犹太主义”部分。

到了第二幕结束之时，又出现了另外的几对父母—子女关系，或破裂，或确立，出现的其他主题还有人对宗教的忠诚、主仆关系、休息口的娱乐——甚至是时机与潮汐。[1]在所有这些关系中，乃至于在全部戏剧行动之中，本剧都或直白或隐晦地肯定了我们共有的人性加在我们身上的束缚，不只是个体之间的关系，也包括我们“这一具泥土制成的俗恶易朽的皮囊”。同样重要的是，还有伟大的戏剧艺术对其受众施加的吸引力，以及该吸引力的来源。

尽管格兰维尔-巴克坚称《威尼斯商人》是“一个童话故事”（Granville-Barker，第67页），然而它的开场却不像童话故事，其他批评者也注意到了这部戏剧是现实主义和传统套路、人为技巧和自然主义的混合体。[2]对于安东尼奥开场处的忧愁，人们给出了很多解释，但在剧中，他的朋友们提出的所有解释都遭到了否认。就像其他许多被漫无边际的愁绪缠身的人一样，安东尼奥不知道自己为什么如此忧伤。为此，他与其他人一样困扰，或者说比其他人更甚。无论这忧愁是因何而来，看上去它都死死地攫住了他。全剧收场时，尽管他的商船最后奇迹般地归来（这也构成了本剧之“童话”特质的一部分），给了他“命”和“活路”（第五幕第一场），但他的忧郁却没有减轻分毫。在场的所有其他人都成双成对，这使他“电灯泡”一般的存在显得格外不合时宜。[3]虽然鲍西娅热情地欢迎他来家做客，但我们不知道

1 在第二幕中，一旦“风势已转”，巴萨尼奥和他的随从们便得即刻上船，等不到化装游行开始了。参见第二幕第六场。

2 参见 Danson，92-93；Leggatt，119-122。

3 关于莎士比亚对其素材所做的改动，参见上文“素材来源、相似物，以及创作时期”一节的讨论。

他在那里能做些什么，也不知道既然巴萨尼奥已经圆满完婚，不再像在第一幕第一场里那样需要安东尼奥了之后，他还剩下些什么用处。因为全剧在这里就结束了，这个问题始终没有答案。这也是这部作品令我们久久为之着迷的（尽管不是最重要的）原因之一。[1]

以精神分析为取向的评论者们，曾将安东尼奥忧郁的原因解释为，他对他的年轻友人巴萨尼奥怀有同性之爱。这个理论能说得通，但无法得到确证。[2]毫无疑问，安东尼奥对巴萨尼奥的感情既真实又深挚，这一点从别人转述中他们告别时依依不舍（第二幕第八场）就足以看出。然而，我们很难判断这种感情究竟是否超越了朋友间纯粹的柏拉图式依恋。尽管在柏拉图的“爱之阶梯”体系中，同性之间的爱情比异性爱情更高尚，但它绝非至高的那一种。[3]同样，我们也无法确信将安东尼奥的忧愁判定为某种“厌世”（Weltschmerz），尽管他的烦恼完全有可能源自中年人时有体会的那种对周围一切的厌倦之情。无论是什么原因（很可能不止一个），他似乎准备好要为了朋友牺牲自己。作为“羊群里一头不中用的病羊”（第四幕第一场），他将自己视作扮演了“替罪羊”的角色，尽管他背上担负的究竟是何罪孽，也和他为何忧愁一样，始终未被明确说出。

另一方面，巴萨尼奥对安东尼奥的依恋和羁绊也超越了单纯的

1 关于五种不同的为本剧收尾的方式，参见 Thomas Clayton，“Theatrical Shakespearegresses at the Guthrie and Elsewhere: Notes on ‘Legitimate Production’”, *New Literary History*, 17, 331-333。同时参见 Leggatt，149。

2 参见 Holland，238-239，331，并比较 Graham Midgley，“*The Merchant of Venice*: A Reconsideration”, Essays in Criticism 10（1960），125：“安东尼奥是个局外人，这是因为他是个无意识的同性恋者，却生活在一个异性恋大张旗鼓地占据了主导地位的社会之中。”另参见 Danson，34-40。

3 参见柏拉图《会饮篇》（*The Symposium*）。

朋友关系。他坦承自己在此之前就曾向安东尼奥借过债，但安东尼奥像个真正的绅士一样，止住了他朋友的话，拒绝深究这件事（第一幕第二场）。尽管巴萨尼奥急需这笔钱，而且他迫切地想去赢得贝尔蒙特岛的女主人，但到了安东尼奥真要与夏洛克签下借款契约的时候，他还是极力劝阻。有些评论者认为巴萨尼奥不过是个爱自我吹嘘的投机分子[1]，也有一些人觉得他只是个幼稚的年轻人，像许多其他类似的人物一样，他还有待成长，有待渐渐懂得关于世界和自身的道理。随着戏剧情节的推进，他证明了自己是个善于学习的可塑之才。[2]

鲍西娅同样也受着束缚，纵使她有千般不愿，她的婚配选择也只能为她父亲的遗志所限制。要是说她刚出场时表达的厌倦之情与安东尼奥的忧愁有几分相似的话，我们甚至不需要听完尼莉莎的解释，就能知晓它的缘由。像所有富有而骄纵的女继承人一样，她对自己身边的一切感到厌倦，那些拥有太多的人，往往和一无所有的人同样不快乐。在巴萨尼奥出现之前，将她从此前那个封闭的狭小世界里解脱出来，（哪怕只是暂时地）带进“真实世界”之前，她几乎无事可做，就像《皆大欢喜》开场处的罗瑟琳和西莉娅一样，或是《恋爱中的女人》第一章里的布朗温姐妹一样，所以她会跟尼莉莎谈论爱情和婚姻，抱怨自己必须按已故父亲的命令来选择丈夫，却仍然坚决地遵

1 例如，阿瑟·奎勒–库奇爵士（Sir Arthur Quiller-Couch）就称巴萨尼奥为“一个猎食他人的绅士”（NS，xxv）。

2 参见 Danson，110-111。

从这个命令。这样她就与后来的杰西卡形成了鲜明对照：杰西卡也是个独生女儿，但她背弃了自己与父亲和犹太宗教的纽带，跟罗伦佐私奔了，还从夏洛克的金库里盗走了金币和珠宝，这无异于双重的背叛。

在第二幕开始后的不久，朗斯洛·高波的戏份也多是围绕着家庭关系展开，尽管他上场时先来了一段泛喜剧性的独白，关于想背弃与其主人夏洛克的契约，转投更好的东家。他的两难处境考验的是他是否“老实”，而这个词又引向了一个关于他父亲在婚姻里是否不忠的粗俗笑话。当他父亲出现的时候，他又重复了这个笑话（“只有聪明的父亲才会认得他自己的儿子”，第二幕第二场）。通过坚持称自己为“少爷”，朗斯洛不仅迷惑和捉弄了自己的父亲，也讽刺了努力提升社会阶层的行为，这或许呼应了巴萨尼奥想成为贝尔蒙特岛主的野心——也有可能隐含了莎士比亚对自己此时正在谋求进入更高社会阶层一事的自嘲。[1]

朗斯洛所做的，还不限于喜剧性地歪曲了自己的父子关系，以及为自己背弃主人夏洛克、转投巴萨尼奥门下的决定做辩护。他频繁出现近音词误用及其他浮夸的用词，都以搞笑的方式扭曲了（如果说不算是打破的话）日常语言的边界。[2]在父子俩与巴萨尼奥寒暄的时候，朗斯洛证明了自己无论在语言风格上还是在其他的方面，都是老高波

1 参见 S. Schoenbaum，*William Shakespeare*：*A Compact Documentary Life*（Oxford，1987），227-230，关于莎士比亚在 1596 年为其家族购得一个家徽之事，本剧恰于同一时期问世。
2 关于本剧对语言的创造性使用，无论是朗斯洛的还是其他人的，参见 Danson，96-104。

的亲生儿子。

高波 大爷，正像人家说的，他一心一意地想要伺候——

朗斯洛 总而言之一句话，我本来是伺候那个犹太人的，可是我很想要——我的父亲可以给我证明——

高波 不瞒大爷说，他的主人跟他有点儿意见不合——

朗斯洛 干脆一句话，实实在在说，这犹太人欺侮了我，他叫我——我的父亲是个老头子，我希望他可以替我向您献上言——

（第二幕第二场）

后来，朗斯洛在与杰西卡的对话中也充分表现了他高超的语言技巧，他向她坦白自己“心里所担忧的事情”是她会因做了犹太人的女儿而下地狱（第二幕第五场）。他试图安慰她，结果却令她所承受的不幸加了倍（在他看来）。一开始，他表示至少还可以存有希望，也许她并非夏洛克的亲生女儿——两人都同意这是一种“不妙”的希望（bastard hope）。接下来他又否定了她可以靠自己的基督徒丈夫罗伦佐获得救赎的想法，因为如果他把她变成了基督徒，就会造成猪肉供应缺乏，价格上升。罗伦佐进来后，朗斯洛就改变了策略，换了另一种形式的歪理邪说和文字游戏，把罗伦佐逼到几乎忍无可忍的情况下：“可真真是每个傻子都尖牙利齿的！”（第三幕第五场）在这个场景里，对文字的玩弄是喜剧性的，但它预示了此后第四幕法庭上的语言技巧展示，后者最终引向的是另一桩改宗事件——夏洛克改宗。[1]

鲍西娅的求婚者们也使用不同形式的浮夸言辞，他们的人物特点由此得以展示，尤其是摩洛哥亲王。第二幕以他自我意识过剩的长篇大论开场，为他的肤色做夸张的辩护："我是骄阳的邻人和近亲，我这一身暗影的制服，便是它的威焰的赐予"（第二幕第一场）。接着他夸耀自己的血色，以及自己在战场上和情场上的斩获，但他弄错了古希腊传说的典故，将赫拉克勒斯掷骰子打赌的故事与另一个截然不同的故事——涅索斯的浸毒上衣搞混了。相似地，他吹嘘自己武力时也篡改了历史。此外，他还不够聪明，错过了鲍西娅的提示（也许她并非有意为之，如果是的话，可能这是她测试自己的求婚者是否机敏的方式），即明确表示自己不甚看重外表吸引力（第二幕第一场）。到了挑选匣子的时候，他拒绝了铅匣子，并如此解释自己的偏好："一颗贵重的心绝不会屈躬俯就鄙贱的外表"（第二幕第七场）。银匣子看上去很吸引人，特别是它还鼓励基于自我价值感来做出选择，而摩洛哥亲王是自视甚高的。他最终还是受了金匣子的诱惑，因为它承诺"谁选择了我，将要得到众人所希求的东西"（第二幕第七场），看到这句话，那位亲王就开始极尽夸张铺排地赞美起"这位小姐"来，也是在间接地夸耀自己"解出"了匣子游戏的谜底。他得到的回报呢，是一个死人的骷髅，还有一个纸卷，上面有这样的话：

1 Leggatt，140。

你要是又大胆又聪明，

手脚年轻壮健，见识却老成，

就不会得到这样回音。

（第二幕第七场）

这段话不仅预示了巴萨尼奥之后的正确选择，也提前呼应了鲍西娅在庭审一幕中的行动，她就像个“但尼尔来做法官了”（参见第四幕第一场）。

阿拉贡亲王的言辞则是另外一种浮夸。他拒绝了金匣子，因为他“不愿随波逐流，与庸俗的群众为伍”（第二幕第九场），不愿选择“众人所希求的东西”。他认为自己要“取我所应得的东西”（第二幕第九场）。在做了一段冗长而自以为是的斟酌后，选择了银匣子。他的迂腐、造作换来的是一幅小丑的画像，附言写道：

有些傻瓜，用银镀亮，

这箱子也是一样，

空有一个镀银的外表；

随你娶一个怎样的妻房，

摆脱不了这傻瓜的皮囊；

去吧，先生，莫再耽搁时光！

（第二幕第九场）

随即他愤愤而去，鲍西娅评论说，“这些傻瓜自恃着聪明”，在选择的时候“免不了被聪明误了前程”（第二幕第九场），换句话说，他们栽在了自作聪明上。

卷轴上的话似乎与前文有些矛盾——它暗示阿拉贡亲王并不受“终身不得再向任何女子求婚”（第二幕第九场）的诺言束缚，对此评家们给出了各种解释，但它只是本剧中众多前后矛盾和不一致中之一。这与语言本身的含混多义不同，后者既可以束缚人，同时又让人得以脱身，麦克白明白这一点，第四幕中的夏洛克也将明白这一点，并为之付出代价。选匣子情节与割肉契约情节的另一个关联，就是鲍西娅的求婚者在做出选择前的立誓时，他们展现出志在必得的自信。他们的傲慢（hubris）与安东尼奥欣然同意与夏洛克立下“游戏的契约”、签订那恶魔般的抵押条款时的过度自信是一回事，尽管后者所能面临的最坏后果要可怕得多。无论摩洛哥亲王和阿拉贡亲王的遭遇在多大程度上是自讨苦吃，他们的结局依然是悲惨的，但他们所表现出的喜剧性荒唐言行预先阻止或至少大大减弱了人们对其产生的同情，而且他们离场之后就再没有任何消息了。

巴萨尼奥的自信则自始至终都是性质与之截然不同的一种，它来自鲍西娅对他表现出的明显偏爱，以及他可能对自己怀有的信心（参见第一幕第一场，第三幕第二场）。他有幸怀有正确的直觉和优秀的学习能力，当轮到他做选择的时候，便一击命中。有些怀疑主义的评论者认为鲍西娅暗中助了他一臂之力，在他思考的时候命人唱歌，而歌词的前三句都与“铅”（lead）押尾韵，其他求婚者可没有这种殊荣。另外，歌词内容本身也在警告人不要为视觉上的吸引力所惑。无论巴萨尼奥多么深地沉浸于思索之中，他都不可能完全听不见。而且他开口说的第一句话“外观往往和事物的本身完全不符”（第三幕第二场），似乎也是直接从歌中所唱的主题生发出来的。不过，劳伦斯·丹森基于多个理由，其中包括本剧作为爱情喜剧（而非闹剧，或是“伪装得很好的讽刺剧”）的体裁属性，论证这首歌不应被看作鲍西娅的“提点”。[1]另外，鲍西娅也事先否认过这一点，称自己“可以教您怎样选才不会有错；可是这样我就要违犯了誓言，那是断断不可的”（第三幕第二场）。这可以被视作该剧本身否定这一假说的证据。最后，尽管这一场戏中有多处含混和明显的自相矛盾之处，但鲍西娅的断言——“您要是真的爱我，您会把我找出来的”（第三幕第二场）——也必然是有相当分量的。[2]这再一次体现了该剧的童话故事属性，公主必须等到一个像阿尔喀德斯那样英俊而高贵的年轻人来拯救，他凭直觉选中了最不起眼的匣子，恰恰是因为他知道，或是已经学到了，“世人却容易为表面的装饰所欺骗”（第三幕第二场）。

同摩洛哥亲王和阿拉贡亲王一样，巴萨尼奥在做出选择前也说了很长的一番话（第三幕第二场），但与前两者的长篇大论不同，他既非像摩洛哥亲王那样言辞浮夸，也不像阿拉贡亲王那样满口抽象名词。他的发言使用了具体而细致的意象，而且也更机智和富有洞

1 Danson，118。关于巴萨尼奥在庭审一幕中表面表现出来的迟钝。
2 参见尼莉莎的类似言论，“能够选中的人，一定是值得您倾心相爱的”（第一幕第二场）。

见。[1]其中的关键在于他对反讽和隐喻的使用。比方说，与阿拉贡亲王针对“世间的爵禄官职”而发的那一大套名言警句或是他关于“高贵的种子”的高谈阔论（第二幕第九场）相对比，巴萨尼奥说的是“多少肝像牛奶一样惨白的懦夫，他们的颊上却长着赫拉克勒斯和马尔斯天神一样威武的须髯”（第二幕第九场）。与摩洛哥亲王混乱杂糅的表达如“来亲吻这座圣所，这位尘世的活生生的仙真”（第二幕第七场）相对比，巴萨尼奥评述了一个吊诡的现象，即“再看那些世间所谓美貌吧，那是完全靠着脂粉装点出来的，愈是轻浮的女人所涂的脂粉也愈重”（第三幕第二场）。最后，通过斥责黄金为“弥达斯王的坚硬的食物”，他的确牺牲了也押上了自己所拥有的一切（以及更多，因为他的筹码还包括安东尼奥的财产）——这正是铅匣子上的铭文所要求的。最终他收获了幸福，以及将他与妻子束缚在一起的、婚姻的纽带。

这纽带究竟有多坚牢，则有待戒指的考验了。巴萨尼奥与这场赌局中的另一个赢家葛莱西安诺，两人的新娘都赠予他们一只戒指，并要求他们许诺永远佩戴，绝不摘下。然而，他们婚礼的欢庆刚开了个头，就传来安东尼奥违约的噩耗。像《爱的徒劳》中的马凯特一样，萨莱里奥带着安东尼奥的一封信出现。在信中，他告知了自己身陷险境。与萨莱里奥一起来的还有另一对夫妇——罗伦佐和杰西卡，

1 参见罗密欧痴迷罗瑟琳时的长吁短叹（第一幕第一场），其与后文中他对朱丽叶所说、关于朱丽叶所说的话（第一幕第五场，第二幕第二场）的强烈对照；参见高纳里尔和里根竞相表达爱意时的用词（《李尔王》第一场），与考狄利娅的话（第一场）的对照。

这两人的出场便让我们回想起了第三幕第一场中那位暴怒的父亲兼债主的情态。[1] 巴萨尼奥是像他在贾内托和菲奥伦蒂诺的故事中的对应人物那样，将安东尼奥的契约忘在了脑后（参见上文对原始素材的讨论），抑或是他过于轻易地相信了安东尼奥让他放宽心的话（他的商船一定会在还款日期之前抵港，第一幕第一场），我们无从判断。莎士比亚模糊处理了戏剧的时间框架，让巴萨尼奥直到此刻仍对他走后的威尼斯发生的事情还一无所知，尽管观众全程目睹了一切。于是，当消息传到贝尔蒙特的时候，那里的人都感到震惊。鲍西娅展示出了她真正高贵的品格，她心中毫无嫌隙地完全承认了巴萨尼奥对其友人的忠诚债务，并慷慨地提出愿付数倍于欠款的金额以解除契约（第三幕第二场）。此后，在与罗伦佐交谈时，她这样评述自己的动机：

> 我做了好事从来不后悔，现在也当然不会。因为凡是常在一块儿谈心游戏的朋友，彼此之间都有一重相互的友爱，他们在容貌上、风度上、习性上，也必定相去不远，所以在我想来，这位安东尼奥既然与我的丈夫是衷心相爱的挚友，他的为人一定很像我的丈夫。要是我的猜想果然不错，那么我把一个跟我的灵魂相仿的人从残暴的迫害下救赎出来，花了这点点儿代价，算得什么！
>
> （第三幕第四场）

1 参见 Leggatt，135-136。

鲍西娅与巴萨尼奥既已结成夫妻，两人便合为一体（这也解释了她为什么坚持要在巴萨尼奥回到威尼斯之前先举办婚礼）。既然安东尼奥与巴萨尼奥亲厚，想必两人一定很相似，那么鲍西娅便会毫不犹豫地为这位跟她“灵魂相仿”的人赎身：安东尼奥是巴萨尼奥的镜像，因而也是自己的镜像。事实上，她不由自主地感到自己有义务这样做，她的情感促使她去做更多，不仅限于提供钱财。巴萨尼奥选对了匣子，将她从贝尔蒙特的“魔咒”中解放了出来，现在她可以开展积极的干涉行动了。要想这样做，首先她必须进一步地解放自己和尼莉莎，以免受她们女性外表的束缚，这样在第四幕中，戏剧行动转回到威尼斯之后，她们才能有力地扮演所充任的角色。

关于本剧，一个老生常谈的论断是，尽管夏洛克只在五场戏中露过面，但他却主导了戏剧行动。这种效果无疑在很大程度上是由他扮演的一个主要角色的法庭一场造成的，但戏剧的整体结构同样凸显出他的重要性。“选匣子”情节，包括巴萨尼奥的选择，构成了另一种“审判”，它们共同引向第四幕第一场尽管不是结局，却将全剧推至高潮的最终审判。剧中的另一场考验（有关戒指的）将其带向了喜剧的收梢，并进一步深化了那种能令人与人关系恒久而充满爱意的情感联结——这种联结的性质也是由剧中夏洛克的角色所帮助定义的。

在夏洛克第一次出场前，关于这个角色是个什么样的人并没有太多的事先铺垫。尽管安东尼奥委托巴萨尼奥去以他的名义筹措钱财，但这里唯一的危险似乎只暗含于他使用的隐喻里：“我们还是去试一试我的信用，看它在威尼斯城里有些什么效力吧。我一定凭着我这一点面子，尽力供你到贝尔蒙特去见那位美貌的鲍西娅”（第一幕第一场）。到了第四幕时，几乎每个主要角色都以这样或那样的方式，因这件事而“受折磨”，但第一幕第三场刚开始的时候，看上去夏洛克还只是个谨慎的放债人，仔细地评估着巴萨尼奥所要求的这笔借款。[1]如果说，夏洛克很享受在自己思忖的时候让巴萨尼奥一直悬着心的感觉，那么这笔借款的更邪恶一面，一直要到夏洛克第四次重复契约条款的时候才浮现出来：“三千块钱，借三个月，安东尼奥签立借据。”（第一幕第三场）他的强调落在最后一个词上（原文：bound）[2]，下面的讨论就转向了安东尼奥的“身家”是否丰厚。谈到安东尼奥是如何在国外“挥霍”自己的投资本钱时，尽管夏洛克试图保持一种轻松、随意的语气，但还是不小心流露出了他暗中怀着的希望。之后，他仍然一边吊着巴萨尼奥的胃口，一边缓缓抛出正面的回复：

夏洛克 三千达克特，我想我可以接受他的契约。

巴萨尼奥 你尽管放心吧。

夏洛克 我一定要得到充分的保证才敢把债放出去，所以还是让我再考虑考虑吧。我可不可以跟安东尼奥谈谈？

（第一幕第三场）

1 当然，夏洛克的扮相肯定会在观众心中产生一定的影响，让他们预先知道该以什么态度看待他，因为他可能会头戴蓬乱的红色假发，脸上还有一个夸张的假鼻子以及其他许多专属于喜剧反派的妆饰，或者会穿戴满身华贵的衣饰，暗示他是个成功的生意人。参见“《威尼斯商人》的演出史”部分。

2 Danson，140，提示我们同时注意这个词的比喻含义和它“令人惊骇的字面意思”。

因为巴萨尼奥是个十足的绅士，所以这句话一出，他就觉得自己必须邀请夏洛克一起吃饭了。这便引出了夏洛克那两段关键性旁白[1]中的第一段。在这两段旁白中，他揭露出自己对基督徒整体以及特别是对安东尼奥个人怀有的深仇大恨。这句话也引出了安东尼奥的出场。而在第二段更长一些的旁白中，夏洛克表达了自己的态度，以及这种态度背后的成因。

> 他的样子多么像一个摇尾乞怜的税吏！我恨他因为他是个基督徒，可是尤其因为他是个傻子，借钱给人不取利钱，把咱们在威尼斯城里放债的这一行的利息都压低了。要是我有一天抓住他的把柄，一定要痛痛快快地向他报复我的深仇宿怨。他憎恶我们神圣的民族，甚至在商人会集的地方当众辱骂我，辱骂我的交易，辱骂我辛辛苦苦赚下来的钱，说那些都是盘剥得来的腌臜钱。要是我饶过了他，让我们的民族永远没有翻身的日子！
>
> （第一幕第三场）

对于想把夏洛克塑造得令人同情的演员和导演们来说，这段台词很难处理，因此他们经常会干脆地把它删去[2]，尽管没人会质疑这段话的文本真实性。莎士比亚的本意无疑是想让夏洛克讲这段旁白的，但

1 其中第一幕第三场的“是的，叫我去闻猪肉的味道……脏东西的身体！”并非在所有版本中都被标示为旁白，但我在正文注释中论证了它作为旁白的合理性。

2 例如，乔纳森·米勒在英国国家剧院制作的版本中将这段台词删掉了。该版本的夏洛克由劳伦斯·奥利维尔扮演。

保留它意味着赋予夏洛克一些虽可理解却令人反感的动机。不只如此，“我恨他因为他是个基督徒”这一句中直白的宗教仇恨是无可回避的。但有两点需要注意：首先，宗教并不是夏洛克仇恨安东尼奥的主要原因；其次，剧中没有任何一个基督徒做出可与之类比的陈述。[1]关于安东尼奥“憎恨我们神圣的民族”，以及后文中提到的安东尼奥因为夏洛克是个犹太人而鄙夷他（第三幕第一场），我们都只有夏洛克的一面之词为证，但在这两处，安东尼奥对他放债人身份的鄙夷似乎都证实了他的声言。于是，第三幕第一场中对反犹太主义的指控，就成了某种不当推论，或是一个用来转移注意力的假线索。与前文中的这段旁白一致，安东尼奥对放高利贷行为的反感，要比他据称的反犹太主义分量更重。

但这并不是说，对放高利贷者的敌意与反犹太主义是可以轻易切割的；其实，历史上两者常常是一回事。尽管并非所有的放高利贷者都是犹太人，但戏剧或虚构故事中所有的犹太人都是放高利贷者。在欧洲大部分地区，针对犹太人进入多数行业都有禁令，可供他们从事的其他职业很少。[2]对犹太人和放高利贷者的双重敌对，可能部分来自《圣经》，具体在《申命记》23:20，其中规定“借给外邦人可以取利，但是借给你弟兄不可取利”[3]。作为异族人，无论在威尼斯还是其他地

1 尽管我们可以推测出剧中的基督徒确实对犹太人满怀恶感，从安东尼奥“一个指着神圣的名字作证的恶人”（第一幕第三场）的评论，或第三幕第一场中索拉尼奥和萨拉里诺对待夏洛克和杜拔尔的态度中都能看出，基督徒平时是以反感、厌恶、避之犹恐不及，而非仇恨的态度对待犹太人的，直到庭审一场中双方的敌对达到了最高点，葛莱西安诺才表达出强烈的恨意。

2 参见前文“莎士比亚与犹太主义”部分。

3 约翰 · S. 库利奇（John S. Coolidge）在“Law and Love in *The Merchant of Venice*”，*SQ* 27（1976），243 引用了这句话，并详细深入地探究了本剧中该问题的神学面向。

方，犹太人都可以不受限制地借钱给其同宗弟兄之外的人，并收取利息，这种做法无疑进一步强化了人们本来就出于其他原因而对他们怀有的敌意。

威尼斯内部的基督教徒与犹太人的分裂，成了第一幕第三场的主导议题，并贯穿了全剧前四幕始终。夏洛克与安东尼奥的寒暄虽来得很迟，却显得热情、友善，在这里他貌似在采取一系列步骤试图修复双方的关系。接下来，他讲了一个关于雅各和拉班的长故事，其作用不仅是强调了夏洛克的犹太人身份，以及他与《旧约》诸族长之间的关联，也是在为他借钱收利息的行为辩护。这个辩护未能成功，夏洛克便直接挑战安东尼奥，一五一十地历数这位大商人过去是如何对待自己的——辱骂他，把唾沫吐在他的“犹太长袍”上，像踢一条野狗一样踢他（第一幕第三场）。安东尼奥非但没有否认自己有过这些行为，还威胁夏洛克说自己巴不得再次这样做，并催促对方借给自己钱，如果愿意的话，不要把它当作借给朋友，而是当作借给敌人。无论在第四幕第一场中，和夏洛克在法庭上的攻守之势骤然转换时他显示出了何种宽宏，在这里可一点都看不出来，最后还是夏洛克主动示好，缓解了紧张气氛。他胜利了，说自己愿意不计前嫌，提供所需的钱款，并“不要您一个子儿的利息”（第一幕第三场）。他声称自己更想做个朋友，得到安东尼奥的爱，作为更进一步的证明，他出于“开个玩笑”的动机，只要求一磅肉作为双方共同签订契约的抵押品。

尽管安东尼奥起初怀有疑心，而且巴萨尼奥听到条件后犹豫退缩

（第一幕第三场），但安东尼奥还是同意了签订契约。他认可了夏洛克的“好心肠”（kindness），称其为“善良的犹太人”（gentle Jew）——这里“善良”（gentle）一词与“外邦人”（gentile）音近，很可能是玩了个双关语——并下结论说：“这犹太人快要变作基督徒了，他的心肠变好多啦”（第一幕第三场）。到了最后，这犹太人的确要变作基督徒了，却是被迫的，而非出于“好心肠”。不过，无论是在那场戏中还是在这里，“kindness”——既意味着消除差异（he is our kind，即“他与我们是一种人”），也意味着友爱和善意——都是加强联系、将分裂的威尼斯重新团结在一起的手段。问题是，协议所约束的双方究竟有多么真心实意地想要达至团结呢？当夏洛克埋怨巴萨尼奥怀疑自己，并对这一磅肉的价值不屑一顾时，他轻松快活的语气让安东尼奥放下了戒心，反而是在其他场合和情境中都显得天真的巴萨尼奥对此感到不安：“我不喜欢口蜜腹剑的人”（第一幕第三场）。夏洛克可能的确是个“满面都是笑的奸贼”（哈姆雷特痛斥的那种），后来当他被激怒，便脱下了笑容，露出奸贼的本相。但安东尼奥愿意对他提出的条件照单全收，到了最后第四幕中两人强弱之势逆转之时，他仍坚持贯彻此处“kindness”一词的全部意涵。与此同时，夏洛克的态度则至少可以被视为是模棱两可的。[1]

1 Danson 将此处的夏洛克与理查三世做了对比（第 151—157 页），并且 Lewalski，331 及其他一些人考虑到他第一眼看见安东尼奥，心里就起了报复的念头，并且杰西卡之后在第三幕第二场也确证了他这一态度，都将夏洛克试图弥合安东尼奥与他自己之间嫌隙的意图视作“仅仅是伪装而已”，一种“对宽恕的嘲弄”。然而，通过援引对话中的其他部分展开论证，理查德·A. 莱文（Richard A. Levin）注意到夏洛克的动机可能是矛盾且复杂的，这张契约可能是一个“恶毒而狡诈的提议”，但它也可能是他真的想要借此获得安东尼奥更善意的对待。参见 *Love and Society in Shakespeare's Comedy*（Newark，Del. 1985），42。当然，它完全有可能是两者皆是。

这场戏落幕后，直到第二幕第五场，我们才能再次见到夏洛克本人。但在这之前的两场戏中，他仍然间接在场：第二幕第二场朗斯洛·高波决定离开其主人而自言自语，以及第二幕第三场中杰西卡向他道别，并谋划着与罗伦佐私奔。杰西卡在这个简短场景中的一些台词包含了对夏洛克的强烈指责，但其中并没有体现他奸恶的证据，他作为恶棍的一面仍没有得到证明。“我们这个家是一座地狱”（第二幕第三场）可能只是在说夏洛克治家严苛而悭吝，只有朗斯洛的俏皮话才能为她“多少解除了几分闷气”。杰西卡羞于做她父亲的孩子，拒斥夏洛克及其“行为”，是一个更严重的指控，但这仍然无法证明他是个奸恶之徒。

在第五场中我们才见到这个家中各成员之间的实际互动，而这里的关键词又是严苛、克制和节俭。夏洛克解释自己为什么要去赴巴萨尼奥和安东尼奥的宴会（尽管一开始他表示过不想去，第一幕第三场）时，他的真实感情再次浮出水面，这让他在第一幕第三场中表现出来的“好心肠”显得虚假，或只是某种诱骗人上当的伪装。

> 杰西卡，人家请我去吃晚饭。这儿是我的钥匙，你好生收管着。可是我去干吗呢？人家又不是真心邀请我，他们不过拍拍我的马屁而已。可是我因为恨他们，倒要去这一趟，受用受用这个浪子基督徒的酒食。
>
> （第二幕第五场）

夏洛克对基督徒社群怀有的憎恨仍然存在。他始终对基督徒邀请他赴宴背后的动机满腹狐疑，而且戏剧并未包含宴会本身，只呈现了宴会之后发生的事情，此时夏洛克怀疑邀请他赴宴是整个私奔密谋的一部分。夏洛克出门前就心下不安，有些不情愿，不确定自己能否很快回来，并严令其女儿锁好门户，不让窗外假面游行者的音乐声和欢笑声钻进屋子（第二幕第五场）。“缚得牢，跑不了”，他嘀咕着——这句谚语概括了他的态度，不久后他将发现，这种态度是他女儿杰西卡完全拒斥的。她的出逃及此事前后发生的一切，在夏洛克对基督徒的恨意上添了一把火，彻底摧毁了他的“好心肠”，让他一心一意只渴望复仇。

私奔发生在接下来的一场中。葛莱西安诺和萨拉里诺以化装游行者的装束出现，协助姗姗来迟的罗伦佐。他们尽责地等待好友到来时，谈论了恋人的时间感（也是在给杰西卡时间换上她的侍童服装）。葛莱西安诺在谈论该主题时讲了些颇为不祥的话：“世间的任何事物，追求时候的兴致总要比享用时候的兴致浓烈。”（第二幕第六场），这似乎暗中预示了杰西卡的命运，她最后可能会后悔自己背叛家门的决定，并处于困惑和懊悔的境地之中，正如 1970 年英国国家剧院排演的版本阐释的那样。葛莱西安诺这番高谈阔论是以一艘船的比喻作结的。这条船扬帆出港的时候豪华富丽、炫人眼目，然而回来的时候却像个“落魄的浪子”，“船身已遭风日的侵蚀，船帆也变成了百结的破衲”，“给那轻狂的风儿肆意欺凌”（第二幕第六场），他选用的意象让人想起萨拉里诺在第一幕第一场中的话，将安东尼奥的忧愁解释为他担忧自己的大商船“在海洋上颠簸着”；于是它也让人想起更切近的、安东尼奥的借约，他要想还上债务，就需要这些大商船中至少有一艘能够安全抵港。无论是萨拉里诺在第一场戏中的那段话，还是葛莱西安诺此处的发言，都生动具象地描绘了远洋贸易所面临的、真实存在的危险，并为第三幕第一场中传来的坏消息做了铺垫。然而，作为私奔情节的序幕，葛莱西安诺这段话指向的主要是这对恋人此举所牵涉的危险以及他们肆意挥霍的行为，这点我们在第三幕第一场也会再次看到。

杰西卡紧张兮兮的俏皮话谈到了她自己扮成男孩子的事情，以及恋人们会做的其他一些“傻事”（第二幕第六场）。但她的行为吐露了更多。她从窗台上抛给罗伦佐一匣子的钱财和珠宝后，随即去关好门窗，然后又“再收拾些银钱带在身边”。她的身影从窗台消失后，葛莱西安诺评论道：“凭着我的头巾发誓，她真是外邦人，不是个犹太人。”（第二幕第六场），这句话概括了她与父亲和宗教的双重决裂。罗伦佐赞叹杰西卡“又聪明，又美丽，又忠诚”（第二幕第六场），但这个形容掩盖了一个矛盾：对罗伦佐忠诚，就意味着她必然要对夏洛克和她的宗教信仰不忠。她的私奔是一记重击，“狠狠命中了夏洛克所珍视的所有东西”，因此构成了“他人物发展中的关键转折点”[1]，并直接引向了第三幕第一场中的那个高潮时刻，夏洛克决计要通过索要安东尼奥的抵押物来向基督徒社群实施复仇。

第二幕第八场则是为这一刻所做的铺垫。萨拉里诺和索拉尼奥

1 参见 Midgley，“*Merchant of Venice*”，124。

说起巴萨尼奥已经开船前往贝尔蒙特时，他们谈到了夏洛克和公爵想要搜查巴萨尼奥的船，因为怀疑上面藏匿了私奔的恋人。但他们来晚了一步，而且安东尼奥也确证了那对恋人并未登上此船。[1]这是本剧第一次把安东尼奥与夏洛克的个人损失关联在一起，也是夏洛克第一次被明确地称作“恶犹太人”（villian，第二幕第八场）。起初索拉尼奥嘲笑那老犹太人因失去了女儿和银钱而悲痛，但话锋一转，便开始为安东尼奥感到担忧：“安东尼奥应该留心那笔债款不要误了期，否则要在他身上报复的”（第二幕第八场）。于是前文中对这位商人的商船可能触礁失事的暗示此时变得更加切实；然而，当安东尼奥满含深情地挥别巴萨尼奥时，他仍然力劝对方无须为自己签下的契约担忧：“至于我在那犹太人那里签下的约，你不必放在心上，你只管高高兴兴……”（第二幕第八场）。然而，友人的离去却让安东尼奥无论如何都高兴不起来，相反，他的忧愁——索拉尼奥称之为“他怀里满抱着的愁闷”——变得越发沉重了，后面将要发生的事情还要更糟。

本剧前几幕中好事与坏事交替出现的模式——摩洛哥亲王与阿拉贡亲王求婚失败，杰西卡与罗伦佐却私奔成功；夏洛克失去了女儿和钱财，朗斯洛却得了个更称心的新主人——在第三幕中到达了顶点。在贝尔蒙特，巴萨尼奥刚刚选对了匣子而抱得美人归，随即就听闻安东尼奥商船确已沉没，且有性命之虞的消息。在此之前，还出现了另

1 尽管威尼斯的各宗教团体严重分裂，但基督徒社群和犹太人社群内部都是紧密团结的。因此夏洛克才怀疑巴萨尼奥参与了杰西卡私奔的密谋，在第三幕第一场中他又进了一步，先后认为索拉尼奥、萨拉里诺和安东尼奥都与此事有关。

一个高潮性质的场景，恐惧和快乐也交替出现，并以迫在眉睫的巨大危机作结。莎士比亚通过让他笔下的人物几乎同时体验欢愉和哀伤，从而在他的观众心中诱导出类似的情感，并以此加强了全剧的喜剧结局——其中所有或者说几乎所有的困难都相对圆满地得到了解决——所能激起的愉悦。

第三幕中快乐和恐惧的交错，以索拉尼奥和萨拉里诺的交谈开始，他们哀叹安东尼奥船只在古特温海峡的不幸沉没，并担心这还不是他最后一次的损失。这时情绪激动的夏洛克上了场，怨愤地指责他们共同参与了自己女儿私奔的阴谋。为了减轻自己对安东尼奥船只命运的忧虑，索拉尼奥和萨拉里诺嘲弄起夏洛克来，但后来萨拉里诺仍然不由得被焦虑攫住了心，竟会问夏洛克是否听说了安东尼奥的不幸。一开始，这句话只是加深了夏洛克的丧失之感，但一转念他就想到了这个情况正可以为自己所用。

> 说起他，又是我的一桩倒霉事情。这个破落户，这个败家精，他不敢在交易所里露一露脸。他平常到市场上来，穿着得多么齐整，现在可变成一个叫花子啦。让他留心他的借约吧；他老是骂我盘剥取利；让他留心他的借约吧；他是本着基督徒的精神，放债从来不取利息的；让他留心他的借约吧。
>
> （第三幕第一场）

夏洛克重复了三遍“让他留心他的借约吧”，引起了萨拉里诺的警觉。起初他试图一笑置之，假装什么事都没有，紧张地问道："那有什么用处呢?"夏洛克对此做出的回应，一开始是尖酸轻佻的——"拿来钓鱼也好"——随即变得更恶毒不祥："即使他的肉不中吃，至少也可以出出我这一口气"（第三幕第一场）。为了证明自己的报复行为情有可原，他展开了一大段长演说，申明自己作为一个犹太人，以及作为人类一员的身份——犹太人不比包含基督徒在内的任何其他人好，但也不比任何其他人差（第三幕第一场），另外，他还宣称是基督徒向犹太人复仇的先例让他明白了报复的本质。[1]因为他与其他所有人类因共同的官能、感情，以及皆有一死等属人的特质联结在一起，他感到自己也有所有人类共有的、想要对欺侮自己的敌人实施报复的强烈动机。他马上就会展示出"一片好心"（kindness）（第一幕第三场）。

脱离上下文这个复仇的框架，单独拿出来看的话，这段演说是为犹太人——以及推而广之，为所有少数群体——所做的一场精彩申辩，论证了他们也应被视为和其他人一样的人类；人们也经常出于这个目的而援引或表演它。它构成了剧中的一个情感高点，很容易就为"悲剧版"夏洛克形象赢得极大同情。然而，即使是在塑造得不那么正面的夏洛克形象口中，这段演说也能激起观众的同情心，尽管它诉诸的仅仅是所有人类属性中最低层次的基础共性，正如许多莎士比亚评论者会注意到的那样。通过赋予他笔下的恶棍犹太放债人"五官四肢、知觉、感情、血气"，莎士比亚将夏洛克等同于普遍的人性，但

1 在这里，莎士比亚细致地区分了基督教徒的行为和基督教的教义。

这是一个为复仇所败坏的人性。夏洛克所声言的东西，与更纯粹、更高贵的那部分人性特质一点都沾不上边。更有甚者，无论他在这里还是在其他地方，都没能认识到，无论是他自己的宗教还是基督教的教义，都不容忍或准许报复行为。恰恰相反，这两个宗教体系都坚定地反对报复，将其斥为人类灵性的败坏。[1]

第四幕中鲍西娅对慈悲的呼吁，是在设法帮助夏洛克战胜自己人性的堕落，实现自我救赎，然而这一种救赎的方式让他无法理解，因而无法遵行。失去女儿和钱财在他心中激起的矛盾情感、萨拉里诺和索拉尼奥的嘲讽，以及杜拔尔带来的消息——他先提到安东尼奥的厄运，然后又告知了杰西卡的行踪和她大手大脚挥霍钱财的做派，这些在观众心中引发了一种复杂又混合了嘲笑、厌恶和同情的情感反应。我们觉察了夏洛克所遭受的不公，所感受到的痛苦，例如，当杜拔尔向他描述杰西卡是怎样拿他的绿玉指环——那指环是夏洛克的妻子利亚在他们没结婚的时候送给他的——去“买一头猴子”时。然而，他听闻这个消息后的歇斯底里同样也是滑稽可笑的（第三幕第一场）。当夏洛克为安东尼奥的不幸叫好时，人们也会感到厌恶——“我要摆布摆布他。我要叫他知道些厉害。我很高兴”（第三幕第一场）。最后，像剧中的公爵（第四幕第一场）一样，我们无法相信他真的会坚

1 例如，参见《旧约 · 利未记》19:17-18;《旧约 · 诗篇》94;《新约 · 罗马书》12:19。在 16 世纪，无论是教会还是世俗权威，都激烈地反对以血还血式的复仇。与之相比较的是，约翰 · R. 库珀称夏洛克的语言让我们得以窥见他“纯然人性的心灵。我们能看到他的复仇动机是从与我们并无两样的人性中萌发出来的，当一个人受到了冤屈，他便想要报复”。然而，“夏洛克想在安东尼奥身上寻求报复的行为是无法得到辩护的”［“Shylock’s Humanity”，*SQ* 21（1970），120］。

持施加借约所规定的可怖惩罚。

在巴萨尼奥求爱成功之后的短短一场戏里，夏洛克对待安东尼奥的心硬了起来。他明确地拒绝了任何人向他“讲什么慈悲”（第三幕第三场），并嘲讽所有“基督徒的几句劝告”（第三幕第三场），由此预先演示了法庭一场中“正义”和“慈悲”的对立。安东尼奥恳求他听自己说句话，但夏洛克拒绝了；他只要照约处罚，并重复强调了多次。这是个奇特的场景——被狱卒押着的安东尼奥在央告夏洛克听自己的请求；而夏洛克斥责狱卒、止住安东尼奥的话，翻来覆去地念着“我一定要照约实行，不要听你讲什么鬼话”（第三幕第三场）。很显然，在这里夏洛克占了上风，而安东尼奥打起精神，恢复了镇定和尊严之后，打消了索拉尼奥对于公爵可能会下令制止执行该惩罚的希望。“公爵不能变更法律的规定”，他说道，因为如果惩罚可以随意被取消，就会“使人对威尼斯的法治精神产生重大的怀疑”（第三幕第三场）。但试图解释夏洛克的动机时，他只说到了两人在放贷方面的敌对，而对宗教分歧只字未提：

> 他要的是我的命，我也知道他的动机。常常有许多人因为不堪他的剥削向我诉苦，是我帮助他们脱离他的压迫，所以他才恨我。
>
> （第三幕第三场）

看上去，在他们之间，正义与慈悲原则之间的矛盾，在此之前也时常冒头，只是没有像现在这么尖锐地非要争个你死我活而已。

有些评论者会将第四幕第一场即庭审那场戏，阐释成对“正义与慈悲之争”“《旧约》律法与《新约》律法之争”的托寓。[1] 无疑这里的确存在一些寓言的面向。夏洛克亲口说了，他“代表”审判和法律（第四幕第一场）——代表狭义的“正义”。之前一幕中被誉为“天堂的幸福”之化身（第三幕第五场）的鲍西娅，在这一幕中则为“上帝的慈悲”代言（第四幕第一场）。然而，这场审判当然不仅仅是个中世纪寓言，正如莎士比亚的喜剧也绝不只是一出道德剧一样，尽管其中可能包含两者的元素。穿上律师长袍，作为鲍尔萨泽出现的鲍西娅，是个非常年轻的法律专家，“讲话简洁利落、公事公办”[2]；很大程度上夏洛克也是个受了欺侮的人，是个丝毫不肯通融，要求得到应得之抵押物的债主。两人都绝不仅仅是作为寓言人物，即抽象概念的化身而存在的。那让这个场景颠覆了平凡现实的（除了这的确都是戏剧表演），是冲突双方之间的关系张力和不同寻常的情境。那最开始作为一个“玩笑”（表面上的目的是弥合放债人与商人、犹太人与基督徒之间的嫌隙）而写下的条件，此刻变得严肃而致命。

然而，当索要他的抵押物时，夏洛克似乎丧失了其大部分的人性——这指的并非他定义的，而是其他人眼中的人性。那些人此前用来形容他的词语此刻都获得了新的意涵。他不仅仅是个“心如铁石的对手”，还是个“没有一丝慈悲心的不近人情的恶汉”（第四幕第一场）[3]。

1 例如，参见 Nevill Coghill，“The Basis of Shakespearian Comedy”，*Essays and Studies*，NS 3（1950），20-23；C. L. Barber，*Shakespeare's Festive Comedy*（Princeton，NJ，1959）；以及 Lewalski，331-335。

2 参见 Granville-Barker，88。

3 葛莱西安诺引用毕达哥拉斯的理论，提出夏洛克“前生一定是一头豺狼，因为吃了人给人捉住吊死，它那凶恶的灵魂就从绞架上逃了出来”，钻进了他的胎里（第四幕第一场）。

安东尼奥几乎像基督一般，以“忍耐”面对夏洛克的“狂怒”，并“只有用默忍迎受他的愤怒，安心等待着他的残暴的处置”（第四幕第一场）[1]。对慈悲的第一次呼吁，是出自公爵之口（第四幕第一场）。公爵的话暗示（尽管并未明确说出），如果夏洛克应允他的请求，这将弥合威尼斯内部的不和，特别是当他希望夏洛克显出“仁慈恻隐”，不光放弃契约上的处罚，甚至主动豁免一部分的欠款时。但夏洛克不为所动：他已经“指着我们的圣安息日起誓”，“一定要照约执行处罚”（第四幕第一场）。他全然没有意识到这句誓言已经构成了渎神之罪，又进一步威胁，如果他的要求被驳回，这将给整个威尼斯城造成何种不利后果。巴萨尼奥忍不住也开口说了话，但安东尼奥已经看出对方心意坚决，多说无益，并第一次提到夏洛克的宗教是他心肠狠毒的一个原因：世上没有什么东西比这颗“犹太人的心”更硬了（第四幕第一场）。抱着贪婪可能会战胜残忍的希望，巴萨尼奥提出将原借款双倍奉还，但仍然无济于事。这时公爵问道：“你这样一点儿没有慈悲之心，将来怎么能够希望人家对你慈悲呢？”（第四幕第一场）像个自以为义的法利赛人一样，夏洛克不惧审判。另外，他坚信法律是站在自己这边的。为了论证他的观点，同时揭露基督徒的虚伪，他将他们拥有和压迫奴隶一事，与自己宣称拥有安东尼奥一磅肉的行为相比较（第四幕第一场）。

公爵认识到自己所处的困境，并寄希望于裴拉里奥博士能解决

1 关于安东尼奥就像“一位被动的、顺从的基督，献出自己的身体和血任人处置”的论述，参见 Holland，*Psychoanalysis and Shakespeare*，331。

这个问题。然而来的却不是那位饱学的博士，而是年轻的鲍尔萨泽。同时，巴萨尼奥主动提出要与安东尼奥交换位置，但后者已经接受了自我献祭的命运，将自己视作“羊群里一头不中用的病羊，死是我的应分”（第四幕第一场）。[1] 巴萨尼奥的提议其实已经指向了难题的最终解决，而此时正使劲磨着刀的夏洛克只是一门心思地想要安东尼奥死，因此与巴萨尼奥本人和其他所有人一样，他也错过了这句话里的关键[2]：

> 振作点，安东尼奥！喂，老兄，不要灰心！这犹太人可以把我的肉、我的血、我的骨头、我的一切都拿去，可是我决不让你为了我的缘故流一滴血。
>
> （第四幕第一场）

接下来，在一段小插曲（葛莱西安诺与夏洛克之间一番格外尖锐的言语交锋）过后，焦点就来到了裴拉里奥的使者与庭审上，尽管从

1 从这里开始，该场景就同时与“献祭以撒”的故事形成了类比关系。《旧约》的故事中，以撒在最后一刻被免于一死，以一只羊代替（《旧约 · 创世记》22）。在此种类比中，对应关系很少是毫厘不差的，只是两个故事的一般形态和走向相似即可，而且两组类比关系可以同时存在。例如，作为计划中要被牺牲的祭品的安东尼奥与以撒相对应，尽管他也将自己形容成“羊”，即最终代替以撒的动物。关于安东尼奥作为“替罪羊”或“献祭品”这一角色，代他所在的社群牺牲以赎罪的联想，与《旧约 · 利未记》16:5-16 相比较，关于安东尼奥作为精神分析术语中“父亲的仇恨对象”的联想，参见 Holland，*Psychoanalysis and Shakespeare*，235-237。

2 这种人们貌似迟钝的现象，其一个解释可能是所有人都默认接受下面这条法律原则，即用 19 世纪德意志法学家约瑟夫 · 科勒（Josef Kohler）的表述就是“若做某事的权利被准许，则为做成某事所碰巧必须做的任何其他行为的权利也自然相应地被准许”。另外，鲍西娅追加的第二个论点是有缺陷的，因为债权人当然可以被允许索取比他依照合约所应得的更少的东西。但这些考虑都不能压倒她那个更加重要且涉及对法律权利的滥用的论点：“试图通过对合法权利的不正当使用而谋害他人的生命，应被视为蓄意谋杀。”参见 O. Hood Philips，*Shakespeare and the Lawyers*（1972），95，以及 Merchant，24。

严格意义上说，这不是一场审判，而只是聆讯。[1]也是在这里，正义和慈悲之间的冲突达到了顶点。

鲍西娅一开始就认可了夏洛克的要求在威尼斯法律下是成立的，并得到了安东尼奥的确认，然后她总结道："那么犹太人必须慈悲一点儿"（第四幕第一场）。当夏洛克反问她，凭什么强制他这样做时，她开始宣讲慈悲的本质，和它对施者和受者两方面的益处："它不但给幸福于受施的人，也同样给幸福于施与的人"（第四幕第一场）。接下来，她开始进一步阐释公爵之前提到的主题：

> 所以，犹太人，虽然你所要求的是公道，可是请你想一想，要是真的按照公道执行起赏罚来，谁也没有死后得救的希望；我们既然祈祷着上帝的慈悲，就应该自己做一些慈悲的事。
>
> （第四幕第一场）

但夏洛克丝毫不在乎"做慈悲的事"。他叫道，用词让人想到那些要求处决耶稣者："我一人做事一人承当！我只要求法律允许我照约执行处罚。"（第四幕第一场）僵局仍然没有被打破。

巴萨尼奥又反复提了几次愿加倍偿还贷款以换取契约作废，都

1 人们针对这场审判的性质和如何进行有过许多不同观点，例如参见 Phillips，*Shakespeare and the Lawyers*，91-118，并比较 Tucker，"The Letter of the Law"，93-101。被讨论的话题包括，这纸契约是不是一开始就不合法，鲍西娅作为利益相关方的角色，以及普通法和衡平法之间的区别。律师们就这场戏展开了连篇累牍的热烈讨论，但法律上的技术细节对莎士比亚呈现给我们的这部戏剧来说，大体上是不相关的，只要对他的戏剧目的而言，这场戏显得足够可信就可以了。

无济于事。鲍西娅几次劝说夏洛克慈悲，同样毫无效果（第四幕第一场）。但因为她也明确肯定了法律保障正义——并且该契约的条款的有效性看上去无懈可击——她所做的，不仅是赢得了夏洛克的满口称赞（“一个但尼尔来做法官了！真的是但尼尔再世！”第四幕第一场）。她还建立了这样一个语境，使慈悲得以在法律的履行中充分展现其最完整的意涵，并非法律的对立面。[1] 或者用不这么带神学色彩的话说，就是她展示了为什么慈悲只有在正义的语境之下才有意义。一开始我们没有意识到正义的全部要求，于是过于轻易地倒向了“宽恕”。为了避免这种感情用事的色彩，首先莎士比亚澄清了正义由什么构成，然后才转向慈悲的实践，之后他在《一报还一报》中也是这样做的。[2] 与此同时，他给了夏洛克足够的机会来自己认识到这一点。E. M. W. 蒂利亚德（E. M. W. Tillyard）认为，夏洛克是“性灵之愚蠢”的受害者[3]，他既不能看到施行慈悲在道德上的好处，也不能察觉到内在于“复仇”的道德危险。鲍西娅在他正自以为得偿所愿时，突然阻止了他，他便害人不成反害了自己，这与他之前一口咬定的“正义”原则相称，或者用丹森的话来说，他“极端的对字面含义的执着”（第 96 页）。

鲍西娅几次恳请夏洛克慈悲从事，都被他拒绝了[4]，这让他只能停

1 试比较 Danson，65。通过引用奥古斯丁的评论，他称“那基督所加于法律之上的东西，本质上是宽恕。因此，慈悲成了法律的组成部分，而非与之对立的原则。事实上，慈悲或宽恕，成了能让其他一切法律原则成为可能的那条法律原则”。

2 比较 Frank Kermode，“The Mature Comedies”，in John Russell Brown and Bernard Harris（eds.），*Early Shakespeare*（1961），223，“莎士比亚在《一报还一报》中精心展示了，主张正义的论点是多么有力，并且在基督教的教义中，在慈悲行使之前，正义的要求必须先得到满足”。

3 参见 *Shakespeare's Early Comedies*（1965），192。

4 关于她渐渐变化的、呼吁夏洛克“证明自己还具有人性”的诉求，参见 Bertrand Evans，*Shakespeare's Comedies*（Oxford，1960），64。

留在人性的最低层面，也就无法把即将降临的悲剧转化成他最初提出签订契约时所宣称的只是个“玩笑”（第一幕第三场）。因此，鲍西娅便不得不诉诸其他手段，才能确保喜剧结局的实现。[1]她不但要向夏洛克证明他狂热地执着于按法律条款的字面意思的判决到底错在哪里，还必须进一步使他人性化，这样他才可以成为威尼斯的社会可以接受的人。尽管一些批评者提出她这第一步是基于对法律条文的诡辩而实现的，然而也有一些人认为这并不仅仅是个细抠字眼的语言把戏，而是“对真理的揭示”，其中就包括展示出法律“是为社会服务的仆人，而非社会的主人，并且……那铁面无私的，在其面前所有人都有罪的法律中，也能显露出慈悲来”[2]。

夏洛克要求“正义”，于是得到了比他所希望的更完整的正义，而这正义恰恰就是在他所坚持的条款和条件之下得出的。鲍西娅将他的论证方式推到了极端，判给了他应得的、分毫不差的一磅肉，但不许流一滴血。现在，她开始显得像片刻之前的夏洛克那样不可通融。他将得到“绝对的公道”，她坚持道，于是她现在撤回了之前那项归还三倍本金的提议，现在夏洛克甚至连只要求拿回本金都不行了。她判夏洛克除契约上规定的处罚外，不能接受任何赔偿——并加上了另一个条件，他所割下的这磅肉必须不多不少恰好一磅，连“相差只有一丝一毫，或者仅仅一根汗毛之微”（第四幕第一场）都不行。矛盾的是，她将安东尼奥从契约的掌控之下解救了出来，用的手段却是比

1 参见 Barber，180-185。
2 参见 Danson，119-120。

夏洛克更加严苛地坚持契约文本语言的绝对约束力。被击败的夏洛克想要离开，这时鲍西娅又展开了她的第二轮攻势。

鲍西娅判定夏洛克违反了另一条威尼斯法律，因此他应被判死刑，全部财产也要被罚没，一半充公，另一半归他企图谋害者所有。正是在这里，在最严格的正义的语境之下，我们才见到了她关于慈悲的精彩演说的成效。尽管葛莱西安诺想要赶尽杀绝（第四幕第一场），但公爵当即宣布让夏洛克免于一死。不仅如此，他还提出如果夏洛克可以诚心忏悔，就可以只判处他一笔较轻的罚金，而非取走他的半数财产。这时夏洛克还没有谦卑下来，言辞中还满含着之前的怒气：

> 不，把我的生命连着财产一起拿了去吧，我不要你们的宽恕。你们拆毁了我房屋的栋梁，就是拆毁了我的房子；你们夺去了我养家活命的根本，就是夺去了我的家，活活要了我的命。
>
> （第四幕第一场）

现在，轮到安东尼奥来展示他从鲍西娅的演说中学到的东西了。无须其他人提议，他便主动要求公爵免去没收夏洛克一半财产这项惩罚，以让其保留“养家活命的根本”。他还进一步提出了两个具体的条件：首先夏洛克需要皈依基督教，其次是他要立下遗嘱，将罗伦佐和杰西卡指定为他的继承人。

安东尼奥的第一个条件，是本剧中最令现代观众感到不适的情节。[1]无论伊丽莎白时代的人们对此有何反应，今天的受众一定会觉得强迫改宗这个做法令人难以接受。此外，公爵还补上了一句威胁，如果夏洛克不照办，他就要撤回刚才颁布的针对财产的赦令。安东尼奥的要求，在本质上可能是“慈悲”的——他不仅饶过了夏洛克这一条俗世的性命，还给了他唯一的、在死后赢得永恒生命的机会。[2]但是，在一个比莎士比亚生活的世界更为世俗化的时代里，这条要求就会显得像是侵犯人权。尽管它的本意肯定是为了完成本剧的喜剧结局，但在现代观众眼里，它始终是令人生疑的。即使从社会的，而非神学的角度看——这一最终举措是为了洗刷夏洛克的人性，使其能够作为“我们自己人”被更充分地纳入威尼斯的社会之中[3]——安东尼奥的要求和夏洛克的顺从也令我们感到不安。这也是为什么《威尼斯商人》被许多人视作一部“问题剧”而非“欢乐的喜剧”[4]，而且它的第五幕更像是一块累赘，而非一个贴切的欢欣鼓舞的结局。

问题之一在于夏洛克几乎毫无异议地接受了安东尼奥的条件。一个更虔信的人，宁可选择丧命也不愿叛教——看来此前夏洛克对犹太

1 试比较 Sinsheimer，*Shylock*，99：“莎士比亚让夏洛克受洗，是最让我们感到冒犯的”；Nevo，*Comic Transformations*，136-137：“这个命令对方（改宗）的善意要求，是终极的异化，它否定了夏洛克身上刚刚明白无误地显露出的根本的人性存在。因此这是虚假的慈悲。”

2 参见 Coghill，“Basis of Shakespearian Comedy”，22-23；Lewalski，341；Grebanier，*Truth about Shylock*，291；Kirschbaum，“Shylock and the City of God”，29-31。

3 “……或许伊丽莎白时代的人将（夏洛克的改宗）视作一个致力于将其纳入文明人的社群的举措”，“Introduction”，Sylvan Barnet（ed.），*Twentieth Century Interpretations of “The Merchant of Venice”*（Englewood Cliffs，NJ，1970），7。

4 比较 W. H. Auden，“Brothers & Others”，*The Dyer's Hand*（New York，1962），223-225，与 Leo Salingar，“Is *The Merchant of Venice* a Problem Play？”，in *Dramatic Form in Shakespeare and the Jacobeans*（Cambridge，1986），19-31。

教的忠诚都是装出来的！[1]他貌似迅速地改宗，让某些扮演该角色的演员认为夏洛克最终是个在意钱财超过一切的人，无论是他的女儿还是他的宗教，在他心里的分量都无法跟金钱相比。[2]但这样的判断未免太武断了，过分简化夏洛克的人物形象，以及他离场前那几句台词中潜藏的复杂情绪。当鲍西娅直接对着他提出这个问题时，他犹豫了片刻才开口：

鲍西娅 犹太人，你满意吗？你有什么话说？

夏洛克 我满意。

（第四幕第一场）

这句极为简短的回答，可以容纳各种丰富微妙的情感底色——不情不愿、无可奈何地惨然接受，含恨屈服、精神被击垮、为自己逃过了最坏的命运，尽管被剥夺了部分钱财但捡回一条命而感到宽慰，等等。他紧接着的几句台词也流露出悲伤之感：鲍西娅命尼莉莎起草授赠产业的文契时，他说：

请你们允许我退庭，我身子不大舒服。文契写好了送到我家里，我在上面签名就是了。

（第四幕第一场）

1 当生命面临威胁的时候，犹太人可以触犯《旧约》中 613 条诫命中的任何一条——唯独不能叛教。如果要在性命和叛教中选择的话，他们要选择殉教。

2 例如，帕特里克·斯图尔特的演绎，参见“《威尼斯商人》的演出史”部分。

I pray you，give me leave to go from hence.

I am not well. Send the deed after me，

And I will sign it.

夏洛克在全剧中所讲的最后几句话——只用单音节词，语气沉重惨淡——可以以一种急于离开，不愿与这些折磨自己的人共处一室的方式说出来；但它们也可以在传达挫败之感的同时，显示出一种对共同人性的新的认识。魔鬼式的复仇欲望——或者像一些评论者所认为的那样，“旧亚当”——被从他的身上狠狠抽打了出去，只留下一个被耗尽的空虚躯壳，他既无法继续对社会构成威胁，也无法充当喜剧笑柄。他也是人——与其他社会上的成员一样，只是尚未彻底融入，公爵粗暴地赶他下台和葛莱西安诺最后还要无情嘲讽他都暗示了这一点。无论在莎士比亚时代他是如何被演绎的，一个面对现代观众的演员，必须尽可能充分地传达出这个人物的矛盾和复杂性才算对得起他的角色。

现在，就只等其他几位主角揭开自己的真实身份，回到家中团聚，享受欢愉的和谐。为了避免过度煽情，以一种更轻松的喜剧风格延续“审判 / 考验”主题，并对“契约”和“束缚”的重要意义做个最终回顾，莎士比亚加上了最末的指环情节，以及更多的一些不和谐元素，主要是安东尼奥在贝尔蒙特格格不入的身影。另一些不和谐音则出现在罗伦佐与杰西卡的调笑、拌嘴之中。第五幕一开场，罗伦佐先是来了句关于月色和微风的动人描绘，紧接着以一种可以说仅仅是玩笑的语气，他和杰西卡开始列举一系列悲剧收场的爱情故事，涉及特洛伊罗斯和克瑞西达、皮拉摩斯和提斯柏、狄多和埃涅阿斯、美狄亚和伊阿宋——罗伦佐调笑地将他与杰西卡的私奔也置于这个序列中了（第五幕第一场）。然而，在戏剧场景变换到贝尔蒙特之前，鲍西娅与尼莉莎先设计了一个圈套，来测试她们丈夫的忠贞。

鲍西娅称，她赠给巴萨尼奥的指环代表的是她以及她所拥有的一切；要是他让这指环离身，无论是弄丢了还是送给了别人，都将预示着他爱情的毁灭（第三幕第二场）。巴萨尼奥欣然答应，并发下重誓说要让指环永不离身，直到生命终结。于是，当鲍西娅扮成的鲍尔萨泽拒绝任何金钱回报，坚持向他要那指环时，他便陷入了巨大的困境。最终是安东尼奥的介入才让巴萨尼奥应允交出指环，于是巴萨尼奥所爱的两个人在此产生了直接冲突。[1]婚姻的誓言将巴萨尼奥与鲍西娅结合在一起，但同时他也要忠于安东尼奥，不仅是出于友谊，也是因为更深层面的义务：这个人曾为了他，押下过自己的肉体和性命。安东尼奥直白地挑明这一冲突的本质之后，巴萨尼奥立刻改变了主意，派人去追鲍尔萨泽，把指环送到他手里：

> 看在他的功劳和我的爱情分上，违反一次尊夫人的命令，想来不会有什么要紧。
>
> （第四幕第一场）

1 关于这一冲突的发展，参见 Coppélia Kahn，“The Cuckoo’s Note：Male Friendship and Cuckoldry in *The Merchant of Venice*”，in Peter Erickson and Coppelia Kahn（eds.），*Shakespeare’s “Rough Magic”*（Newark，Del.，1985），104-112。

当然，就像鲍西娅告诉尼莉莎的那样，取回指环只是跟她的丈夫开个玩笑，尼莉莎也同样从葛莱西安诺那里要回了自己的指环（第四幕第二场）。然而，弗洛伊德很久以前就告诉了我们，玩笑经常绝不仅仅是笑笑而已，其中常常隐藏着更深的并且时而带有倾向性的深长意味。在此前的庭审一场中，当情况看起来格外不妙的时候，巴萨尼奥曾急切地宣称他可以牺牲一切——他的生命、妻子，以及“整个的世界”——只要能使安东尼奥免遭夏洛克的毒手（第四幕第一场）。葛莱西安诺也随之附和，发誓说自己愿意献祭自己的妻子来换取安东尼奥的自由。他们这番激动的表态引来了鲍西娅和尼莉莎两句戏谑的评论，以及夏洛克愤恨的咒骂（“这些便是相信基督教的丈夫！”第四幕第一场），然而两位男士的口不择言显然被他们的妻子记在了心里，她们决心要给两人一个教训。

她们用来敲打其丈夫，向其强调婚姻契约是至高无上的武器，是不忠的威胁。她们毫不理会伊丽莎白时代的双重标准，明确主张自己在性方面的平等地位。既然她们的丈夫不忠在先，那她们也要出轨——且偏偏就是跟从其丈夫手中取得了戒指的人。“报复”这个贯穿了此前几幕的主题，在这里再次浮出水面。[1]尽管观众早已知道这个玩笑的内情，但巴萨尼奥的痛苦和葛莱西安诺的气恼都显示出这个教训是有效的。安东尼奥意识到是自己“引出你们这一场吵闹”（第五幕第一场）之后，再一次出面为巴萨尼奥做担保，但这一次的抵押物

1 Kahn，“The Cuckoo’s Note”，108-111，详细地阐释了这部分理论。

不是他的肉体而是灵魂，这才化解了冲突。[1]

这场戏开始时那些不和谐的元素，现在都得到了解决。在第四幕中主导了庭审的鲍西娅，在这里再次扮演了“散布玛哪的天使，救济着饥饿的人们”（第五幕第一场）。哈利·莱文（Harry Levin）曾提醒我们，按惯例，喜剧的美满结局要以各种为定亲或结婚而设的庆典（宴饮或舞会）作为其形式上的标志。[2]但在这里，因为婚礼早已办过，现在两对新人只需回到他们的婚房，而且还有其他一些原因让大肆狂欢显得不太合时宜。比方说，许多人物都势必要被喜剧结局排除在外，其中主要是夏洛克。[3]另外，安东尼奥（与其在莎士比亚的素材小说里的原型人物不同）的孤立——无论如何被掩盖——也令人不安。[4]尽管罗伦佐用优美抒情的诗句描绘了“天体的音乐”，但他也认识到“我们便再也听不见了”（第五幕第一场）。恋人们被音乐环绕，在某些人眼中，杰西卡与罗伦佐相拥而坐（第五幕第一场）象征了基督徒和犹太人、《新约》律法和《旧约》律法在爱中结合到了一起。[5]但

1 比较 Leslie Fiedler，*The Stranger in Shakespeare*（New York，1972），135，他论证说，通过将戒指递给安东尼奥，再由他交到巴萨尼奥手上，鲍西娅实现了自己对安东尼奥的报复，因为事实上这就相当于强迫他再一次为鲍西娅和巴萨尼奥缔结婚姻。

2 “A Garden in Belmont：*The Merchant of Venice*，5.1”，in W.R. Elton and William B. Long（eds.），*Shakespeare and Dramatic Traditions*（Newark，Del.，1989），29。

3 Leggatt，149：“简言之，这部戏所展开的世界太大了，它无法将其整体引向和谐的结局。”

4 比较 Auden，“Brothers & Others”，233-234：“如果安东尼奥最后不淡出故事、消失无踪的话，那么这对新婚夫妇就必须走进被灯光照亮的新房里去，留安东尼奥一个人站在暗下去的舞台中央，他离开了伊甸园，却不是由于他人选择做出的决定，而是因着他自己的本性而被排除在外的。”另参见 Leonard Tennenhouse，“The Counterfeit Order of *The Merchant of Venice*”，in Murray M. Schwartz and Coppelia Kahn（eds.），*Representing Shakespeare*（Baltimore，1980），63；以及 Jean Howard，“The Difficultiesof Closure”，in A. R. Braunmuller and J. C. Bulman（eds.），*Comedy from Shakespeare to Sheridan*（Newark，Del.，1986），125，在其中她论证说，最终是反讽而非和谐才是这部戏剧最突出的特点。

5 Coghill，“Basis of Shakespearian Comedy”，23. Levin，“A Garden in Belmont”，24. 请注意莎士比亚作品中作为和谐的象征重复出现的“音乐”，据科格希尔的统计，本剧中一共提到了 15 次，是莎士比亚所有戏剧中最多的。仅在最后一幕中，音乐就被提到了 11 次。

对于另一些人而言，这个结局似乎很是带着“基督夸奖不义的管家”（《新约 · 路加福音》16:8）时那种反讽的调子。[1]

到了最后，我们仍像一开始时那样，承认这部戏剧中含有不一致和前后矛盾之处，但与此同时我们也充分领略了它的内涵之丰富——它是如此包罗万象，以至于前文的讨论不可避免地漏掉或忽视了许多重要的面向。能讨论的还有很多，例如，关于爱的财富与简单粗暴的物质主义之间的对立，约翰 · 罗素 · 布朗（John Russell Brown）[2] 和 C. L. 巴伯（C. L. Barber）就对此进行了更细致的论述，他们将安东尼奥所出借的贷款（被视为“风险投资”）与放高利贷或曰“用钱来生钱”相对比。[3] 同样值得我们探究的，还有这部戏剧是如何反映了或如何评论了资本主义在16世纪末期的发展——安东尼奥的现代资本主义式价值观（从意大利人的视角来看）与夏洛克的准封建财政主义，乃至于不同阶级立场之间的对立。[4] M. M. 马胡德的态度无疑是正确的，她拒斥批评上的还原主义，并论述说，该剧所具备的深层次的一致性和融贯性始终是只能被直觉把握的，因此有赖于每位观众自己单独的理解。[5] 我在本篇导读中采取的切入点——展示出“契约”和“束缚”的问题是如何贯穿全剧的——绝

1 参见 A. D. Moody，*The Merchant of Venice*（1964），in Barnet，*Twentieth Century Interpretations*，107。

2 参见“Love's Wealth and the Judgement of *The Merchant of Venice*”，in *Shakespeare and his Comedies*（1957），62-75。

3 参见“The Merchants and the Jew of Venice：Wealth's Communion and an Intruder”，in *Shakespeare's Festive Comedy*，163-191，esp. 175。

4 参见 Walter Cohen，“*The Merchant of Venice* and the Possibilities of Historical Criticism”，*ELH* 49（1982），765-789。

5 参见 NCS 25。

对无法涵括这部剧的全部意义。批评不能取代艺术，说到底戏剧本身才是最重要的，过去如此，现在亦然。《威尼斯商人》的演出史也表明了这部戏剧可以用各种不同的方式来阐释，以至于没有任何一个版本的制作能够覆盖整个跨度。但是，把它们放在一起，这个整体就构成了一种全面而详尽的批评，能够让我们认识到《威尼斯商人》内部涌动着的、纵横交错的暗流。

《威尼斯商人》的演出史

几个世纪以来，《威尼斯商人》始终是莎士比亚的所有戏剧中最受专业剧团青睐的戏剧之一。戏剧制作人、演员和观众都如此喜爱它的原因并不难推测。这部戏有丰富的复杂性，它探讨了正义、仁慈，以及其他一些很难轻易解决甚至根本无法得到解决的话题。另外它还是一件“造星利器”——夏洛克和鲍西娅两个角色常能让出色演员一举成名，而巴萨尼奥、葛莱西安诺、尼莉莎、杰西卡、罗伦佐和朗斯洛·高波这些配角也都是个个有戏的好角色。双重情节的戏剧结构涉及威尼斯和贝尔蒙特两个地点，给布景和服装设计师很大的发挥空间来尽情制造华丽的视觉效果。《威尼斯商人》是一部爱情喜剧，但某些时刻又接近甚至可以说直插进了悲剧的领域，在超过两个世纪的时间里，或者说，自从乔治·格兰维尔（George Granville）对其做出劣质改编《威尼斯的犹太人》（*The Jew of Venice*，1701 年）之后的几百年里，它一直牢牢抓着观众的心。

本书中呈现的莎剧文本，与剧场里演员们实际使用的台本并不总是一样的。直到很晚近的时候（实际上，现在人们也经常这么做），这部戏在被搬演上舞台时，其文本总是会经历这样或那样的改动——被删削（有时甚至一整幕都会被砍掉）、添加新的内容、挪用其他剧中的段落或场景——简而言之，一切在导演或制作人看来可能让“舞台效果”更加精彩的改动。对于任何熟悉演出界内部运行的人来说，这都是不足为奇的，毕竟无论是在莎士比亚时代还是在今天，戏剧表演的目的始终都是保证票房的盈利。当然，纯粹主义者可能希望体验“原汁原味的”莎士比亚戏剧，但他们所欲求的这种事物注定是难以捉摸的，学界始终无法对此给出一个可行的定义，而戏剧从业者只会感到恼火，因为他们致力于呈现比“博物馆标本”式的莎士比亚更生动、更有活力的作品。[1] 同时，我们也得到了一系列有力的制作和表演，它们无止境地探索、发展和呈现了莎士比亚艺术深远而有益的意涵。

17 世纪的制作

不走运的是，有关《威尼斯商人》在莎士比亚时代是如何表演的资料留存下来的很少，我们所能得知的最早一次上演，便是记录在

1 对此问题的一个讨论，参见 Peter Brook，“The Deadly Theatre”，ch. 1 of *The Empty Space*（New York，1968; repr. 1978），9-41。

“第一四开本”（1600年）标题页上的那次。从那里我们得知，这部戏被宫内大臣剧团上演了“数次”。它没有给出任何一次上演的具体日期，但很有可能该剧在1596—1597年演出季的节目单上。[1]接下来的一次上演记录则是1605年2月10日，即当年的忏悔星期天（Shrove Sunday），它在詹姆斯一世的宫廷中的演出。国王似乎很喜欢这部戏，因为两天后的忏悔星期二（Shrove Tuesday）他又下令在宫廷里演了一场。夹在中间的那个星期一，国王御前剧团（the King’s Men，他们后来改叫这个名字了）表演的则是《西班牙迷宫》（*The Spanish Maze*）。关于此剧，我们除了这个标题，对其他信息就不得而知了。[2]

这部戏被选中在忏悔节期间上演和它近年来广受欢迎的原因，都是不难理解的。[3]忏悔节融合了肉欲的放纵和悔悟性质的自省，人们渴望得到赦免，更准确地说是一个将赦罪的需求混合在一起的节庆，忏悔星期二（又名“肥胖星期二”，Fat Tuesday）是斋戒前的狂欢活动到达顶点的日子，次日便是圣灰星期三（Ash Wednesday），即大斋期（Lent）的开始。有人曾提出《威尼斯商人》的背景实际上就设定在忏悔节和随后的斋期期间。[4]当然，罗伦佐、葛莱西安诺和其他人在第二幕中讨论的那场化装游行，似乎暗示了狂欢节，但那场化装游行实际

1 参见上文“素材来源、相似物，以及创作时期”部分。参见 E. K. Chambers，*The Elizabethan Stage*（Oxford，1923），ii，195，以及 *TC* 119-120。

2 同上，iv，119，172。

3 我在这里谈到的几个观点都得益于 R. Chris Hassel，*Renaissance Drama and the English Church Year*（Lincoln，Neb.，1979），113-118。

4 哈斯尔在 *English Church Year* 第118页引用了伊妮德·魏斯福德（Enid Welsford）对传统忏悔节节庆活动（如化装游行、上演假面哑剧等）的描述，参见 *The Court Masque*，2nd edn.（1927；repr.，New York，1962），12，36。

上并未发生，而且说到底，并不是只有忏悔节期间才会举办化装玩乐的活动。与这个节日更具相关的可能是一些主题方面的联系，如仪式献祭（ritual sacrifice）、上帝的慈悲及爱的恩典，这些主题既主导了这部剧作，也在忏悔节的礼拜仪式中占有重要地位，对神学颇有研究的詹姆斯国王无疑会被其吸引。

无论宫廷里的演出情况如何，在这部剧最初被搬上舞台时，威尔·肯佩最可能饰演的是小丑朗斯洛·高波的角色，这与我们推测他在其他莎士比亚早期作品中充任的角色相一致。但另一方面，如果夏洛克被设定为一个喜剧恶棍形象的话，那么更有可能是由他而非伯比奇来试演。[1]无须多言，一人分饰多角是伊丽莎白和詹姆斯时代所有剧团的常见操作，这些剧团通常会用十几个核心演员、他们的学徒加上数名“哑角”（mutes）或按现在的叫法“龙套”（supers）来出演一部戏。根据某个分析，演出《威尼斯商人》共需 12 个成年男子、4 个年轻男孩，或者说 16 个演员（包括哑角）。它总共包含 20 个有台词的角色，还需要 8 个或 9 个可被辨认的不同哑角来充当一些不出声的角色，如摩洛哥亲王的随从，以及第二幕第一场和第二幕第七场鲍西娅家中的仆役和伶人团队。莎士比亚的剧团几年后才会入驻环球剧院，而在此之前的这个时期，他所能调用的演员人数就只有这么多，但《理查三世》是个例外，它足足有 55 个有台词的角色和 17 个哑角，总共需要的演员多达 17 个。[2]

1 Toby Lelyveld, *Shylock on the Stage*（Cleveland, 1960）, 7.

2 William Ringler, Jr., “The Number of Actors in Shakespeare’s Early Plays”, in G. E. Bentley（ed.）, *The Seventeenth-Century Stage*（Chicago, 1968）, 123.

自从1605年在宫廷里那次演出，此后很长一段时间里都没有《威尼斯商人》再次上演的记录，直到复辟时期结束，它连同莎士比亚的其他许多作品一起被指派给了演员兼剧团经理托马斯·基利格鲁来改编[1]，这部戏是何时从国王御前剧团的节目单上被撤下的——甚至它究竟是否被撤下过——我们都不得而知，也没有任何基利格鲁的剧团曾上演它的记录。很有可能这部戏与其他莎士比亚喜剧一样，对斯图亚特王朝晚期社会在法国戏剧影响下形成的更加雅致的品位没有什么吸引力，当时法国文化在很大程度上为英格兰文化树立了标杆。因此，《威尼斯商人》不可避免地要与《暴风雨》或《特洛伊罗斯与克瑞西达》，以及《李尔王》和《麦克白》这些悲剧遭遇相同命运，被天赋平庸却更紧跟时代风气的剧作家改写，或曰"雕琢"。1701年，乔治·格兰维尔改写了《威尼斯商人》。

《威尼斯商人》的变形

乔治·格兰维尔改编的剧目名叫《威尼斯的犹太人》（*The Jew of Venice*）[2]，是那个时代的戏剧，特别是那个时代莎士比亚改编剧的一个

1 这部戏和莎士比亚的另外15部剧作，以及更多本·琼森、博蒙特、弗莱彻和马辛杰等人的剧作一起，在1669年1月12日被分派给了托马斯·基利格鲁和国王剧团，这些作品之前都在黑僧剧院（Blackfriars Theatre）上演过（其余的则被分给了达文南特）。参见 *The London Stage，1660—1800*，ed. William Van Lennep et al.（Carbondale，Ill.，1965），5 vols. in 11；Part I，1660—1700，151-152。

2 格兰维尔的名字并未出现在这个四开本的标题页上。上面的广告语写的是"由女王陛下的仆人们，在林肯律师学院的剧院上演"，并由"Ber.Lintott 于舰队街、中殿律师学院门的邮局房在1701年出版"，这部剧本重印于 *Five Restoration Adaptations of Shakespeare* ，ed. Christopher Spencer（Urbana，Ill.，1965），345-402，并由 Cornmarket Press 以复本形式出版。本文中的提及和引用均来自这个复本。

典型。和塔特（Tate）的《李尔王》一样，《威尼斯的犹太人》也保留了莎士比亚原剧的许多台词，但又添加了不少，删去了一些人物，将许多段落和场景缩短、改换位置或者干脆就去掉了，格兰维尔还增加了一场引人注目的新戏——他大幅剪短了第二幕，又在这幕的最后增加了一场声势浩大的盛宴戏。所有赴宴的客人，包括夏洛克在内，共同观赏了一场优雅的假面剧——《珀琉斯与忒提斯》（*Peleus & Thetis*）。然而，许多喜剧性的人物都消失了，删去的不仅有朗斯洛·高波和他的父亲，还有摩洛哥亲王与阿拉贡亲王。萨莱里奥、索拉尼奥和萨拉里诺、杜拔尔、斯蒂法诺，以及其他一些小角色也被删了。因此格兰维尔是在试图压缩这部戏，一部分原因是为了给那场假面剧留出位置，但似乎也是为了使其更符合新古典主义时期的“三一律”。

我们举格兰维尔改编版中的两个例子来说明他的改编策略，以及当时的戏剧品位。他的版本不是以索拉尼奥和萨拉里诺探讨安东尼奥为什么忧伤而开场的，那要到75行之后才出现（格兰维尔把剧本上新加内容较多或修改幅度较大的部分用引号标出，但并没有标出全部）：

安：我把这世界只看成一个舞台罢了，葛莱西安诺，每个人都必须扮演一个角色，我扮演的是一个严肃的角色。

葛：让我扮演一个快活嬉笑的角色吧，为什么一个人身体里明明流着温热又年轻的血，偏要正襟危坐，就像他祖宗爷爷的石膏像一样呢？明明醒着的时候，偏要像睡去了一般，动不动翻脸

> 生气，把自己气出了一场黄疸病来。我告诉你吧，安东尼奥——因为我爱你，所以我才对你说这样的话：世界上有一种人，他们的脸上装出一副心如止水的神气，故意表示他们的冷静，好让人家称赞他们一声智慧深沉，思想渊博；他们的神气之间好像说，我就是，先生，一位神谕者。

从这个例子可以看出，格兰维尔保留了莎士比亚的大部分原文，但也做了不少改动（为避免伤害读者的观感，在此我就不引用完全由格兰维尔自己创作的段落了）。[1]之后，在全剧高潮的庭审现场的那场戏中，格兰维尔公然引入了明目张胆的狗血情节剧元素。当夏洛克准备好要取那一磅肉的时候，巴萨尼奥出言干涉，他先是向夏洛克提出由自己代替安东尼奥受刑，然后又拔出剑来，公然违抗法庭的权威。公爵勃然大怒，下令把他抓起来，这时假扮成律师的鲍西娅替他求情："饶过他吧，大人，我有一计可以使他驯服，听我一句话。"（第36页）然后她提出了自己的解决办法，禁止夏洛克取得哪怕一滴基督徒的血。就这样，戏剧来到了第五幕的大结局，全剧着重强调"爱和友谊"这两个主题，其程度远超莎士比亚的原作。[2]格兰维尔保留了指环的情节，但不出所料的是，他也对其进行了大幅改写。

1 在 *Shakespeare from Betterton to Irving*（NewYork，1920），2 vols.，i，76-79 中，乔治 · C. D. 奥德尔（George C. D. Odell）可就不像我这么克制了。他对格兰维尔的文本做了严厉而不留情面的分析，并估计该剧中约三分之一的文本是格兰维尔的创作。

2 关于格兰维尔改编的这个方面，以及其他一些方面，更详细的分析参见克里斯托弗 · 斯宾瑟（Christopher Spencer）为 *Five Restoration Adaptations* 所写的导读，第 30—32 页。

在此后的40年里，《威尼斯的犹太人》都是伦敦剧场里上演的唯一《威尼斯商人》版本。如果我们可以从演出的数量上做判断的话，尽管格兰维尔做了那么多迎合时下口味的改动，它仍然没能变得大受欢迎。[1] 贝特顿（Betterton）扮演巴萨尼奥，托马斯·多格特（Thomas Dogget）演夏洛克，安·布雷斯格德尔（Anne Bracegirdle）演鲍西娅，这是我们从格兰维尔的表亲比维尔·西根斯（Bevill Higgons）所写的、附在序幕之后的演员表上得知的。夏洛克由多格特这样一个著名喜剧演员饰演，似乎表明他们遵循了早先的传统，仍将夏洛克塑造成一个喜剧反派的形象。不管怎样，这就是当时他们对这个角色的理解。[2] 查尔斯·麦克林（Charles Macklin）扮演夏洛克的时候，使用了一个更接近莎士比亚原作的版本，他的夏洛克也是个反派，是个凶残可怕的恶棍，而非喜剧性的，结果大获成功。[3] 他在特鲁里巷剧院（Drury Lane）上演的版本，仅在第一年就演出了多达27场，而且其中一大半都在

1 C. B. Hogan，*Shakespeare in the Theatre*，*1701—1800*（Oxford，1952），2 vols.，i，461 记载了自1748年往后的36次演出。Ben Ross Schneider's index to *The London Stage*，*1660—1800* 中列举了43次，但其中有几次并不能算是完整的演出，如1724年3月18日在"蓝杆子酒馆"（Blue Post Tavern）的那次，只是"戏剧大串烧"中的一个小节。1706—1711年没有演出记录，在那之后的很多年里，即使有也只演了一两次。

2 由多格特重新接续或日开启的这个演出传统，在另一位喜剧演员本杰明·格里芬（Benjamin Griffin）对该角色的饰演中得到了延续，此后的安东尼·博埃梅（Anthony Boheme）、约翰·奥格登（John Ogden）、沃尔特·阿斯顿（Walter Aston）和约翰·阿瑟（John Arthur）亦是这样诠释的（Spencer，*Five Restoration Adaptations*，29）。比较 A. C. Sprague，*Shakespeare and the Actors*（Cambridge，Mass.，1944），19，后者宣称多格特是建立了一个新传统，而非遵循旧的。

3 麦克林可能是从尼古拉斯·罗在其为自己版本的莎士比亚作品所写前言中的"莎士比亚生平"中得到了灵感。Brian Vickers（ed.），*Shakespeare*：*The Critical Heritage*，5 vols.（1974-1981），ii，196 对该文本做了引用："在那些'歹恶天性和刻薄谩骂者中的杰作'（《特洛伊罗斯与克瑞西达》中的忒耳西忒斯与《雅典的泰门》中的艾帕曼特斯这样的人）中间，我还要加上《威尼斯商人》中那位无可比拟的犹太人夏洛克这个人物；尽管我们经常看到那部戏被作为喜剧来表演和观看，并且犹太人的角色由一位杰出的喜剧演员（多格特）来饰演，但我还是不由得认为，作者本来是将这个角色设计成一个悲剧人物的。他的心里有如此刻毒的复仇精神，这样的凶残和堕落，筹划着这样嗜血、残忍和恶毒的阴谋，让他与喜剧的风格和调子都实在难以调和。"

1741 年 2 月 14 日首演后的很短的一段时间内，那些日子里他们几乎每天都要演一场。通常由麦克林扮演夏洛克的这版制作，使《威尼斯商人》成了莎士比亚最受欢迎的喜剧之一，直到 18 世纪末都一直保留在剧院的备选节目单上，几乎从未被撤下过。[1]

麦克林的“复原”

麦克林不仅恢复了摩洛哥亲王和阿拉贡亲王的戏份，他还把朗斯洛 · 高波和他的父亲也“请”了回来。因为他所用的提词本（prompt-book）未能存世，我们无从知道其中究竟有多少莎士比亚的原文被保留，又有多少被删了。很有可能许多台词都被改动过，并且在这个制作的最初版本首演一年后，作曲家托马斯 · 阿恩（Thomas Arne）又为鲍西娅加了一首歌，罗伦佐也有两段小调要唱，该安排一直延续了整个 18 世纪。[2] 毕竟要想保证票房爆满，就得给观众提供足量的晚间娱

1 按照施奈德的演出目录册，只有 1766 年该剧一次都没有演出过，1758 年、1764 年、1765 年、1785 年和 1793 年都至少演出过一次。比较 Hogan，*Shakespeare in the Theatre*，ii，717，上面列出了莎士比亚各部剧作的演出次数，数据清楚地显示出《威尼斯商人》极受欢迎。在特鲁里巷剧院的竞争对手科文特花园剧院（Covent Garden），这部剧在麦克林的复兴版本之后，也多次上演，先后有多位演员扮演过夏洛克，例如詹姆斯 · 罗斯科（James Rosco）、艾萨克 · 里道特（Isaac Ridout）、莱西 · 瑞恩（Isaac Ridout），但他们都没能复制麦克林的成功：同上，i，315-317。

2 Odell，*Betterton to Irving*，i，262。莱利维尔德（Lelyveld）在 *Shylock*，第 21 页中注意到，尼莉莎和杰西卡也被加了唱歌戏。她从贝尔（Bell）的版本（1774 年，很可能是以麦克林的剧本为底本的）得出结论，麦克林删减了许多场戏中的台词（无疑是为了给这些歌曲以及他另外加上的许多其他桥段腾地方），但庭审那场戏几乎一字未删，而且整个第五幕也“完全忠于莎士比亚的原作”。与其他身兼演员、导演二职者一样，麦克林也会不断改动戏剧文本，在他上演这部戏的多年时间里，每一版本的制作都不大一样。例如，奥德尔哀叹说，摩洛哥亲王和阿拉贡亲王的情节后来也被删掉了，并且巴萨尼奥挑选盒子的那场戏也被“删节得面目全非，几乎让人看不懂发生了什么”了（*Betterton to Irving*，ii，25-27）。

乐。演出的服装用的是时下流行的式样，这是个从莎士比亚时代传下来的舞台传统。要到此后的19世纪，对“历史真实性”的要求才开始在莎剧的编排中占上风。不过，据说麦克林也做过一些还原历史真实的尝试：他的夏洛克身穿宽大的黑色长袍、阔腿长裤，以及一顶红色的无檐小圆帽，这个造型强调了他与文艺复兴时期意大利艺术喜剧的丑角类型“老丑角”而非传统戏剧舞台上犹太人形象的相似之处，尽管他也戴了一把飘逸的红色胡子。[1]

如果说麦克林刻画的这个凶狠无情的夏洛克主导了18世纪人们对这个角色的想象，那么在1814年，它就被埃德蒙·基恩同样富有原创性的诠释所取代。基恩将莎士比亚笔下的犹太人塑造为一个“受的冤屈要比犯下的罪过更重”（more sinned against than sinning）的形象[2]，简而言之，一个悲剧人物。基恩的诠释在各个意义上都很惊人。他先说服了特鲁里巷剧院的经理们让自己试演这个角色，然后马上就震撼了整个剧团。只在演出当天上午彩排了一次，他就正式登台表演。他头戴黑色的假发（这背离了一切舞台传统），穿宽大的犹太长袍和威尼斯式拖鞋。当晚剧院的包厢空空荡荡，只有约50名买站票的观众站在舞台下的空地上见证了基恩这场革命性的首秀，但那一晚是戏剧界的历史性时刻。[3]

1 参见 Lelyveld，*Shylock*，25 和 W. W. Appleton，*Charles Macklin*：*An Actor's Life*（Cambridge，Mass.，1960），45-46。

2 受基恩的影响，哈兹利特（Hazlitt）从《李尔王》第十场中借来了这个表述，用在他的 *The Characters of Shakespeare's Plays* 第269页来形容夏洛克。

3 参见 F. W. Hawkins，*The Life of Edmund Kean*，2 vols.（London，1869；repr. New York，1969），i，124-13 7。关于基恩对该角色的诠释，参见第146—153页。

19 世纪的制作

在麦克林之后，有许多其他演员也扮演过夏洛克，包括约翰·菲利普·肯布尔（John Philip Kemble）和乔治·弗里德里克·库克（George Frederick Cooke）在内，但他们塑造这个形象的方式都与基恩大相径庭。肯布尔的夏洛克“造作”，而库克的夏洛克“恶魔般凶残”，相较之下，基恩以一种“富有智识”的方式诠释了夏洛克，他的表演充满新鲜感和活力，令人耳目一新。[1]它彻底改变了哈兹利特看待夏洛克的方式，而他最初的看法是由此前舞台上对夏洛克的表演所塑造的。[2]在仔细阅读了莎士比亚写下的剧本，并将其与基恩的表演相参照后，哈兹利特发现夏洛克比他之前所以为的或是其他演员所表现的都更富有人性。在谈到这个洞察时，他显露出那个时代人的一个典型偏见：“莎士比亚不可能轻易地剥除掉他笔下任何角色的全部人性；他的犹太人也算得上大半个基督徒；而基恩先生的表演又让他更进了一步，几乎是个完整的人了。”[3]

接下来的那个十年里，威廉·查尔斯·麦克雷迪（William Charles Macready）也开始扮演这个角色，但他从未完全满意过自己的表演，尽管评论界和公众都对其赞赏有加。他这个版本的制作去掉了许多莎士比亚原作中所没有的“小曲”，重点在于突出莎士比亚的语言，

1 参见 Lelyveld，*Shylock*，43-49。
2 参见他发表在 *Morning Chronicle* 1814 年 1 月 27 日和 2 月 2 日刊上的文章，重印于 *A View of the English Stage*（1818），1-4。
3 转引自 Hawkins，*Life of Kean*，i，137。

这些歌曲只会让表演显得累赘。不同于基恩那种感情激昂浓烈、将夏洛克诠释为一个受迫害的殉教者的表演，麦克雷迪的版本显得更庄重而威严，他的夏洛克是个饱受自己恶意折磨的人。[1]只有美国的埃德温·弗罗斯特（Edwin Forrest）饰演的夏洛克堪与基恩的版本相媲美，不过19世纪晚期的塞缪尔·菲尔普斯（Samuel Phelps）与罗伯特·坎贝尔·梅伍德（Robert Campell Maywood）也受到很多人的喜爱。[2]

到了此时，精致繁复的舞台和布景设置早已取代了莎士比亚时代“光秃秃”的舞台。王政复辟时代的剧院纷纷引入了可移动的油彩图画布景板，在整个18世纪，舞台的视觉效果变得越来越精巧。19世纪，麦克雷迪在自己的制作中试图确保华丽的特效不至于压倒表演的光彩。实际上，《威尼斯商人》的舞台设计受到了《泰晤士报》剧评人的赞美：“品位极佳、非常美丽，同时又恰如其分地审慎、考究，因此完全没有压过戏剧本身。”这位剧评人尤为喜爱第五幕里月光下的花园那个场景，它“闪烁着柔和的微光，后方的远景逐渐融化在一片模糊无边的诗意里”。[3]这条评论特别值得注意，因为更晚近的时候，这部戏往往演到第四幕夏洛克被挫败时，便以此收场。然而，到了19世纪中叶，查尔斯·基恩（Charles Kean）的制作所展现出来的那种壮观、繁复和“逼真”渐渐成了主流风格。

1 参见 Lelyveld，*Shylock*，49-56。
2 同上，56，67。
3 转引自 Odell，*Betterton to Irving*，ii，227。

考虑到作为演员的查尔斯·基恩的演技与其父完全无法相比，仅仅算得上“合格”而已，或许他展演莎士比亚剧作的方式，有助于弥补他别的方面的不足。他的视觉效果极其华丽繁复，从特尔宾（Telbin）所绘的设计图上就能看出来。[1]他在1858年制作《威尼斯商人》的时候，用高低错落的层级结构和大量可移动布景，把公主剧场（the Princess's Theatre）的舞台变成了一场威尼斯狂欢节。私奔那场戏作为第二幕的收场，以音乐和舞蹈作结，同时一条条贡多拉船在仿若“真实”的运河布景上来回穿梭。[2]查尔斯·基恩宣称自己高度忠实于莎士比亚的原文，他把摩洛哥亲王、阿拉贡亲王这两个曾再次从肯布尔和菲尔普斯等人的台本里消失的人物又加了回来，但不得不大幅删减他们的台词；他也缩短了第三幕第二场中巴萨尼奥与鲍西娅，以及第五幕第一场中罗伦佐和杰西卡的对话，毕竟布景的更换和壮观的视觉特效都很耗时间和人力，因此肯定有什么要做出让步。出于相似的原因，他也调换了或说“嫁接”了好几场戏的场景。奥德尔总结道，查尔斯·基恩的版本“表演很不错，同时并未给予那些碰巧富有诗性的台词过多不应得的关注”。或者，他用更笼统的话来说：“基恩所带给我们的，是纯粹的莎士比亚，此外别无其他；然而，不巧的是，他藏起来没有给我们看的很大一部分内容，同样是如假包换的莎士比

1 参见 Nancy J. Doran Hazelton，*Historical Consciousness in Nineteenth-Century Shakespearean Staging*（Ann Arbor，Mich.，1987），71-74。

2 参见 Peter Davison，Introduction to the Cornmarket facsimile of Kean's 1858 edition of *The Merchant of Venice*（1971），n.p。

亚。当然，这种做法在他那个时代也是很正常的。”[1]

查尔斯·基恩和他的妻子埃伦·特利（Ellen Tree）扮演夏洛克及鲍西娅，这也是他们二人最出彩的角色之一。大量的舞者和“龙套”演员把舞台挤得满满当当，因为基恩极为擅长大群演员的编排和管理。服装是依16世纪末意大利流行的式样做的，根据基恩为他1858年出版的台本所写的序言，它们取材于切萨雷·韦切利奥（Caesar Vecellio）的《世界各地的古代与现代时装》（*Degli habiti antichi e moderni di diverse parti del mondo*，1590年在威尼斯出版）。老基恩的《威尼斯商人》是一部极富感染力的戏剧，但到了他儿子手上，这部戏则变成了一场“壮观的视听盛宴”。[2]布景设计师和舞台特效技师的重要性，与演员们不相上下——在今天的戏剧界，这种现象也并不罕见。

亨利·欧文和埃伦·特利

对华丽场景的强调一直延续到19世纪末，已成为剧场传奇的亨利·欧文的夏洛克也在这个谱系之中。他这个版本于1879年11月1日在兰心大戏院（Lyceum Theatre）首演，埃伦·特利扮演鲍西娅，持续上演并超过250场——对于一部莎士比亚重制版剧作来说，是个

1 参见 Odell，*Betterton to Irving*，ii，296，287。
2 参见 Lelyveld，*Shylock*，59。

惊人的成就。[1]和查尔斯·基恩的版本一样，舞台上出现了真实的宫殿、真实的运河、真实的贡多拉和大量的群众演员，但欧文和特利精湛的演技仍在这一切之上熠熠生辉。[2]为了给壮观的特效让位，更重要的是，为了突出自己的表演，欧文对戏剧文本做了大刀阔斧的删减。阿拉贡亲王再次被砍，好几场戏被删掉（如第二幕第三场、第三幕第五场和第四幕第二场）或截短（如第一幕第二场、第三幕第二场、第五幕第一场）。但他也加上了一场新戏：第二幕中夏洛克借着提灯的光回到家，敲着如今里面已空无一人的房门——只敲了一声。在欧文的表演里，这个场景十分催人泪下，但之后的某些演员却将这个辛酸时刻塑造成了一场绝望的歇斯底里。[3]

欧文的夏洛克"是受迫害民族之成员的典型，几乎称得上是戏里唯一的君子，而且遭到了极不公正的对待"[4]。从多格特和麦克林的时代到这个时候，人们的解读发生了多么翻天覆地的变化啊！欧文声称，他的夏洛克是模仿现实中的人物塑造出来的，他曾在摩洛哥细致观察过一个"摩尔犹太人"。[5]观众也相应地被感染了：

1 参见 Odell，*Betterton to Irving*，ii，375。

2 同上，421-423；Lelyveld，*Shylock*，81。

3 例如，赫伯特·比尔博姆·特里（Herbert Beerbohm Tree，参见 Lelyveld，*Shylock*，100）。一个对欧文的制作的细致且材料丰富的分析，参见 Alan Hughes，*Henry Irving*，*Shakespearean*（Cambridge，1981），227-241；James Bulman，*Shakespeare in Performance*："*The Merchant of Venice*"（Manchester，1991），33-52。关于欧文所加上的那场戏的记载，各个版本说法不一，从他安静地走进家门，到先敲了好几下门的说法都有，试参照 Robert Hichins，"Irving as Shylock"，in H. A. Saintsbury and Cecil Palmer（eds.），*We Saw Him Act*（1939；repr. 1969），168；Hughes，*Henry Irving*，232；William Winter，*Shakespeare on the Stage*（New York，1911），186；Bulman，38。

4 参见 Joseph Hatton，*Henry lrving's Impressionsof America*，2 vols.（London，1884）i，265；cited by Lelyveld，*Shylock*，82。

5 参见 Hichins，"Irving as Shyloc"，167。与其他演员错误地使用中欧口音不同，欧文选择延续了将夏洛克刻画成一个东方犹太人的传统，安东尼·谢尔在他皇家莎士比亚剧团 1987 年的制作中也是这样做的（参见下文）。

> 毫无疑问，他演绎的犹太人常常是可憎的，但也有许多流露纯粹人性的时刻，让人与他共情，或者说，对他的痛苦感同身受。某种受制于斗争和受苦，这些落在全人类头上的共同命运的，属于永恒的“人”的东西，刺穿了那层由贪婪的“犹太人性”、对猎物的不依不饶、报复心和怨恨构成的外壳，直指内心。我们几乎要原谅他了。[1]

尽管此后还会有其他竞争性阐释出现，欧文本人也时常改变其中的一些方面，但直至今日，他对这个人物的基本构想仍然强有力地影响着戏剧表演和批评界。[2]

埃伦·特利的鲍西娅与欧文的夏洛克可谓棋逢对手。她给这个角色带来了一种对女主人公身上“女性韵味”的着重突出：她“优雅、机敏、甜美、神采奕奕、充满热情和爱意”。[3]在与欧文合作之前，1875 年她就在威尔士亲王剧院（the Prince of Wales Theatre）的班克劳夫特版制作（Bancrofts'production）中非常精彩地扮演过这个角色了，当时与她搭戏的是个极为失败的夏洛克，由查尔斯·科格伦（Charles Coghlan）扮演。[4]1868年她与欧文共同出演过《凯瑟丽娜与彼特鲁乔》（*Katherine and Petruchio*），然而在十年后他选中她在《威尼斯商人》

1 参见 Hichins，“Irving as Shyloc”，167。与其他演员错误地使用中欧口音不同，欧文选择延续了将夏洛克刻画成一个东方犹太人的传统，安东尼·谢尔在他皇家莎士比亚剧团 1987 年的制作中也是这样做的（参见下文）。

2 例如，在劳伦斯·奥利维尔 1970 年对该角色的刻画中（参见下文）。比较 Bernard Grebanier，*Then Came Each Actor*（New York，1975），296。

3 同上，305。

4 参见 Odell，*Betterton to Irving*，ii，306。

中扮演鲍西娅，这才真正开启了一段全新的、彼此增益的合作关系，这一合作持续了二十多年。选择特利担纲他在兰心大戏院的戏剧制作中的女主角，是欧文曾经做过的最明智的决定之一。[1]

鲍西娅这个角色很难把握，稍不留意就会落入各种陷阱。有人会把她演得过于活泼、轻佻，如麦克林复原版本的姬蒂·克莱夫（Kitty Clive）[2]，有人则会显得过分势利眼和装腔作势，如乔纳森·米勒给国家剧院制作的版本中的琼·普罗怀特（Joan Plowright）。与其他那些曾经穿上男装的莎士比亚女主角一样，她必须同时或交替地表现出浪漫、善感、风趣和聪明才智——有力量却不过分强势，爱意丰沛且陷入热恋，但不会被感情冲昏头脑。[3]在前几幕中，她身边一直有尼莉莎在附和她，但对她人物塑造的真正考验，来自她与改宗者杰西卡那为数不多的几次互动。不巧的是，针对早期制作中这个人物的批评文献很少见，但几位最成功的鲍西娅还是留下了她们的名字，其中除了埃伦·特利外，还有 18 世纪的佩格·沃芬顿（Peg Woffington）和莎拉·西登斯（Sarah Siddons）[4]，19 世纪则有海伦·福西特（Helen Faucit）、海伦娜·莫杰斯卡（Helena Modjeska）和朱莉娅·马洛（Julia Marlowe）。

1 参见 Austin Brereton，*The Life of Henry Irving*（1908；repr. New York，1969），262-267。

2 参见 Lelyveld，*Shylock*，23。实际上，克莱夫是位演技精湛、广受好评的喜剧女演员，她可能更多地受到了格兰维尔的改编版本中闹剧元素的影响。

3 参见 Winter，*Shakespeare on the Stage*，217-222 关于埃伦·特利所饰演的鲍西娅的讨论。对她的表演的评论也重印在 Gamini Salgado，*Eyewitnesses of Shakespeare*（1975），137-143。

4 她 1775 年 12 月 29 日在伦敦加里克的特鲁里巷剧院的首秀就是扮演鲍西娅，与她搭戏的夏洛克由汤姆·金（Tom King）扮演。由于身体抱恙，她的表演一败涂地，但后来她于 1785—1786 年在同一个角色上证明了自己。参见 Mrs Clement Parsons，*The Incomparable Siddons*（1909），23-24，125-126，以及 Roger Manville，*Sarah Siddons*（New York，1971），32-33，131。

20 世纪的反应

早在 20 世纪到来之前，戏剧界就已经有人反对莎剧过于繁复、精致的舞台设计了。其中最重要的“挑战者”是威廉·波尔（William Poel），他的理论提倡人们回到莎士比亚时代的环球剧院那种典型的简朴、快节奏的表演风格，至少这是他对彼时风格的理解。另外，就《威尼斯商人》而言，他极力反对当时盛行的，将夏洛克呈现为悲剧人物，认为他蒙冤受罪多过他所作之恶的阐释。波尔认为，这个错误的认知部分要归咎于“一个国家在宗教或政治态度上的转变，继而引发了剧场的转变”。正如人们会写新戏来表达新看法，当他们重新将旧戏搬上舞台时，往往也会做些“改动和调整”，使其符合新口味和意见。[1] 波尔论证说夏洛克本质上是个反派，他之所以被鄙夷，不是因为他的犹太人身份，而是因为他是个“阴郁、恶毒的放债人”、在爱情喜剧中必须被击败的“守财奴”。为了证明这一观点，波尔将其与马洛的巴拉巴和莫里哀的阿巴贡相比较。在他看来，夏洛克的犹太人身份几乎是个偶然的附带属性，这部戏剧更多的是关于他作为放债人这一职业身份，而非他的宗教信仰。莎士比亚的戏剧抗议的是马洛的“异教基督徒”（pagan Christians），而非他的“残暴的犹太人”（inhuman Jew）巴拉巴。[2] 这些理论分析所指向的结论是，他想要回归将夏洛克当作喜剧反派的传统——全套扮相，包括红色的假发。当夏

1 William Poel，*Shakespeare in the Theatre*（1913），70-71。
2 同上，71-84。波尔在这里赋予了莎士比亚一些有趣的政治动机。

洛克在庭审的最末离场时，他不是个被彻底击垮的可怜人，而是个因别人智胜了自己而怒不可遏的人。[1]

在其他方面也有批评声音出现。一位不愿透露姓名的女演员发文批评了埃伦·特利扮演的鲍西娅，她猛烈抨击了热情冲动、仁善亲和这一广受人们赞赏的表演风格，而青睐于一个更精明强悍、足智多谋的女主人公。[2]到了20世纪30年代，在欧文的制作中达到其顶峰，后来又在赫伯特·比尔博姆·特里（Herbert Beerbohm Tree）、阿瑟·鲍彻（Arther Bourchier）、理查德·曼斯菲尔德（Richard Mansfield）等人那里得到延续的维多利亚时代传统走向了终结。这个传统最后的余晖，是弗兰克·本森（Frank Benson）1932年5月16日在埃文河畔斯特拉特福莎士比亚纪念剧场的终场演出。[3]新任的戏剧节经理威廉·布里奇斯-亚当斯（William Bridges-Adams）致力于为莎士比亚戏剧的排演注入新鲜的生命力。他邀请了俄国出生的西奥多·科密萨耶夫斯基（Theodore Komisarjevsky）来编导《威尼斯商人》，该版本于1932年7月25日开演。J. C. 特里温（J. C. Trewin）称之为一个“引起了轩然大波”的版本，它与在斯特拉特福以及伦敦上演过的任何东西都迥然不同。

科密萨耶夫斯基决意要颠覆之前的“图像现实主义”传统，该传

1 参见 Lelyveld，*Shylock*，97-98；Robert Speaight，*Shakespeare on the Stage*（1973），136。比较 Poel，*Shakespeare in the Theatre*，132，在这里波尔无视了夏洛克的最后几句台词，并通过援引《傻瓜》中的对应场景来为自己的结论辩护。

2 参见 *The True Ophelia; and Other Studies of Shakespeare's Women*，by “An Actress”（1913）；quoted in Leigh Woods，*On Playing Shakespeare*（New York，1991），129-133。

3 Bulman，第53页引用了 J. C. 特里温在 *Shakespeare on the English Stage*，1900—1964 第137页上的叙述。

统将历史细节、自然主义的表演和道德说教结合在一起，主导了过去半个多世纪的各个制作版本。[1]虽然他只删去了14行莎士比亚的原文，恢复了摩洛哥亲王、阿拉贡亲王及高波父子的戏份，但他加上了一些没有台词的简短桥段。例如，开场时上来“一组戴着艺术喜剧面具的人，轻快地跳着舞”，而全剧结束时他让朗斯洛·高波回到台上打起了哈欠。摩洛哥亲王、阿拉贡亲王和公爵都变成了滑稽的丑角，庭审那场戏上鲍西娅戴了一副自行车轮形状的圆片眼镜，安东尼奥则戴了一个巨大的轮状皱领，据一位亲临现场者的说法，这让他的脸看上去像是施洗约翰的头盛在盘子上。[2]科密萨耶夫斯基认为，《威尼斯商人》是一部幻想喜剧，因此也要如此来演。布景、服装和表演都要表达出这部戏本身“情感和节奏的运动”，而非任何一个时代的特征。建筑物以奇怪的角度扭歪着，叹息桥被截成两段，诡异的绿色和绯红色灯光交替笼罩着整个舞台，以制造出“一个大众幻梦里的威尼斯”。身穿绚丽多彩服饰的安东尼奥，成了“堕落的精致公子哥儿”，他忧愁的原因则变成了自恋。[3]在这一大片光怪陆离的场景里，兰德尔·艾尔顿（Randle Ayrton）饰演的具有传统风格的夏洛克显得格格不入，他抵制了科密萨耶夫斯基把这个角色降格为喜剧反派的意图。[4]

1 参见 Bulman，54。
2 参见 Trewin，*Shakespeare on the English Stage*，137。比较 Bulman，59-61，后者注意到开场化装舞剧的领舞者布鲁诺·巴纳比（Bruno Barnabe）后来作为朗斯洛·高波回到台上，他一人分饰两角的做法暗示着这部戏的整个戏剧行动是小丑朗斯洛的一场梦。
3 参见 Bulman，56-58。
4 参见 Trewin，*Shakespeare on the English Stage*，137；Bulman，68-71。

与这种天马行空的风格相反，或者说潜藏在这种风格之下的，是科密萨耶夫斯基的这出《威尼斯商人》意图实现的政治和社会目的——讽刺资产阶级，或曰布尔乔亚式的“颓废”。在他看来，正是这种颓废催生了族裔偏见。科密萨耶夫斯基剧中那些年轻且软弱无能的威尼斯人是一群游手好闲的混子，夏洛克尽管很恶毒，但的确在他们手上遭受了不公。[1] 就这点而言，他的观念与19世纪人的阐释并无根本上的不同。实际上，这部戏在其整个演出史上，始终在悲剧和喜剧的两极之间摇摆不定，这确证了批评界对其含混多义或曰矛盾性的强调。第二次世界大战后，当极端族裔仇恨的后果显露无遗时，戏剧导演便不能再无视大屠杀的存在，尽管他们回应这一历史灾难的方式各不相同。

乔纳森·米勒在他1970年英国国家剧院的制作版本中，选择将戏剧的背景设在了一个距离我们较近的时代。他设定的这个19世纪80年代的威尼斯，与维多利亚时代中期的伦敦极为相似。由劳伦斯·奥利维尔出演的夏洛克看起来就像是当时的犹太同化主义者，其中的典型人物有曾任英国首相的本杰明·迪斯累里（Benjamin Disraeli，奥利维尔的扮相就模仿了他）、银行家和金融家（而非伊丽莎白时代的放债人），如罗斯柴尔德男爵（Baron Rothschild）。与科密萨耶夫斯基一样，米勒也有他想传达的社会观点——他想表明，现代反犹主义的根源在于经济与权力的竞逐，这与资本主义和政治有更多的关系，而非

1 参见 Bulman，72。

“犹太人杀死了基督”的《圣经》理论。[1]为了将夏洛克呈现为一个更具有同情心的人物，他大幅删减了台词，比方说去掉了“我恨他因为他是个基督徒”那段长旁白（第一幕第三场）。他还缩短或（在电视上放送的版本里）完全去掉了朗斯洛的那些滑稽戏。另外，他还将杰西卡塑造成了一个因离弃父亲和宗教而深感痛苦不安的年轻女子。夏洛克对她的私奔，以及对萨拉里诺和索拉尼奥的嘲讽的反应，直接导致了他决心向安东尼奥及他所代表的严重伤害了自己的基督徒团体寻仇。为了强调这个悲剧的面向，以确保观众可以准确无误地把握其意图，米勒在他这个版本的终场处安排了一个惊人的戏剧行动。当鲍西娅领着众人进入她的宅邸时，杰西卡独自朝另一个方向悄悄离开，手里拿着那张夏洛克已经签了字的文契，同时台下一名犹太会堂诗班领唱人（cantor）唱起哀悼者的珈底什祷歌（mourner’s Kaddish）。

十年后，米勒又当了一次《威尼斯商人》的制作人，但这次是受英国广播公司的委托，制作他们系列电视剧中的一集。因为受制于剧集对统一性的要求，这次的成品要传统很多。导演则是之前几乎没有执导莎士比亚作品经验的杰克 · 戈尔德（Jack Gold）。夏洛克由沃伦 · 米切尔（Warren Mitchell）扮演，但他不像奥利维尔那样，出于自己所采纳的那种阐释来模仿“过于刻意为之的归化异族人的口音”，而是用一种中欧犹太人的“浓重口音”讲话，这两位演员都将他刻画

1 参见 Bulman，76-77，在其中他引用了米勒引用 Hannah Arendt，*The Origins of Totalitarianism* 的段落。布尔曼对米勒的制作所做的详尽分析极为精妙。

为更多地受感情而非贪欲驱动的形象。[1]在这两部制作中间的那段时期里，米勒开始认为这部剧“所呈现的两方面的偏见是完全对称的”。[2]基督徒和犹太人双方都有错，正如庭审那场戏中，在夏洛克要将安东尼奥斩尽杀绝的狠毒行径和法庭强迫他改宗的残酷判决之间取得了平衡。

皇家莎士比亚剧团的“商人”

在这个时期，另一位英国导演约翰·巴顿（John Barton）也制作了该剧的两个剧场版本。其中一个偏实验性的版本（1978）在埃文河畔斯特拉特福的“另一处”剧院（The Other Place）上演，而另一个完整的传统版本（1981）则是在主剧场。[3]两个版本的时代背景都设定在19世纪下半叶，尽管它们都没有像米勒的版本那样刻意强调时代感。两个版本的夏洛克由不同演员扮演，他们对这个角色的阐释也大相径庭，这一差异进一步表明了这部剧内涵的模棱两可性。帕特里克·斯图尔特在“另一处”扮演的夏洛克是个阴险卑劣的人，看重金钱超过其他一切——无论是爱、家庭、宗教还是社会地位。斯图尔特演绎的夏洛克既不是个好人，也不是个好犹太人，所以他马上同意了安东尼奥

1 参见 Bill Overton，*Text and Performance*：“*The Merchant of Venice*”（Atlantic Highlands，NJ，1987），49。

2 参见 Bulman，101，引用自 1982 年 2 月 22 日于美国广播网 PBS 上播放的采访音频。另参见 Marion D. Perret“Shakespeare and Anti-Semitism：Two Television Versions of *The Merchant of Venice*”，*Mosaic*，16（1983），145-163。

3 后来两个版本的制作都搬到了伦敦，前者 1979 年在仓库剧院（the Warehouse）上演，后者同年晚些时候在奥德维奇剧院（the Aldwych Theatre）上演。

最后让他改信基督教的要求，且没有任何哀叹或抱怨，只发出一阵紧张、谄媚的嘿嘿笑声。这符合巴顿的想法，即“这部戏剧不是关于族裔，而是关于真实的和虚假的价值”。[1]另一位夏洛克由戴维·叙谢扮演，和沃伦·米切尔一样，叙谢也是犹太人。对于叙谢来说，事情要复杂得多。他认为犹太人身份是夏洛克的核心属性，他并非一个碰巧是犹太人的被排斥者；他之所以被排斥，正因为他是个犹太人。[2]这一差异为叙谢的口音所凸显。叙谢出于对夏洛克族裔自豪感的理解，故意带了轻微的犹太口音，而斯图尔特的发音中则没有任何“犹太色彩”。[3]

两个版本间浮现出的其他差异也让我们学到很多。叙谢对夏洛克在“公共”一面和“私下”一面做出了明确区分。对他来说，最困难的一场戏是第二幕第五场，夏洛克在自己家中与杰西卡的互动。叙谢既需要展现夏洛克对女儿心怀温情，又得让她的叛逃显得合情合理，而他无法调和这对矛盾。斯图尔特则对杰西卡完全没有流露出任何温情，相反他只是察觉她语气里有些微反抗的意思，就狠狠地抽了她一个耳光。[4]但对两位演员来说，决定性的时刻都出现在第三幕第一场的 118 行，夏洛克为利亚所赠的戒指哀叹，同时下定了报复的决

1 参见 Overton，53，引用自 1981 年发表的剧院节目单。另参见 Patrick Stewart，“Shylock in *The Merchant of Venice*”，in Philip Brockbank（ed.），*Players of Shakespeare*（Cambridge，1985），11-28，里面有他关于自己所诠释的这个夏洛克的源头和发展的叙述。

2 参见 John Barton，*Playing Shakespeare*（1984），171。在这个题为“探讨一个人物”的章节中，叙谢和斯图尔特与巴顿讨论了他们各自对夏洛克这个角色的看法。在记录了这场对谈的录像中（这本书的文本是对录像带中内容的转写），他们亲自演绎了几段关键的台词或场景。可将他们的采访与 Judith Cook，*Shakespeare's Players*（1983），80-86 比较。

3 参见 Overton，53；比较 Barton，*Playing Shakespeare*，172。

4 参见 Stewart，“Shylock”，22；Barton，*Playing Shakespeare*，176。

心。[1]对奥利维尔的夏洛克而言，杰西卡的私奔才是关键，且该剧真正的高潮是第三幕第一场，而非第四幕的庭审。

在讨论《威尼斯商人》在海外的上演情况之前，我们还需要简略地提及另外两个英国本土版本。在 1984 年约翰 · 凯尔德（John Caird）灾难性的过度设计的版本之后，皇家莎士比亚剧团于 1987 年再度上演了该剧，由比尔 · 亚历山大（Bill Alexander）执导，安东尼 · 谢尔饰演夏洛克。谢尔回归了之前的那种未同化的、东方人式的夏洛克形象，并采取了与之相符的口音和服装。但这个版本也包含了一些现代指涉，诸如夏洛克家附近的墙上被画了纳粹十字标志和其他类似的反犹符号。事实上，这个版本有意强化了戏剧文本的潜在争议性，迫使观众检视自己所怀有的偏见。因此，这个版本的《威尼斯商人》引发了激烈争论，其中一个重要原因是，通过赤裸裸袒露夏洛克的嗜血动机，谢尔让这个角色显得极具冒犯性。[2]

亚历山大希望在这个制作中探讨广义的族裔歧视，不仅仅是反犹主义，身为南非犹太人的谢尔也正有此意。[3]因此，在庭审那场戏中，夏洛克在斥责威尼斯人蓄奴（第四幕第一场）时，他将庭上一个黑人仆役拉到身前，以此将对犹太人的歧视与对黑人的歧视以一种清晰明了、不可能被错过的方式联系在一起。[4]亚历山大强烈地认为该剧的历史背景应该被设定在詹姆斯一世统治时期（1630 年），以彰显剧中世

1 参见 Barton，*Playing Shakespeare*，177-178。
2 参见 Bulman，117-120。
3 参见 Antony Sher，“Shaping up to Shakespeare”，*Drama*，4（1987），28; cited by Bulman，120。
4 参见 Bulman，124-125。

界的残酷和严刑峻法。他认为只有这样，夏洛克想要挖出安东尼奥心脏的动机才会显得可信；将这个故事放在维多利亚时代或其后，都会削弱其可信程度。另外，他又进一步辩称，该剧的社会情境也要求设置在这样的历史背景下，才能使人理解犹太人在威尼斯的处境，以及基督徒在与他们打交道时表现出来的伪善。[1]

亚历山大这部制作的一些其他方面，也是精心设计以冲击观众的既有信念，使其深深不安，从而引发争议。例如，安东尼奥在他与巴萨尼奥的关系中直白地袒露出同性恋倾向。然而，彼得·霍尔爵士（Sir Peter Hall）在其1989年于凤凰剧院上演的制作激起的争议相对来说就要小很多，尽管他大幅沿袭了亚历山大的阐释，甚至就连次年该版本在纽约上演时，都是如此。或许评论界和公众都已厌倦了辩论，也有可能是因为另一位更受欢迎的犹太裔演员、美国人达斯汀·霍夫曼（Dustin Hoffman）的登场驱散了争议，并为它赢得了票房上的成功。更有可能的原因是，霍尔的版本与亚历山大版相比，调子更温和，显然立场也没那么鲜明，尽管细节上的表现力一点都不少——两个版本里都多次出现基督徒向犹太人吐口水的动作。这是霍夫曼第一次出演莎士比亚的剧作，他的舞台表现也很难称得上有多强的统治力，这给了杰拉尔丁·詹姆斯（Geralding James）的鲍西娅一个大放光彩的机会——她也的确不辱使命——为夏洛克的角色提供了必要而有益的制衡。且与巴顿1981年版本中西妮德·丘萨克（Sinead Cusack）的鲍西娅一样，在

1 对他的采访，参见 Ralph Berry，*On Directing Shakespeare*（1989），181-182。

夏洛克被迫改宗的时刻，她似乎是唯一对他表现出同情的人。[1]

《威尼斯商人》在海外

达斯汀·霍夫曼饰演的夏洛克提醒了我们，《威尼斯商人》与所有莎士比亚的戏剧一样，不仅仅属于英国戏剧界。作为世界文学瑰宝的一部分，它在全球的各个角落上演。它是第一部由职业剧团在美国表演的莎剧之一，最早是在 1752 年 9 月 15 日，刘易斯·哈勒姆（Lewis Hallam）与一个来自伦敦的剧团在弗吉尼亚州的威廉斯堡市排演。[2] 饰演过夏洛克的所有美国人中，埃德温·布斯无疑是最伟大的，此前他的父亲朱尼厄斯·布鲁图斯·布斯（Junius Brutus Booth）也演过该角色。19 世纪初，"犹太人"作为一个固定人物类型已经得到公认，会讲希伯来语的老布斯在扮演夏洛克时，就带上了一点意第绪口音。[3]

埃德温·布斯饰演夏洛克的首秀是在 1861 年的伦敦，后来他不仅超越了其父，也胜过了另一位扮演过该角色的著名美国演员埃德温·弗里斯特（Edwin Forrest）。弗里斯特的表演与基恩相类，而小布

1 关于在伦敦的制作，参见 Stanley Wells，"Shakespeare Production in England in 1989"，*SSur* 43（1991），187-188。关于纽约的制作，参见 Irene Dash，"*The Merchant of Venice*"，*Shakespeare Bulletin*，8（Spring 1990），10-11；Bernice W. Kliman，"The Hall/Hoffman Merchant：Which is the Anti-Semite Here？"，*Shakespeare Bulletin*，8（Spring 1990），11-13。

2 参见 Charles Shattuck，*Shakespeare on the American Stage*：*From the Hallams to Edwin Booth*（Washington，DC，1976），3。但另外参见 Hugh F. Rankin，*The Theatre in Colonial America*（Chapel Hill，NC，1960），191，他提到在《威尼斯商人》之前，《理查三世》和《奥赛罗》就曾经在美国上演过了（由 Shattuck 在第 15 页引用）。

3 参见 Lelyveld，*Shylock*，63-65。

斯的表演则更接近麦克林，或者与他时代上更接近的帕特里克·斯图尔特。因为他认为根本上夏洛克是受经济考量驱动的——他是一个贪婪的老年人，毫无爱或同情，更在意利亚那只指环的“金钱价值”而非情感关联。[1] 他是 1867 年在纽约开始重演这出戏的，直到亨利·欧文的版本出来之前一直无人超越，他大幅删减或改动了剧本，使夏洛克的威胁显得更凶恶，也让这个角色变得更加突出。例如，第一幕第三场中他安排安东尼奥和巴萨尼奥先离场，而夏洛克留在台上并说了这样的两句独白：“你曾经无缘无故骂我是狗，既然我是狗，那么你可留心着我的狗牙齿吧。”（第三幕第三场）而全剧也在第四幕第一场夏洛克离场时便宣告终结。他的夏洛克是一副东方式专制大家长的扮相，外表怪诞可怖，同时又带有悲剧色彩，他的表演也传达了同样的效果。[2]

在 19 世纪，还有另一位不甚出名的美国演员也极为成功地扮演了夏洛克。因为他是个黑人，所以他主要在欧洲表演，并在那里斩获了大量好评，尤其是在俄国——人们喜爱他绝非因为他是个异类，而是因为他对莎士比亚笔下许多人物（如夏洛克和李尔王等）所做的动人诠释。这位演员的名字是艾拉·奥尔德里奇（Ira Aldridge），1807 年 7 月 14 日出生在纽约，60 岁时在波兰的罗兹去世。他的夏洛克让俄国评论家 K. 兹万采夫（K. Zvantsev）更多地联想到“永世流浪的犹太人”（the Wandering Jew），而非莎士比亚笔下的放债人，但这个评

1 关于布斯对这个角色的分析，参见 Furness，383-384，与 Winter，*Shakespeare on the Stage*，153-159 相比较。
2 参见 Winter，*Shakespeare on the Stage*，155-159。

价显示出奥尔德里奇试图将该角色普遍化，让他成为流散的犹太人的一个整体代表的意图。[1]离今天更近的一次美国演出是 1957 年在康涅狄格州的斯特拉特福，其中莫里斯 · 卡诺夫斯基（Morris Carnovsky）饰演的夏洛克被评论界一致赞美为“绝妙”，特别是他表现出的活力和幽默。[2]他从夏洛克的语言中辨认出了“智性”特质和宏伟壮丽、余音绕梁的念白咬字，并拒绝用奇怪口音来贬低它，而这在当时的英格兰戏剧界是盛行的风气。[3]大约与此同时，在俄勒冈的莎士比亚戏剧节上，上演了一版“原汁原味”的伊丽莎白时代风格的《威尼斯商人》，其中夏洛克由戏剧节的创办者、演员安格斯 · 鲍默（Angus Bowmer）以喜剧反派的方式扮演，身穿全套丑角装束：戴着红色的假发和胡须以及假鼻子，讲一口中欧口音。对于那些从小到大看到的版本始终是“悲剧”夏洛克的人（笔者就是其中之一）来说，鲍默的阐释着实惊人，也深具启示性。因为它的确奏效，它帮助完成了该剧的喜剧结构和意图，同时又不至于激起令人反感的反犹主义情绪。就在同一个舞台上，1991 年又上演了另一个现代装束的版本，然而这个版本却引发了巨大争议，人们激愤地指控它带有反犹主义倾向。[4]

在其他国家，《威尼斯商人》也曾以各种迥然相异的风格上演，其强调的侧面也各不相同。毫不让人感到意外的是，在纳粹统治时期的德

1 参见 Herbert Marshall and Mildred Stock，*Ira Aldridge*：*The Negro Tragedian*（1958），235。
2 参见 Lelyveld，*Shylock*，114。
3 参见 Morris Carnovsky，“On Playing the Role of Shylock”，in Francis Fergusson（ed.），*The Merchant of Venice*（New York，1958），25。
4 例如，参见 Glenn Loney，“P.C. or Not P.C.”，*Theatre Week*，2-8 Sept. 1991，29-31。

国，它和马洛的《马耳他岛的犹太人》一道主要被当作抹黑犹太人的宣传工具，当时他们正在系统性地将犹太人从第三帝国中清除殆尽。但事情绝非总是如此，一个例外便是马克斯·莱因哈特（Max Reinhardt）在德国和意大利都上演过的绝妙制作（1905—1935），其中夏洛克先后由鲁道夫·席尔德克劳特（Rudolf Schildkraut）、阿尔伯特·巴塞曼（Albert Basserman）和梅莫·贝纳西（Memo Benassi）扮演。[1] 1963年，埃尔温·皮斯卡托（Erwin Piscator）在柏林执导的制作中，恩斯特·多伊奇（Ernst Deutsch）也出演了一个非常人性化的夏洛克；另外，1968—1969年奥地利和德国联合制作的电视剧版本里，弗里茨·科特纳（Fritz Kortner）的夏洛克则显得不那么庄重、体面，但更贴近现实一些。[2]

以色列的制作

尽管《威尼斯商人》在以色列不像它在其他国家上演得那么频繁，但出现过的几个制作都引起了人们相当大的兴趣。其中的第一个版本于1936年在哈比玛剧院（Habimah Theatre）上演，当时以色列国尚未正式建立。这个版本的导演是犹太裔难民利奥波德·耶斯

1 参见Speaight，*Shakespeare on the Stage*，206-208；J. L. Styan，*Max Reinhardt*（Cambridge，1982），61-64。

2 参见Bulman，151-153。关于乔治·塔博里（George Tabori）1978年在慕尼黑的制作，以及其他一些德国舞台上的制作，参见Maria Verch，“*The Merchant of Venice* on the German Stage since 1945”，*Theatre History Studies*，5（1985），84-94。

纳（Leopold Jessner），以其20世纪20年代在柏林的德国国家剧院（Staatstheater）和席勒剧院（Schiller Theater）的工作而闻名遐迩。他的夏洛克先后由阿哈龙·梅斯金（Aharon Meskin）和希蒙·芬克尔（Shim'on Finkel）扮演，代表的是与基督教社会战斗的全体犹太民族。梅斯金更强调夏洛克身上的英勇气概，而芬克尔更侧重表现他胸中极深的怨愤，两个人身上都不带一丁点喜剧反派的痕迹。然而，这版制作仍然引发了争议。因为它被认为把剧中的基督徒表现得太体面且善良了，人们在剧场里组织并召开了一场公开"审判"，戏剧作者、导演和剧场方都被送上了被告席，被控以煽动反犹主义的罪名。[1]

多年之后，蒂龙·格思里（Tyrone Guthrie）于1959年再次在以色列执导了一个《威尼斯商人》的制作，当时纳粹大屠杀已经结束，以色列国也正式成立了。梅斯金再度在这个现代装束的版本里出演夏洛克，他采用了罗斯柴尔德式的扮相，以强调夏洛克作为金融家的一面。格思里试图将这部戏框定在爱情喜剧的范畴内，但他想要呈现"一支具有慈悲和正义双重主题的幻想曲"的尝试只能说是部分成功了。[2]他选错了鲍西娅的演员，而梅斯金身上浓重的悲剧感也与这个爱情喜剧的构想格格不入。仅仅上演了几个月，这台制作就从哈比玛剧院的节目单上消失了。该剧下一次在以色列的舞台上出现，则要等到

1 参见 Avraham Oz，"Transformations of Authenticity: *The Merchant of Venice* in Israel 1936-1980"，in Werner Habicht（ed.），*Shakespeare Jahrbuch West*（Bochum，1983），165-177。后文中关于这一时期以色列国内各版本制作的资料都来自这篇文章。

2 参见 Tyrone Guthrie，*In Various Directions: A View of the Theatre*（1965），第103页；转引自 Oz，"Transformations"，173。

1972年，当时以色列本土出生的约西·亚兹阿利（Yossi Yzraeli）为特拉维夫的卡梅里剧院（Cameri Theatre）导演了它。不久前的1967年，以色列在“六日战争”中大获全胜，这让他们的民族自豪感和自信心达到了顶点，以至于在一场非现实主义的制作中，塑造一个不让人同情的反派夏洛克形象也是可以冒险尝试的了。全剧以模仿基督受难日游行（Good Friday procession）的哑剧开场，庭审一场中的安东尼奥以基督形象出现，背上负着一个巨大的黑色十字架。整场演出中，舞台背景中始终有一台木偶戏，或是在戏仿主舞台上的戏剧行动，或构成对其的评论。知名以色列喜剧演员阿夫纳·希斯奇亚胡（Avner Hyskiahu）将夏洛克塑造成了一个怪诞、精明的犹太老头，惯于在交易中要手段。毫不令人感到意外的是，这个制作无论在票房上还是艺术上都极为失败，还激起了大量充满敌意的批评。

1980年，卡梅里剧院再次尝试上演《威尼斯商人》，这次他们从英国请来了皇家莎士比亚剧团的巴里·凯尔（Barry Kyle）作为导演，克里斯托弗·莫利（Christopher Morley）作为舞台设计。为了安抚，或者说化解预想中的反对声浪，一部分演员劝服凯尔删去了第四幕第一场中夏洛克被下令改宗的情节。凯尔将夏洛克构想为“陷入了恐怖主义的逻辑和思维方式的人”，然而他这个诠释最终被证明并不比其他版本对这个饱受争议的角色的诠释更成功，尤其是在一个此时已经强行占据另一民族之领土多年的国家里。在这样的政治和社会语境下，凯尔想传达的“和睦与爱”这一中心思想，未能得到他和其他人期待中的那种认同。1986年，特拉维夫的贝特-莱辛剧院（Bet-Lessin Theatre）试图重演该剧，使用了亚伯拉罕 · 奥兹（Avraham Oz）的新译文，由约西 · 阿尔菲（Yossi Alfi）导演，但这个制作在彩排环节就因为资金不足而夭折了。两年之后，摩西 · 沙米尔（Moshe Shamir）将这部戏改编为《威尼斯的狂欢节》（*A Carnival in Venice*），在阿科的“另类戏剧节”（Festival of Alternative Theatre）中上演。

今天，《威尼斯商人》仍在全世界的舞台上不断上演。它如此受欢迎的原因始终如一：它具有足够丰富的复杂性，无论是演员还是评论者，都能持续对其做出有价值的探索；并且它也为表演、编排和舞台设计提供了绝妙的发挥机会。至今它仍然会激起争议，尤其是在对剧中确实含有的反犹主义元素敏感的观众中间。至于这部戏剧本身反犹与否，很大程度上取决于个人对其的阐释——包括舞台上的和文本中的，也取决于你是否倾向于接受内在于文本本身的含混多义、前后不一致和矛盾之处。为解决这些含混和矛盾，会要求你在各个方向上的阐释中选取一种而拒绝其他，正如我们已经看到的那样，但这样做往往会折损莎士比亚写下的这部剧作本身的光彩。

文本导读

1598 年 7 月 22 日，下面这个条目被录进了书商登记簿：

> 詹姆斯·罗伯特斯引文得到两位监管人的签字，将一本题为《威尼斯商人》又名《威尼斯的犹太人》的书籍登记在册。前提是若无尊贵的宫内大臣剧团书面许可，无论这位詹姆斯·罗伯特斯本人，还是其他任何人士，均不许印刷该书。

这个明确的限制性条款，规定除非得到宫内大臣剧团的书面许可，无论是罗伯特斯还是其他人都不能印刷该书。这表明这个条目本质上是“拦阻”或“搁置”（staying）性质的，用来确立这本书的版权归属，但也阻止了它的出版，只有在取得演员们或是剧团的赞助人宫内大臣准许之后，这个剧本才能问世。[1]

两年后的 1600 年 10 月 28 日，登记簿上出现了另一个条目：

1 W. W. Greg, *The Editorial Problem in Shakespeare* (Oxford, 1942), 123.

托·海耶斯得到两位监管人的签字，以及罗伯特斯先生的同意，将一本题为《威尼斯商人之书》的书籍登记在册。

同年晚些时候，罗伯特斯为海耶斯印刷了这个剧本，附有如下标题页：

《精彩绝伦的威尼斯商人的故事》，关于犹太人夏洛克对前述商人怀有极端残酷的、想要割下他一磅肉的企图，以及通过三个匣子的选择赢得鲍西娅的故事/宫内大臣的仆人们曾多次表演该剧/威廉·莎士比亚著/（印刷商人的标记）/伦敦/由*I.R.*为托马斯·海耶斯付印/将在圣保罗教堂庭院/“绿龙”标志下销售/1600年

尽管罗伯特斯、海耶斯和宫内大臣剧团达成的协议细节我们不得而知，但书商登记簿上的这第二个条目，很可能意味着罗伯特斯此时已向登记处的两位监管人证明自己获准印刷这个剧本了。与此同时，罗伯特斯（可能是自己做主，也可能是代表宫内大臣及其“仆人”即演员们）将自己的出版权利转给了托马斯·海耶斯，后者随即出版了这部作品，由罗伯特斯为他印出。“一本题为《威尼斯商人之书》的书籍”[1]这个奇怪的冗余表达，似乎表示被提交到监管人手上的是给演员用的提词本，因为当时提词本的标题常常采用“……之书”（the

1 原文为“A Booke called the booke of the m chant of Venyce”。——译者注

book of ...）的形式，而录入簿册的那位抄写员显然原样照录了他面前书稿上的标题。[1]

后来实际上用于印刷这个“第一四开本”的底本很可能不是演员提词本，而是某个手稿，极可能是一版誊抄得清晰干净的稿子，或为莎士比亚亲笔。[2]因为该版本上有数个或是提到模糊数量、或是提供描述的舞台指示，这不符合提词本的特征；而且这个版本没有太多的印刷错误，因此不大可能是从一版被大幅涂抹修改过的作家手稿印出，否则上面就会有无数错字了。[3]例如，第二幕第一场最开头的舞台指示是这样的：“摩洛哥亲王，一个全身着白的深肤色摩尔人，率三四个形容装束与之类似的侍从上；鲍西娅，尼莉莎及婢仆等同上。”还有第三幕第二场第 62 行：“巴萨尼奥自言自语地评价这几个匣子，同时有人唱歌。”另外，第二幕第二场第 106 行、第二幕第七场开头、第三幕第二场开头、第四幕第一场开头，以及其他一些地方的舞台指示，都提到数量不定的随从。有几个地方漏标了某个角色的上场或离场，如第二幕第三场第 14 行、第二幕第六场第 50 行、第四幕第二场开头。其中一些人的在场或缺席可以由对话推断出来，但如果是提词本的话，人员的登场与否至少是需要明确标出的（尽管实际上也可能漏标）。另外我们看到，“第一对开本”的内文里标出了更多的奏乐提

1 参见 Greg，*SFF* 256。
2 马胡德相当确定它为莎士比亚亲笔所书。参见 NCS 172-173。
3 Brown，xiv；比较 NCS 170，那里讨论了“这是个由抄写员准备的清晰抄本”的论点。参见 William B. Long，“Stage Directions:A Misrepresented Factor in Determining Textual Provenance，” *TEXT* 2（1985），121-137。

示，这表明它很可能是以提词本为底本的，而没有这些奏乐提示的四开本则不是。

另一方面，这个版本里有几处舞台指示用的是简短的祈使语气，很像是提词本会用的那种，如“拆信”（open the letter，第三幕第二场第234行），“奏乐”（play Musique，第五幕第一场第68行），但考虑到作者毕竟是个职业剧作家，很可能他只是预料到了书商可能会想做的修改。[1]相似地，一些解释性的舞台指示，如“犹太人与其旧仆人，即小丑上”（第二幕第五场开头），“……萨莱里奥，来自威尼斯的信使上”（第三幕第二场第217行），都看不出有书商注释的痕迹。格雷格曾提出，第五幕第一场第39—48行处朗斯洛的进场和对话可能是提词本中后插入的一段内容，但这段也完全可能是插在一个带修改痕迹的工作手稿里的，也有可能它根本就不是事后插入的。另一个更有趣的谜题是关于索拉尼奥、萨拉里诺和萨莱里奥的，约翰·多佛·威尔逊给他们起了个花名叫“萨利们”。近年来，大多数编辑者都沿袭威尔逊的做法，将他们精简到了只有索拉尼奥和萨莱里奥两个人，因为萨拉里诺有可能只是萨莱里奥的昵称，或是拼错了的版本。[2]这方面的证据经常是混乱不明、令人迷惑的，认为“萨利”只有两个的观点也绝非最终的盖棺定论，如M. M. 马胡德向我们展示的那样。[3]尤为引人

1 参见 Greg，*Editorial Problem*，36；Brown，xv。

2 NS 100-104；Greg，*SSF* 257-258，Brown，第2页的注释。参见 Sisson，135，他认为三位“萨利”后被简化成了两人，威尔逊在他为一个剧院所做的改编中也持此意见。

3 NCS 179-183。尤其需要注意的是那个列出“第一四开本”“第二四开本”和“第一对开本”中全部台词前缀的表格，位于第180—181页。

注意的是这里特意在萨莱里奥的名字后面补充了一句解释，他是“来自威尼斯的信使”（第三幕第二场第 217 行），如果他是我们已经见过的一位“萨利”，且在前一场戏中才刚露过面的话，这条解释就会显得冗余。[1]鉴于一人分饰两角是当时的常见做法（实际上算是种行为准则了），安排扮演阿拉贡或老高波的演员出演萨莱里奥可谓轻而易举，此人只需要与另外两位“萨利”有些许不同，能看出来是另一个角色就行。[2]因此，我在这个版本中选择循马胡德的先例，保留萨拉里诺。[3]

“第一四开本”的印刷

“第一四开本”是在詹姆斯·罗伯特斯的印刷社付印的，为它排字的两位排版员之前曾为《泰特斯·安德洛尼克斯》的“第二四开本”（1600 年印行）排过字，后来为《哈姆雷特》的“第二四开本”（1604/1605 年印行）排版的也是这两个人，这个结论是布朗根据拼写

1 “第二四开本”将“第一四开本”中的“萨莱里奥”改成了“萨拉里诺”，而“第一对开本”则改成了“索拉尼奥”。如乔治·沃尔顿·威廉姆斯教授（在一场私下谈话中）所说：“在这个虚构故事中，没有任何迹象显示第三幕第二场中出现的萨莱里奥，在第三幕第三场就回到了威尼斯并出场，另外剧场实践也极其不支持这个阐释。”鉴于莎士比亚对此类小配角并不太感兴趣，他很可能把他们的名字搞混了。因为萨莱里奥是三人中名字最经常被他人呼唤者（例如，第三幕第二场第 218、226、236、264 行），他最可能是个确定有戏份的人物。另一方面，仍然如威廉姆斯教授所说，可能存在两个名为萨莱里奥的不同人物，就像剧中其实有两个 Balthasar（包尔萨泽 / 鲍尔萨泽）或是《皆大欢喜》中有两个 Jaques（杰奎斯 / 贾奎斯）一样。（参见 NCS 179）

2 NCS 179。

3 另外需要注意的是，尽管缩写版的说话人台词前缀是出了名的不可靠，“萨拉里诺”这个名字和拼写曾几次明确出现在舞台指示里，如第一幕第一场、第二幕第四场、第二幕第六场、第二幕第八场、第三幕第一场等开头处。

测试、长标题的长度、意大利体（斜体）字的使用和段落缩进习惯等论证出来的。[1]两个人都是称职的娴熟工匠，能仔细、忠实地传达手稿内容。《哈姆雷特》的“第二四开本”和《威尼斯商人》的“第一四开本”之间的差异，总体上并不在于排版员准确录入手稿内容的能力或意愿不同，而更多地在于他们拿到的原稿本身的质量差距很大。《哈姆雷特》“第二四开本”的底本是个修改痕迹很重的手稿，排版员读起来很费劲，因此印刷成品上出现了许多错误。

根据布朗对《威尼斯商人》“第一对开本”所做分析的结论，排版员 X 和 Y（这是他使用的代号）各自所排印的纸张列表如下：

排版员 X：A1（标题页）、C、E、G、I、K

排版员 Y：A2-4、B、D、F、H

换言之，排版员 X 排印的是第二幕第一场第 17 行至第二幕第五场第 3 行、第二幕第九场第 27 行至第三幕第二场第 102 行、第三幕第四场第 19 行至第四幕第一场第 141 行、第四幕第一场第 426 行至第五幕第一场第 307 行这些部分，其余部分都由排版员 Y 排出。无论在哪位排版员负责的部分里，A-C 这三张纸的部分都只是偶尔会出现大写字母的缺失，尤其是在韵文台词的起始处，但在此之后这种缺失就出现得更加频繁和规律了。对于“第一四开本”中这一异常之处，最

1 “The Compositors of *Hamlet* Q2 and *The Merchant of Venice*”，*SB* 7（1955），17-40。

可能的解释是印书商的活字库里没有足够的大写字模。[1]另一个奇怪之处是文本中多出了大量的问号，主要集中在 G、I、K 这几张纸上，这几张都是由排版员 X 排的，但同样是由他所排的 C 和 E 两张就没有这个问题。这个现象也可以解释为字模缺乏所致，但鉴于有时人们的确会用问号来代替感叹号，因此我们并不总能确切地判断，某个显然错误的问号所代替的究竟应该是个句号还是个感叹号。[2]

缺少某些大写字母的字模，还有可能导致了另外一些特征，如说话人台词前缀方面的一些貌似无意义的变动，特别是“犹太人”和“夏洛克”[*Iew*（*e*）/*Shy*（*l*）]，以及“小丑”和“朗斯洛”[*Clowne*/*Lau*（*nce*）] 的交替使用。[3]在一些迄今尚未发表的论文中，理查德 ·F. 肯尼迪对这些台词前缀的变动和《仲夏夜之梦》中可以与之相比较的类似变动做了极为细致的研究，并得出结论说，排版员们将台词前缀从“*Iew*（*e*）”换成“*Shy*（*l*）”，其原因是罗马体和意大利体的字模中都没有足够的大写字母“I”。[4]他这个分析背后的预设是，剧本手稿中用来指代犹太人夏洛克的台词前缀，在正常情况下本应统一用“犹太人”（*Iewe*）的，而这个预设显然无法被确证。有可能事实的确如此，但另外一种可能的解释是，作者和排版员都觉得如果“夏洛克”这个

1 *TC* 324 页；参见 NCS 172 页。马胡德提出，莎士比亚本人可能从某个时刻开始不大写某些韵文句首的字母了，如《托马斯 · 莫尔》剧本中被归为他所作的部分的手稿（Hand D），排版员仅仅是忠实传达了作者手稿的样态。更可能的情况是，莎士比亚可能根本就没有大写任何韵文的句首字母，而排版员出于不知何种原因（可能是忘记了，也可能是缺乏大写字母的字模）选择了忠实于原文手稿而非排版惯例。

2 也有可能存在缺少冒号字模和句号字模的情况。比较 *TC* 324；NCS 172。

3 NS 94-95；参见 Brown，xvii n 4。

4 乔治 · 沃尔顿 · 威廉姆斯将他的论文惠赐予我，该论文主要是关于《仲夏夜之梦》的，由他在 1990 年的 SAA 研讨会上宣读的文章衍生而来。另外，肯尼迪教授惠赐了我他讨论《威尼斯商人》的论文底稿。

名字刚刚才出现在对话里，那紧随其后的台词前缀最好被写成“*Shy*（*l*）”。其中一个例子位于第一幕第三场第 49—50 行，巴萨尼奥问道：“夏洛克，你听见吗?”下一句开头的台词前缀用的便是“*Shy*（*l*）”，而且其后紧接着的第一个词开头就是个华丽的大写“I”。但另一方面，“第二四开本”和“第一对开本”的排字人却也没有沿袭这个规律。尽管“第二四开本”的出版商审读员或编辑似乎试图将所有指代该角色的台词前缀统一成“*Shy*（*l*）”，但从第三幕第三场第 1 行往后，这个规则也被打破了。[1] 考虑到贾加德的印刷社里不大可能出现大写字模短缺的情况，很可能实际上无论对于那些致力于印刷该文本的人，还是对于剧作家而言，“犹太人”和“夏洛克”都是可以互换的同义词。同样地，尽管朗斯洛 · 高波在对话中始终被叫成“朗斯洛”，但在舞台指示和台词前缀中，他也会被称作“小丑”（*Clowne*），只有纸张 C 除外，在这张纸的外侧“朗斯洛”（*Launce*）或它的某种衍生形态出现了 13 次，内侧出现了 9 次。肯尼迪对这种变化所做的解释是，他假定给 C 纸排字的排版员 X 手边缺少大写字母 C 的字模，但有许多大写 L。然而，朗斯洛的姓氏从 *Iobbe*（第二幕第二场第 3—8 行）变成了 *Gobbo*（第二幕第二场第 29 行舞台提示至第 161 行舞台提示）。则有个不同的解释，即这反映了莎士比亚本人命名动机方面的变化。他一开始可能打算用

1 参见“附录”中记录了这些台词前缀的表格。在七条提及夏洛克的舞台指示中，我们也观察到了类似的现象。其中第一条是“犹太人夏洛克上”（第一幕第三场开头），接下来一条就变成了“犹太人……上”（第二幕第五场开头），再往后的一条则是“夏洛克上”（第三幕第一场第 20 行），然后又是“犹太人……上”（第三幕第三场开头），“犹太人下”（第三幕第三场第 17 行），“夏洛克上”（第四幕第一场第 14 行），最后一条则只有一个简单的“下”（第四幕第一场第 396 行）。而“第二四开本”和“第一对开本”这七处舞台指示几乎是它的翻版。

“约伯”（Job）这个名字的意大利语形式命名朗斯洛，而后来又换成了听起来更俏皮搞笑的“高波”（Gobbo），但我们不确定他是否想把高波父子设定成两个驼子（“gobbo”这个词的意大利语意思是“驼背”）。[1]

帕维尔四开本（1619年）

《威尼斯商人》的“第一四开本”在1619年被重印。按照原计划，它将作为一套莎士比亚作品集的组成部分由托马斯·帕维尔出版，在贾加德的印刷社里付印。[2]后来作品集的出版计划流产了，于是他们给它附上了一张日期虚假的标题页，伪称此书出版于1600年，以冒充第一版（但没有连海耶斯的名字一并仿冒）。帕维尔四开本（“第二四开本”）的《李尔王》也出于同一目的采用了相同的操作：在标题页上印虚假日期来冒充首版。尽管帕维尔四开本并无明晰的文本权威性，但一些迹象表明它多少被仔细编辑过。一些明显的错误被更正了，但除此之外，还有一些对文本的改动，显示出这个版本的编辑者有些多事，很喜欢修改和重写原文的语句。例如，在第一幕第三场中，他就做了多处改动，其中包括将“albeit”换成了“although”（第58行），将“is hee yet possest I How much ye would?”换成了“are you resolu’d，I

1 比较Sisson，135，他注意到“I”和“G”这两个字母在当时的拼写中经常可以互换，并举出“*Garret:Iarret*”“*Genevora:Ienevora*”“*Giacomo:Iachimo*”这几组例子以为佐证，但在这几个例子里，跟在第一个音节后面的多为一个软辅音和非o元音构成的音节。

2 参见Greg，*Editorial Problem*，131-134。

How much he would haue?”（第 61—62 行）以及用“In th’end of Autume”取代了“In end of Autume”（第 78 行）。在第二幕第二场第 20 行，他修正了“第一四开本”的错误，让朗斯洛对良心和魔鬼双方的建议都予以肯定（“第一四开本”中两处“you consel well”中的“well”都作“ill”，显然逻辑不通），但几行之后他就破坏了朗斯洛话中一个近义词误用的笑点，将朗斯洛说错的“deuill incarnation”改成了“diuell incarnall”（第 25 行）。他还加上了一些缺失的舞台指示，如在第二幕第二场第 113 行，并改动了其他一些，如将第二幕第二场开头那句“犹太人与其旧仆人，即小丑上”改成了“犹太人与朗斯洛上”。

有时，“第二四开本”编辑者的改动产生了重要影响，并与后来的“第一对开本”一致，如“Slumber”被改成了“Slubber”（第二幕第八场第 39 行），而且在第三幕第三场开头处，他显然认为需要将“萨莱里奥”改成“萨拉里诺”。他改正了第二幕第五场第 52—54 行的韵文，但错误地将第二幕第二场第 47—49 行老高波的话标成了韵文。总体看来，考虑到至少有几处改动，如将“*Iobbe*”改成“*Gobbo*”（第二幕第二场第 3—8 行），“*Salerio*”改成“*Salarino*”（第三幕第三场开头），以及将台词前缀“*Iew(e).*”换成“*Shy(l).*”（第四幕第一场第 64、66、67 行）等处，不像是他仅凭自己的判断和猜测做出的，他很可能是参考了某些材料，但不大可能拿着某个权威手稿比对审校过他手上的“第一四开本”。[1]

1 比较 NCS 第 175—177 页。她给出了一个这类改动的更完整的列表。尽管没有将其归于某个更权威的来源，但她仍然认为这些改动具有重要的历史意义，它们体现出“一部莎士比亚的戏剧在 1619 年是如何被阅读的”。

然而，“第二四开本”引入的文本差异中，也许有不少要怪到贾加德工坊里的排版员头上，很可能是“排版员 B”。此人也是为“第一对开本”中本剧排字的两个排版员之一，他排字的时候工作态度不大端正是出了名的。[1]如果是这样的话，文本里的许多错误和改动就是这位排版员造成的，比如漏字、多字、字序的改变[2]，以及第二幕第六场第 67 行漏掉的一个台词前缀外加一行台词。但这位排版员可能也做了一些有益的修改，比如，把韵文的行首字母调整成了大写，改进了标点符号的使用，将一些词更新到了更现代的拼法，等等。不过，在许多微小的细节上，我们都无法准确区分哪些差异是编辑的改动，哪些是排版员的改动，哪些又是出自作者的手笔。

“第一对开本”中的《威尼斯商人》

《威尼斯商人》再次被重印，是在 1623 年的“第一对开本”中使用的底本为某个“第一四开本”，其中纸幅 G 的内侧部分未经修正（而“第二四开本”所用的底本则是这页被修正过的“第一四开本”）。“第一对开本”是以“第一四开本”为底本的，这一点毫无疑问，因

1 参见 D. F. McKenzie，“Compositor B’s Role in *The Merchant of Venice* Q2（1619）”，*SB* 12（1959），75-90，以及 Charlton Hinman，*The Printing and Proof-Reading of the First Folio of Shakespeare*，2 vols.（Oxford，1963）i. 10-12。比较 Peter Blayney，“Compositor B and the Pavier Quartos: Problems of Identification and Their Implications”，*Library*，5th series，27（1972），179-206，esp. 203-205。Blayney 认为有两个排版员 G 和 H 为《威尼斯商人》的“第二四开本”排字，而 G 的工作与 B 的有些相像。

2 NCS 174-175 给出了一系列代表性的示例。

为两个版本共享许多错误和其他一些特异之处。[1]不过，曾有编辑者对照着某个演员提词本，对它做过一定程度的校订，证据是其中出现了一些额外的舞台指示，标明某处应有号角奏花腔、某处应奏乐、演员手上拿着什么东西，等等。不过这番校订做得无疑相当潦草、敷衍，因为有些演员提词本肯定能够澄清的混乱之处并没有被改掉，如那三个“萨利”的问题。[2]另外，有一处奏乐的舞台指示放错了地方。另一方面，因为考虑到此时詹姆斯一世坐上了英格兰的王位，受到鲍西娅讥嘲的“那位苏格兰贵族”被小心谨慎地改成了“另一位贵族”（第一幕第二场第 74 行），另外还有一些改动是为了遵从新颁布的对亵渎神明言论的禁令（如第一幕第二场第 107 行、第五幕第一场第 157 行）。有趣的是，尽管这两个文本是同一家印刷商出品的，但“第二四开本”（1619 年）引入的一些改动并未出现在“第一对开本”中（1623 年）。[3]

和“第二四开本”的情况一样，“第一对开本”的编辑或排版员修正了某些错误，同时制造了另一些错误。总体上说，他们加入了更多的标点，现代化了词语的拼法，并规范化了语法。重大的变更包括用词上的改变，如用“smal”替代了“meane”（第一幕第二场第 7 行），“endlesse”替代了“curelesse”（第四幕第一场第 141 行），这些改动有可能是通过提词本引入的，但是这些改动是在何时以及由什

1 NCS 第 177 页给出了相关的段落。

2 马胡德注意到，“第二四开本”的编辑要比“第一对开本”的编辑对第一幕第一场中萨拉里诺和索拉尼奥这两个人的台词前缀做出了更细致的区分（NCS 178）。参见 Brown，xx。

3 参见 Greg，*SFF* 261 n B；*TC* 323。

么人做出的尚无法知晓。所有为“第一对开本”和“第二四开本”共享的，针对“第一四开本”的改动，如将“Slumber”改成“Slubber”（第二幕第八场第 39 行），可能都只是某种显著的巧合。但鉴于“第二四开本”也是在贾加德的印刷社里排印的，所以如果“第一对开本”的编辑或排版员需要查阅某个“第一四开本”中看上去晦涩难懂的地方，他们应该很容易找到“第二四开本”作参考。然而，这种参考行为即使曾经发生过，也至多是偶一为之而非系统性的。[1]

除了场景序号，“第一对开本”加入的其他分割性元素也为大多数当代版本所沿袭。在“第一对开本”中，《威尼斯商人》占据了第 163—184 页[2]，位于《仲夏夜之梦》和《皆大欢喜》之间，有三名排版员（代号分别是B、C、D）为之排字。[3]页码164（O4v）和165（O5r）被错标成了 162 和 163；相似地，《仲夏夜之梦》的倒数第二页（O3r）也被错标成了 163，这些全是因为 O 这张纸上排印次序的失调。[4]“第一对开本”后来于 1632 年、1663 年和 1684 年数次被翻印，但后面这些翻印版本都不具备任何文本权威性，因为他们本质上只是沿用了“第一四开本”的翻版。1637 年，“第一四开本”第三次被重印，此时的出版商变成了托马斯 · 海耶斯的儿子劳伦斯。他这个版本（“第三四开本”）事实上是对“第一四开本”的忠实复制，比“第二四开本”和“第一对开本”都更对它亦步亦趋，尽管存在一些拼写之类的

1 比较 Brown，xix-xx。
2 这相当于纸页 O 的一部分（O4^r-O6^v）、纸页 P 的全部，以及纸页 Q 的一部分（Q1^r-Q2^v）。
3 关于哪位排版员分别给哪部分排了字，参见 *TC* 第 149 页，并比较 Hinman，*Printing*，II. 422-38。
4 Hinman，*Printing*，II. 423-424。

错误。“第二四开本”有101个与“第一四开本”不同之处，而“第一对开本”有92个，但“第三四开本”只有40处与“第一四开本”不同。[1]不过，“第三四开本”没有任何文本上的权威性。

1 这是克里斯托弗·斯宾瑟在“Shakespeare's *Merchant of Venice* in Sixty-Three Editions”，SB 25（1972），104这篇文章中计算出的数据。在他这篇文章的其他部分，即第89—106页，斯宾瑟还概述了几个世纪以来编辑干预的历史，指出这部戏的现代版本严重依赖于1800年以前出现的版本。近期引入新解读的编辑分别是罗、卡佩尔（Capell）、蒲柏和西奥博尔德，按时间顺序排列。斯宾瑟得出的数据进一步确证了弗雷德森·鲍尔斯（Fredson Bowers）的判断，即近些年来的编辑潮流越来越倾向于恢复旧日的解读方式，而非按自己的读法做出独创性的修改。[（“Today's Shakespeare Texts，and Tomorrow's”，*SB* 19（1966），43，转引自Spencer，*Sixty-Three Editions*，103 n 18]

缩写与参考文献

以下文献缩略代号用于导读、校勘与注释。

如无特别注明，出版地均为伦敦。

莎士比亚作品

Q	*The most excellent Historie of the Merchant of Venice.* Written by William Shakespeare. 1600
Q2	*The Excellent History of the Merchant of Venice.* Written by W. Shakespeare. 1600 [for 1619]
F	The First Folio，1623
F2	The Second Folio，1632
F3	The Third Folio，1663
F4	The Fourth Folio，1685
Bevington	David Bevington，*The Merchant of Venice*，Bantam Shakespeare（New York，1988）
Brown	John Russell Brown，*The Merchant of Venice*，The

	Arden Shakespeare（1955）
Cambridge	W. G. Clark and W. A. Wright，*Works*，The Cambridge Shakespeare，9 vols.（Cambridge，1863-1866），vol. ii
Capell	Edward Capell，*Comedies*，*Histories*，*and Tragedies*，10 vols.（1767-1768），vol. iii
Collier	John Payne Collier，*Works*，8 vols.（1842-1844），vol. ii
Delius	N. Delius，*Complete Works of William Shakespeare*，3rd edn.（1872）
Dyce	Alexander Dyce，*Works*，6 vols.（1857），vol. ii
Eccles	*The Comedy of The Merchant of Venice*（1805）
Furness	Horace Howard Furness，*The Merchant of Venice*，A New Variorum Edition，2 vols.（Philadelphia，1888）
Halliwell	James O. Halliwell，*Works*，16 vols.（1856），vol. v
Hanmer	Thomas Hanmer，*Works*，6 vols.（Oxford，1743-1744），vol. ii
Johnson	Samuel Johnson，*Plays*，8 vols.（1765），vol. i
Keightley	Thomas Keightley，*Plays*，6 vols.（1864）
Kittredge	George Lyman Kittredge，*Works*，revised by Irving Ribner（Boston，1972）
Malone	Edmond Malone，*Plays and Poems*，10 vols.（1790），vol. v

Merchant	W. Moelwyn Merchant, *The Merchant of Venice*, The New Penguin Shakespeare (Harmondsworth, 1967)
NSC	M. M. Mahood, *The Merchant of Venice*, New Cambridge Shakespeare (Cambridge, 1987)
Neilson and Hill	A. Neilson and C. J. Hill, *Complete Plays and Poems of William Shakespeare* (Boston, Mass., 1942)
NS	Sir Arthur Quiller-Couch and John Dover Wilson, *The Merchant of Venice*, New Shakespeare (Cambridge, 1953)
Oxford	Wells and Taylor (gen. eds.), *Works* (Oxford, 1986): *The Merchant of Venice* was ed. by William Montgomery
Pooler	*The Merchant of Venice*, ed. C. K. Pooler (1905)
Pope	Alexander Pope, *Works*, 6 vols. (1723-1725)
Riverside	G. B. Evans (textual editor), *The Riverside Shakespeare* (Boston, 1974)
Rowe	Nicholas Rowe, *Works*, 6 vols. (1709), vol. ii
Rowe 1714	Nicholas Rowe, *Works*, 8 vols. (1714), vol. ii
Staunton	Howard Staunton, *Plays*, 3 vols. (1858-1860), vol. i
Steevens	Samuel Johnson and George Steevens, *Plays*, 10 vols. (1773), vol. iii
Theobald	Lewis Theobald, *Works*, 7 vols. (1733), vol. ii

Thirlby (unpublished conjectures in marginal notes of his copies of Shakespeare)

Warburton William Warburton, *Works*, 8 vols. (1747)

Var. 1785 Samuel Johnson and George Steevens, revised by Isaac Reed, *Plays*, 3rd edn., 10 vols. (1785)

Var. 1793 Samuel Johnson and George Steevens, *Plays*, 15 vols. (1793)

Var. 1803 Samuel Johnson and George Steevens, revised by Isaac Reed, *Plays*, 5th edn. (1803)

其他作品

Abbott E. A. Abbott, *A Shakespearian Grammar*, second edition (1870)

Barber C. L. Barber, *Shakespeare's Festive Comedy* (Princeton, NJ, 1959)

Barton John Barton, *Playing Shakespeare* (1984)

Brown, "Realization" John Russell Brown, "The Realization of Shylock", in Brown and Bernard Harris (eds.), *Early Shakespeare* (1961), 186-209

Bullough Geoffrey Bullough, *Narrative and Dramatic Sources of*

	Shakespeare, 8 vols. (1957-1975)
Bulman	James C. Bulman, *Shakespeare in Performance*: "*The Merchant of Venice*" (Manchester, 1991)
Cercignani	Fausto Cercignani, *Shakespeare's Works and Elizabethan Pronunciation* (Oxford, 1981)
Colman	E. A. M. Colman, *The Dramatic Use of Bawdy in Shakespeare* (1974)
Danson	Lawrence Danson, *The Harmonies of "The Merchant of Venice"* (1978)
Dent	R. W. Dent, *Shakespeare's Proverbial Language*: *An Index* (1981)
Fischer	Sandra K. Fischer, *Econolingua* (Newark, Del., 1985)
Granville-Barker	Harley Granville-Barker, *Prefaces to Shakespeare*, Second Series (1939)
Greg, *SFF*	W. W. Greg, *The Shakespeare First Folio* (Oxford, 1955)
Holland	Norman Holland, *Psychoanalysis and Shakespeare* (New York, 1966)
Jonson	*Ben Jonson*, ed. C. H. Herford and Percy and Evelyn Simpson, 11 vols. (Oxford, 1925-1952)
Kökeritz	Helge Kökeritz. *Shakespeare's Pronunciation* (New

Haven, Conn., 1953)

Leggatt	Alexander Leggatt, *Shakespeare's Comedy of Love* (1974)
Lewalski	Barbara K. Lewalski, "Biblical. Allusion and Allegory in *The Merchant of Venice*", *SQ* 13 (1962), 327-343
Marlowe	Christopher Marlowe, *Complete Plays*, ed. Irving Ribner (New York, 1963)
McPherson	David C. McPherson, *Shakespeare, Jonson, and the Myth of Venice* (Newark, Del., 1990)
Noble	Richmond Noble, *Shakespeare's Biblical Knowledge* (1935)
Onions	C. T. Onions, *A Shakespeare Glossary*, enlarged and revised by Robert D. Eagleson (1986)
Overton	Bill Overton, *Text & Performance*: "*The Merchant of Venice*" (Atlantic Highlands, NJ, 1987)
Oz	Avraham Oz, "The Egall Yoke of Love: Prophetic Unions in *The Merchant of Venice*", *Assaph*, Section C, No. 3 (1986), 75-108
Rubinstein	Frankie Rubinstein, *A Dictionary of Shakespeare's Sexual Puns and their Significance* (1984)
SAB	*Shakespeare Association Bulletin*
SB	*Studies in Bibliography*

Schmidt	Alexander Schmidt, *A Shakespeare Lexicon*, fourth edition (revised by G. Sarrazin), 2 vols. (Berlin and Leipzig, 1923)
Shaheen	Naheeb Shaheen, *Biblical References in Shakespeare's Comedies* (Newark, Del., 1992)
Sisson	C. J. Sisson, *New Readings in Shakespeare*, 2 vols. (Cambridge, 1956)
SQ	*Shakespeare Quarterly*
SStud	*Shakespeare Studies*
SSur	*Shakespeare Survey*
Sternfeld	F. W. Sternfeld, *Music in Shakespearean Tragedy* (1963)
TC	Stanley Wells and Gary Taylor, with John Jowett and William Montgomery, *William Shakespeare: A Textual Companion* (Oxford, 1987)
Tilley	Morris Palmer Tilley, *A Dictionary of the Proverbs in England in the Sixteenth and Seventeenth Centuries* (Ann Arbor, Mich., 1950)
Walker	W. S. Walker, *A Critical Examination of Shakespeare's Text* (1860)
Wright	George T. Wright, *Shakespeare's Metrical Art* (Berkeley, Calif., 1988)

莎士比亚作品是人生地图

——《牛津版莎士比亚》赏读

1564 年，在大不列颠岛沃里克郡埃文河畔的斯特拉特福小城，威廉·莎士比亚诞生了。他的生日不详，但在当地圣三一教堂的教区登录册上有记载：“约翰·莎士比亚之子威廉，四月二十六日受洗。”当时，孩子通常在出生后三天接受洗礼，因此人们可以将 4 月 23 日推算为莎士比亚的出生日。说来也巧，五十二年后的 1616 年 4 月 23 日，莎士比亚逝世。伟人总有异于常人之处，于是，莎士比亚的传记作家都乐得将 1564 年 4 月 23 日正式定为莎士比亚诞辰日。

莎士比亚的创作时期是英国的文艺复兴时期，那个时代人们提倡遵循古希腊、古罗马的一个理念，即“人是衡量一切的标准”，人文主义作家歌颂人的尊严和现实生活。在《哈姆雷特》中，受国王指派，看似与哈姆雷特意气相投的发小、朝臣罗森格兰兹和吉尔登斯特恩前去探究哈姆雷特王子精神恍惚的真正原因。哈姆雷特在他们面前说了一通“宏论”，其中有一段描绘人的话，极其精彩：“人类是一件多么了不得的杰作！多么高贵的理性！多么广大的能力！多么优美的仪表！多么文雅的举动！在行为上多么像一个天使！在智慧上多么像一个天神！宇宙的精华！万物的灵长！”（第二幕第二场）但令人感到意外的是，哈姆雷特接着却说：“可是在我看来，这一个泥土塑成的生命算得了什么？”哈姆雷特心境变得枯寂的原因是，他看见去世父亲的鬼魂，知道了父亲被杀那件悖人道、伤天理之事，他对叔父（现在的国王）恨入骨髓：“他杀死了我的父王，奸污了我的母亲，篡夺了我的嗣位的权利。”（第五幕第二场）哈姆雷特的故事就是王子复仇的故事。在后来发生的事情中，神明般的悟性不断点亮他的内心之光，顺导他走出复杂曲折的迷宫。悟性让他觉得跟先父鬼魂见面就是一场人生噩梦，他再也不能“即使把我关在一个果壳里，我也会把自己当作一个拥有着无限空间的君王”（第二幕第二场）。他想方设法验证鬼魂的话，这时候悟性让他觉得“凭着这一本戏，我可以发掘国王内心的隐秘”（第二幕第二场）；在他思考去死还是继续活下去的时候，悟性让他觉得“惧怕不可知的死后，惧怕那从来不曾有一个旅人回来过的神秘之国，是它迷惑了我们的意志，使我们宁愿忍受目前的磨折，不敢向我们所不知道的痛苦飞去”（第三幕第一场）；在奥菲利娅将许多“芳香已经消散”的赠品还给他的时候，她已是其父亲和国王手中对付自己的工具，于是他用装疯卖傻的方式对她说：“要是你一定要嫁人，我就把这一个咒诅送给你做嫁奁；尽管你像冰一样坚贞，像雪一样纯洁，你还是逃不过谗人的诽谤。进尼姑庵去吧，去；再会！”（第三幕第一场）；当朝臣奥斯里克告诉哈姆雷特，国王下赌六匹巴巴里马，雷欧提斯下赌六把法国剑和短刀，请哈姆雷特跟雷欧提斯比剑时，哈姆雷特心里很不舒服，但悟性让他觉得这已是不可回避的事："我们不要害怕什么预兆；一只雀子的死生，都是命运预先注定的。注定在今天，就不会是明天；不是明天，就是今天；逃过了今天，明天还是逃不了，随时准备着就是了。"（第五幕第二场）

在一般读者看来，做事延宕似乎是哈姆雷特的最大特点之一，柯勒律治评论说他是"过度自审的学者"，叔本华说他"厌世、愤世"，无数的评论家喜欢用弗洛伊德"恋母情结"的说法去解读他。若细读原剧，哈姆雷特对复仇一事确实瞻前顾后，还责怪自己"现在我明明有理由、有决心、有力量、有方法，可以动手干我所要干的事，可是我还是在大言不惭地说：'这件事需要做。'可是始终不曾在行动上表现出来；我不知道这是因为像鹿豕一般的健忘呢，还是三分懦怯一分智慧的过于审慎的顾虑"（第二四开本第四幕第四场），甚至在他去见母亲的路上，看见国王独自一人在祈祷，他的头脑闪过一个杀了他的念头，但他最终还是收起了刀。为什么呢？是前面所说的高贵的理性（在这里即是宗教意识基础上的道德意识之理性）阻止了他，他觉得自己的父亲正在受着煎熬；对比之下，现在国王正在祈祷，试图洗心赎罪，若当即杀了他，那"一个恶人杀死我的父亲；我，他的独生子，却把这个恶人送上天堂。啊，这简直是以恩报怨了""我的剑，等候一个更惨酷的机会吧；当他在酒醉以后，在愤怒之中，或是在乱伦纵欲的时候，有赌博、咒骂或是其他邪恶的行为的中间，我就要叫他颠踬在我的脚下，让他幽深黑暗不见天日的灵魂永堕地狱"（第三幕第三场）。因此，我的观点是，哈姆雷特做事延宕并非因为天性优柔寡断，而是等待复仇的合适时机。

这位被誉为“人类最伟大的天才之一，人类文学奥林匹斯山上的宙斯”（马克思）的剧作家，将整个人类的世界搬上了舞台，其作品具有无限延伸、超越时空的价值。他逝世四百多年来，对他的作品的研究绵绵不断，在全世界范围催生了永不枯竭的著述，甚至鸿篇巨制，以及根据莎翁原作改编的戏剧、电影、舞蹈等。

莎士比亚的作品是人生的百科全书，无论从事什么职业，无论身处何地，我们经常会在莎士比亚作品中惊讶地看到自己，看到我们生活中的人。于是，一个问题盘亘在我们的头脑里：“为何老是莎士比亚?”回答似乎只能是：“还有谁能像莎士比亚无处不在呢?”因为在他的戏剧中，无论你是谁，是国王、元老、王子、廷臣、贵族、富家子弟，是大将、军人、传令官、卫士、警吏，还是管家、随侍，抑或是音乐师、商人，甚至修道士、妖婆、阴魂，每个人物都按照自己的认识和思想，扮演独特的社会角色。对不同人物的一言一行，以及一个人对周围一事一物的看法与反思，莎士比亚都有不同的摹状，并见小看大，归纳至一种人、一类事。我们仅举一例，即从五部剧中看看对“虚伪、卑鄙小人”的描绘。在《哈姆雷特》中，哥哥雷欧提斯劝妹妹奥菲利娅，说哈姆雷特献的小殷勤只是逢场作戏，因此要有戒心，妹妹奥菲利娅回答道：“我的好哥哥，你不要像有些坏牧师一样，指点我上天去的险峻的荆棘之途，自己却在花街柳巷流连忘返，忘记了自己的箴言。”（第一幕第三场）在《李尔王》中，弄人跟李尔王和肯特伯爵说：“他为了自己的利益，/向你屈节卑躬，/天色一变就要告别，/留下你在雨中。”（第七场）在《奥赛罗》中，奥赛罗的旗官、阴谋家伊阿古用一种似非而是的方法来赢得奥赛罗对他深信不疑的信任，他说：“吐露我的思想？也许它们是邪恶而卑劣的；哪一座庄严的宫殿里，不会有时被下贱的东西闯人呢？哪一个人的心胸这样纯洁，没有一些污秽的念头和正大的思想分庭抗礼呢？”（第三幕第三场）在《罗密欧与朱丽叶》中，朱丽叶听乳媪说罗密欧杀死了最亲爱的表哥提伯尔特之后，对罗密欧产生误会，描述了一种虚伪的人：“啊，花一样的面庞里藏着蛇一样的心！哪一条恶龙曾经栖息在这样清雅的洞府里？美丽的暴君！天使般的魔鬼！披着白鸽羽毛的乌鸦！豺狼一样残忍的羔羊！圣洁的外表包覆着丑恶的实质！你的内心刚巧和你的形状相反，一个万恶的圣人，一个庄严的奸徒！造物主啊！你为什么要从地狱里提出这一个恶魔的灵魂，把它安放在这样可爱的一座肉体的天堂里？哪一本邪恶的书籍曾经装订得这样美观？啊！谁想得到这样一座富丽的宫殿里，会容纳着欺人的虚伪！”（第三幕第二场）

莎士比亚是一位天才艺术家，他能将水变成琼浆，将岩石变成纯金，将沙变成珍珠。莎士比亚是象牙塔与市井的宠儿，超越时空、万众瞩目的偶像。为什么呢？我很赞同英国18世纪新古典主义大师塞缪尔·约翰逊将莎士比亚作品比作人生地图。莎士比亚兼具心理学家的细腻观察力和戏剧家的生动表现力，创造了无数鲜明、生动的个体，构成了一幅幅人生地图。不仅如此，他更是以哲学家的高度概括能力，以思虑考察万物万事，走出盘根错节的细节，得出极具普遍性的结论，出乎常人意料，又十分入情入理。莎士比亚向我们提供了人生地图和人生智慧，这是成就他伟大的两个支柱。

莎士比亚是最伟大的现实主义大师。在舞台上，他“把一面镜子举起来映照人性，使得美德显示她的本相，丑态露出她的原形，时代的形形色色一齐呈现在我们眼前”（《哈姆雷特》第三幕第二场）。人生中具有神效的驱动力有多种，这里只是举三个例子，讲讲爱情、影响别人的欲望。在《威尼斯商人》中，巴萨尼奥打开铅箱，看到鲍西娅的美貌画像时，似乎听到满场的喝彩声，无比陶醉。这时，鲍西娅也感到无比陶醉，因为自己终于可以嫁给心爱的男人了，她说：“为了自己，我并没有野心做更好的一个人，但是为了您的缘故，我愿我能够再好六十倍，再加上一千倍的美丽，一万倍的富有；我但愿我有无比的贤德、美貌、财产和交游，好让我在您心上的账簿中占据一个靠前的位置。”（第三幕第二场）爱情让人意识到兼顾求于外、修其内两个方面的必要性。在《罗密欧与朱丽叶》中，两个情人在黑夜里想对着圣洁的月亮发誓，但又不敢，因为月有圆有缺；想私订终身，但又觉得太突然，突然得像电闪，电闪会即刻消失。于是，朱丽叶说：“我的慷慨像海一样浩渺，我的爱情也像海一样深沉；我给你的越多，我自己也越是富有，因为这两者都是没有穷尽的。”（第二幕第一场）爱情是“馈赠”自己一切的过程，这种“馈赠”不是将“投我以木桃，报之以琼瑶”视为报答，而是永以为好的必备条件。在《雅典的泰门》中，主角泰门慷慨好施，大家口头上都承认他是最为出类拔萃的人，是一个具有魅力的人。于是，诗人想象，各色各样的人都到泰门跟前献殷勤，并说出自己头脑中曾经有过的一个画面："先生，我假定命运的女神端坐在一座巍峨而幽美的山上；在那山麓下面，有无数智愚贤不肖的人在那儿劳心劳力，追求世间的名利，他们的眼睛都一致注视着这位主宰一切的女神；我把其中一个人代表泰门，命运女神用她象牙一样洁白的手招引他到她的身边；他是她眼前的恩宠，他的敌人也一齐变成了他的奴仆。"（第一幕第一场）经济地位、社会地位到了一定程度后，谁都想享受一下高朋满座、发表指点江山高论的快乐。

接下来说说莎剧给我们以启迪的智慧问题。中道为至德，是达到和谐、平衡的必经之路，违背中道，物极必反。在《威尼斯商人》中，葛莱西安诺看到好友安东尼奥脸色不好，说："您把世间的事情看得太认真了；用过多的担忧思虑去购买人生，是反倒要丧失了它的。"（第一幕第一场）在《奥赛罗》中，虽然奥赛罗的旗官伊阿古由于没有得到提升，最终成为邪恶的阴谋的化身，但他确实是一个聪明过人的人。在训斥威尼斯绅士罗德利哥时，他说了一段经常被人援引的话："我们的身体就像一座园圃，我们的意志是这园圃里的园丁。"在这段话里，他说："要是在我们的生命之中，理智和情欲不能保持平衡，我们血肉的邪心就会引导我们到一个荒唐的结局；可是我们有的是理智，可以冲淡我们汹涌的热情，肉体的刺激和奔放的淫欲。"（第一幕第三场）在《李尔王》中，葛罗斯特伯爵的儿子埃德加看到可怜的李尔王和可怜的父亲，决定陪伴他们，"倘有了同病相怜的侣伴，天大痛苦也会解去一半"（第十三场）。他不断给自己鼓气：

“一个最困苦、最微贱、最为命运所屈辱的人，可以永远抱着希冀而无所恐惧；从最高的地位上跌下来，那变化是可悲的，对于穷困的人，命运的转机却能使他欢笑！”（第十五场）

每个人有每个人的特点，每件物有每件物的特点，真正有智慧的人明白做到人尽其用、物尽其用的道理，即“圣人常善救人，故无弃人；常善救物，故无弃物”（《道德经》二十七章）。在《罗密欧与朱丽叶》中，劳伦斯神父是个努力悟道、论道、传道的人，他寻觅毒草和奇花来装满他那只柳条篮子，他说：“石块的冥顽，草木的无知，/都含着玄妙的造化生机。/莫看那蠢蠢的恶木莠蔓，/对世间都有它特殊贡献；/即使最纯良的美谷嘉禾，/用得失当也会害性戕躯。/美德的误用会变成罪过，/罪恶有时反会造成善果。”（第二幕第二场）

一个人若不懂得学习别人好的经验，借鉴别人的教训，再聪明的人也会陷入糊涂，正所谓“不贵其师，不爱其资，虽智大迷”（《道德经》二十七章）。莎士比亚又怎样从正面给我们教导，从反面给我们提醒呢？做人品德为先，怎样的人就有怎样的思想和行为。在《李尔王》中，奥本尼公爵说：“智慧和仁义在恶人眼中看来都是恶的；下流的人只喜欢下流的事。”（第十六场）说到正面的教育，怎样用一种既入世又出世的态度来看待生活，懂得知足，是重要的一课。在《雅典的泰门》中，一个元老说：“真正勇敢的人，应当能够智慧地忍受最难堪的屈辱，不以身外的荣辱介怀，用息事宁人的态度避免无谓的横祸。”（第三幕第五场）当泰门在海岸附近的窟穴中挖到那让乞丐发财、享受尊荣的金子时，他已经厌恶自己、厌恶人类了；“性情乖僻”

的哲学家艾帕曼特斯说：“自愿的贫困胜如不定的浮华；穷奢极欲的人要是贪得无厌，比最贫困而知足的人更要不幸得多了。”（第四幕第三场）

莎士比亚于1616年4月23日逝世，他的遗骸被埋在家乡教堂的祭坛下面。根据他生前的指示，此处竖着一块墓碑，墓碑上写着：“好心的朋友，看在耶稣的分上，切莫移动埋葬于此的遗骸。不碰这些石块者上天保佑，使我尸骨不安者必受诅咒。”本·琼森说：“他本人就是一座没有墓志铭的纪念碑！”“他不属于一个时代，而是所有的世纪。”若你想了解莎士比亚有多么伟大，我只能说，“去看他的作品吧”，因为他的灵魂、思想和心都在他的作品中向我们袒露。莎士比亚说：“凡事三思而行；跑得太快是会滑倒的。”(《罗密欧与朱丽叶》第二幕第二场）在作品中，莎士比亚呈现给我们一个宽广的世界，这个世界具有多样性、复杂性，慢读、细读他的作品会让我们拥有一双深邃的眼睛，借此洞察层层叠叠的人生，拥有复杂而又简单的头脑，借此理解那繁杂一团的世界。

史志康

上海外国语大学教授、博导

中国英国文学学会副会长

2023年3月16日

于上海莎煌剧团工作室

编校说明

一、《牛津版莎士比亚》经典文库为斯坦利·韦尔斯主编的莎士比亚戏剧权威版本，由导读、戏剧正文、注释等部分构成。其中导读旨在引导现代读者从创作过程、灵感来源、批评史、表演史等角度去理解莎士比亚。戏剧正文系将早期版本经严格审校和细致注释而成，以加深读者对莎剧文本的理解。

二、考虑到本套书的读者除了莎士比亚领域的学者、研究者，还有广大的莎士比亚爱好者、文学爱好者，为平衡阅读的兴趣和需求，中文版将戏剧正文（含详尽注释）放在了前面，将专业性更强的导读放在了后面。

三、原版附有编辑过程（Editorial Procedures）一节，是对牛津版戏剧正文部分编辑过程的说明，因这一部分以解释戏剧正文的编辑思路为主，对读者理解戏剧正文帮助不大，故删去。

四、原版对戏剧正文附有详尽注释，提供了人名来源、用典出处、语气说明、表演提示、版本差异、英文单词含义等信息。编校时，删去了解释版本差异、英语单词含义等对理解中文戏剧正文帮助不大的注释，留下了与中文戏剧正文内容更相关的注释。

五、原版以附录形式补充说明了戏剧中的台词拼写、分行等问题，以及对人名的解释、戏服样式、乐谱等内容。编校时，删去了对中文读者理解戏剧正文帮助不大的附录，留下了更相关的附录。

六、原版附有英文单词索引，对中文版意义不大，故删去。

七、原版每书附有10—20幅插图，展现了地图、剧本插图、舞台布景、戏服、人物形象等内容，但因图片印刷质量不高，清权难度较大，且删去不影响理解文意，故删除。

八、莎士比亚戏剧文本为诗体，故标有行号；但朱译版为散文体，无法标行号，故删除。非本套莎士比亚剧本的其他参考文献，行号均为原版书行号。

九、朱生豪先生译文以作家出版社1954年出版的《莎士比亚戏剧集》为底本、牛津版原文为依据，进行了编校，主要处理了以下内容。

（一）漏译：漏译内容严格按照牛津版文本补出。

（二）错译：典故、隐喻缺失，理解偏差及其他错误，以准确性为标准进行了修订。

（三）分场问题：牛津版的导读和注释中有许多对戏剧原文的引用，为方便读者查找戏剧原文，将朱生豪版本的分场调整为与牛津版一致。

（四）地点说明：地点说明是后期编辑们为舞台布景之便所加，莎士比亚原剧本和牛津版剧本均不含地点说明。本系列书与牛津版保持一致，删去了朱生豪版本中的地点说明。

十、受编者水平所限，编辑工作中难免有疏漏、不足之处，竭诚欢迎读者批评指正。

《牛津版莎士比亚》中文版编辑部

2022 年 12 月 30 日

牛津版莎士比亚经典文库

终成眷属

安东尼与克莉奥佩特拉

皆大欢喜

错误的喜剧

科利奥兰纳斯

哈姆雷特

裘力斯 · 凯撒

约翰王

李尔王

爱的徒劳

麦克白

一报还一报

威尼斯商人

温莎的风流娘儿们

仲夏夜之梦

无事生非

奥赛罗

理查二世

罗密欧与朱丽叶

驯悍记

雅典的泰门

泰特斯 · 安德洛尼克斯

特洛伊罗斯与克瑞西达

第十二夜

维洛那二绅士

冬天的故事